Michael Kibler
Totensee

PIPER

Zu diesem Buch

Unweit von Darmstadt entdecken Hobbytaucher auf dem Grund eines Badesees einen Mercedes, darin die sterblichen Überreste zweier Personen. Kommissar Steffen Horndeich und seiner Kollegin Margot Hesgart ist schnell klar, dass der Wagen schon viele Jahre dort gelegen haben muss. Schließlich gelingt es, die beiden Toten zu identifizieren – das junge Paar war seit den Achtzigerjahren verschwunden. Und noch etwas fällt auf: Bei dem Mercedes handelt es sich um ein Doublettenfahrzeug – ein gestohlenes Auto, das optisch einem gemeldeten Wagen angepasst wurde. Kurz darauf wird in einem stillgelegten Darmstädter Zivilschutzbunker ein Mann aus Berlin erschossen. Kann es einen Zusammenhang zwischen beiden Fällen geben? Noch vor Kurzem hatte Horndeich selbst mit dem Ermordeten gesprochen ...

Michael Kibler, geboren 1963 in Heilbronn, ist heute leidenschaftlicher Darmstädter. Nach Studium und Promotion arbeitet er als Texter und Schriftsteller. Seit 2005 veröffentlicht er erfolgreiche Kriminalromane um die Darmstädter Ermittler Steffen Horndeich und Margot Hesgart. Mit »Sterbenszeit« erschien 2014 außerdem sein erster Krimi um den BKA-Hauptkommissar Lorenz Rasper.

Michael Kibler

TOTENSEE

Kriminalroman

PIPER

Mehr über unsere Autoren und Bücher:
www.piper.de

Von Michael Kibler liegen im Piper Verlag vor:
Zarengold
Schattenwasser
Rosengrab
Todesfahrt
Engelsblut
Opfergrube
Sterbenszeit
Totensee
Seelenraub
Treueschwur

MIX
Papier aus verantwortungsvollen Quellen
FSC® C083411

FSC
www.fsc.org

Ungekürzte Taschenbuchausgabe
ISBN 978-3-492-31324-7
August 2018

Umschlaggestaltung: semper smile, München
Umschlagabbildung: Gregor Schuster/getty images
Satz: Kösel Media GmbH, Krugzell
Gesetzt aus der Minion
Druck und Bindung: CPI books GmbH, Leck
Printed in the EU

Für Nuf

FREITAG, 19. SEPTEMBER

»Notruf Polizei Darmstadt, Süllmeier.« Süllmeier sah auf die Uhr. Kurz vor sechs. Bald wäre die Nachtschicht in der Polizeieinsatzzentrale endlich vorbei. Manchmal, so wie heute, verfluchte er es, den Lehrgang zur Arbeit in der Einsatzzentrale zusätzlich absolviert zu haben. Wenn Not am Mann war, wurde er immer wieder eingesetzt – und er hasste diese Nächte mit dem Headset auf dem Kopf.

»Da sind zwei Leichen in dem Auto.«

»Mit wem spreche ich bitte?«

»Das tut nichts zur Sache.«

»Nennen Sie mir bitte Ihren Namen.«

»Ich sagte schon, der ist jetzt nicht wichtig. Aber da sind die beiden Leichen in dem Mercedes.«

Süllmeier tippte: Junger Mann, zwischen zwanzig und dreißig. »Herr …«

»… auf dem Rücksitz. Haben Sie was zu schreiben?«

»Ja natürlich.«

»Ich gebe Ihnen jetzt die Koordinaten durch, wo Sie die Leichen finden.«

Süllmeier sah auf das Display: Die Telefonnummer stammte von einem Handy. Wahrscheinlich hatte der Schlaumeier »Rufnummer unterdrücken« eingestellt, nicht wissend, dass das bei eingehenden Notrufen nichts brachte: Die Nummer wurde immer angezeigt. Deshalb hakte Süllmeier auch nicht weiter nach. »Okay, schießen Sie los.«

»Nördliche Breite 49 Grad, 53 Bogenminuten und dann noch 54,22 Sekunden. Östliche Länge: acht Grad, 44 Minuten und 8,81 Sekunden.«

Süllmeiers Frau hatte ihren Mann oft gefragt, wieso er dieses blöde Geocaching als Hobby betreibe, bei dem er völlig belanglosem Krimskrams quer durch die Natur nachspürte. Spätestens jetzt konnte Süllmeier das seiner Frau erklären: Ohne seine Grundkenntnisse in Navigation, zu denen auch gehörte, Koordinaten nach Längen- und Breitengraden unterscheiden zu können, inklusive der feineren Einteilungen in Bogenminuten und Bogensekunden, wäre für ihn die Beschreibung des Unbekannten am Telefon nur ein böhmisches Dorf gewesen. Süllmeier lächelte.

»Haben Sie das?«, fragte der Fremde.

»Ja, habe ich«, antwortete der Polizeikommissar. Er wollte gerade dazu ansetzen, den Mann noch einmal nach seinem Namen zu fragen, als er ein Klacken in der Leitung vernahm. Der Kerl hatte das Gespräch beendet.

Süllmeier überlegte kurz. Dann entschied er sich dafür, zunächst die Koordinaten zu überprüfen. Er gab sie in das Kartensystem des Polizeirechners ein und staunte nicht schlecht. Der Ort befand sich tatsächlich innerhalb der Stadtgrenzen Darmstadts. Süllmeier hatte erwartet, dass die Angaben ihn zu einer Stelle irgendwo im Wald führen würden. Dem war aber nicht so. Die Koordinaten zeigten mitten ins Wasser des Badesees Grube Prinz von Hessen.

Die Villa lag kurz vor dem Ende des Seiterswegs. Beneidenswert, dachte Margot Hesgart, Polizeihauptkommissarin bei der Mordkommission in Darmstadt. Nicht, dass sie mit ihrem Häuschen im Komponistenviertel unzufrieden gewesen wäre, aber diese Luxusvillen übten schon eine Faszination auf sie aus. Zumal man durch die Gartentürchen hinter dem Haus direkt zur Rosenhöhe und dem Oberfeld gelangte, Spazierwiese und Refugium seit jeher.

Vor der Doppelgarage stand ein Landrover neueren Baujahrs, und schon der erste Blick auf den Wagen offenbarte, dass jemand sehr großzügig die Häkchen auf der Liste der

Sonderausstattungen verteilt hatte. Dazu passte auch das Kennzeichen, das den Besitzer als Inhaber diplomatischer Vorrechte auswies. Allein die Dreckspuren an den Radkästen – für gewöhnlich eher Adelstitel eines echten Geländewagens – wirkten deplatziert.

Bernd Süllmeier war etwa zehn Jahre jünger als Margot. Sie hatte den Kollegen der Schutzpolizei in den vergangenen Jahren an unterschiedlichen Tatorten immer wieder getroffen. Süllmeier war so groß, dass er aus reiner Vorsicht immer ein wenig den Kopf einzog, wenn er durch einen Türrahmen ging. Margot schätzte ihn auf knapp zwei Meter. Er hatte direkt bei ihr angerufen, nachdem er den seltsamen Anruf entgegengenommen hatte, und ihr mitgeteilt, dass er den Eigner des Handys ausfindig gemacht habe und ihm jetzt einen Besuch abstatten werde. »Ich habe nicht den Eindruck, dass der Kerl am Telefon nur einen schlechten Witz machen wollte«, hatte er gesagt.

Er hatte den Namen des Handybesitzers – Jonathan Wiesner – sofort durch den Polizeicomputer gejagt, aber keinen Treffer gelandet. Als er den Namen jedoch in die Suchmaschine des Internets eingegeben hatte, fand er schnell ein Bild des jungen Mannes: Wiesner war vierundzwanzig Jahre alt, studierte in Darmstadt Elektrotechnik, und – wohl der wichtigste Hinweis – er war Hobbytaucher. Den Kommentaren auf seiner Facebook-Seite nach nicht einmal ein schlechter.

Margot hatte ohnehin Bereitschaftsdienst, war wenige Minuten vor Süllmeiers Anruf aufgestanden und hatte sich entschlossen, Süllmeier zu begleiten. Der drückte nun auf den messingfarbenen Klingelknopf, der unter dem gravierten Schild mit dem Schriftzug des Nachnamens prangte.

Wenig später tönte aus der Gegensprechanlage: »Ja bitte?«

Margot sprach: »Kriminalhauptkommissarin Hesgart und Polizeikommissar Süllmeier – dürften wir bitte mit Ihnen sprechen?«

Ein deutliches Knacken war in der Gegensprechanlage zu vernehmen, dann herrschte Stille.

Margot wartete fünfzehn Sekunden, dann drückte sie den Klingelknopf erneut. In dieser Stellung beließ sie den Daumen, bis nach etwa fünfzehn Sekunden abermals die Stimme aus dem kleinen Lautsprecher ertönte: »Ich muss Ihnen nicht aufmachen.«

»Nein, das müssen Sie natürlich nicht. Wir können uns gern auch durch die Gegensprechanlage unterhalten. Es würde Ihnen und uns die Sache nur wesentlich vereinfachen, wenn Sie jetzt einfach die Tür öffnen und wir von Angesicht zu Angesicht über die beiden Leichen in dem Mercedes reden könnten.«

Wieder das nun schon vertraute Knacken. Dann die ebenfalls vertraute Stille.

Margot seufzte. Und brachte ihren Daumen wieder in Position.

»Ich muss nicht mit Ihnen sprechen!«, gellte die Stimme aus dem Lautsprecher.

»Und ich muss meinen Daumen nicht von der Klingel nehmen«, antwortete Margot gelassen.

Zehn Sekunden später ertönte der Türsummer, der das Gartentürchen öffnete und den Weg zum Haus freigab.

»Sie machen das ganz schön geschickt«, sagte Süllmeier.

Üblicherweise tätigte Margot solche Besuche gemeinsam mit ihrem Kollegen Steffen Horndeich. Allerdings hatte der keine Bereitschaft. Sollte sich dieser Besuch hier als Flop erweisen, hätte sie ihn nicht umsonst aus dem Bett gescheucht. Und wenn da was dran war an der Geschichte von den Leichen, dann wäre Horndeich ohnehin in anderthalb Stunden im Büro.

Margot und Süllmeier mussten noch einige weitere Sekunden vor der Haustür ausharren, bevor auch diese geöffnet wurde. Die Tür führte in einen großzügigen Flur. Der Boden war gefliest, die Wände mit Rauputz versehen. Unter einem

Rokoko-Spiegel stand ein antikes Flurschränkchen. Die Garderobe schien mit ihrem glänzenden Messing anzudeuten, dass sie eigentlich lieber aus Gold gewesen wäre. Und zwei Schwerter an der Wand unterstrichen die Dekadenz der Hausbesitzer.

Der junge Mann, der nun die Treppe herunterschritt, passte so gar nicht ins Bild. Er war barfuß, trug eine Jeans um die hagere Taille und ein schlabbriges, ausgewaschenes T-Shirt mit der Aufschrift *Yo, Mr. White!*. Ein Haargummi hielt die Haarpracht im Zaum, wobei Margot sofort erkannte, dass große Teile zu Dreadlocks gefilzt waren. Mr. White konnte glatt als eurasischer Bob Marley durchgehen.

»Wie haben Sie mich gefunden?«, fragte der junge Mann; die Überraschung, die sich in seinem Gesicht abzeichnete, war offensichtlich echt.

»It's a kind of magic«, intonierte Bernd Süllmeier leise den alten Queen-Song und schnippte mit den Daumen – etwas, was Margot ihm gar nicht zugetraut hätte.

Ein zweiter Mann kam die Treppe herab. Er schien ungefähr im gleichen Alter zu sein. Auch seine Statur war schlank. Er trug ebenfalls Bluejeans und ein gleichfalls graues T-Shirt, das sich nur im Aufdruck unterschied. Das Bild zeigte das Phantombild eines Mannes mit Sonnenbrille und schwarzem Filzhut, dazu die Überschrift *Heisenberg,* wobei die ersten beiden Buchstaben in einem grünen Quadrat abgebildet waren; *He,* wie beim Symbol des Elements Helium im Periodensystem. Doch wenn Margot sich recht erinnerte, war Heisenberg der Name eines berühmten Physikers.

»Ich hab dir gleich gesagt, das ist 'ne saudumme Idee, dass du die Bullen von deinem Handy aus anrufst!«

Mr. White wandte sich an Heisenberg: »Ich hab keine Ahnung, wie die auf uns kommen konnten!«

Süllmeier seufzte. »Wenn ich das kurz erklären dürfte: Sie haben die Rufnummer Ihres Handys unterdrückt, und das funktioniert auch, wenn Sie mit anderen Netzteilnehmern telefonieren. Das funktioniert aber nicht, wenn Sie eine Notrufnummer wählen. Könnte ja sein, dass Sie überfallen worden sind und nichts mehr sagen können. Dann ist es gut, wenn wir wissen, wem das Handy gehört. Oder Sie melden eine Leiche und haben keine Lust, Ihren Namen zu nennen. Auch so ein Fall, in dem das ganz praktisch sein kann. Hier sind wir also. Und würden gerne wissen, was es mit den Leichen im Badesee auf sich hat.«

Besser hätte Margot es auch nicht formulieren können.

Wenig später saßen sie im Wohnzimmer der Dachgeschosswohnung der Villa. Außer Heisenberg und Mr. White schien sich derzeit niemand im Haus aufzuhalten. Die Wohnung gehörte Jonathan Wiesner, seine Eltern bewohnten die beiden Stockwerke darunter. Ein süßlicher Duft entströmte Tapeten, Möbeln und den Bezugsstoffen des roten Sofas und der drei grünen Sessel. Hier wurde ganz offensichtlich nicht nur am Wochenende ein Tütchen geraucht. Erst nachdem Margot den Zaubersatz gesagt hatte – »Ihr Marihuanakonsum interessiert uns im Moment in keiner Weise« –, wurden Heisenberg und Mr. White lockerer. Heisenbergs Name im richtigen Leben war Thorsten Born. Margot fragte sich, ob Born mit dem lustigen T-Shirt sich dessen bewusst war, dass er den Nachnamen eines weiteren berühmten Physikers trug.

Margot sah sich im Raum um. Heisenbergs T-Shirt-Motiv fand sich nochmals als großes Poster an der Wand von Mr. White wieder, in gelben Farben gehalten und mit der martialischen Aufschrift *I am the one who knocks!*. Dann entdeckte Margot den fleckigen Kaffeepott neben der Tastatur. Auch darauf war ein Porträt von Heisenberg gedruckt, daneben der Schriftzug *Breaking bad*. Offensichtlich waren dies alles Devotionalien für die gleichnamige Fernsehserie. Der Rest des Zimmers war mit Möbeln bestückt, die Wiesner wahrscheinlich im Alter von zwölf von seinen Eltern spendiert bekommen hatte. Allein die Unterhaltungselektronik deutete darauf hin, worin Jonathans Geld investiert worden war. Die Lautsprecherboxen waren groß, der Flachbildschirm noch größer, und auf dem Schreibtisch standen drei Monitore und zwei Laptops. Neben dem Schreibtisch ein Gerät, das Margot zunächst für eine Discobeleuchtung gehalten hatte, das aber beim näheren Hinsehen eindeutig die Züge eines Rechners im Tower-Gehäuse trug.

»So, dann erzählen Sie mal«, forderte Margot Mr. White und Heisenberg auf.

»Sie müssen das nicht meinen Eltern erzählen, oder?«, leitete Jonathan Wiesner das Gespräch ein.

Der junge Mann wandelte nun schon fast ein Vierteljahrhundert auf dieser Erde. Und seine größte Sorge war, dass man seine Untaten den Eltern berichtete? Wo war sie hier nur gelandet? »Erzählen Sie bitte erst mal, wo Sie wie irgendwelche Leichen gesehen haben.«

Mr. White sah zu Heisenberg, der zuckte nur mit den Schultern. »Wir waren heute Nacht am Badesee. Mit dem Wagen meines Vaters. Er arbeitet im Generalkonsulat der Niederlande in Frankfurt. Natürlich darf ich mit dem Wagen nicht fahren. Da versteht mein Vater keinen Spaß. Aber wir wollten unbedingt in der Grube Prinz von Hessen tauchen.«

Margot sah zu Heisenberg, fragte sich, welche Rolle der dabei spielte, entschied sich dann aber, diese Frage auf später zu verschieben. Stattdessen erkundigte sie sich bei Wiesner: »Warum wollten Sie dort tauchen?«

Jetzt ergriff Heisenberg das Wort: »Wir beide arbeiten an einem Projekt. Wir tauchen in den Seen Darmstadts, fotografieren das Ganze und planen, einen Bildband herauszubringen.«

»Seen in Darmstadt?«, hakte Süllmeier sofort nach.

»Ja, es gibt eine ganze Menge davon. Im Bürgerpark mit Wasser vollgelaufene ehemalige Tongruben, dann Richtung

Traisa den See hinter dem Steinbruch-Theater, dann den ehemaligen Steinbruch an der Radrennbahn – da kriegt man so ein Buch ganz schnell voll.«

»Aber die Grube Prinz von Hessen – da ist doch überhaupt kein klares Wasser«, wandte nun Margot ein.

»Das ist richtig, es sei denn, Sie tauchen richtig tief, also unter die Sprungschicht von sechs Metern, und genau das haben wir gemacht. Die Schwebstoffe im Wasser, die befinden sich nur in den oberen Schichten direkt unter der Wasseroberfläche. Darunter ist das Wasser klar, auch wenn es stockdunkel ist. Aber wenn Sie in dieser Tiefe den Boden nicht berühren, sodass keine Dreckwolken aufsteigen, dann können Sie da mit entsprechenden Leuchten richtig gut sehen.«

»Und da haben Sie die Leichen entdeckt? In einem Mercedes? Auf dem Grund des Sees?«

Heisenberg nickte, und Mr. White tat es ihm nach. »Die Grube Prinz von Hessen war mal ein Braunkohle-Tagebau. Vom Ersten Weltkrieg an bis 1924 wurde hier oberirdisch Kohle gefördert. Dann wurden der Abbau eingestellt und die Pumpen abgestellt, die das Grubenwasser fortschafften. Und die Zeche füllte sich schnell mit Wasser. Viele der ehemaligen Anlagen sind dort unten heute noch zu sehen. Die Eisengerüste von Förderbändern zum Beispiel. Und auch Eisengerüste von Gebäuden. Und deswegen wollten wir Fotos machen.«

»Und die haben Sie gemacht?«

»Ja.«

»Und dabei sind Sie auf einen Mercedes mit Leichen gestoßen?«

»Ja. Wir waren völlig baff. Die ganzen Anlagen sind ja alle ungefähr hundert Jahre alt. Aber der Mercedes – das ist ganz sicher ein Modell aus den Achtzigern. Zuerst haben wir den Wagen ignoriert, haben uns viel mehr für ein Förderband interessiert, bei dem die Metallstruktur noch richtig gut erhalten war. Erst dann sind wir zu dem Mercedes runter, und der liegt auf etwa zwölf Metern.«

»Und in dem Mercedes, da waren Leichen?«

Heisenberg übernahm wieder: »Ja. Zwei. Auf dem Rücksitz.«

Margot sah zu Süllmeier, dann zu Wiesner: »Und Sie haben Fotos davon gemacht?«

Wiesner blickte zu Heisenberg, doch bevor einer der beiden etwas sagen konnte, meinte Margot: »Zeigen!« Sie war sich nicht sicher, ob es nicht schon zu spät war. Ob die jungen Männer ihre tollen Fotos nicht bereits auf Facebook, Instagram, Twitter oder wo auch immer gepostet hatten, noch bevor sie, die Polizei, Gelegenheit gehabt hatten, sich den Wagen anzuschauen.

Wiesner ging zum Schreibtisch, griff nach dem Laptop und trug ihn an den flachen Couchtisch. Seine Finger flogen kurz über die Tastatur, dann zeigte er den Polizisten ein Foto.

Margot warf nur einen kurzen Blick darauf, dann griff sie zum Telefon.

Als Horndeich seinen Wagen von der Dieburger Straße auf den Waldweg lenkte, war es bereits 9:30 Uhr. Margot hatte ihn schon vor einer Stunde angerufen, er möge bitte sofort zum Südufer der Grube Prinz von Hessen kommen. Am Grund des Sees liege ein Auto mit zwei Leichen auf dem Rücksitz.

Und dann war alles auf einmal gekommen. Stefanie war wieder aufgewacht und hatte geweint. Horndeichs Tochter war inzwischen drei Jahre alt und durchlebte gerade eines der Highlights jeder Kindheit: Windpocken. Wobei Horndeich sich nach inzwischen vier fast schlaflosen Nächten nicht so ganz sicher war, wer derzeit mehr litt, Stefanie oder ihre Eltern. Für gewöhnlich verabschiedete sich Horndeich um diese Uhrzeit zum Dienst, küsste seine Frau, küsste seine Tochter, griff zur Jacke und ging. Doch seine Frau Sandra hatte die Nacht im Badezimmer verbracht und sich mehrfach übergeben – auch sie war alles andere als gesundheitlich auf der Höhe. So war Horndeich in dieser Nacht zwischen Kinderbett und Badezimmer hin- und hergependelt, mal rote Pusteln betupfend, mal seine Frau im Arm haltend. Nachdem Margot sich bei Horndeich gemeldet hatte, hatte Sandra gleich bei ihrer Mutter angerufen. Horndeichs Schwiegereltern wohnten nicht weit von Darmstadt entfernt in Büttelborn. In solchen Momenten war Horndeich darüber sehr froh. In solchen Momenten wohlgemerkt. Seit Stefanie krank war, hatten die Schwiegereltern auch den Familienhund Che zu sich genommen, einen ausgesprochen gut erzogenen und liebenswerten Chihuahua.

Zwei Kollegen der Schutzpolizei hoben das Absperrband an, und Horndeichs auberginenfarbener Mazda Xedos 9 rollte darunter hindurch. Viel weiter konnte Horndeich nicht fahren, denn überall standen bereits Fahrzeuge der Polizei. Er stellte den Wagen ab und ging die restlichen hundert Meter zur südöstlichen Ecke des Sees zu Fuß.

»Moin«, begrüßte ihn Margot. »Nicht viel Schlaf gekriegt heute Nacht, was?«

Horndeich winkte ab. »Was haben wir hier?«

Margot fasste nochmals kurz die Fakten zusammen, dann sagte sie: »Jetzt gehen die Taucher gleich runter.«

Unmittelbar neben Horndeich stand der grüne MAN-Laster mit der Aufschrift *Polizeitaucher*. Direkt dahinter ein Landrover, davor ein grüner Unimog mit Schaufel an der Frontseite und Kranaufbau am Heck. Die Kollegen der technischen Einsatzeinheit – kurz: TEE – aus Mühlheim am Main waren offensichtlich für jede Situation gerüstet.

»Und du bist sicher, dass da unten zwei Leichen sind?«

Margot antwortete nicht, sondern wischte ein paarmal auf der Glasfläche ihres Tablets. »Hier siehst du sie«, sagte sie und hielt ihm den flachen Computer unter die Nase. »Haben unsere Hobbytaucher für uns aufgenommen.«

Offensichtlich verfügten die beiden jungen Männer, von denen Margot berichtet hatte, über eine gute Fotoausrüstung, denn das Bild war gestochen scharf. Zu sehen war der Schädel eines Menschen, der auf dem ausladenden Kragen eines Rollkragenpullovers ruhte. Das Bild wirkte surrealistisch, denn der Hals, der für gewöhnlich den Abstand zum Kragen wahrt, fehlte.

»Tauchtiefe elfeinhalb Meter«, ergänzte Margot.

Ein Hüne von einem Mann, über zwei Meter groß, kam auf Margot und Horndeich zu. »Wir wären jetzt so weit«, meinte er. Er wandte sich an Horndeich: »Thorsten Becho, ich leite hier die Tauchergruppe.«

Horndeich reichte ihm die Hand.

»Bitte geben Sie uns noch mal die genauen Koordinaten«, sagte Becho zu Margot.

Sie nannte sie, und der Hüne gab die Daten in sein GPS-Gerät ein. Dann meinte er: »Wenn Ihre Informanten recht haben, liegt der Wagen rund fünfzig Meter vom Ufer entfernt. Wir fahren jetzt mal mit einem Schlauchboot raus. Mein Kollege Gisbert« – er deutete auf einen rothaarigen Wuschelkopf – »macht die Dokumentation. Wir sind mit ihm in ständigem Funkkontakt. Wenn Sie sich neben ihn setzen, kriegen Sie alles mit – und können auch Fragen stellen.«

Der Wuschelkopf kam auf sie zu und hatte drei Campingstühle unterm Arm. Er klappte sie mit der Routine eines Profis auf und stellte sie in die Nähe des Ufers. Am östlichen Ufer befand sich der Badebereich, an allen anderen Stellen wuchsen Bäume und Schilf, immer wieder nur von schmalen Stellen unterbrochen, die für Angler gerodet worden waren. An solch einer Stelle saßen sie nun.

Horndeich nahm das Angebot, sich auf einen Campingstuhl zu setzen, sehr gern an. Neben ihm ließ sich der Wuschelkopf nieder, neben diesem Margot.

Der Taucher, ein schmächtiger Bursche, hatte inzwischen

den Taucheranzug angezogen. Gemeinsam mit Thorsten Becho und einem weiteren Kollegen stieg er in das Schlauchboot. Wenige Minuten später hatten sie vierzig Meter vom Ufer entfernt den Anker geworfen. Gisbert schaltete den kleinen Kofferverstärker ein. »Damit können wir jetzt alles hören, was der Taucher sagt«, meinte er und zog einen Schnellhefter aus der Tasche.

Horndeich sah, wie der Froschmann sich nach hinten ins Wasser fallen ließ, und beobachtete dessen Partner, der die Verbindungsleine zu seinem tauchenden Kollegen in der Hand hielt. Aus dem Lautsprecher hörte Horndeich die Bemerkungen des Tauchers, der immer tiefer nach unten schwamm. »Die Sicht ist schlecht«, meinte er, gefolgt von Angaben zur Tauchtiefe und anderem Taucherlatein, das Horndeich nicht interpretieren konnte.

Er selbst war einmal in der Karibik getaucht, wo er mit einer Freundin, an deren Namen er sich nicht mal mehr erinnern konnte, Urlaub gemacht hatte. Sie waren in einem All-inclusive-Ghetto abgestiegen. Was Horndeich nicht vergessen hatte, waren die zahllosen Streitereien mit dieser Freundin und das absolute Highlight: Er hatte sich eine Schnorchel-Ausrüstung geliehen und war ein wenig in die Bucht gepaddelt. Das Licht war fantastisch gewesen, und unter ihm waren all die bunten Fische ihrer Wege gezogen, die er sonst nur aus Unterwasserdokumentationen im Fernsehen kannte. Es war einfach unbeschreiblich gewesen, die schillernde Farbenpracht von Korallen und Fischen mit eigenen Augen zu sehen!

Horndeich wachte auf, als er eine Hand auf seiner Schulter spürte. Vom Tagtraum war er fließend in den Schlaf hinübergeglitten. »Es wird interessant«, hörte er die Stimme seiner Kollegin.

»Ich sehe das Auto«, tönte es aus dem Lautsprecher. »Sicht ungefähr drei Meter, Tauchtiefe neun Meter fünfzig. Muss noch ungefähr zwei Meter runter.«

Wenige Sekunden später war erneut die Stimme des Tauchers zu vernehmen: »Bin da.«

Der Wuschelkopf tauschte via Funk mit seinen Kollegen ein paar Informationen aus. Horndeich sah, dass er die »Checkliste Kfz« mit einigen Bemerkungen füllte.

»Was für einen Wagen siehst du?« Die Stimme des Leinenführers, der seinen Taucher im wahrsten Sinne des Wortes an der Leine führte.

»Das ist ein Mercedes. Ich sehe hier nur den Kofferraum. Moment – die Typenbezeichnung ist 230E.«

Der Wuschelkopf fragte: »Also eine E-Klasse?«

»Nein, das ist ein älteres Modell. Hat noch eckige Rückleuchten.«

Außerdem steht bei der E-Klasse das E vor der Zahl, korrigierte Horndeich in Gedanken. Und der jüngste Benz mit rechteckigen Rückleuchten war seiner Erinnerung nach die Baureihe W123, quasi der Enkel seines Flossen-Benz, der leider inzwischen das Zeitliche gesegnet hatte. Ein Oldtimer als Familienkutsche – das hatte leider nicht lange funktioniert.

»Ich kann auch das Kennzeichen erkennen«, klang die blecherne Stimme aus dem Lautsprecher, die immer wieder durch das laute Schnauben von Einatmen und Ausatmen unterbrochen wurde. »WO – die beiden Buchstaben danach kann ich nicht lesen –, dann die Ziffern 337.«

Gisbert trug das Kennzeichen an der entsprechenden Stelle ein.

»Es ist ein Viertürer. Farbe wahrscheinlich rot, könnte auch braun sein, werden wir über Wasser sicher besser sehen.«

»Kannst du sonst noch was über den Wagen sagen?«

»Frag mich!«

»Lage?«

»Der Wagen steht auf allen vier Rädern, liegt also nicht auf dem Kopf oder so.«

»Zustand von Türen oder der Heckklappe?«

»Alles geschlossen, nur die Fahrertür ist geöffnet.«

»Scheiben?«

»Sind alle drin, bis auf die Heckscheibe.«

»Lenkung?«

»Soweit ich das sehen kann, zeigt die Lenkung geradeaus.«

»Getriebe?«

»Hä?«

»Ist ein Gang eingelegt?«

»Da muss ich erst reintauchen. Ich will aber zunächst von außen fotografieren.«

Ein paar Momente später meldete sich der Taucher wieder. »So, jetzt kommen die Details aus dem Inneren. Getriebe ist ein manuelles, der erste Gang ist eingelegt. Die Handbremse ist nicht gezogen, der Schlüssel steckt.«

»Irgendwas kaputt?«

»Nur die Heckscheibe. Aber der Wagen ist nicht grad in einem guten Zustand. Die beiden Typen auf der Rücksitzbank übrigens auch nicht.«

Horndeich sah, wie sein Nachbar Blätter im Schnellhefter austauschte.

»Zu den Leichen: Was kannst du da sagen?«

»Du bist echt gut!«

»Also?«

»Was willst du wissen?«

»Ich meine, gibt es auf den ersten Blick Verletzungen, die du erkennen kannst?«

»Die haben keinen Hals mehr.«

»Wie?«

»Die beiden Köpfe liegen direkt auf dem Kragen. Bei einem der Kragen eines Rollkragenpullovers, bei der anderen Leiche auf dem Kragen von etwas, was auf den ersten Blick wie die Überreste einer Jacke aussieht. Da ist nichts mehr übrig außer Knochen.«

Der Wuschelkopf schwieg. »Okay. Dann sieh mal nach, ob du in dem Wagen noch irgendwas Wichtiges findest.«

Kurz herrschte Schweigen in der Leitung, dann ertönte wieder die Stimme des Tauchers: »Ich hab eine Pistole gefunden.«

Gisbert hakte nach: »Wo?«

»Im Fußraum auf der Beifahrerseite. Ich fotografiere sie, dann pack ich sie ein.«

Wenig später sagte der Taucher: »Ich bin jetzt durch. Außer der Pistole keine weiteren relevanten Gegenstände, also eine Handtasche oder so was. Ich hab auch die Fahrertür geschlossen, dann kann bei der Bergung nichts rausgespült werden. Jetzt tauche ich auf und hole die Bergesäcke.«

Bergesäcke, ließ sich Horndeich erklären, waren riesige Luftmatratzen, die Taucher an schwere Gegenstände unter Wasser anschnallten. Dann wurden sie aus Pressluftflaschen von Land über einen Schlauch mit Luft befüllt. So hob sich das versunkene Objekt dann langsam an die Wasseroberfläche.

Es dauerte noch rund fünfundzwanzig Minuten, dann sah Horndeich, wie das Dach des Mercedes, flankiert von zwei großen gelben Luftsäcken, aus dem Wasser auftauchte.

»Wir ziehen das jetzt langsam an Land, dann holen wir die Karosse ganz raus«, erklärte Thorsten Becho.

»Na, da komme ich ja gerade rechtzeitig«, hörte Margot die vertraute, aber nicht unbedingt geliebte Stimme des Frankfurter Gerichtsmediziners Martin Hinrich. »Das ist ja mal eine richtige Überraschung. Die letzte gemeinsame Wasserleiche hatten wir, glaube ich, vor – gut zwei Jahren, oder?«

Margot und Horndeich hatten ihre Sitzplätze in der ersten Reihe aufgeben müssen, da der Unimog der Polizeitaucher ans Ufer fahren musste. Die Taucher hatten die Luft der Bergesäcke rund vier Meter vor dem Ufer abgelassen und die Hightech-Luftmatratzen danach abmontiert. Der Mercedes war sofort wieder in den Fluten verschwunden. Über ein Seil war er mit der Heckwinde des Unimogs verbunden. Das lauter werdende Motorgeräusch zeigte akustisch an, dass der Unimog den Wagen nun an Land zog.

»Da bekomme ich ja das gesamte Spektakel noch mit!«, frohlockte Hinrich. Margot konnte dessen Begeisterung nicht teilen. Sie warf einen Seitenblick auf ihren Kollegen Horndeich. Der schien jetzt im Stehen zu schlafen.

Es dauerte noch drei Minuten, dann durchbrach das Dach des Mercedes erneut die Wasseroberfläche, Sekunden später auch der Kofferraumdeckel. An dieser Stelle war das Ufer ziemlich steil. Zentimeter für Zentimeter gelangte der Wagen aus den Fluten ans Land. Margot erkannte auf dem Kofferraumdeckel die schwarze Silhouette eines Aufklebers. Die Form erinnerte an ein nach rechts geöffnetes Zahnseide-Gäbelchen. Dann identifizierte sie den Umriss: Es war einer jener früher einmal so beliebt gewesenen schwarzen Sylt-Aufkleber. Offenbar hatte sich der Sticker über Jahre hinweg unter Wasser gehalten. Thorsten Becho hatte ihr, kurz bevor Horndeich angekommen war, bereits erklärt, dass die tiefste Stelle des Sees fast vierzehn Meter unter der Wasseroberfläche lag. In den unteren Regionen hatte das Wasser nur noch sehr wenig Sauerstoff. Das schien neben dem Aufkleber auch dem Lack des Autos zugutegekommen zu sein. Die Lackierung war eindeutig rot.

»Der sieht ja noch richtig gut aus!«, meinte jetzt auch Thorsten Becho, der an ihre Seite getreten war. Während der Unimog den Wagen weiter aus dem See zog, drang aus allen Ritzen Wasser. Nachdem das gesamte Fahrzeug an Land stand, wollte Horndeich direkt die Fahrertür öffnen.

»Lassen Sie das besser«, stoppte ihn Becho. »Wenn Sie die Tür jetzt aufmachen, kommt Ihnen das restliche Wasser mit einem Schwall entgegen. Und spült Gegenstände raus, die noch im Auto liegen.«

Margot trat gemeinsam mit Hinrich ebenfalls an den Wagen. »Wollen Sie das Seil nicht lösen?«, fragte sie.

»Besser nicht«, sagte Becho. »Dann rutscht uns der Wagen geradewegs wieder zurück ins Wasser.«

Hinrich sah durch die Öffnung, in der früher mal die Heckscheibe gewesen war, in das Auto hinein. »Wo sind denn hier Leichen?«

»Auf dem Rücksitz«, antwortete Horndeich und machte damit klar, dass er auf seinem Campingstuhl nicht nur geschlafen hatte.

»Da ist gar nichts«, sagte Hinrich.

Auch Horndeich und Margot sahen in den Wagen – auf dem Rücksitz war tatsächlich nichts zu sehen. »Wo sind die denn hin?«, stellte Margot die vermeintlich blöde Frage.

»Zu viel Trubel hier, die sind fortgeschwommen.« Hinrich, wie er leibte und lebte.

In dem Moment stieß Silvia Rauch von der Spurensicherung zu der kleinen Gruppe hinzu. »Alle, die sich diesem Wagen jetzt nähern wollen: Bitte zieht euch die Overalls an.« Sie war mit gutem Vorbild vorangegangen und trug bereits den weißen Anzug und die blauen Überzüge über den Schuhen.

Wenige Minuten später tropfte es nur noch aus der Karosse. Bevor Silvia Rauch die linke Hecktür öffnete, versuchte sie, am Türgriff noch Fingerabdrücke zu gewinnen. Doch es zeigte sich, dass dies vergebliche Liebesmüh war. Sie öffnete die Tür – in der Tat war der Rücksitz völlig leer.

»Mit dem Trick sollten wir auftreten«, erklärte Hinrich lachend. »Der wundersame Leichenschwund – cooler Titel, oder?«

Als Silvia Rauch die vordere Tür öffnete, löste sich das Rätsel: Die Überreste der Skelette sowie die der Kleidung waren durch die Strömung beim Herausziehen des Wagens nach vorn gedrückt worden und lagen jetzt im vorderen Fußraum und unter den Vordersitzen.

Hinrich beugte sich hinein. »Okay. Eine der beiden war eine Frau.«

»Wow! Sie sind ja richtig in Form heute! Haben Sie den Beckenknochen gefunden und können ihn so mir nichts, dir nichts bestimmen?«

»Nein. Aber dieses Kleidungsstück hier war eindeutig einmal eine Nylonstrumpfhose. Kann natürlich auch sein, dass der Todeszeitpunkt der Christopher-Street-Day war und hier zwei Jungs liegen.«

Margot verdrehte nur die Augen und klopfte Horndeich auf die Schulter. »So, lass die erst mal ihren Job machen.«

Wie aus dem Nichts waren inzwischen zwei Mitarbeiter eines Bestattungsinstituts herangetreten. Sie hatten zwei Zinkwannen mitgebracht, die sie nun unweit des Mercedes an der Böschung abstellten.

Silvia Rauch fotografierte zunächst den Wagen, dann sammelte sie gemeinsam mit Hinrich die Knochen und Kleiderreste der beiden Insassen ein.

Margot war inzwischen an das Heck des Fahrzeugs getreten. Bei Tageslicht konnte sie auch die beiden fehlenden zwei Buchstaben des Nummernschildes lesen. Sie griff zum Handy und rief in der Zentrale an, gab das Kennzeichen durch. »Wahrscheinlich ist das gar nicht mehr bei uns im System. Es sieht so aus, als hätte der Wagen mehrere Jahre hier im See verbracht.«

»Einen Moment bitte«, sagte die Kollegin am anderen Ende der Leitung. Wenige Sekunden später murmelte sie: »Sie haben recht, Kollegin. Ich hab den Wagen nicht im System. Er ist also nicht als gestohlen gemeldet.«

Margot beendete das Gespräch und rief beim Kraftfahrtbundesamt an. Wieder stellte sie die Frage nach dem Wagen und gab das Kennzeichen durch. Der junge Mann, der dort am Computer saß, sagte: »Ein roter Mercedes 230E mit diesem Kennzeichen. Viertürer. Ja, den habe ich im System. Aber der ist angemeldet. Hat sogar vor ein paar Wochen ein H-Kennzeichen als Oldtimer bekommen.« Er nannte Margot Name und Adresse des Fahrzeughalters – ebenso dessen

Telefonnummer. Margot wählte sie und führte ein kurzes Gespräch.

»Komm mit«, sagte sie danach zu Horndeich. »Während die hier die Spuren sichern, gönnen wir uns einen kleinen Ausflug nach Worms.«

Der Hof lag ein paar Kilometer südlich der Stadtgrenze von Worms. Das Umland der Nibelungen-Stadt war flach und bestand zum größten Teil aus Ackerland. Der Hof lag jedoch in einem kleinen Wäldchen. Die Zufahrt war so gut zwischen den Bäumen versteckt, dass Margot zunächst daran vorbeifuhr und erst einige hundert Meter später wieder wenden konnte.

»Knuffig«, brachte es Horndeich auf den Punkt. Margot hatte ihm auf der Fahrt berichtet, dass der Besitzer des Wagens Rüdiger Kramer hieß. Er war Orthopäde – und hatte an diesem Freitag keine Sprechstunde, sodass er für die Beamten natürlich »eine halbe Stunde Zeit erübrigen konnte«, wie Margot zitiert hatte.

Die Zufahrt zum Hof führte rund hundert Meter in den Wald hinein. Dann öffnete sich eine Lichtung, und darauf befand sich der Hof. Auf Horndeich wirkte er wie ein Fort im Wilden Westen, umgeben von einer Mauer mit einem richtigen Hoftor als Einfahrt.

Rechts neben dem Tor waren zwei große Schilder angebracht. Auf dem einen stand *Dr. Rüdiger Kramer – Orthopäde – Alle Kassen*. Auf dem Schild darunter war zu lesen: *Physiotherapeutische Praxis – Sieglinde Kramer*. Na, wenn das keine Win-win-Situation war …

Die Gebäude waren in einem Karree angeordnet, und so wirkte der Innenhof noch größer, als es der Blick von außen hätte vermuten lassen. Margot parkte ihren Mini Clubman, der ihr jetzt auch schon einige Jahre treu diente. Beide stiegen aus. Horndeich hatte kaum die Beifahrertür geschlossen, als zwei Hunde auf ihn zugestürmt kamen. Ganz eindeutig rassereine Exemplare der Gattung »Einmal-die-Straße-rauf-und-runter«. Sie bellten nicht, sondern beschnupperten die Neuankömmlinge nur gründlich.

»Ah, da sind Sie ja«, sagte der Mann, der dem Mini-Rudel wenige Sekunden später folgte. Er reichte Margot die Hand. »Rüdiger Kramer«, fügte er hinzu. Margot übernahm ihren Teil des Vorstellungsrituals: »Kriminalhauptkommissarin Margot Hesgart und Kriminalhauptkommissar Steffen Horndeich.«

Kramer war groß und schlank. Obwohl er keine Sprechstunde hatte, trug er die klassische Ärzte-Uniform: weiße Stoffhose, weißer Kittel, weiße Crocs. Dazu eine Brille mit passendem schwarzem Horngestell. Allein der Dreitagebart brach das Klischee ein wenig. Horndeich schätzte Kramer auf um die vierzig Jahre. Er sah sich um. Eine Seite des Innenhofs wurde fast vollständig von einer Glasscheibenfront begrenzt. In Schemen konnte Horndeich dahinter regelmäßige Bewegungen wahrnehmen – offensichtlich war dort der Trainingsraum der Physiotherapeutin.

»Wir wohnen noch nicht lange hier«, erklärte Kramer, als er die beiden Beamten quer über den Hof geleitete. »Meine Frau, ich und die Kinder sind vor zwei Jahren aus der Stadt hierhergezogen. Da haben wir uns selbstständig gemacht. War schon ein gewisses Risiko, aber es läuft gut.«

Der Wohnbereich im Inneren des Hauses war in großen Teilen so belassen, wie er früher einmal gebaut worden war. Das hieß in der Praxis: Der großzügige Wohnraum wies auch mitten im Raum nach einem nicht auf den ersten Blick zu erkennenden System Fachwerkbalken auf. Der Boden war jedoch neu und eben.

Kramer bot den Polizisten etwas zu trinken an, und sie nahmen in der geräumigen Sitzecke Platz. Die Einrichtung war eher spartanisch; ein paar Gemälde hingen an der Wand, abstrakte Werke, in denen die Töne Knallrot und Weiß eindeutig die Vorherrschaft innehatten. Sie bildeten einen angenehmen Kontrast zum fast schwarzen Holz der Balken.

»Sie haben wegen des Mercedes angerufen«, kam Kramer zum Thema.

»Ja. Wir haben einen Mercedes aus einem See gezogen, der das Kennzeichen Ihres Wagens trägt.«

Kramer lächelte und zeigte dabei sein perfektes Gebiss. »Das ist wohl kaum möglich, denn mein Wagen war seit dem Tag, an dem mein Vater ihn gekauft hat, ununterbrochen auf ihn, danach auf meine Mutter und nun auf mich zugelassen.«

Das Kraftfahrtbundesamt hatte Margot den Datensatz zum Fahrzeug bereits zugeschickt, und Horndeich hatte ihn sich auf der Fahrt nach Worms angeschaut: Wie bereits anfangs vermutet – und wie es sich bestätigt hatte, nachdem der Wagen an Land gezogen worden war –, handelte es sich tatsächlich um die Baureihe W123. Die Bezeichnung 230E verriet, dass es sich um einen Vierzylinder-Einspritz-Motor mit 2300 Kubikzentimetern Hubraum handelte.

»Und Sie fahren den Wagen heute noch?«, wollte Horndeich wissen.

»Ja. Ist eine Liebhaberei. Aber eine alltagstaugliche.«

»Welche Farbe hat das Fahrzeug?«

»Dunkelrot. In der Mercedes-Sprache nennt sich die Lackierung Barolo-Rot.«

»Dürfen wir den Wagen sehen?«

»Klar, kommen Sie mit, er steht in der Scheune – also in unserer Garage.«

Sie gingen quer über den Hof. Die Scheune war mit einem antik wirkenden Rolltor verschlossen. Als Kramer es öffnete, glitt es leicht und geräuschlos zur Seite. Es gab keine Zwischenböden in der Scheune, sodass Horndeich das Dachgebälk sah, als er nach oben schaute.

Vor ihnen standen drei Fahrzeuge. Ein blauer VW Golf der aktuellen Baureihe, ein Renault Espace, ebenfalls in Blau, und der Mercedes. Horndeich ging einmal um das Auto herum. Es sah genauso aus, wie der Wagen aus dem Wasser einmal ausgesehen haben musste. Horndeich warf einen Blick hinein: »Lederausstattung?«

»Ja, was das angeht, war mein Papa etwas eigen. Wenn er irgendetwas nicht mochte, dann Kunststoffe. Er hat immer nur Baumwolle und Leder getragen und wäre nie auf die Idee gekommen, Autositze mit Bezügen aus Kunstfaser zu bestellen.«

Die Sitze des gefluteten Wagens waren in keinem guten Zustand gewesen. In Gedanken notierte sich Horndeich die Frage an die Spurensicherung, ob die Limousine aus dem Wasser ebenfalls Lederausstattung gehabt hatte.

»Ist Ihnen dieser Wagen irgendwann einmal gestohlen worden?«

»Nein. Da bin ich mir sicher.«

Margot deutete auf den Kofferraumdeckel. »Hatten Sie jemals einen Aufkleber der Insel Sylt auf Ihrem Wagen?«

Kramer runzelte die Stirn, sah Margot direkt an. »Ja. Woher wissen Sie denn das?«

»Bis wann klebte der dort?«

»Vor drei Jahren ist mir in Worms vor einer roten Ampel einer von hinten reingefahren. Die Versicherung bezeichnete es als Totalschaden, klar, bei dem Alter, ich hab also noch was draufgelegt und hab ihn wieder richtig herrichten lassen. Am Heck musste sogar etwas geschweißt werden. Also habe ich mich entschlossen, die Außenhaut komplett neu lackieren zu lassen, wenn auch in der alten Farbe. Und dabei fiel der Sylt-Aufkleber der Lackpistole zum Opfer.«

»Wann genau hat Ihr Vater den Wagen gekauft?«

»Das kann ich Ihnen ganz genau sagen: Wenige Tage vor dem 15. August 1985 hat er das Auto bekommen. Ich habe am 15. August Geburtstag, und an diesem Tag sind wir mit dem Wagen in Richtung Sylt aufgebrochen. Gleich bei dieser ersten Reise ist dann auch der Aufkleber auf dem Heck gelandet.«

SAMSTAG, 20. SEPTEMBER

Margot saß im Garten vor ihrem Haus und hielt das Gesicht der Sonne entgegen. Vor ihr standen ein halb volles Glas und eine Flasche mit Apfelschorle. Nach ihrem gestrigen Trip nach Worms hatten Horndeich und sie die beiden Hobbytaucher ins Polizeipräsidium bestellt und ihre Aussagen aufgenommen. Gerichtsmediziner Hinrich hatte sie wissen lassen, dass er ein wenig Zeit brauche, um die sterblichen Überreste der beiden Menschen aus dem Auto zusammenzupuzzeln. Genau so hatte er sich ausgedrückt. Das Einzige, was sie bisher mit Gewissheit sagen konnten, war, dass die beiden Insassen nicht aus freien Stücken in den See gefahren waren und dass sich ihre Überreste wohl schon Jahre auf dem Rücksitz befunden hatten. Auch Silvia Rauch hatte ihnen mitgeteilt, dass die Spurensicherung eine Weile dauern würde – allein schon, weil sie die Karosse erst einmal trocken kriegen mussten. Am Dienstag – also in drei Tagen – wollte sie einen vorläufigen Bericht fertig haben.

»Stör ich?«, hörte Margot Doros Stimme und öffnete die Augen. Dorothee Traunstein, so ihr bürgerlicher Name, war die Tochter ihres Exmannes Rainer Becker. Sie lebte nun schon über fünf Jahre bei Margot. Aus der Spätpubertierenden war inzwischen eine junge Frau geworden, die mit beiden Beinen fest im Leben stand. Meistens zumindest. Margots Ex Rainer wohnte inzwischen auch wieder in Darmstadt. Sie war ihm aber in den vergangenen Monaten nicht ein Mal begegnet.

»Nein, setz dich«, sagte Margot.

Offenbar hatte Doro mit dieser Antwort gerechnet, denn

sie zauberte ein leeres Glas hinter ihrem Rücken hervor, ließ sich nieder und schenkte sich ebenfalls Schorle ein. »Bist ja doch hiergeblieben«, stellte sie fest.

»Hmmm«, brummte Margot nur. Ursprünglich hatte sie geplant, am Vortag zu einem Besuch bei ihrem Freund Nick Peckhard aufzubrechen. Sie hatte den Amerikaner vor einigen Jahren bei einem Fall kennengelernt, der sie bei den Ermittlungen auf die andere Seite des Ozeans geführt hatte. Sie waren sich nur langsam nähergekommen, nun waren sie ein Paar. Zumindest gefühlt, war die Distanz ihrer Wohnungen von mehreren 1000 Kilometern zarten Gefühlsbanden doch recht hinderlich. »Ich ziehe in deine Nähe, dann sind wir nur noch siebzig Minuten voneinander entfernt«, hatte Nick ihr vor einem Jahr strahlend verkündet, und sie hatte gedacht, er meine Wiesbaden oder vielleicht auch Heidelberg. Aber die Amerikaner hatten, was die Dimensionen von Entfernungen anging, einfach eine ganz andere Sichtweise. Jetzt lebte er tatsächlich nur noch siebzig Minuten entfernt. Siebzig Flugminuten. Er hatte einen Job bei der Interpol-Zentrale im französischen Lyon angenommen. Dort wohnte er auch seit gut einem Dreivierteljahr. Und in den kommenden Tagen sollte der Job nochmals verlängert werden.

»Bist du wegen der beiden Leichen hier, die ihr gestern aus dem See gefischt habt?«

Margot wiederholte ihr Brummen. Von Freitagabend bis Mittwochabend bei Nick in Lyon, das war der Plan gewesen. Der jetzt, wie das Auto, buchstäblich ins Wasser gefallen war. »Und was ist dein Plan für dieses Wochenende?«, fragte sie nun ihre »Beutetochter«, wie sie das Stiefkind manchmal zu nennen pflegte.

Doro zuckte nur mit den Schultern. »Weiß noch nicht. Tara und Moni wollen vielleicht noch vorbeikommen. Eventuell gehen wir ins Kino. ›Herkules‹ ist angelaufen. Womöglich gucken wir uns einfach mal wieder zwei Stunden lang attraktive Männer an.«

Margot hörte Schritte hinter sich und drehte sich um.

»Sprichst du über mich?«, fragte Horndeich, als er durch den Garten auf die beiden Frauen zutrat.

»Na, wenn du hier auftauchst, dann ist Margots Wochenende wohl gerettet«, meinte Doro grinsend.

»Was führt dich her an diesem schönen Samstagmittag? Magst du dich setzen?«

»Ich habe gerade eine SMS von unserem Lieblings-Rechtsmediziner bekommen. Hinrich hat uns angeboten, uns schon jetzt ein paar Fakten zu präsentieren. Kommst du mit nach Frankfurt?«

Tote, deren Todesursache nicht zweifelsfrei natürlich zu erklären war und die in der Region Darmstadt gefunden wurden, landeten immer auf den Stahltischen des Instituts für Rechtsmedizin in Frankfurt.

Margot stand auf: »Klar.«

Das Rechtsmedizinische Institut der hessischen Bankenmetropole war in einem Jugendstilgebäude im Süden Frankfurts untergebracht. Auf den ersten Blick ließ das Gebäude nicht erkennen, welch gruseliges Treiben im Inneren vor sich ging. Zum Glück hatte die Fahrt von Darmstadt in die Mainmetropole nicht lange gedauert – samstags war die Autobahn selten überfüllt. Als Margot und Horndeich den Sektionssaal betraten, waren zwei der drei Stahltische belegt. Akkurat sortiert lagen jeweils die Skelettknochen der beiden Leichen darauf.

»Moin«, begrüßte sie Gerichtsmediziner Martin Hinrich. Er trug einen weißen Kittel, der an einigen Stellen alles andere als weiß war. Obwohl er es eigentlich nicht wissen wollte, fragte sich Horndeich, woher die Flecken wohl rührten.

Noch bevor die beiden den Gruß erwidern konnten, fuhr Hinrich bereits fort: »Also, werte Mitstreiter, eigentlich habe ich die kommende Woche Urlaub. Es steht ein Besuch bei der Liebsten an.«

Horndeich unterdrückte ein Grinsen. In den vergangenen Jahren hatte er irgendwann aufgehört, sich die Namen der Damen zu merken, die Hinrich bei jedem neuen Fall nannte. Es lohnte sich nicht, denn Hinrich schwebte seit Jahren von einem zweiten Frühling in den nächsten. Allein in den Kategorien Haarfarbe und Altersklasse blieb Hinrich sich stets treu: blond und mindestens zehn Jahre jünger. Gern auch ein wenig größer als er selbst. Irgendwann hatte er herausgefunden, dass sein Beruf beim anderen Geschlecht als sexy galt. Vielleicht war das auch nur seine eigene Überzeugung, und es gelang ihm, diese ebenfalls bei den Damen seines Herzens durchzusetzen. Zumindest für kurze Zeit.

»Madeleine erwartet mich schon. Sehnsüchtig, wie sie nicht vergessen hat zu betonen. Ihretwegen habe ich mich sogar entschlossen, mein Französisch zu reaktivieren.«

Nun konnte sich Horndeich das Grinsen nicht mehr verkneifen. Vor einem Jahr war es Portugiesisch gewesen, vor einem halben Jahr Tschechisch.

»Okay, Hinrich, genug Geplänkel. Was haben Sie rausgefunden?«

Hinrich hob eine Augenbraue, schickte aber keine defätistische Bemerkung hinterher. »Hier die *Basic Facts.*«

Die Marotte, immer wieder englische Begriffe in seine Konversation einzustreuen, pflegte Hinrich seit einer Dame, die Horndeich, wenn er sich recht erinnerte, seinerzeit – dieser Zeitpunkt lag ungefähr zwei Jahre zurück – als Jackie vorgestellt worden war.

»Bei den beiden Toten handelt es sich um zwei erwachsene Menschen, über zwanzig und wahrscheinlich nicht älter als fünfunddreißig. Es sind Männlein und Weiblein, ich nenne sie Hänsel und Gretel.«

Horndeich betrachtete die beiden Skelette, deren Knochen von den letzten Geweberesten befreit worden waren. Eigentlich wirkten sie in diesem Zustand eher wie Studienobjekte in einem biologischen Institut denn wie Opfer eines Verbrechens. Aber dazu würde Hinrich ja gleich mehr erzählen, dachte Horndeich.

Doch Hinrich schwieg.

»Also?«, hakte Margot nach.

»Nichts *also*. Das *waren* die Basic Facts. Alles Weitere sind keine Fakten, sondern im besten Fall Schätzungen.«

»Wann und woran sind die beiden gestorben?«

»24. August 1993, er an Lungenentzündung, sie an einem verdorbenen Fischgericht. Lachs.«

Horndeich sah zu Margot. Beide schwiegen.

»Scherz. Weder den Todeszeitpunkt noch die Todesursache kann ich auch nur annähernd exakt bestimmen. Ich kann euch sagen, was nicht der Fall ist: Alle Knochen sind vollzählig vorhanden. Keiner der Knochen ist durchbrochen. Wir können also ausschließen, dass die beiden von einem irren Axt-Mörder erschlagen worden sind. Hänsel …« – er deutete auf das Gerippe auf dem linken Stahltisch – »… er hat verheilte Knochenbrüche am linken Bein und am rechten Unterarm. Über die Gründe kann ich nichts sagen, können Sportverletzungen sein, Unfälle, Schlägereien – keine Ahnung. Gretel …«, Hinrich deutete jetzt auf das andere Skelett, trat näher an den Stahltisch heran und zeigte auf einen Rippenknochen. »Hier habe ich den Hauch einer Einkerbung entdecken können. Sie stammt möglicherweise von einer Schussverletzung – aber auch das ist eher Spekulation als eine belastbare Hypothese. Allerdings haben Ihre Kollegen von der Spurensicherung ja die Pistole aus dem Fußraum des Fahrzeugs gefischt – im wahrsten Sinne des Wortes. Dazu werden die Ihnen dann mehr erzählen können.«

»Haben Sie noch Gewebe gefunden, das uns weiterhelfen könnte?«

»Nein. Knochen und Zähne sind noch da. Alles andere ist fort.«

»Was denken Sie, wie lange die beiden schon unter Wasser lagen?«

»Ich hab mich mal näher mit den Eigenschaften des Sees beschäftigt. Da unten ist es richtig kalt, vier bis fünf Grad Celsius. Und offensichtlich gibt es auch kaum Sauerstoff. Da hätte ich eigentlich Leichen erwartet, die durch Fettwachsbildung in ihren Konturen noch erhalten gewesen wären. Sind sie aber nicht. Ich gehe davon aus, dass es in dem See Lebewesen gibt, die sich von Aas ernähren.«

»Tiefsee-Hyänen?«

»So was in der Art.«

»Aale sind Aasfresser«, sagte Margot.

»Nein«, korrigierte Hinrich, »Aale sind keine Aasfresser. Und Aale kommen auch nicht in völlig abgeschlossenen Gewässern vor, da sie in ihrem Leben vom Atlantik aus die Flüsse hinaufschwimmen. Damit käme wohl kaum ein Aal in die Grube Prinz von Hessen. Höchstens per Anhalter. Ich tippe eher auf Posthornschnecken, die kleinen Viecher, die auch in meinem Aquarium dafür sorgen, dass der Schmodder verschwindet. Die sind richtige Überlebenskünstler und können sich auch bei diesen eisigen Temperaturen einigermaßen wohlfühlen.«

»Was grinst du so?«, wollte Margot von Horndeich wissen.

Der sagte nicht, dass er sich gerade vorstellte, wie Hinrich in einer Bar einer Blondine seine Version des Briefmarkenalbum-Tricks zuraunte: *Darf ich Ihnen mein Aquarium zeigen? Ich hab darin sogar Posthornschnecken!* Er ignorierte Margots Frage. »Wie lange sind die beiden jetzt also mindestens schon tot?«

Hinrich seufzte. »Das Auto, in dem sie gefunden wurden, kam Anfang 1976 in den Handel.«

»Das stimmt so nicht ganz«, sagte Horndeich. Seit er selbst für ein paar Jahre den Flossen-Benz aus den Sechzigern gefahren hatte, kannte er sich mit der Modellpalette der Marke mit dem Stern bis hinein in die Achtziger gut aus. »Den 230E-Motor gab es erst seit 1980.«

»Okay. Dann also erst 1980.«

»Und wie lange brauchen diese Viecher mindestens, um solche Skelette völlig vom Fleisch zu befreien?«

»Das kann ich nicht genau sagen. Aber wir reden auf jeden Fall von einer Liegezeit von mehreren Jahren. Aus dem Bauch raus – und Sie wissen, wie ungern ich solche Spekulationen von mir gebe – sag ich mal, dass das Auto mindestens zehn Jahre auf dem Grund des Sees gestanden hat.«

»Also zwischen 1980 und 2004 versenkt wurde. Und zum Zeitpunkt des Todes waren die beiden Insassen zwischen zwanzig und fünfunddreißig Jahre alt. Jetzt sind wir wirklich einen großen Schritt weiter«, konstatierte Margot.

»Den Zahnstatus habe ich bereits an die Kollegen verschickt, die werden das dann ja an alle Zahnärzte weiterleiten. Aber ich muss euch enttäuschen – da gibt es nichts Besonderes. Ein paar Amalgamfüllungen – und das war's. Die sind wahrscheinlich in Westeuropa angefertigt worden. Also keine typischen Ostfüllungen oder etwas ähnlich Markantes. Gretel hatte ein etwas besseres Gebiss als Hänsel. Das war zu Lebzeiten wohl schön für sie, hilft uns aber wenig.«

»DNA?« Margots letzter Hoffnungsschimmer, wenn man ihrer Mimik Glauben schenken durfte.

»Nada. Schon gestern habe ich die DNA über die Zähne checken lassen. Heute früh kam die Antwort. Die gute Nachricht ist: Die DNA hat sich eindeutig bestimmen lassen. Die schlechte: Nix in der Datenbank.«

»Wenn ich das richtig verstanden habe, dann wissen wir noch nicht einmal, ob sie getötet worden sind oder eines natürlichen Todes starben«, warf Margot in den Raum.

»Ich sagte doch schon: er Lungenentzündung, sie Fischvergiftung.«

»Ist gut jetzt«, fauchte Margot.

Horndeich war wieder dran mit Tupfen. Stefanie wimmerte nur noch. Sie hatte sich mehrere Stellen blutig gekratzt. Horndeich hatte versucht, sie mit guten Worten davon abzuhalten.

Doch Stefanie hatte kein Ohr mehr für jegliche Worte. Er hielt sie fest, die kleinen Ärmchen, die doch nur danach trachteten, der Qual ein Ende zu bereiten. Stefanie schrie. Horndeich nahm sie auf den Arm, auch eine Position, in der sie sich nicht selbst kratzen konnte, ohne Gefahr zu laufen, runterzufallen.

In der Küche zog er ein Kühlpad aus dem Gefrierschrank, fragte seine Tochter, wo es denn am meisten jucke. Dann kühlte er diese Stellen. Danach die weiße Tinktur darauf, und so schritt er von Pustel zu Pustel voran.

Er gab seiner Tochter noch etwas zu trinken und brachte sie dann ins Bett. Sie schlief bereits ein, bevor er sie zugedeckt hatte.

Danach saß er mit Sandra am Küchentisch. Er hatte sich und ihr ein Glas Rotwein eingeschenkt, seine Frau zog ein Glas Traubensaft vor. Während Horndeich seine Tochter versorgt hatte, hatte sie gekocht, Rührei mit Speck und dazu Blattspinat mit frischem Ingwer.

Horndeich führte gerade den ersten Bissen zum Mund, als das Handy klingelte. Er hasste es, wenn das Dienst-Handy immer genau dann meinte, sich melden zu müssen, wenn er sich gerade entspannen wollte. Er sah auf das Display. Hinrich. War der nicht gerade bei Madeleine? Er blickte zu seiner Frau, zuckte entschuldigend mit den Schultern und nahm das Gespräch an: »Ja, Hinrich, was gibt's? Sind Sie nicht gerade bei der Liebsten?«

»Ja. Wissen Sie, wir saßen eben auf dem Sofa und turtelten ein wenig, da musste ich an Sie denken.«

Horndeich war sich nicht sicher, ob er wirklich so viele Informationen dieser Art erhalten wollte. »An mich?«

»Ja. Ich habe gerade zärtlich über die Nase meiner Angebeteten gestrichen, als mir eingefallen ist, dass Anke Ihnen helfen kann. Wir haben sie ein halbes Jahr an die Amis ausgeliehen – und ab Montag arbeitet sie wieder bei mir im Institut.«

Horndeich kannte Dr. Anke Zilitt. Vor längerer Zeit war

sie einmal Hinrichs Assistenzärztin gewesen, hatte dann an anderen rechtsmedizinischen Instituten weitere Erfahrungen gesammelt und war vor einem Jahr – freiwillig, Horndeich konnte es kaum begreifen – wieder ans Institut zu Hinrich zurückgekehrt. Nun war sie sechs Monate in Chicago gewesen, um jetzt final zurückzukehren. Wunderbar.

»Wie Sie wissen, hat sie sich ja ziemlich gut weiterentwickelt und ist, ich muss es neidlos zugestehen, richtig gut, was Gesichtsrekonstruktionen angeht. In Chicago hat sie sich noch eingehender mit dem Thema befasst.«

»Das ist gut. Vielleicht kann sie uns dabei helfen, den beiden Toten Namen zu geben.«

»Ich hab sie bereits kontaktiert. Sie ist seit gestern wieder in Frankfurt und wird sich ab morgen früh Hänsel und Gretel widmen. Sie müssen nur dafür sorgen, dass sie alle verfügbaren Informationen über die beiden bekommt.«

Horndeich war wahrlich kein Spezialist im Bereich der Gesichtsrekonstruktion, aber er wusste, dass der Schädel zwar die Form des Gesichts vorgab, das wirkliche Aussehen jedoch durch viele Faktoren beeinflusst wurde, etwa durch Alter, Krankheiten und durch unterschiedliche Körperfülle. »Das ist perfekt. Ich sehe zu, dass die Spurensicherung das Auto möglichst schnell und möglichst gründlich unter die Lupe nimmt.«

»Wunderbar. Dann sind wir uns ja einig.«

»Eine Frage hätte ich noch.«

»Ja?«

»Weshalb rufen Sie mich an und nicht meine Vorgesetzte?«

»Ganz einfach. Wenn ich mich recht erinnere, hat sie ein paar Tage Urlaub.«

Da hatte Hinrich natürlich recht. Aber Margot war auch am heutigen Samstag mit in der Gerichtsmedizin gewesen. Für Horndeich sah es nicht so aus, als ob sie vorhätte, den Urlaub tatsächlich noch zu nehmen. Obwohl sie nach Lyon zu Nick fliegen wollte. Nicht, dass Horndeich etwa lauschte, aber sie hatte im Büro mit Nick telefoniert. Und während man Augen taktvoll schließen konnte, war dies bei den Ohren, selbst bei bestem Willen, nicht möglich.

Horndeich hörte auf der anderen Seite der Leitung im Hintergrund eine Frauenstimme. Hinrich sagte: »Mais oui, juste un petit instant, ma chérie.« Horndeich war sich sicher, dass dieser Satz nicht ihm galt. Er verstand kein Französisch. Außer *Ma Chérie* – mein Schatz … Sofort fügte Hinrich hinzu, diesmal eindeutig an Horndeich adressiert: »Dann möchte ich mich jetzt von Ihnen verabschieden. Einen schönen Abend noch.«

Ihnen ebenfalls – diese Antwort erschien Horndeich unangebracht. Er verabschiedete sich mit einem kurzen »Danke«.

Kaum war das Gespräch beendet, wählte er die Handynummer von Silvia Rauch. Er war sich sicher, dass sie sich auch am Sonntag um die Spurensicherung bei dem Mercedes kümmern würde.

SONNTAG, 21. SEPTEMBER

Ein wunderbarer Sonntagmorgen, stellte Margot fest. Und sie hatte sich so darauf gefreut, diesen Tag mit Nick zu verbringen. Vielleicht in einem kleinen Straßencafé, bei Café au lait und Croissants bei genau solch einem Wetter, das gerade noch Sommer war, aber schon den Geruch und die Farben des Herbstes andeutete.

Im Haus war es still, Doro schlief wohl noch, und auch ihr Vater und dessen Lebensgefährtin Chloe waren nicht zu hören. Ihr Vater würde nächstes Jahr achtzig Jahre alt werden, Chloe war nur unwesentlich jünger. Vor zwei Jahren waren die beiden ins Erdgeschoss von Margots Haus gezogen. Horndeich, seine Frau und seine Tochter hatten die Wohnung von Margots Vater in der Erbacher Straße 8 übernommen.

Margot war froh über diese Entscheidung. Die Wohnung von ihrem Vater und Chloe lag nun ebenerdig. Die beiden waren noch gut zu Fuß – aber Margot machte sich schon Gedanken, wie es sein würde, wenn dem nicht mehr so war.

Nun lebte sie de facto in einem Mehrgenerationenhaus. Zum Glück verstand sie sich mit ihrem Vater und auch mit Chloe sehr gut, ebenso wie mit Doro. War doch eigentlich alles in Butter.

Sie beschloss, im Garten zu frühstücken. In ihrer kleinen Küche im ersten Stock buk sie ein paar Brötchen auf, packte Geschirr und Frühstücksleckereien auf das Tablett sowie eine kleine Thermoskanne mit Kaffee. Zwar hatte sie einen Kaffeeautomaten, doch die normale Kaffeemaschine daneben produzierte einfach mehr Sud am Stück. Sie trug das Tablett hinunter, deckte den Tisch für sich ein und ließ sich nieder. Ein Blick auf die Uhr verriet ihr, dass es bereits halb elf war.

Sie ging noch mal ins Haus und fischte ihren kleinen Bluetooth-Brüllwürfel von der Ablage im Bad, der ihr für die Dauer des Frühstücks ein wenig Vivaldi im Garten gönnen würde. Auf dem Handy wählte sie die *Vier Jahreszeiten* in ihrer Lieblingseinspielung von Anne-Sophie Mutter.

Sie biss gerade zum zweiten Mal in die mit Butter und Erdbeermarmelade bestrichene Brötchenhälfte, als eine verschlafene Doro im Bademantel in den Garten stapfte. In der Hand hielt sie einen leeren Kaffeepott. »Darf ich?«, fragte sie und setzte sich auf einen der Stühle, bevor Margot die Gelegenheit hatte, zu antworten.

Margot goss ihrer So-was-wie-eine-Tochter Kaffee in die Tasse. »Ist ein bisschen spät geworden heute Nacht?«

Doro grinste schräg. »Eher ein bisschen früh.«

»Wo warst du denn?«

»In Frankfurt.«

Bevor Doro dazu kam, Margot zu erzählen, was sie in Frankfurt unternommen hatte, kamen auch Sebastian Rossberg und Chloe in den Garten. Chloe hielt ebenfalls ein Tablett in den Händen. »Na, da hatten wir wohl die gleiche Idee!«, sagte Margots Vater.

Chloe deckte die andere Hälfte des Tisches ein. Sie hatte ebenfalls eine große Thermoskanne Kaffee mitgebracht.

»Familienfrühstück. Komisch, wenn man's planen will, klappt es nie, wenn man's nicht plant, funktioniert es!«, freute sich Margots Vater.

Er schmierte gerade die Unterseite seines Laugenbrötchens. Offensichtlich war einer der beiden schon zum Bäcker gegangen, denn das Laugenbrötchen war eindeutig frisch. Margot runzelte die Stirn, als sie sah, wie ihr Vater das Brötchen dekorierte. Auf die Butterschicht legte er gelben Schnittkäse. Doppellagig. Und zu guter Letzt applizierte er eine dicke Schicht Nutella darauf. Das war der Moment, in dem sich Margots Mund zusammenzog.

»Oh, ist das nicht die Einspielung von Anne-Sophie Mutter? 1999 mit den Trondheim-Solisten von der Deutschen Grammophon?«

Margot war immer wieder erstaunt, wie treffsicher ihr Vater bestimmte Einspielungen klassischer Musik – in diesem Fall eher barocker Musik – exakt bestimmen konnte. »Ist es.«

»Na ja, die Feinheiten kann man hier natürlich nicht wirklich hören.«

Und deine 100-Kilo-Arcus-Boxen kann man nicht in den Garten tragen, dachte Margot, sprach es jedoch nicht laut aus. Kaum war Sebastian Rossberg mit Chloe in Margots Haus gezogen, hatte er tatsächlich noch ein gebrauchtes Paar der legendären TL1000 ersteigert …

Chloe legte beschwichtigend die Hand auf den Arm ihres Liebsten, eine Geste, die genau das ausdrückte, was Margot gern gesagt hätte.

»Was hast du gestern in Frankfurt gemacht?«, brachte sie das Thema erneut auf Doros Abendgestaltung.

Doro antwortete nicht gleich. Vielmehr schwuppten ihre Mundwinkel leicht nach oben. Ohne dass Doro auch nur ein Wort gesagt hätte, erkannte Margot, dass diese im Moment an einen Mann dachte. Offenbar hatte das auch Margots Vater bemerkt. Er fragte nur: »Wie heißt er denn?«

Margot wusste aus eigener Erfahrung, dass Doro auf direkte Fragen nach ihrem Privatleben äußerst kratzbürstig antworten konnte. Umso erstaunter war sie, als sie sofort entgegnete: »Ich habe mich mit Milo getroffen.«

Margot kannte nur einen Milo. Und der war Nicks Sohn. Aber der studierte in den USA und konnte somit nicht gemeint sein. Also fragte sie: »Milo wer?«

Doro bedachte Margot mit einem Blick, der besagte: Jetzt tu mal nicht so!

Sebastian Rossberg kombinierte schneller. »Du hast dich mit Milo Peckhard getroffen?«

Milo? Wie kam der denn nach Frankfurt?

»Ja, und es war ein richtig schöner Abend. Und bevor ihr jetzt auch nur daran denkt, mich zu weiteren Details ausfragen zu wollen, sage ich nur: Vergesst es!«

Milo war in Frankfurt. So viel stand fest. Nick war nicht in Frankfurt, also, er war nicht in Darmstadt. Wieso war Milo hier und Nick nicht?, fragte sich Margot.

»Wieso ist Milo in Frankfurt? Er studiert doch zu Hause in Evansville?«

Doro sah ihren Wahl-Großvater an, lächelte breit und sagte: »Er macht ein Praktikum in Frankfurt. Für ein Vierteljahr. Um Erfahrungen in der deutschen Wirtschaft zu sammeln und um sein Deutsch zu verbessern. Bei Letzterem helfe ich ihm.«

Nicks Sohn war hier. Nick war es nicht. Nick hatte ihr auch nichts davon erzählt. Irgendwie fühlte sich Margot – hintergangen.

»Sag mal, Margot, du wolltest doch eigentlich jetzt bei Nick in Lyon sein«, streute Sebastian Rossberg Salz in Margots Wunden.

Ja, natürlich wollte sie jetzt eigentlich in Lyon sein. Und nicht hier, in ihrem Garten, mit einer Drei-Mann-Inquisition, die sie betrachtete, als hätte sie alle Zehn Gebote auf einmal gebrochen.

»Vielleicht habe ich hier gerade einen Fall?«

Sebastian Rossberg räusperte sich: »Vielleicht hast du eigentlich gerade Urlaub?«

»Vielleicht richten sich die Mörder nicht nach meinem Urlaubsplan?« Margots Stimme war lauter geworden.

»Mit Verlaub, vielleicht ist das nicht dein Problem. Du hast einen fähigen Stellvertreter – und du bist schließlich nicht zum ersten Mal für eine Weile weg.«

Sie hasste ihren Vater, wenn er so gnadenlos logisch argumentierte. Vor einiger Zeit war sie ein ganzes Jahr lang durch Europa getourt. Drei Monate waren geplant gewesen, zwölf waren es geworden. Damit hatte sie viel von ihrem Ersparten durchgebracht. Doch zu diesem Zeitpunkt war es die einzige Möglichkeit gewesen, wieder gesund zu werden. Denn sie hatte sich eingestehen müssen, dass ihr Job sie absolut an ihre Grenzen gebracht hatte. Sie war nur noch ein Schatten ihrer selbst gewesen, nicht mehr fähig, ihre Arbeit zu machen. Ein Wrack, bei dem man nicht halb so schnell das einlaufende Wasser abschöpfen konnte, wie es durch all die Lecks in den Bootskörper hineinlief. Dieses Jahr mit Nick lag nun bereits eine Weile zurück. Sie wusste, dass sie diesen Mann liebte, dass sie mit keinem anderen alt werden wollte. Auch so ein Gedanke, der sie erst beschäftigte, seit die Zahl 5 das Regiment in der Bezeichnung ihrer Lebensjahre übernommen hatte. Nach der Europatour sahen sie sich mal in den USA, mal in Darmstadt, seit einigen Monaten in Lyon. Aber die Termine waren immer unwägbar. Also ihre Termine. Wenn sie sich genau erinnerte, hatte Nick noch keinen einzigen abgesagt … Er musste wirklich einen guten Job in Lyon haben …

Und nun saß sie hier, in ihrem eigenen Garten, hatte einen bescheuerten Fall an der Backe, von dem man noch nicht mal sicher wusste, ob es überhaupt ein Fall war, der sich nur – verdammt noch mal – so anfühlte, als ob es ein richtiger Fall wäre, und Nick war in Lyon, und Doro und ihr eigener Vater – und irgendwie auch Chloe – sahen sie vorwurfsvoll an. Verdammt! Konnte Nick nicht auch spontan und kurzfristig mal nach Darmstadt kommen?

Margot stand auf. Der Appetit war ihr vergangen.

Ein wunderbarer Sonntagmorgen.

Sandra hatte auf dem Balkon den Frühstückstisch gedeckt, Horndeich hatte das Rührei zubereitet, den Kaffee aufgebrüht und die selbst gemachte Erdbeermarmelade von diesem Sommer in die Marmeladendose des Services umgefüllt.

Alles stand auf dem Tisch. Zu guter Letzt brachte Horndeich noch den frisch gepressten Orangensaft.

»Orangensaft!«, frohlockte seine Tochter Stefanie. Er war immer wieder erstaunt über die Worte, die sie täglich neu aussprach. Während andere Kinder – besonders Jungen – schon stolz waren, dass sie »Auto« und »Motorrad« voneinander unterscheiden konnten, so differenzierte Stefanie in der kleinen Garage, die sie in ihrem Zimmer aufgebaut hatte, inzwischen zwischen Ferrari, Mercedes, Käfer und Xedos. Die Namen der ersten drei Autos hatte Stefanie von sich aus erfragt, bei der Nummer vier hatte Horndeich etwas Nachhilfeunterricht gegeben: Selbstverständlich hatte er seiner Tochter ein Modell des derzeitigen Familienwagens geschenkt: ihres Mazda Xedos 9, ein einundzwanzig Jahre alter Garagenwagen, scheckheftgepflegt und keine 50 000 km – in einem Zustand, als wäre er gerade vom Band gerollt. Stefanie hatte ein paar Anläufe gebraucht, um den Wagen korrekt zu bezeichnen – und nicht als »Sedos«. Papas ganzer Stolz!

Stefanie saß in ihrem Schlafanzug am Tisch, lauter weißrote Flecken im Gesicht. Frisch betupfte Windpocken. Immer wieder wechselten sich Sandra und Horndeich damit ab, der Kleinen die Tinktur aus Talk und Zinkoxid aufzutupfen.

Im Moment juckte offensichtlich nichts. Einem gemütlichen Frühstück stand nichts mehr im Wege.

Stefanie hatte das erste Glas mit Orangensaft in einem Zug geleert. Dann wanderte ihr Blick über den Tisch. Ihre Stirn kräuselte sich ein wenig, und sie sagte ein Wort, das sehr schnell zu ihrem aktiven Wortschatz gehört hatte. In Momenten, in denen Sandra ihren Mann ärgern wollte, sagte sie immer, Stefanie habe dieses Wort noch vor dem Wort »Papa« richtig aussprechen können. Dabei war es ein Drei-Silben-Wort: »Nu-tel-la.«

Als seine Tochter dieses Wort sagte, erkannte Horndeich, dass die Kleine durchaus bereits in der Lage war, demselben Wort unterschiedliche Klangfärbung zuzuordnen. War die

Aussprache sonst meist mit Frohlocken verbunden, so zeigte sie jetzt Missmut und Ungeduld. Was daran lag, dass der begehrte Gegenstand nirgendwo auf dem Tisch zu finden war.

Horndeich und Sandra unterhielten sich stumm. Sie waren sich einig, dass ihre Tochter sich nicht nur von ungesundem Zucker-Papp ernähren sollte, fanden jedoch auch, dass ein bisschen Zucker für die Seele nicht schaden konnte.

»Ich hol's«, sagte Horndeich und erhob sich.

Horndeich freute sich immer wieder, dass die Wohnung einen Balkon hatte. An Tagen wie diesem bedauerte er, dass der Balkon nach Norden hinausging. Und an allen Tagen fand er es schade, dass man durchs Schlafzimmer gehen musste, um ihn zu erreichen.

Er trat aus dem Schlafraum hinaus in den Flur. Vier Schritte bis zur Küche. Schritt Nummer drei besiegelte den weiteren Verlauf des Tages. Mit dem linken Fuß trat er auf ein Spielzeugauto, das Stefanie im Flur geparkt hatte. Seit drei Wochen bestand für sie die gesamte Wohnung nur noch aus Straßen und Parkplätzen für ihre Autos.

Es war nicht das erste Auto, das durch Horndeichs Lebendgewicht vernichtet wurde. Vor vier Tagen bereits war der erste Käfer zu Bruch gegangen. Horndeich hatte seiner Tochter ein neues Auto gekauft, ihr zuvor jedoch das Versprechen abgenommen, dass der Flur als Parkplatz tabu war. Offensichtlich war die Erinnerung an dieses Ehrenwort inzwischen völlig verblasst.

Diesmal blieb es hingegen nicht bei der Zerstörung des Modells. Dank des unfreiwilligen Rollschuhs zog es Horndeich das Bein unter dem Körper weg, und er knallte aufs Parkett. An vorderster Front sein linkes Knie. Horndeich schrie auf.

Sekunden später standen Stefanie und Sandra im Flur. Mit Argusaugen hatte Stefanie das platte Auto sofort identifiziert. Kein Wort des Protests kam über ihre Lippen. Offenbar wusste sie, dass sie etwas verbockt hatte. Vielleicht dachte sie auch nur daran, dass ihr dieser Totalverlust bald sicher ein nagelneues Auto bescheren würde. Horndeich rappelte sich auf und humpelte in Richtung des nächstgelegenen Stuhls, der in der Küche stand.

Vorsichtig zog er seine Schuhe und danach seine Hose aus. Dann betrachtete er die Bescherung. Obwohl der Sturz erst zwei Minuten zurücklag, verfärbten sich die Bereiche rund um das Knie herum bereits rot. Und es schwoll an. Horndeich hielt sich zurück. Kurz war er versucht, seine Tochter so laut zusammenzubrüllen, dass ihr in ihrem ganzen Leben nie mehr die Idee gekommen wäre, irgendein Spielzeug irgendwo anders in der Wohnung zu platzieren außer unter ihrem eigenen Bett. Die Vernunft siegte. Und auch der Schmerz. Und auch das wunderbare Schauspiel um sein Knie herum. Sandra holte ein Eispad aus dem Tiefkühlfach, reichte es ihm mit einem Handtuch, und Horndeich versuchte zu retten, was zu retten war.

Und der Sonntag hatte so schön begonnen!

Margot hatte sich in ihren Mini gesetzt und war zunächst ziellos durch die Gegend gefahren. Schließlich fuhr sie die Straße zur Ludwigshöhe hinauf und blickte von dem fantastischen Aussichtspunkt aus über ihre Heimat. Nach Hause fahren wollte sie nicht – nicht, wenn dort kein Nick auf sie wartete. Sie kannte dieses Gefühl, und sie hasste es. Nicht zum ersten Mal fühlte sie sich heimatlos in ihrer eigenen Stadt, in ihrer eigenen Welt.

Margot stieg wieder in ihr Auto. Als ihr das nächste Mal bewusst wurde, wo sie war, fuhr sie die Klappacher Straße in Richtung Polizeipräsidium. Sie sah auf ihre Armbanduhr: Inzwischen war es kurz nach vier.

Sie stellte den Wagen auf dem Parkplatz ab und ging in ihr Büro. Papierkram? Auch nicht die rechte Therapie. Fast automatisch steuerte sie in Richtung der Halle, in der der Erkennungsdienst das Auto gelagert hatte. Sie war erstaunt, als sie dort Silvia Rauch entdeckte. Und nicht nur sie, sondern auch noch eine Kollegin. Beide trugen volle Spurenvermeidungs-Montur.

Silvia trat auf die Kollegin zu: »Margot, was treibt dich denn hierher?«

Ihr lag die Gegenfrage auf der Zunge. Auch für Silvia und ihre Kollegen war es nicht selbstverständlich, sonntags zu arbeiten. Wobei Margot von Silvia wusste, dass diese sich schnell und gründlich in einen Fall verbeißen konnte. Ihre Überstunden feierte sie dann ab, wenn die Arbeit getan war. Das Gute daran: Sie war auch in der Lage, ihre Mitarbeiter so zu motivieren, dass Ergebnisse schnell vorlagen.

»Mich treibt die Neugier hierher. Habt ihr schon was?«, fragte Margot.

»Die Neugier? Ich denke, du hast Urlaub?«

»Wie kommst du denn darauf?«

»Na, Horndeich hat mich gestern Nacht gebeten, dass ich mir das Fahrzeug gleich heute vornehme. Und als ich ihn gefragt habe, wieso er mich anruft und nicht du, da hat er gesagt, du habest Urlaub.«

War es wirklich so schlau gewesen, den Platz am Frühstückstisch im Garten gegen diesen hier einzutauschen? Margot war sich da nicht mehr so sicher.

»Wir haben auf jeden Fall schon einiges rausgefunden. Zunächst zu der Waffe. Es handelt sich um eine Walther PPK/S für das Kaliber 7,65 Browning. Die Waffennummer wurde mechanisch entfernt. Mein Gott, jetzt klinge ich schon wie ein Polizeibericht. ›Abgefeilt‹ meine ich natürlich. Vielleicht können wir da noch was sichtbar machen, aber das dauert ein paar Tage.«

»Sagt das irgendetwas über die Todesart von den beiden auf dem Rücksitz aus?«

»Ich denke schon. Aber eine lückenlose Beweiskette sieht anders aus … Also: Wir haben in der Karosse fünf Projektile gefunden. Die passen zur Waffe. Ich hab sie gestern bereits zum LKA geschickt, aber das Kaliber passt, wie gesagt, und ich kann mir nicht vorstellen, dass sie aus einer anderen Waffe stammen als der PPK. Alle sind mehr oder weniger verformt. Drei etwas stärker, und wir haben auch Stellen gefunden, an denen sie das Metall der Karosserie eingedrückt haben. Ich bin kein Ballistiker, aber ich glaube, dass sie an dem Metall viel stärkere Spuren hinterlassen hätten, wenn nicht vorher etwas anderes sie gebremst hätte. Lange Rede, kurzer Sinn: Eine sinnvolle Erklärung dafür wäre, dass sie zuvor menschliche Körper durchdrungen haben. Von der Rückbank ist auch nicht mehr viel übrig außer den Sprungfedern, sozusagen.«

»Die beiden sind also auf dem Rücksitz erschossen worden?«

Silvia seufzte. »Margot, ich bin nur die von der Spusi. Aber wenn ich deinen Job hätte, würde ich aus meinem Bericht genau das herauslesen. Im Magazin der Waffe war übrigens noch eine Patrone, eine befand sich noch im Lauf. Wir haben auch die Patronenhülsen gefunden. Im Fußraum auf der Fahrerseite. Es sieht also ganz so aus, als ob jemand von vorn im Wagen die beiden Personen auf dem Rücksitz erschossen hat und den Wagen schließlich im See abtauchen ließ.«

»Was ist mit der Kleidung der Opfer?«

»Viel haben wir nicht mehr finden können. Eines der Kleidungsstücke war eine Nylonstrumpfhose, Größe 40–42. Die ist sogar noch relativ gut erhalten. Nichts, womit der Hersteller noch Werbung machen könnte, außer zur Haltbarkeit, trotzdem … Und dann haben wir noch Überreste von einem Polyester-Rollkragenpullover. Rote Farbe. Aber das war's dann auch schon. Es gibt noch ein paar Überreste, die sicher auch von Kleidungsstücken sind, etwa der Kragen einer Jacke, aber das auseinanderzudividieren, wird sicher noch dauern. Passend zur Nylonstrumpfhose gibt es noch Reste, die auf einen blauen Rock hindeuten. Ja, und dann noch ein paar Knöpfe und ein paar Nieten. Vielleicht trug der mit dem Rolli eine Jeans.«

»Sonst noch irgendwas?«

»Na, Fingerabdrücke gab's keine. Ansonsten alles normal. Der Wagen ist nie kurzgeschlossen worden. Wenn er also geklaut war, dann auch der passende Schlüssel. Der hat gesteckt. Der erste Gang war eingelegt. Das Licht war nicht eingeschaltet. Die Fenster waren hochgekurbelt. Die Frontsitze in vorderster Position. Das Handschuhfach war leer, auch der Kofferraum.«

Ein paar Kleidungsfetzen, fünf Projektile, die passende Waffe dazu – das war immerhin etwas. Auf jeden Fall ging Margot davon aus, dass sie jetzt einen Fall hatten. Einen Mordfall.

»Außerdem stimmt mit dem Auto etwas nicht, irgendwas mit der Typenbezeichnung«, sagte Silvia, »aber da kann dir Karin mehr zu sagen.« Sie wandte sich um und rief: »Karin, kannst du gerad mal rüberkommen?«

Margot kannte Karin Dombrowsky. Sie wusste, dass Karin ungefähr in Horndeichs Alter war, also zehn Jahre jünger als sie selbst, und dass sie erst vor anderthalb Jahren hier angefangen hatte. Ihr Mann, Jürgen Dombrowsky, arbeitete in Kranichstein bei der Schutzpolizei. Sie war ihm dort zweimal begegnet, als er seinen Streifendienst auf einem Segway geleistet hatte. Die einachsigen Elektromobile faszinierten Margot. Der Segway – die elektronische Version des Polizeipferds, gedrosselt auf eine Hochstgeschwindigkeit von zwanzig Stundenkilometern.

»Hallo, Margot«, begrüßte sie die groß gewachsene Frau.

Margot erwiderte den Gruß. »Sie können mir noch etwas zu dem Wagen sagen?«

»Ja, kann ich. Also eigentlich eher Jürgen. Ich hab ihm gestern Abend die Fotos des Autos gezeigt. Er interessiert sich für Youngtimer. Und er hat mir gesagt, dass mit diesem Auto etwas absolut nicht stimmt.«

Margot wurde hellhörig.

»Er hat mir das erklärt. Das Problem bei dem Wagen ist, dass die Typenbezeichnung und der Motor nicht zusammenpassen.«

»Wie darf ich das verstehen?«

»Kommen Sie mit.«

Margot warf Silvia einen fragenden Blick zu, der besagte: »Soll ich mir auch so einen Overall überwerfen?«

Silvia verstand die ungestellte Frage und deutete mit dem Kopf nur in Richtung des Mercedes. Verwertbare DNA-Spuren befanden sich, wenn überhaupt, nur in den Überresten, die derzeit in Frankfurt bei Hinrich lagerten.

Karin deutete auf den Kofferraumdeckel: »Sehen Sie hier die Typenbezeichnung? Es soll sich um einen Mercedes 230E handeln. Das bedeutet: ein Vierzylindermotor mit 2,3 Litern Hubraum und einer Einspritzanlage von Bosch.«

Sie ging um den Wagen herum. Die Motorhaube war geöffnet. »Dieser Motor hier ist aber kein 230E-Motor. Das ist der Reihen-Sechszylinder, ebenfalls mit Einspritzung. Das Typenschild am Kofferraum müsste demzufolge 280E lauten. Das passt so nicht.«

»Hat hier jemand den Motor getauscht?«

Karin Dombrowsky lachte auf. »Das war auch die erste Frage, die ich meinem Mann gestellt habe. Aber es ist viel einfacher: Irgendjemand hat das Typenschild ausgetauscht.«

MONTAG, 22. SEPTEMBER

»Was machst du denn hier?«, fragte Horndeich.

»Arbeiten.«

»Ja, klar, das sehe ich. Aber du hast doch eigentlich …«

»Tu uns beiden einen Gefallen. Sprich es nicht aus«, sagte seine Kollegin, und Horndeich kannte diesen Tonfall: Jedes weitere Wort wäre ein Tritt auf eine Mine. »Okay, wenn du schon mal hier bist, gibt's was Neues?«

Margot wandte sich ihm zu. »Hoppla, was ist denn das?«

Sie hatte die Orthese gesehen, die Horndeich an seinem linken Bein über der Hose angelegt hatte. Ein Plastikgestell, das ihm zumindest an dieser Stelle das Aussehen eines futuristischen Roboters verlieh. Die Plastikschiene verhinderte, dass er das Knie weiter als fünfundvierzig Grad anwinkeln konnte. Beim Laufen störte das nicht, beim Sitzen jedoch schon.

»Ich bin auf einem Spielzeugauto meiner Tochter ausgerutscht. Mein Kreuzband war davon nicht begeistert. Genaueres wird die Röntgenuntersuchung heute Nachmittag bringen.« Er fühlte sich nicht bemüßigt, noch mehr von dieser blöden Geschichte zu erzählen. Ein Freund seines Schwiegervaters war Orthopäde. Er hatte Horndeich untersucht. Und der hatte seinerseits einen Freund angerufen, der in Frankfurt ein großes Sanitätshaus sein Eigen nannte. So war Horndeich innerhalb von vier Stunden zu einem von Robocops Utensilien gekommen. Und er hatte tatsächlich bereits am Nachmittag einen Termin in der Radiologie, um feststellen zu lassen, ob das Band gerissen war.

»Kannst du arbeiten?«

Bin ich hier?, dachte Horndeich, verkniff sich aber die schnippische Bemerkung. Er wollte auch nirgendwo anders sein. Nachdem Stefanie begriffen hatte, dass ihr die Schuld für die Zerstörung des Autos angelastet wurde und kein Austauschmodell zu erwarten stand, war es ihr gelungen, bis zum Einschlafen um zwanzig Uhr am Vorabend konstant zu nörgeln und zu quengeln, dass ihr Papa ihr Lieblingsauto kaputt gemacht habe. Nachdem sie gegen sechzehn Uhr mit der Orthese zu Hause angekommen waren, Stefanie unerträglich war und Horndeichs Bein schmerzte, war seiner Frau die undankbare Aufgabe zugefallen, die vormalige Autobesitzerin und den Kfz-Terminator wie zwei Streithähne getrennt zu halten. Schließlich hatte er sich ins Schlafzimmer zurückgezogen und sich am Stück fünf Folgen seiner momentanen Lieblingsserie *Nashville* angesehen. Ein klein wenig tröstete ihn, dass die Reichen und Schönen des Country-Business offenbar noch viel existenziellere Sorgen hatten als er.

Als Horndeich nicht antwortete, sagte Margot: »Ja, es gibt was Neues. Du hast ja Silvia Rauch auf das Auto angesetzt, und sie hat schon einige Ergebnisse. Zum Beispiel, dass bei dem Wagen das Typenschild ausgetauscht wurde.«

»Das versteh ich jetzt nicht. Das Typenschild ausgetauscht?«

»Ja und der Sylt-Aufkleber wurde auf den Kofferraumdeckel gepappt.«

Horndeich mochte es nicht, wenn Margot so breit grinste. Wenn die Woche mit einem solch breiten Grinsen von Margot anfing, die eigentlich im Kurzurlaub sein sollte, war das kein guter Start. »Und was soll es bringen, ein Typenschild auszutauschen?«

Margot lehnte sich in ihrem Bürostuhl zurück. Ein klein wenig Triumph konnte sie nicht verhehlen. »Bei diesem Wagen handelt es sich um ein sogenanntes Doubletten-Fahrzeug.«

Den Begriff kannte Horndeich natürlich. So wurden Autos

genannt, die geklaut waren und optisch an einen real existierenden Wagen des gleichen Typs angepasst wurden. Bei einem Fall von Autoschiebereien geklauter Edelkarossen von Italien nach Deutschland vor ein paar Jahren war Horndeich der Terminus untergekommen. Die gefälschten Papiere passten exakt zum Wagen, inklusive der nachgemachten Kennzeichen. Die Schieberbande war damals sogar so weit gegangen, jegliche optischen Kennzeichen anzupassen, wie kleine Schäden am vorderen linken Kotflügel oder irgendwelche Aufkleber. Kam so ein Auto in eine einfache Polizeikontrolle, stimmten Papiere und Fahrzeug genau überein. Dann mit den italienischen Papieren zur deutschen Zulassung, neue deutsche Papiere – und ratz-fatz war der Wagen legal. Bis auf die Fahrzeugnummer, die sich bei den letzten Stellen geringfügig unterschied. Aber wann fiel so was schon auf? »Also ein Doubletten-Fahrzeug? Von einem Autoschieberring aus den Neunzigern?«

»Nein. Ein Doubletten-Fahrzeug zum Beispiel für einen Bankraub. Schon die RAF hat solche Fahrzeuge verwendet. Andreas Baader ist noch mit einem auffälligen Porsche rumgefahren, die nächsten Generationen der deutschen Terroristen haben dann ganz normale Fahrzeuge geklaut und eben als Doubletten-Fahrzeuge getarnt.«

»Du meinst also, wir haben jetzt Andreas Baaders geistige Enkel auf dem Grund der Grube Prinz von Hessen gefunden?«

»Quatsch. Aber es gibt eine andere gute Erklärung dafür. Wir haben drei Leute, die zum Beispiel einen Banküberfall planen. Sie klauen einen roten Benz, den sie ihrem Vorbild exakt anpassen, und beschaffen sich falsche Papiere zu dem Fahrzeug. Die Typenbezeichnung am Kofferraum wird geändert, ein 230E-Schildchen findet sich auf dem Schrottplatz um die Ecke oder, wenn die Tat noch nicht so lange zurückliegt, auf eBay. Mit dem Sechszylinder hat das Terzett auch noch ein wenig mehr PS unter der Haube, falls es tatsächlich zu einer Flucht vor der Polizei kommen sollte. Kluger Schachzug.«

Bis dahin war Margots Theorie ganz plausibel.

»Sie ziehen den Bankraub durch, erfolgreich, aber dann kommt es zu Spannungen. Der Kopf der Gruppe sieht nicht ein, den beiden anderen ihren Anteil zukommen zu lassen. Also fährt er auf einen Parkplatz, zückt die Knarre und – Bang-bang – löst er sein Problem. Dann muss er jedoch das Auto und die Leichen loswerden. Die Grube Prinz von Hessen ist da sicher nicht die schlechteste Wahl.«

Horndeich beteiligte sich an dem Gedankenexperiment. »Er legt den ersten Gang ein, lässt den Wagen anfahren, rollt sich dann aus der offen stehenden Fahrertür auf den Boden. Der Wagen fährt weiter in den See – und bye-bye, ihr Sorgen.«

»So ungefähr.«

»Da gibt es aber noch ein Problem.«

»Welches?«

Horndeich klickte sich mit der Maus durch diverse Ordner auf dem Server, dann öffnete er ein Bild, das vom hessischen Landesamt für Umwelt und Geologie ins Netz gestellt worden war. Es zeigte die Grube Prinz von Hessen mit ihren Wassertiefen. »Schau dir das an«, forderte er seine Kollegin auf. Margot trat neben ihn und sah auf den Monitor.

»Hier haben die Taucher das Wrack gefunden. Das ist ziemlich genau an der tiefsten Stelle des Sees.«

»Und wo ist das Problem?«

»Ganz einfach. Wie ist der Wagen dorthin gekommen?«

»Wie *wie?*«

»Na, egal von wo der Wagen in den See reinfährt – der tiefste Punkt liegt mindestens fünfzig Meter vom Ufer entfernt. Und der Benz ist doch kein Amphibienfahrzeug. Wie kommt der also dorthin? So, wie der Wagen gefunden wurde, ist der vom Südufer in den See gefahren worden. Aber da fällt das Ufer in den ersten zwanzig Metern nur um vier Meter ab.

Da wäre der Wagen niemals so weit ins Wasser hineingefahren. Und es gibt auch keine Möglichkeit, wie Evel Knievel per Sprungschanze Anlauf zu nehmen.«

»Evel was?«, fragte Margot.

»Vergiss es. Ein Motorrad-Stuntman. Kennen nur Männer. Aber es bleibt die Frage: Wie schafft es der Mercedes in einem stehenden Gewässer fünfzig Meter durchs Wasser?«

Darauf konnte auch Margot keine spontane Antwort geben.

Was Horndeich irgendwie beruhigte.

Den Vormittag über hatte Horndeich sich den Bericht der Spurensicherung durchgelesen und wieder und wieder über den Mercedes und seine toten Insassen nachgedacht. Doch er war keinen Schritt weitergekommen. Am meisten beschäftigte ihn immer noch, wie der Mercedes diese verdammte Distanz von fünfzig Metern im Wasser hatte überwinden können.

Um zwölf Uhr ging er in die Mittagspause. Er hatte sich mit seiner Frau am Woog-Café verabredet. Dort gab es einen kleinen, aber feinen Mittagstisch, den Horndeich gerade im Sommer immer wieder genoss.

Als er auf das Café zuging, saß Sandra bereits auf einer der Bierbänke. Er begrüßte seine Frau mit einem Kuss. Seine Tochter Stefanie wurde im Moment von den Schwiegereltern versorgt, genauer gesagt, von seiner Schwiegermutter. Horndeich schätzte es, dass sie sich so sehr um ihre Enkelin bemühte, und verfluchte es auch ab und zu, wenn das Kümmern in anschließende Erziehungsvorschläge, nein, eher -weisungen mündete.

Für einen Wochentag Ende September war es richtig heiß. Horndeich zog sein Jackett aus und setzte sich seiner Frau gegenüber.

Sandra hatte früher in derselben Abteilung wie Horndeich und Margot gearbeitet. Sie war eine Koryphäe in Computerangelegenheiten. Als ihnen beiden klar wurde, dass sie das, was sie füreinander empfanden, auch leben wollten, hatte Sandra eine Stelle beim LKA angenommen. Dann hatte Stefanie das Licht der Welt erblickt, und seitdem war Sandra in Elternzeit. Bald würde sie wieder anfangen zu arbeiten, wenn Stefanie in den Kindergarten kam. Horndeich schätzte es sehr, dass er mit seiner Frau knifflige Fälle erörtern konnte, und zwar auf Augenhöhe.

»Und? Habt ihr über den Wagen oder die beiden Toten schon etwas rausgefunden?«, fragte seine Frau auch prompt.

»Ja. Ein bisschen. Der Fall ist ziemlich seltsam. Aber wir können davon ausgehen, dass die beiden aus dem See auf dem Rücksitz erschossen worden sind.« Horndeich gab seiner Frau einen kurzen Abriss der bisherigen Erkenntnisse.

Die Inhaberin des Cafés trat auf sie zu und fragte nach ihren Wünschen. Horndeich meinte sich an ihren Namen zu erinnern – Kiki. Er wusste, dass die blonde Frau vor wenigen Jahren noch Marathon gelaufen war, und zwar keine Achtel-, Viertel- oder Halbmarathons, sondern richtige, von denen sie in Frankfurt einen mal als Siegerin ihrer Klasse abgeschlossen hatte. Immer wenn Horndeich die Dame sah, wurde ihm bewusst, dass sein Bundumfang nur noch wenige Zoll von der Zahl der Kilometer-Distanz eines Marathons entfernt lag … Ironischerweise schien die Veränderung seiner Proportionen ihm weit mehr auszumachen als seiner Frau. Sie hatte es mal auf die Formel gebracht: »Mehr Bauch, weniger Kondition, weniger gefährliche Situationen«, und Horndeich wusste, dass sie das viel weniger ironisch meinte als es schien. Er war in den vergangenen Jahren mehrmals verletzt worden, einmal sogar lebensgefährlich. Und er wusste, dass seine Frau dies ernster nahm als er selbst.

Sandra bestellte sich ein Lachsgericht mit Linsen, Früchten und Gemüse, er wählte nur ein Rührei mit Salat.

Der Blick auf den Badesee im Herzen Darmstadts ließ sein Herz jedes Mal höher schlagen. Für ihn war dies ein

Stück Heimat. Im Sommer hielt er sich fit, indem er dreimal pro Woche eineinhalb Kilometer schwamm. Leider war die Badesaison seit ein paar Tagen für dieses Jahr abgeschlossen. Nur wenige konnten verstehen, dass er diesen See liebte, obwohl er darin vor zwei Jahren beim Schwimmen auf eine Wasserleiche gestoßen war. Er selbst sah das ganz pragmatisch. Wenn einem so etwas im Leben bereits einmal passiert war, lag die statistische Wahrscheinlichkeit, dass es nochmals passieren würde, quasi bei null.

Sandra berichtete Horndeich, dass die Windpocken-Pusteln bei ihrer Tochter jetzt endlich den Rang von Nur-noch-rot erreicht und damit den vorherigen Status von Es-juckt-wie-Sau hinter sich gelassen hatten.

Angesichts des milden Wetters hatte das Café alle Glasschiebetüren geöffnet. Aus den Lautsprechern drang leise Musik.

Sandra erzählte ihm von irgendwelchen Renovierungsarbeiten, die ihr Vater, der ewige Handwerker, im perfekt renovierten Haus der Schwiegereltern durchzuführen gedachte. Vor der Garage musste nun unbedingt ein Carport entstehen. Für die Gäste, die einen bei schlechtem Wetter in perfekt gepflegten Limousinen besuchen könnten.

Horndeich hörte nur halb zu. Seine Gedanken kreisten um den Mercedes, der für ein paar Meter U-Boot gespielt hatte. Und er dachte daran, dass sie am Nachmittag einen neuen Kollegen begrüßen würden. Wie er wohl war? In der Mordkommission hatte es einige Veränderungen gegeben. Statt Baader war inzwischen Silvia Rauch die Leiterin des Erkennungsdienstes. Auch Taschke und Zoschke waren nicht mehr mit von der Partie. Was Horndeich nicht gerade gefiel. Und statt Bernd Riemenschneider kam nun der Neue. Bernd war nach Kassel gezogen. Dort lebten seine Eltern, und die benötigten Hilfe. Bernd musste sie nicht pflegen, aber er musste sie unterstützen. Horndeich war es immer lieber, wenn zumindest innerhalb des Teams alles so blieb wie es war. »Neue Besen kehren gut«, er kannte das Sprichwort. Aber die alten Besen, die wussten aus langjähriger Erfahrung, wo man zuerst kehren musste, damit es schnell sauber aussah …

Kiki brachte die Getränke. Sandra hatte ein Wasser bestellt. Vor Horndeich stellte sie eine Cola light ab, mit Eis und Zitrone.

»… hast du gehört?«, fragte ihn seine Frau.

»Äh, ja, was?«

»… da hat die Frau im Baumarkt tatsächlich nach dem Kleber gefragt!« Sandra lachte auf. Dann wurde ihr Gesicht ernst. »Du hörst mir nicht zu. Was ist los?«

Horndeich seufzte. Er nahm sein Glas und hob es an. »Prost, meine Liebe, du hast recht.«

Sie stießen an.

»Worüber denkst du nach?«

»Wir kriegen heute Nachmittag einen neuen Kollegen. Richard Feller. Und ich frage mich, wie der wohl sein wird.« Horndeich wusste genau, dass seine Frau gut nachvollziehen konnte, worüber er gerade nachgedacht hatte. Er rechnete damit, dass sie ihm jetzt ein paar aufmunternde Worte gönnen würde wie »Ach, der wird schon ganz in Ordnung sein« oder vielleicht »Komm, lass es erst mal auf dich zukommen und gibt ihm eine Chance. Auch du warst mal neu« oder irgendetwas Ähnliches.

Stattdessen runzelte Sandra die Stirn: »Feller? Richard Feller?«

»Ja, so heißt der Kollege.«

Sandra sagte die zwei Silben, mit denen Horndeich am wenigsten gerechnet hätte: »Oh, oh.«

»Was meinst du damit?«

»Der Richard Feller, den ich kenne, der war ein ziemliches …« Sie machte eine Pause.

Horndeich besetzte die Lücke automatisch mit dem Begriff »Ekelpaket« und traute sich das kaum zu denken. Aber Sandras Tonfall hatte keinen Zweifel daran gelassen, dass sie genau das Wort gemeint hatte.

Na prima. Würde noch ein guter Tag werden!

»Also, jetzt mal Klartext. Was hältst du von ihm? Woher kennst du ihn?« Wenn Horndeich an seiner Beziehung zu Sandra etwas besonders schätzte, dann dass sie beide nicht um den heißen Brei herumredeten. Es war völlig klar, dass seine Frau Feller nicht mochte. Es ging also nur um die Frage, warum nicht.

»Ich hab mit ihm mal zusammengearbeitet, das ist über zehn Jahre her.«

Während Horndeich Sandra zuhörte, registrierte er nebenbei, dass aus den Lautsprechern gerade ein schönes Lied klang, das er nicht kannte. Eine freundliche weibliche Stimme sang zu einem Lied im Dreivierteltakt, leise instrumentiert.

»Der Kerl ist ein Choleriker. Aufbrausend. Und immer auf der Suche nach der Weltverschwörung, die für den kleinsten Diebstahl verantwortlich sein soll. Aber er ist sich zu fein dazu, auch mal auf die Straße zu gehen. Er kann was. Er ist ein Recherchegenie, und er ist gründlich. Aber auf der menschlichen Ebene …«

Horndeich musste schmunzeln, denn er hörte gleichzeitig den Text des Liedes.

For bad behaviour you'll pay

So start being civil

Courteous too … In Gedanken übersetzte er: Für schlechtes Benehmen wirst du bezahlen. Also benimm dich zivilisiert und auch höflich … Klang wie eine vorausschauende Warnung an den neuen Kollegen.

»Ich war froh, als der Fall abgeschlossen war und ich nichts mehr mit ihm zu tun hatte«, sagte Sandra.

Die Dame aus den Lautsprechern sang:

… or it will be off with your head.

Wieder übersetzte Horndeich: … oder dir wird der Kopf abgeschlagen!

Er winkte Kiki zu. Sie kam an den Tisch. »Können Sie mir vielleicht sagen, was für ein Lied das gerade war?«

»Klar, kann ich nachschauen.«

Auch Horndeich hatte auf seinem Handy inzwischen eine App, mit der er herausfinden konnte, welche Musik gerade gespielt wurde. Aber das funktionierte natürlich nur, wenn das Lied noch nicht zu Ende war. Und außerdem musste er das Handy ziemlich nah an den Lautsprecher halten. Eine Frage an Kiki war deutlich effizienter.

»Ist von Princess Chelsea«, sagte Kiki.

»Und das Lied heißt?«

»*Ice Reign.* Keine Ahnung, wie das in unsere Playlist gerutscht ist. Ich kenn es gar nicht. Klingt aber nett.« Damit war Kiki wieder verschwunden. Und Horndeich saß wie vom Donner gerührt an seinem Tisch. Jetzt wusste er, wie das Auto die fünfzig Meter vom Ufer aus zurückgelegt haben konnte.

»Der Wagen muss im Winter versenkt worden sein.« Horndeich war ins Büro gestürmt, mitsamt seiner neuen Theorie zur Versenkung des Mercedes.

»Und das schließt du woraus?«, fragte Margot.

»Es ist ganz eindeutig: Das Auto wurde fünfzig Meter vom Ufer entfernt gefunden. Wie soll es dorthin gelangt sein? Ich meine, es hatte ja keine Schiffsschraube oder Ähnliches. Die einzige Erklärung, die ich habe: Der Täter hat den ersten Gang eingelegt, die Kupplung kommen lassen, der Wagen fuhr an, der Täter ließ sich aus dem Auto aufs Ufer rollen, und der Mercedes fuhr über das Eis, bis er nach fünfzig Metern einbrach. Es ist die einzige Erklärung, wie der Wagen an die Stelle gekommen sein kann, an der er gefunden wurde. Ich habe gerade noch mal mit Thorsten Becho telefoniert. Der Wagen konnte unmöglich vom Ufer aus durchs Wasser von allein an die Stelle gelangen, an der wir ihn gefunden haben.«

»Okay. Dann wissen wir, dass der Wagen irgendwann zwischen November und Februar versenkt worden ist.«

»Genau!« Horndeich wirkte wie ein kleiner Junge, der gerade die Bronzemedaille im Mathematik-Wettbewerb gewonnen hatte. Margot war sich allerdings nicht sicher, ob diese Erkenntnis sie wirklich weiterbrachte. In der Tageszeitung hatte die Pressestelle eine Zusammenfassung ihrer Erkenntnisse veröffentlicht. Roter Mercedes, Baujahr zwischen 1980 und 1986. Zwei Leichen auf dem Rücksitz, eine männlich, eine weiblich. Genau genommen war das alles, was sie wirklich wussten. Margot hoffte, dass sich aufgrund des Artikels in der Zeitung und der Meldungen im Rundfunk und im Fernsehen jemand bei ihnen melden würde, der den Benz oder die vermissten Personen kannte. Sie hatte sich sogar dazu entschieden, Fotos des Autos und sogar ein kurzes Video der Bergungsaktion freizugeben. Bewegte Bilder erweckten immer mehr Aufmerksamkeit als reine Texte. In der Hessenschau würden sie an diesem Abend ebenfalls einen Beitrag senden. Margot hatte sogar einem knappen Interview mit dem Hessischen Rundfunk zugestimmt. Alles, was dazu beitragen konnte, die Identität der beiden Toten festzustellen, war sie bereit zu tun. Sie hatten inzwischen auch beim Kraftfahrtbundesamt angerufen. Aber die Fahrgestellnummer des Wagens war dort nicht registriert. Was ebenfalls dafür sprach, dass der Wagen deutlich länger als zehn Jahre im Wasser gelegen hatte.

Jemand klopfte an den Türrahmen.

Margot und auch Horndeich sahen auf.

»Ich soll mich hier melden. K 10, ist doch richtig, oder?«

Im Türrahmen stand ein Mann, der Margot entfernt an Axel Prahl erinnerte, der ihren Münsteraner Kollegen Thiel im Sonntagabend-Tatort spielte. Der Mann im Türrahmen war allerdings schon um die sechzig, hatte nur wenig Resthaar, trug einen Achttagebart und hatte den Waschbrettbauch gut unter einer Wampe versteckt.

Margot sah zu Horndeich. Dessen Gesicht schien eingefroren. Als ob der Teufel persönlich im Türrahmen stünde. »Sie sind Richard Feller, nicht wahr?«, fragte ihr Kollege.

»Exakt. Zeigen Sie mir mein Büro, und sagen Sie mir, was ich tun soll.« Hinter jeder Silbe meinte Margot Aggression zu spüren.

»Kommen Sie mit, ich zeige Ihnen, wo Ihr Arbeitsplatz sein wird.«

Zehn Minuten später saß sie wieder ihrem Kollegen Horndeich gegenüber – für eine Sekunde richtig dankbar, dass sie mit ihm das Büro teilte und mit niemand anderem.

»Na, das ist ja ein Schätzchen!«

»Ja.« Mehr sagte sie nicht dazu. Mehr musste sie Horndeich auch nicht sagen.

»Wo haben wir denn den her?«

»Nun, wir haben nicht genug Leute, da sollten wir froh sein über jeden, den wir bekommen.«

Da hatte seine Chefin sicherlich recht. Aber es gab Kollegen, zum Glück die meisten, die brachten die Ermittlungen voran. Und dann gab es die Querschläger, die einfach nur Kraft kosteten, völlig überflüssig waren und Ermittlungen eher behinderten. Horndeich wollte den Kollegen Feller nicht vorverurteilen. Aber es fiel ihm schwer, ihn nicht augenblicklich in dieser Schublade einzuordnen.

»Steffen Horndeich – hallo?«

»Herr Horndeich, entschuldigen Sie, dass ich dieses Telefonat direkt auf Ihr Handy umleiten möchte.« Der Anruf kam von der Einsatzzentrale. Seit dem Bericht in der Hessenschau, so hatte man Horndeich berichtet, hatten sie alle angerufen: die Idioten, die Sich-schon-immer-beschweren-Wollenden, die bösen Nachbarn, die Schlicht-und-ergreifend-nur-Wichtigtuer. Jedes Mal, wenn sie mit irgendeinem Fall an die Öffentlichkeit gingen, schickten sie quasi eine

Gratis-Einladung an den Reigen der Ich-würd-gern-mal-was-dazu-sagen-Fraktion. Umso mehr erstaunte es Horndeich, dass sich jemand von der Einsatzzentrale traute, einen Anruf direkt auf sein Handy umzuleiten.

»Kein Idiot?«, fragte Horndeich nur.

»Ich glaube nicht.«

»Dann stellen Sie durch.«

Es klackte, dann hörte Horndeich ein Rauschen. »Hallo?«

»Spreche ich mit der Mordkommission?«

»Ja, mit Kriminalhauptkommissar Steffen Horndeich. Worum geht es?«

»Da sind doch diese beiden Leichen, die Sie aus dem See gefischt haben. In dem Mercedes.«

»Ja. Und was wollen Sie mir dazu sagen?«

»Ich weiß, wer die sind.«

»Wunderbar. Dann lassen Sie mich an Ihrem Wissen teilhaben.«

»Die waren in einem roten Mercedes, so einem alten, mit einem Wormser Kennzeichen.«

»Ja, das stimmt.«

»Ich weiß, wer die sind.«

»Das sagten Sie schon. Vielleicht nennen Sie mir jetzt auch die Namen?«

»Ist schon lange her.«

Horndeich seufzte innerlich. Diese Art von Zeugen war unglaublich anstrengend. Er spürte, dass der Mann am anderen Ende der Leitung noch mit sich rang, ob er die Informationen, die er hatte, wirklich mit der Polizei teilen sollte. Die Art und Weise, solche Menschen zum Reden zu bringen, variierte von Typ zu Typ. Nur wusste Horndeich leider nicht immer, mit welchem Typ er es gerade zu tun hatte. Und am Telefon war das noch schwieriger. Aber sein Bauchgefühl sagte ihm, dass der Mann wirklich etwas zu sagen hatte. »Herr – wie ist Ihr Name?«

»Das tut nichts zur Sache.«

»Gut. Können Sie mir dann jetzt die Namen der beiden Opfer nennen?«

»Ja, das kann ich.«

»Dann tun Sie es doch bitte einfach.«

Sein Gegenüber sog hörbar die Luft ein. »Einfach …«

»Also. Wie heißen die beiden?«

»Der Mann, der heißt …«

Es folgte ein undefinierbares Geräusch, dann war die Verbindung unterbrochen. »Hallo? Sind Sie noch dran?« Eine überflüssige Frage, gespeist von der Hoffnung auf das, was nicht eintreten würde. Der Anrufer hatte es sich wohl anders überlegt und aufgelegt. Wenige Sekunden später sprach Horndeich wieder mit dem Beamten der Einsatzzentrale. »Können Sie sagen, zu wem diese Nummer gehört?«

»Einen Moment bitte.«

Horndeich wartete. Zum Glück war es inzwischen kein Problem mehr, den Namen zu einer bestimmten Handynummer zu bekommen.

»Ja, ich habe den Namen«, sagte die Kollegin von der Einsatzzentrale. »Es handelt sich um die Nummer eines Prepaid-Handys. Und …« Der Kollege machte eine Pause. »Das Handy ist vor zwei Jahren in Berlin als gestohlen gemeldet worden.«

Womit Horndeich sicher sein konnte, dass der Anrufer nicht mit dem ursprünglichen Besitzer des Handys identisch war. Hatte er es doch nur mit einem Spinner zu tun gehabt? Oder mit jemandem aus dem kriminellen Milieu, der mit Handys mit geklauten SIM-Karten telefonierte? Würde sich der Mann nicht noch einmal melden, würde er es wohl nie erfahren.

MITTWOCH, 24. SEPTEMBER

»Also, das Alter?«

»Ja, das brauche ich so exakt, wie es geht.«

Horndeich saß neben Anke Zilitt. Sie bediente einen Rechner, auf dessen Monitor ein Schädel mit zahlreichen Punkten abgebildet war. Diese Punkte definierten die Dicke der Weichteile, die aus einem Schädel schließlich ein Gesicht machten.

Horndeich hatte auf seinem Tablet alle verfügbaren Daten abgelegt. Sowohl den Bericht von Hinrich als auch den Bericht von Silvia Rauch und ihrem Team. Auf fast siebzig Seiten war diese Akte in den vergangenen Tagen angewachsen, natürlich inklusive Fotos. Nun versuchte Horndeich gemeinsam mit Anke Zilitt, dem weiblichen Opfer wieder ein Gesicht zu geben. Horndeich wischte über das Tablet und suchte die Informationen zusammen. »Hinrich hat gemessen, dass die Frau zirka 172 Zentimeter groß gewesen ist. Dazu passt auch die Konfektionsgröße der Strumpfhose, die im Auto gefunden wurde.«

»Das sagt jetzt noch nichts über das Alter aus.«

Wo Dr. Zilitt recht hatte, da hatte sie recht. »Da gibt es nur noch die Aussage des Zahnarztes, den Hinrich gefragt hat. Er geht davon aus, dass die Tote deutlich unter dreißig Jahre alt war, eher fünfundzwanzig.«

»Na, das ist doch mal eine Aussage.« Dr. Zilitt schob mit der Maus einige virtuelle Regler auf dem Monitor in eine andere Position.

Horndeich schwitzte. Er fühlte sich wie in einem Wettbewerb. Die Presseabteilung hatte es tatsächlich geschafft, dass der Fall am Abend in der Sendung *Aktenzeichen XY … ungelöst* vorgestellt würde. Dazu hatten sie ein paar spektakuläre Videos der Bergung des Mercedes beigesteuert. Doch das Highlight sollten die rekonstruierten Gesichter der beiden Leichen sein. Es hing also von Horndeich ab, ob an diesem Abend jemand Hänsel und Gretel die wahre Identität zurückgeben konnte.

»Irgendwelche Aussagen zu ihrer Statur?«

Horndeich war nun wahrlich kein Experte im Zusammenhang zwischen Konfektionsgrößen und tatsächlichem Erscheinungsbild. »Körpergröße 172, Strumpfhose 40 – 42. Machen Sie sich einen Reim darauf.«

Das schien Dr. Anke Zilitt nicht schwerzufallen. »Gut. Eher schlank. Wer war sie?«

»Wie meinen Sie das denn?«

»Na, war sie mehr der flippige Typ, oder trat sie eher gediegen konservativ auf?«

So langsam verstand Horndeich, warum Margot ihn zu Anke Zilitt geschickt hatte. Natürlich hatten sie inzwischen ein paar Daten über die Leichen, aber der Löwenanteil war reine Spekulation. Hatte ein Mensch eine andere Frisur, je nachdem ob er 1985, 1990, 1995 oder gar erst im Jahre 2000 ermordet worden war?

»Ich höre?«

»Sie sind gut! Woher soll ich das denn wissen?«

Anke Zilitt sah Horndeich nun direkt an. »Herr Horndeich, finden Sie das Mittelmaß. Sie wissen weit mehr über die Tote als ich. Wir können jetzt fünfhundert verschiedene Porträts erstellen, mit Irokesenschnitt oder mit Galaabend-Rauschegold-Frisur. Sie müssen mir helfen, den Typ mit der größten Wahrscheinlichkeit auf den Monitor zu zaubern.«

Horndeich überlegte. Genau genommen konnte er nichts falsch machen. Gab Horndeich den Zuschauern falsche Informationen, würden sie die beiden Leichen nicht identifizieren. Dann waren sie genau an dem Punkt, an dem sie jetzt auch waren. Gelänge es ihm, ein wahrscheinliches Aussehen zu definieren, könnten sie vielleicht Erfolg haben. »Die Frau hatte eine unauffällige Frisur. Wenn sie in irgendeiner Weise kriminellen Machenschaften nachging, dann wollte sie auf keinen Fall auffallen. Also, verpassen Sie ihr mittelbraunes Haar. Wenn sie blond war, wird man sie sicher ebenfalls erkennen, wenn ihr Haar noch dunkler gewesen ist, auch. Wie viele Frisuren können Sie ihr spendieren?«

»Aus meiner Erfahrung schlage ich vor, dass wir eine Kurzhaarfrisur definieren und eine, in der die Haare bis zur Schulter reichen. Das deckt ein sehr weites Spektrum ab.«

»Okay. In den Neunzigern war der Pony, glaube ich, weniger angesagt. Also machen Sie eine Mittelscheitelfrisur.«

Anke Zilitt klickte nun wieder mit der Maus auf diverse Auswahlboxen. »Hatte sie eine Krankheit, die ihr Äußeres verändert haben könnte?«

Auch diese Frage konnte Horndeich nicht wirklich beantworten. Womit die Antwort auf der Hand lag: Mit größter Wahrscheinlichkeit war die junge Frau nicht krank gewesen. Vielleicht war sie Alkoholikerin gewesen, vielleicht eine der ersten Chrystal-Meth-Pioniere. Doch die Wahrscheinlichkeit, dass sie es nicht gewesen war, lag deutlich höher. »Nein.«

»Brillenträgerin?«

»Sie sind echt gut! Woher soll ich das denn wissen?«

Anke Zilitt lächelte. »In den Neunzigern waren Brillen deutlich rund ausgeprägt und größer als heute. Damit können wir kaum was falsch machen.«

Horndeich nickte nur. Er hatte sich nicht vorgestellt, dass es so schwer war, fiktive Phantombilder zu fertigen.

»Okay, Kommissar Horndeich, nun zu Hänsel, wie mein Chef Hinrich ihn nennt.«

»Viel weiß ich auch über ihn nicht.«

»Alter?«

»Hinrich meinte, er sei zwischen zwanzig und fünfunddreißig gewesen. Der Zahnarzt hat gesagt, wenn er einen

Tipp abgeben müsse, dann liege der wie bei der weiblichen Leiche bei fünfundzwanzig. Plus/minus drei Jahre.«

»Na, dann halten wir es doch so.«

Manche Lösungen waren ganz einfach.

»Auch hier die Frage: dick, dünn, normal, athletisch?«

Horndeich wischte wieder über seine Unterlagen. »Der Pulli war normal geschnittene Massenware, hundert Prozent Polyester. Bei einer Körpergröße von 175 Zentimetern, wie Hinrich es ausgemessen hat, ist er mit diesem Pullover wohl schlank gewesen.«

»Na also. Geht doch.« Anke Zilitt zauberte wieder etwas in ihrem Programm. »Bartträger?«

Wer war Hänsel? Ein Kind seiner Zeit? Ein Kfz-Mechaniker? Ein Soziologie-Student? Ein Burger-Wender bei McDonald's?

»Und trug er eine Brille?«

Der Kerl hatte einen Rollkragenpullover getragen. Kein Schlabber-Sweatshirt und auch kein Businesshemd. Nein, Hänsel war kein Bartträger gewesen. Denn den Dreitagebart gab es noch nicht so lange. Eine Brille hingegen war möglich. Horndeich musste sich entscheiden. »Kein Bart. Und ein Bild mit Brille und eins ohne. Die Brille randlos.« In den Tiefen seines Unterbewusstseins erinnerte sich Horndeich, dass in den Neunzigern der Trend hin zu den randlosen Brillen vollzogen worden war.

»Alles klar. Der Kerl war auch kein Alkoholiker oder Magersüchtiger?«

»Wahrscheinlich nicht«, brachte Horndeich es auf den Punkt.

Dr. Anke Zilitt klickte noch ein paar Minuten mit der Maus hin und her, dann präsentierte sie die Ergebnisse: »Wir haben Jane und John Doe nun in folgenden Varianten.«

Gretel konnte man mit einer Kurzhaarfrisur sehen, mit halblangen Haaren und einmal mit halblangen Haaren und Brille. Für Hänsel hatte Dr. Anke Zilitt eine Variante mit

Kurzhaarschnitt und eine mit ein bisschen mehr Matte auf dem Kopf erstellt. »Können wir damit online gehen?«

Sollte er, Horndeich, das jetzt entscheiden? Er tat es. Zu verlieren hatten sie nichts. »Ja.«

»Alles klar, Herr Kommissar. Viel Glück mit den beiden!« Anke Zilitt zwinkerte ihm zu.

DONNERSTAG, 25. SEPTEMBER

»Mit dem Herrn Kommissar Horndeich würde ich gerne sprechen«, sagte die Stimme einer etwas älteren Dame. Margot hatte sich bereits daran gewöhnt. Seit ihr Kollege am vorigen Abend live im Münchener Studio der Sendung *Aktenzeichen XY ... ungelöst* aufgetreten war, wollte mit ihr niemand mehr sprechen. Am Morgen hatte sie noch mit den ersten drei Anrufern diskutiert, inzwischen war sie dazu übergegangen, das Gespräch einfach durchzustellen. Horndeich erkannte schon an ihren Gesichtszügen, dass das wieder ein Fall für ihn war.

»Einen Moment, ich stelle Sie durch.«

Horndeich übernahm das Gespräch. Aus seinen Antworten konnte Margot entnehmen, dass die alte Dame im Phantombild der Seeleiche ihre Tochter erkannt zu haben glaubte.

Margot sah auf die Uhr. Es war schon 16:30 Uhr. Insgesamt waren bereits zwanzig Hinweise bundesweit eingegangen. Vier der Anrufer hatten darüber philosophiert, wann der Mercedes im See versenkt worden sein konnte, zwei waren von vornherein als irrelevant abgetan worden, und vierzehn Menschen meinten ernsthaft, vermisste Angehörige in den Bildern zu erkennen. Die Verteilung auf die beiden Toten war dabei paritätisch: Sieben meinten Gretel zu erkennen, die anderen sieben Hänsel. Margot ärgerte sich, dass sie die blöden Namen von Hinrich übernommen hatte. Aber ihr Unterbewusstsein hatte sie bereits verinnerlicht. Die Orte, aus denen sich die Anrufer meldeten, verteilten sich über das gesamte Bundesgebiet: Von Lindau bis nach Flensburg spannte sich der Bogen. Waren die Anrufer halbwegs ernst zu nehmen, verständigte Margot die Kollegen der Schutzpolizei in den jeweiligen Regionen. Die befragten dann die Menschen vor Ort. Wobei die Antworten nur wenig Bedeutung hatten. Entscheidend war die kurze Aktion mit dem Wattestäbchen: Da die Kollegen vom Landeskriminalamt in Wiesbaden ja von beiden Todesopfern aus dem See die DNA hatten extrahieren können, war eine DNA-Probe der Angehörigen die effizienteste Art, festzustellen, ob die vermisste Person wirklich mit einer der beiden Leichen aus dem See identisch war. Und so waren bereits bei einigen Landeskriminalämtern in Deutschland die Experten bei der Arbeit, um festzustellen, ob sich bei einem der Wattestäbchen tatsächlich ein Treffer ergeben würde.

Horndeich beendete das Gespräch sehr freundlich, aber bestimmt. Offenbar wollte die alte Dame ihm bereits die Lebensgeschichte erzählen, sowohl die ihre als auch die der vermissten Tochter.

»Ja, Frau Schneider, da kommt heute noch ein Kollege vorbei und wird sich mit Ihnen unterhalten. Und bitte, geben Sie ihm eine DNA-Probe. Dann können wir Ihnen ganz schnell sagen, ob wir Ihre Tochter gefunden haben oder nicht.« Horndeich legte auf und seufzte. »Unglaublich, wie viel Hoffnung die Menschen in diese Bilder setzen. Das war Nummer fünfzehn. Das heißt, dass wir mindestens dreizehn von den Anrufern enttäuschen müssen.«

»Von wo aus hat diese Dame angerufen?«

»Frankfurt. Sie wohnt in einem Altenwohnheim im Stadtteil Bonames. Ihre Tochter ist 1984 verschwunden. Ich ruf jetzt mal die Kollegen in Frankfurt an, damit die bei Frau Schneider vorbeischauen.«

Margot erinnerte sich, dass ihre Freundin Cora einmal eine Katze besessen hatte. Die war über Nacht spurlos verschwunden. Sie rief sich wieder ins Gedächtnis, wie sehr Cora damals durch den Wind gewesen war. Sie hatte die umliegenden Bäume mit Vermisstenmeldungen tapeziert und eine Suchanfrage bei Facebook gepostet. Dass sie nicht mit einem Lautsprecherwagen vierundzwanzig Stunden am Tag durchs Viertel gefahren war, hatte nur an ihren begrenzten Möglichkeiten gelegen. Es hatte rund drei Wochen gedauert, bis sich Cora damit abgefunden hatte, dass Miezi wohl nicht mehr zurückkommen würde. Margot hatte seinerzeit nicht begriffen, wie Cora in ihren Augen so durchdrehen konnte. In diesem Moment fiel ihr ein, wie es ihr wohl gehen würde, wenn Doro verschwände. Oder ihr Sohn Ben. »Ja, ruf du mal die Kollegen in Frankfurt an. Ich geh jetzt nach Hause, wenn's dir recht ist.«

»Mach nur. Ich halte hier noch die Stellung.«

Margot fuhr heim. Das Wetter zeigte sich von seiner freundlichen Seite, also würden auch die heutigen Gespräche am Abend wohl eher in ihrem Garten stattfinden als im Inneren des Hauses. Als sie ihren Mini vor dem Haus abstellte, hörte sie, dass offenbar bereits ein lustiges Grüppchen im Garten versammelt war. Musik drang an ihr Ohr, eindeutig amerikanischer Country-Pop. Sie hörte ihren Vater lachen, dann die ebenfalls vertraute Stimme von Doro. Und dann die tiefe Stimme eines Mannes, die sie nicht einordnen konnte.

Sie ging gar nicht erst ins Haus, sondern direkt in den Garten. Um den Gartentisch herum saßen ihr Vater, Chloe, Doro – und ein junger Mann, den sie auf den ersten Blick kaum wiedererkannt hätte: Milo. Nicks Sohn trug einen Vollbart in der Dreitageversion und das Haar schulterlang. Als sie damals mit Nick durch Europa gereist war, hatte Milo sie für vier Wochen begleitet. Damals hatte er einen Bürstenhaarschnitt getragen und war penibel darauf bedacht gewesen, dass kein Härchen seine Wangen lebend durchdrang.

»Hallo, Margot! Du bist ja heute tatsächlich früh da. Setz dich zu uns!« Gemeinhin war Doro nicht ganz so leutselig, aber ein paar leere Bierflaschen auf dem Gartentisch zeugten davon, dass die Party bereits ein paar Stunden im Gange war.

Milo stand auf und kam auf Margot zu. Bevor sie wusste, wie ihr geschah, hatte er sie bereits umarmt. »Margot! Schön, dich zu sehen!«

Margot löste sich aus der Umarmung, schaute in die Runde, überlegte kurz, ob sie Bierkonsum um 17:00 Uhr kommentieren sollte, entschied sich dann jedoch dagegen.

»Schön, auch dich wiederzusehen. Wie geht es dir?«

»Es ist total toll, wieder hier in Germany zu sein.« Milo stand mit dem Rücken zum Gartentisch und wandte den Kopf in Richtung Doro.

Die war aufgesprungen und holte einen weiteren Gartenstuhl an den Tisch. Margot setzte sich. Eine Mehr-Generationen-Party – die Stadtpolitiker wären begeistert gewesen, ach, die der ganzen EU! Margot jedoch fühlte sich unwohl.

»Schade, dass mein Dad nicht hier ist!«, sprach Milo aus, was Margot in diesem Moment dachte.

»Er hat gesagt, wie sehr er bedauert, dass du nicht nach Frankreich kommen konntest.« Auch damit hatte Milo sicher recht. Aber es war nicht unbedingt der Gedankengang, den Margot jetzt in Bewegung setzen wollte.

»Habt ihr für mich auch ein Bier?«

Milo griff in einen Kasten, der neben seinem Stuhl stand.

»In ein paar Minuten müsste auch die Pizza da sein«, sagte Margots Vater.

»Na, die werden wir schon teilen«, ergänzte Doro. Und dabei sah sie nicht Margot an, sondern Milo. In diesem Moment hörten sie, wie ein Zweitakt-Moped vor dem Haus hielt. Milo sprang auf und kehrte eine Minute später mit einem Stapel Pizzakartons in den Garten zurück. Er stellte sie auf dem Gartentisch ab. Offensichtlich hatte er die vier Pizzen auch bezahlt.

»Ich habe ohnehin keinen großen Hunger«, sagte Chloe. »Margot, magst du Pizza mit Sardellen?«

Nein, Pizza mit Sardellen war nicht Margots Favorit. Aber sie war gerührt von der Geste der Freundin – nein, der Lebensabschnittsgefährtin, nein, von der Frau ihres Vaters. Mit oder ohne Ring. »Ja, gern.«

Milo verteilte die Pizzastücke auf Teller, die Doro aus der Küche geholt hatte.

»Was genau machst du in Deutschland?«, erkundigte sich Margot bei Milo. Gewiss, Doro hatte das bereits vor ein paar Tagen erwähnt, doch sie wollte es aus dem Mund des jungen Mannes hören.

»Ich mache hier ein …«

»Praktikum«, ergänzte Doro Milos fehlenden Wortschatz.

»Exactly, ein Praktikum«, sagte Milo.

Margot sah Doros Blick. Und sie nahm ebenfalls wahr, wie Milo Doro anschaute. Doro war nicht ihre leibliche Tochter, und Milo war ebenfalls mit keinem der Anwesenden verwandt – und dennoch fühlte es sich für Margot komisch an, dass die beiden offenbar ein deutlich engeres Verhältnis zueinander hatten, als Margot bis vor vier Tagen angenommen hatte.

Wie sollte sie damit umgehen? Doro saß hier mit dem Sohn des Mannes, mit dem sie jetzt gerne zusammen an einem Tisch gesessen hätte. Was nicht der Fall war, weil sie nicht nach Frankreich geflogen war. Was aber auch nicht der Fall war, weil dieser Mann nicht in ihrem Haus wohnte. Mein Gott, war das alles wieder kompliziert! Hatte sie sich nicht vorgenommen, solche Komplikationen in ihrem Leben künftig zu vermeiden? War sie nicht zu dem Schluss gekommen, dass solche Komplikationen ihr Leben nicht schöner, sondern immer nur schwerer machten? Sie nahm einen kräftigen Schluck Bier.

»Von wem hören wir hier denn gerade Musik?«, fragte Sebastian Rossberg.

Milo reagierte sofort: »Taylor Swift. I really like her!«

Was machte wohl Nick gerade, fragte sich Margot. Und bevor sie sich in schwärmerischen oder destruktiven Fantasien ergehen konnte, klingelte ihr Handy. Sie sah auf das Display. Eine Nummer, die keinem Kontakt zugeordnet war. Mit einer Vorwahl, die mit 045 anfing, also irgendetwas aus dem hohen Norden Deutschlands. Sie nahm das Gespräch an. »Margot Hesgart.«

»Guten Tag, Frau Hesgart. Hier spricht Kommissar Weinrich aus Malente. Sie haben uns heute Vormittag angerufen, weil eine Frau aus unserem Ort in dem Phantombild von gestern ihre Tochter zu erkennen glaubt.«

»Ja, das ist richtig.« Margot erinnerte sich. Der nördlichste Anruf war aus Flensburg gekommen. Und Malente lag rund hundert Kilometer südlich davon.

»Um es kurz zu machen: Wir haben einen Treffer. Die Dame ist definitiv die Mutter der Frau, die Sie in Darmstadt aus dem See gezogen haben. Der Name der Toten ist Tomke Rieken.«

FREITAG, 26. SEPTEMBER

Sie saßen im Flieger nach Hamburg. Am vorigen Abend hatte Margot noch alle Hebel in Bewegung gesetzt, damit sie und Horndeich an diesem Vormittag nach Malente gelangen würden.

Die Polizei vor Ort hatte bereits am Vorabend mit der Dame gesprochen, die in dem Phantombild der weiblichen Leiche zu Recht ihre Tochter Tomke erkannt hatte. Sie waren zu dem Schluss gekommen, dass das persönliche Gespräch mit Margot und Horndeich sicher deutlich zielführender wäre. Vielleicht waren sie nicht feinfühlig genug gewesen, vielleicht war die alte Dame auch nur ein wenig unzugänglich, weil die Leiche ihrer Tochter in Südhessen gefunden worden war und nicht in der Heimat – wie dem auch war, nun schwebten sie über den Wolken.

Kommissar Weinrich hatte sich darum gekümmert, dass sie in Hamburg abgeholt werden würden. Sehr praktisch, dass die Polizeischule von Schleswig-Holstein ebenfalls unmittelbar neben Malente ansässig war.

»Weißt du, was das Schlimme ist?«, hatte Horndeich sie gefragt.

Margot hatte nur genickt. Ja, sie wusste es. Denn nun, da sie einen Treffer gelandet hatten, würden sie allen anderen Menschen, die sich nach der Ausstrahlung der Phantombilder bei der Polizei gemeldet hatten und die weibliche Leiche identifiziert zu haben glaubten, mitteilen müssen, dass sich ihre Hoffnungen, an die sie sich für zwei Tage ganz fest geklammert hatten, in Luft auflösen würden.

Dank Polizeiausweis hatten sie die Formalitäten am Hamburger Flughafen deutlich beschleunigen können. Vor dem Ausgang stand bereits ein Streifenwagen. Daran lehnte ein junger Polizist, dessen Namensschild, das mit Klettband an der Uniform angebracht war, ihm den Namen Jan Claasen zuordnete. Der Stern am Schulterabzeichen wies ihn als Polizeimeisteranwärter aus.

Margot und Horndeich stiegen in den VW Passat.

»Ich habe den Auftrag, Sie direkt zu der Zeugin Anna Rieken zu fahren.«

»Wunderbar«, sagte Margot. »Dann mal los ins Zentrum von 1974.«

»Sagt dir dieser Ort irgendetwas?«, fragte Horndeich verunsichert.

Margot musste schmunzeln. »Ja. Dir nicht?«

»Äh. Nein.«

»Das liegt wohl daran, dass du damals noch gar nicht geboren warst. Nein, ich muss mich korrigieren. Du warst erst ein Jahr alt.«

»Bei was?«

»Weltmeisterschaft 1974. Du weißt aber schon, dass Deutschland damals die Fußballweltmeisterschaft gewonnen hat?«

»Ja, klar. Aber was hat das mit Malente zu tun?«

Polizeimeisteranwärter Claasen schaltete sich ein. »Aber die lebten doch damals in Malente. Also die Fußballspieler, die Nationalelf.«

Margot sah den irritierten Gesichtsausdruck ihres Kollegen. »Hier war das Trainingslager von Paul Breitner, Gerd Müller und Co.«

Horndeich nickte nur entgeistert.

»Ja, ich glaube, Gerd Müller hat genauso geguckt wie du, als er in die Zimmer dieser besseren Jugendherberge geschaut hat.«

Claasen machte ein Gesicht, als wolle er protestieren, verkniff es sich dann aber.

»Unsere Jungs haben sich wie in einer Kaserne gefühlt«, klärte Margot ihren Kollegen auf. »Noch nie etwas vom ›Geist von Malente‹ gehört?«

Horndeich schüttelte den Kopf.

»Egal«, sagte Margot. »Deutschland wurde Weltmeister. Das ist das Wichtige.«

»Den Geist, den gibt es aber wirklich!«, meinte Claasen.

Margot erinnerte sich genau an die Fußballweltmeisterschaft 1974. Alle Spiele wurden damals in der elterlichen Wohnung geschaut. Das hing sicher auch damit zusammen, dass ihr Vater unmittelbar vor der Weltmeisterschaft einen riesigen Farbfernseher gekauft hatte. Knapp siebzig Zentimeter in der Diagonale. Für damalige Verhältnisse Kino im Wohnzimmer. Er hatte all seine Rechtsanwaltskollegen, deren Frauen und noch ein paar weitere Bekannte eingeladen. Margot, damals elf Jahre alt, hatte sich wie in einem Stadion gefühlt, so viele Menschen hatten in diesen Tagen um sie herum gesessen. Und niemand hatte sie ins Bett geschickt, sie war immer dabei gewesen. Beim eins zu null gegen Chile. Beim drei zu null gegen Australien, beim verlorenen Spiel gegen die DDR. Damals hatte sie nicht verstanden, dass Deutsche gegen Deutsche spielten. Nun gut, heute verstand sie nicht, dass Briten aus Wales gegen Briten aus England kickten. Aber das war ein anderes Thema.

Von Hamburg nach Malente waren es rund hundertzehn Kilometer. Auch wenn Claasen einen ziemlich flotten Fahrstil pflegte, waren sie doch eine gute Stunde unterwegs, bevor sie die rund zehntausend Einwohner zählende Stadt erreichten.

»Sie ist es wirklich?« Frau Anna Rieken lebte in einem Altenheim im Zentrum von Malente. Sie empfing Horndeich und Margot sehr freundlich. »Wie schön, dass die Polizei wirklich gleich reagiert. Wissen Sie, ich gehöre nicht zu denen, die an unserer Polizei zweifeln. Da hört man viel Schlechtes – aber ich glaube, gerade die Polizisten machen ihre Arbeit so gut, wie sie es nur können.«

Was konnte Horndeich tun, außer zu nicken. Er sah sich um. Frau Riekens Leben spielte sich auf wenigen Quadratmetern ab. Sie war dreiundachtzig Jahre alt, wie er dem kurzen Bericht der Kollegen entnommen hatte. In der Ecke beim Fenster stand ein Sessel, der, obwohl er an einigen Stellen bereits etwas verschlissen war, Gemütlichkeit ausstrahlte. Außerdem zierte der Wohnzimmertisch, an dem sie gerade saßen, das Zimmer, dann ein kleiner Esstisch und ein Regal, in dem sich zahlreiche gerahmte Fotografien befanden, sowie ein kleiner Röhrenfernseher. Eine Tür führte wohl zum Schlafzimmer. Die Küche befand sich im Flur, von der aus eine weitere Tür zum Bad abging. Da die Tür nicht verschlossen gewesen war, hatte Horndeich gesehen, dass es eines jener winzigen Bäder war, bei dem man sich bereits während des Toilettengangs die Hände im nahe gelegenen Waschbecken waschen konnte und mit nur ein wenig Verrenkung gleichzeitig die Füße in der angrenzenden Duschwanne. Das kleine Apartment von Frau Rieken machte einen adretten Eindruck. Hohe Effizienz auf kleinem Raum. Horndeich kannte das von Ferienapartments im unteren Preissegment.

Frau Rieken hatte eine Kanne Kaffee gekocht, Gebäck in einem Porzellanschälchen auf dem Tisch platziert. Sie schenkte den Beamten ein und deutete auf das Keksschälchen. »Greifen Sie doch bitte zu.«

Horndeich tat wie ihm geheißen, Margot ebenso. Mit Blicken verständigten sie sich, dass Horndeich mit der Befragung beginnen würde. »Zunächst, Frau Rieken, möchten wir Ihnen sagen, dass es uns leidtut, dass Ihre Tochter nicht mehr am Leben ist.«

Der Blick der alten Dame wanderte kurz zwischen Horndeich und Margot hin und her, war dann für wenige Sekunden nach innen gerichtet, bevor sie sagte: »Ach, Herr Horndeich, ich habe nicht mehr damit gerechnet, dass ich meine

Tochter nochmals lebend sehen werde. Ja, es ist traurig, aber endlich werde ich sie begraben können und einen Platz haben, zu dem ich gehen kann. Im Gegensatz zu meinem Mann, Gott hab ihn selig, habe ich schon nach wenigen Jahren nicht mehr daran geglaubt, dass sie noch lebt. Egon, so hieß mein Mann, er hat mir das immer vorgeworfen, obwohl er es gewesen war, der sich nicht gut mit ihr verstanden hat.«

»Könnten Sie uns denn ein Foto Ihrer Tochter geben?«

Anna Rieken erhob sich erstaunlich behände, ging auf den Schrank zu und griff nach den Fotografien. Mit vier Bilderrahmen kam sie zurück zum Wohnzimmertisch. »Da, schauen Sie, das war meine Tomke.« Zwei der Rahmen reichte sie Margot, die anderen beiden drückte sie Horndeich in die Hand. Der betrachtete die Fotos. Es waren die Porträts einer fröhlichen jungen Frau, die er auf den Fotografien sah. Und er war überrascht, wie hoch tatsächlich die Ähnlichkeit war zwischen diesen Fotos und dem Phantombild, das er zwei Tage zuvor in Frankfurt gemeinsam mit der Gerichtsmedizinerin angefertigt hatte.

»Wann hatten Sie das letzte Mal Kontakt zu Ihrer Tochter?«

Frau Rieken senkte den Kopf. »So lang ist das her. Ich glaube, es war 1982 – nein, 1981. Da bin ich fünfzig geworden, und Tomke war bei meinem Geburtstag.«

»Wann ist Ihre Tochter denn geboren worden?«

»1962. Sie war unser viertes Kind. Mein Mann, Gott hab ihn selig, er war so glücklich, nach drei Buben endlich auch ein Mädchen zu haben. Wissen Sie, Tomke, sie war die Klügste von uns allen. Mein Mann, der wollte nicht, dass sie aufs Gymnasium geht. Hauptschule, das sollte für sie langen. Meine Buben, die haben alle einen guten Realschulabschluss gemacht, aus allen ist was geworden. Fritz hat ein Autohaus in Hamburg. Klaus, der arbeitet bei einer großen Bank in München, und sogar der Udo, ein Träumer vor dem

Herrn, hat es mit seiner Musik zu was gebracht. Aber Tomke, die war richtig klug. Die hat ihr Abitur mit 0,9 gemacht. Es war das erste Mal, dass ich gehört habe, dass man ein Abitur mit einer Note bestehen kann, die besser als eine eins ist.«

»Und 1981, bei Ihrem Geburtstag, da haben Sie Ihre Tochter das letzte Mal gesehen?«

»Ja.«

»Was ist danach passiert?«

Frau Rieken nahm nun auch einen Schluck Kaffee, stellte die Tasse wieder ab und sah Horndeich nicht mehr an.

»Frau Rieken?«

»Sie hat einen Freund gehabt damals. Bevor Sie fragen: Ich kenne seinen Namen nicht. Da habe ich mich mit ihr auch immer wieder gestritten. Heute denke ich, es gab gar keinen Grund zum Streiten. Sie hat ihr Abitur so toll gemacht, sie wusste, was sie machen wollte: Psychologie studieren. Mir war das damals ganz fremd. Psychologie! Wir haben auch ohne Psychologie unser Leben gelebt. War schon schlimm genug, dass Udo was mit Musik gemacht hat, anstatt was Anständiges zu lernen. Und Tomke hat gesagt, sie wollte jetzt ein halbes Jahr durch die Welt reisen, mit ihrem Freund. Sogar auf meinem Geburtstag hat es Krach gegeben, mein Mann, Gott hab ihn selig, er hat ihr sogar eine Ohrfeige verpasst. War nicht mein schönster Geburtstag.«

Wieder hielt Frau Rieken inne.

»Und dann?«, hakte Horndeich nach ein paar Sekunden nach.

»Sie ist weg. Ich weiß nur, dass sie als Erstes nach Griechenland wollten. Und dann habe ich nichts mehr von ihr gehört.«

»Hat sie sich denn danach noch mal bei jemand anderem aus Ihrer Familie gemeldet? Bei einem ihrer Brüder vielleicht?«

»Ich habe meine Söhne immer wieder danach gefragt.

Besonders mit Udo hat Tomke sich immer sehr gut verstanden. Vor ein paar Jahren hat er mir gestanden, dass Tomke sich drei Jahre nach ihrem Verschwinden noch mal bei ihm gemeldet hatte. Sie hatte gesagt, dass sie studieren würde, hatte aber auch ihm nicht verraten, wo sie war. Danach hat auch Udo nie wieder etwas von ihr gehört. Genau wie die beiden anderen. Und mein Mann auch nicht. Als es vor zehn Jahren mit ihm zu Ende ging, habe ich ihn noch mal gefragt. Aber sie hat sich definitiv nicht mehr gerührt.«

»Und sie hatte nie gesagt, wohin sie gehen wollte, also ich meine, nachdem sie aus Griechenland zurückgekommen ist?«

»Nein.« Anna Rieken machte eine kurze Pause. »Woran ist sie denn gestorben?«

Horndeich schluckte. Er war davon ausgegangen, dass die Kollegen vor Ort Frau Rieken bereits darüber informiert hatten. Dem war aber offensichtlich nicht so. Horndeich zögerte, und er war dankbar, dass Margot übernahm.

»Frau Rieken, das ist jetzt sicher nicht einfach für Sie. Ihre Tochter ist ermordet worden. Sie wurde erschossen.«

»Erschossen?« So gefasst Frau Rieken bislang gewesen war, desto gründlicher brach die Beherrschung nun in sich zusammen. Sie legte die Hände vors Gesicht, und Horndeich dachte, dass er auf jeden Fall einen Polizeipsychologen mitgenommen hätte, wenn er gewusst hätte, dass er und Margot die Überbringer der »frohen« Botschaft waren. Er ärgerte sich über sich selbst, dass er nicht bei den Kollegen nachgefragt hatte. Doch Frau Rieken bekam sich schnell wieder in den Griff. »Verzeihen Sie.«

»Da gibt es nichts zu verzeihen«, sagte Margot in leisem Ton.

»Wissen Sie, ich habe nicht geglaubt, dass sie zurückkommt. Aber ich habe mir nie Gedanken über ihren Tod gemacht. Auch wenn ich davon überzeugt war, dass ich sie nie mehr wiedersehen würde, habe ich doch nie durchgespielt, was ihrem Leben ein Ende bereitet haben könnte. Erschossen … Können Sie denn nach so vielen Jahren überhaupt noch feststellen, wer das getan hat?«

Nun war es Horndeich, der sprach. »Frau Rieken, wir können Ihnen da nichts versprechen. Wir möchten Ihnen auch keine Hoffnungen machen. Aber wir versichern Ihnen, dass wir alles tun werden, um den Menschen zu finden, der das getan hat. Und wenn er noch lebt, dann wird er zur Rechenschaft gezogen.« Standardsprüche. Aber Horndeich meinte sie sehr ernst in diesem Moment.

»Das ist wohl schon mehr, als ich erwarten darf.«

»Frau Rieken, wir müssen unbedingt mehr über Ihre Tochter erfahren. Was war sie für ein Mensch? Und gibt es vielleicht noch andere, die uns etwas über sie erzählen können?«

»Ich denke, wenn Ihnen überhaupt jemand etwas erzählen kann, dann wird es Udo sein, ihr Bruder. Fritz und Klaus, die haben ja mehr als zehn Jahre Abstand zu den beiden anderen gehabt. Beide haben auch das Elternhaus früh verlassen. Mein Mann ist tot. Aber halt, es gibt noch jemanden. Antje. Antje Tiedtke. Sie wohnt sogar noch hier im Ort. Sie und ihr Mann betreiben ein kleines Restaurant in der Nähe der Kurkliniken. Und Antje und Tomke kannten sich bereits seit dem Kindergarten. Ich glaube, sie kann Ihnen am meisten über meine Tochter erzählen. Also über all die Dinge, über die meine Tochter nicht mit mir geredet hat.«

Dann begann es plötzlich aus Anna Rieken regelrecht hervorzusprudeln, als ob der Wasserhahn für Worte aufgedreht worden wäre: »Als Kind war Tomke ein richtiger Sonnenschein. Wir mussten mit wenig Geld auskommen. Mein Mann arbeitete in der Rechnungsabteilung der Kurkliniken. Und kaum waren die beiden ersten Söhne so alt, dass ich sie nachmittags auch mal hätte alleine lassen können, um halbtags zu arbeiten, da kündigte sich Udo an. Und ein Jahr nach Udo kam dann auch schon Tomke auf die Welt. Sie war ein richtiger Wildfang, immer draußen, immer in der Natur und dazu sehr sportlich. Sie interessierte sich für Fußball, was meinen Mann natürlich entzückte. Als 1974 die Fußball-WM war – Sie wissen ja sicher, unsere Jungs waren damals hier in unserer Stadt untergebracht –, da haben Egon und Tomke es tatsächlich geschafft, im Trainingslager Autogramme von allen Spielern zu bekommen. Das war gar nicht so einfach gewesen, denn es war ja zwei Jahre nach dem Terroranschlag auf die Olympischen Spiele 1972 in München. Hier war immer alles voll mit Polizei. Auf jeden Fall war Tomke am Wochenende ein richtiges Papakind, bis sie in die Pubertät kam. Das Verhältnis zu meinem Mann wurde innerhalb von wenigen Monaten ganz schlecht, und auch ich kam kaum noch an sie heran. Heute denke ich, wir hätten nicht so streng sein dürfen. Sie war immer gut in der Schule, es gab eigentlich nichts, worüber wir uns wirklich hätten beschweren können. Natürlich raucht jeder Teenager heimlich mal eine Zigarette. Aber zwei Wochen Hausarrest dafür – das war nicht in Ordnung, das sehe ich heute auch so. Als sie uns dann mit vierzehn verkündete, dass sie einen Freund habe, konnte ich gerade noch verhindern, dass Egon sie verprügelt hat. Aber sie hat die Schule nie vernachlässigt. Auch nicht, als sie dann mit diesem Peter zusammen war. Wer danach ihr Freund war – das hat sie uns überhaupt nicht mehr erzählt. Mit sechzehn ist sie das erste Mal abgehauen. Aber nur von Freitagabend bis Montag. Da war sie wieder pünktlich in der Schule. Auch das haben wir nicht wahrgenommen, dass sie selbst das Ausreißen beendet hat, weil sie wieder in die Schule gehen wollte. Egon hat sie geohrfeigt, weil die Polizei nach ihr hat suchen müssen.

Danach hat sie sich von uns nichts mehr sagen lassen. Sie hat dann in Plön neben der Schule an der Kasse eines Supermarkts gejobbt, um nicht mehr von uns abhängig zu sein. Es war schlimm, dass sie kaum noch mit mir geredet hat. Und auf der anderen Seite war ich unglaublich stolz auf meine

Kleine, die selbst so stolz war. Leider habe ich ihr das nie gesagt. Und nach meinem fünfzigsten Geburtstag, da habe ich sie nicht mehr gesehen.«

Margot schwieg, ebenso Horndeich. Aber Anna Rieken wollte offensichtlich nichts mehr erzählen. Die Worte-Leitung war trocken gelaufen.

»Dürfen wir eines der Fotos mitnehmen?«, fragte Margot.

»Selbstverständlich.«

»Sie ist tot?« Antje Tiedtke, die ehemals beste Freundin von Tomke Rieken, saß mit Horndeich und Margot an dem kleinen Ecktisch des griechischen Restaurants Delphi. Es gehörte Frau Tiedtke und ihrem Mann. Obwohl das Gasthaus erst in zwei Stunden wieder öffnen würde, hatte Frau Tiedtke die beiden Beamten in den Gastraum geführt.

Margot berichtete Antje Tiedtke kurz, was sie bereits über Tomke Rieken in Erfahrung gebracht hatten.

Antje Tiedtke war eine rundliche Frau mit einer blonden Wuschelmähne und blauen Augen, die funkelten und verrieten, dass ihr ab und an der Schalk im Nacken saß. Doch so fröhlich die Frau gewesen war, als sie die Beamten begrüßt hatte, so ernst war ihr Blick nun geworden.

»Erschossen?« In Stimme und Blick lag die gleiche Fassungslosigkeit, die zuvor auch Tomkes Mutter gezeigt hatte.

»Was können Sie uns denn über Tomke erzählen? Hatten Sie mit ihr nach 1981 noch einmal Kontakt?«

Antje Tiedtkes Mann Janis trat mit einem Tablett an den Tisch. Im Gegensatz zu seiner Frau war er von eher schmaler Statur, aber sehr muskulös. Seine großen, kräftigen Hände stellten das Tablett ab. Margot hatte um eine Cola gebeten, Horndeich ebenso, während Janis' Frau sagte: »Jetzt brauche ich einen Schnaps.«

Keine halbe Minute später standen drei Gläser Ouzo vor ihnen. »Frau Rieken hat Ihnen ja bestimmt erzählt, dass Tomke und ich eine Zeit lang die engsten Freundinnen waren. Wir haben uns schon im Kindergarten kennengelernt. Wir beide gegen die Jungs – wir waren ein gutes Team. Dann sind wir in der Grundschule in dieselbe Klasse gegangen und waren auf dem Gymnasium in Parallelklassen. So ab der Sechsten liefen unsere Wege aber auseinander. Ich begann zu reiten, und damit war meine Freizeit fast vollständig ausgefüllt. Aber ich weiß noch, wie sie, als wir sechzehn waren, in einer Freitagnacht mal die Fensterscheibe meines Zimmers mit Steinchen bewarf. Sie hatte eine Tasche dabei, ein wenig Unterwäsche, eine Zahnbürste und fragte mich, ob sie in der Nacht bei mir schlafen dürfe, sie halte es zu Hause nicht mehr aus. Ich hab sie reingelassen, und in der Nacht haben wir nach Ewigkeiten mehrere Stunden lang miteinander geredet.«

»Worüber?«, fragte Margot.

»Tomkes Eltern, die waren extrem streng. Wenn ich das auch heute, da ich ja selbst über fünfzig bin und drei Racker großgezogen habe, natürlich aus einer ganz anderen Perspektive sehe.« Ihr Blick ging nun an den beiden Beamten vorbei, und wie es schien, betrachtete sie nun auf einer imaginären Kinoleinwand Szenen, die sie an ihre eigenen Erziehungsprobleme in der Vergangenheit erinnerten. Offensichtlich schien sie die gemeistert zu haben, denn Antje Tiedtke schmunzelte. »Aber Tomkes Eltern, die haben es wirklich übertrieben. Besonders ihr Vater. Und ihre Mutter, die hat sich nicht vor die Tochter gestellt. Dabei hatten die Eltern überhaupt keinen Grund, sich zu beschweren. Tomke war immer die Beste in der Schule – und das sollte den Eltern doch das Wichtigste sein. Mir war es das auf jeden Fall. So lange die Leistungen meiner Jungs in der Schule nicht abfielen, hab ich ihnen vieles durchgehen lassen.«

»Können Sie uns etwas über die Freunde sagen, mit denen Tomke zusammen war?«

»Ich habe nur zwei kennengelernt. Ihren ersten Freund, da war Tomke gerade dreizehn, von dem haben ihre Eltern nie etwas erfahren. Lars war schon siebzehn, und die beiden waren wirklich unglaublich ineinander verschossen. Ich habe das nicht so ganz verstanden, aber ich war ja selbst auch erst dreizehn. Lars hatte so einen intellektuellen Touch – jedenfalls in meinen Augen. All die Jungs, mit denen sie danach noch zu tun hatte, von denen habe ich nicht viel mitbekommen, wie gesagt, ich habe ja meine gesamte Freizeit auf dem Rücken der Pferde verbracht. Meinen Mann habe ich dann mit einundzwanzig während meines ersten Auslandsurlaubs kennengelernt – na ja, der Rest ist Geschichte.«

»Sie sagten aber gerade, dass Sie zwei von Tomkes Freunden persönlich gekannt hätten.«

»Ja, da war noch Karl, Karl Gerdes. Mit dem war sie zusammen, als sie von hier weggegangen ist. Auf dem fünfzigsten Geburtstag ihrer Mutter kam es zum Eklat zwischen ihr und ihrem Vater. Daraufhin hatte Tomke beschlossen, endgültig alle Zelte abzubrechen. Karl wohnte in Lütjenburg – er hatte auch ein Auto. So einen alten, rostigen Ford Fiesta. Tomke kam mit Karl vorbei, an dem Tag, bevor sie mit Karl abhauen wollte. Sie verabschiedete sich von mir. Wir haben zu dritt eine Dreiviertelstunde in meinem Zimmer gesessen. Ich wollte sie davon abhalten, aber ihr Entschluss stand fest. Und dann war sie weg. Ab, in Richtung Griechenland.«

»Und diesen Karl, den haben Sie nur an diesem Tag gesehen?«

»Nein, das ist ja gerade das Verrückte. Ich habe Karl vor knapp zehn Jahren zufällig wiedergetroffen. Damals war ich mit Janis in Hamburg im Musical ›Mamma Mia‹. Wir haben gefeiert, dass auch unser Jüngster achtzehn geworden ist. Und Karl, der saß zufällig auf dem Platz neben mir. Es gibt ja durchaus Menschen, die man nicht wiedererkennt, wenn man sie zehn Jahre nicht gesehen hat. Bei Karl war es genau andersrum. Ich hatte ihn mehr als zwanzig Jahre nicht gesehen, aber abgesehen von ein paar Fältchen in seinem Gesicht sah er noch genauso aus wie an jenem Tag, als er mit Tomke in meinem Zimmer gesessen hat. Wir haben uns dann am Tag drauf auf einen Kaffee getroffen.«

»Und was hat er Ihnen erzählt? Wusste er etwas über Tomkes Schicksal?«

»Das habe ich ihn natürlich auch sofort gefragt. Aber er wusste nichts. Sie sind damals zusammen mit dem Wagen nach Griechenland gefahren. Aber der Trip muss ziemlich die Hölle gewesen sein. In Athen ist das Auto kaputtgegangen. Tomke hatte noch etwas gespartes Geld, mit dem sind sie bis zur Insel Santorin gekommen. Dort hat sie sofort einen Job gefunden, in einem kleinen Restaurant, in dem vorwiegend deutsche Urlauber verkehrten. Da sie gut Englisch sprach und Französisch und sich auch ganz schnell ein paar Brocken Griechisch angeeignet hatte, kam sie einigermaßen zurecht. Aber für Karl war das nichts. Er hat sich von ihr Geld geliehen und ist zurück nach Deutschland gefahren. Über seine Eltern hat Tomke dann noch mal Kontakt mit ihm aufgenommen, denn sie wollte ihre Kohle zurück. Karl hat in Deutschland gleich eine Lehre angefangen. Er hat noch einmal mit ihr telefoniert. Da hat Tomke ihm erzählt, dass sie jetzt in Frankfurt sei und dort studiere. Und das war's dann auch. Karl hat ihr das Geld überwiesen und danach nie wieder Kontakt mit Tomke gehabt.«

»Können Sie uns denn die Adresse von diesem Karl geben? Wir würden gerne mit ihm sprechen.«

»Das ist leider nicht mehr möglich. Karl ist vor zwei Jahren gestorben. Wir hatten nach unserem Treffen in Hamburg immer mal wieder losen Kontakt, er hat uns auch zweimal hier im Restaurant besucht. Ich war traurig, als er starb. Er war ein netter Kerl.«

»War er denn vielleicht verheiratet?«

»Nein, so gut es ihm zum Schluss finanziell ging, so chaotisch waren seine Beziehungen zu Frauen. Ich hab das nie ganz verstanden, denn er war wirklich ein richtig netter Kerl.

Aber so gut, dass ich mir darüber ein Urteil erlauben könnte, kannte ich ihn ja dann doch nicht.«

»Können Sie uns irgendjemanden nennen, von dem Sie wissen, dass er mit Tomke noch Kontakt hatte?«

Antje Tiedtke überlegte einen Moment. Und dann noch einen Moment. Aber sie schüttelte nur den Kopf.

»Noch eine Frage: Tomke Rieken war nicht allein, als man sie gefunden hat. Zusammen mit ihr wurde ein Mann erschossen. Haben Sie eine Ahnung, wer das sein könnte?«

»Nein, tut mir leid.« In diesem Moment kam Janis an den Tisch und brachte das Essen.

Drei Stunden später saßen Margot und Horndeich wieder im Flieger von Hamburg nach Frankfurt. Jan Claasen hatte sie trotz des Berufsverkehrs rechtzeitig am Flughafen abgeliefert. Während Margot döste, rekapitulierte sie die Erkenntnisse des Tages. Tomke Rieken hatte nach dem Abi 1981 ganz offensichtlich aus freien Stücken ihre Heimatstadt Malente verlassen. Mit ihrem damaligen Freund Karl war sie nach Griechenland geflogen, von dort aus nach Frankfurt zurückgekehrt, wo sie studiert hatte. Zumindest hatte sie Karl gesagt, dass sie studieren würde. Aber das könnten sie am kommenden Montag bereits klären.

MONTAG, 29. SEPTEMBER

Einladend sah das Gebäude der Universität Frankfurt im Stadtteil Bockenheim auf den ersten Blick wirklich nicht aus. Typischer Siebzigerjahre-Beton-Stil. Glastüren gaben den Weg in die große Halle frei, von der aus eine breite Treppe in den ersten Stock führte. Das Studierendensekretariat befand sich am hinteren Ende der Halle im Erdgeschoss. Horndeich, ganz Gentleman, hielt seiner Kollegin die Tür auf.

Margot und Horndeich steuerten auf den ersten Schalter zu, der vor ihnen lag. Große Buchstaben auf der Glasscheibe verkündeten, dass dies der Schalter für die Nachnamen F bis G war. Auf der anderen Seite des Schalters saß ein Mann, den Margot ungefähr auf ihr eigenes Alter schätzte. Er war nicht besonders groß gewachsen und machte einen freundlichen und hilfsbereiten Eindruck.

Margot zückte ihren Ausweis und sagte: »Hauptkommissare Hesgart und Horndeich, wir ermitteln in einem Mordfall. Vielleicht können Sie uns helfen?«

Der Blick des Mannes verdunkelte sich ein wenig. »Wie sollte ich Ihnen helfen können?«

»Wir haben in Darmstadt die Leiche einer Frau gefunden, die in den Achtzigerjahren hier studiert haben soll. Vielleicht können Sie uns sagen, ob das tatsächlich der Fall war, und wenn ja, was sie in welchem Zeitraum studiert hat.«

»Mal sehen, was ich für Sie tun kann«, sagte der Mann hinter dem Schalter. Margot stutzte, als er gleich darauf ein Metallschild auf den kleinen Tresen auf seiner Seite der Glasscheibe stellte, auf dem zu lesen stand: *Bitte wenden Sie sich an einen der Nachbarschalter. Danke für Ihr Verständnis.*

Kurz dachte sie daran, dass die zahlreichen Tiraden ihres Exmannes Rainer über die Servicewüste Deutschland vielleicht doch eine Grundlage hatten. Sie öffnete den Mund und wollte schon protestieren, da stand der Mann auf der anderen Seite des Schalters auf und sagte: »Bitte gehen Sie zu dem rechten Eingang, ich lasse Sie durch, und dann gehen wir in einen Raum, wo wir ungestört sind.«

Margot konnte noch einen kurzen Blick auf das Namensschildchen erhaschen, das den Verwaltungsangestellten als Hans-Rainer Rostek auswies. Eine Minute später hatte Rostek sie in ein etwas größeres Büro geleitet. »Hier sitzt normalerweise die Chefin, aber die ist im Moment krank.«

Rostek ging um den Schreibtisch herum. »Ich muss nur den Rechner hochfahren, einen Moment Geduld bitte.«

Margot sah sich um. Der Raum war sachlich kühl eingerichtet und passte somit hervorragend zu dem Ambiente, das der ganze Bau ausstrahlte.

Rostek loggte sich in den Rechner ein. »So, jetzt bin ich startklar. Um wen handelt es sich bitte?«

»Der Name der Verstorbenen ist Tomke Rieken. Sie wurde 1962 geboren.«

»Haben Sie eine Ahnung, wann sie sich immatrikuliert hat? Oder wann sie eine Prüfung abgelegt hat?«

»Nein, dazu haben wir leider keine Informationen«, sagte Horndeich.

Die Hände des Verwaltungsangestellten huschten über die Tastatur, während seine Augen auf den Bildschirm gerichtet waren. Es dauerte nur wenige Sekunden, dann sagte er: »Da haben wir sie schon. Tomke Rieken. Geboren am 31. August 1962. Sie hat sich zum Wintersemester 1984/85 bei uns immatrikuliert. Sie hat das Fach Germanistik gewählt. Der geplante Studienabschluss war Magister. So weit ist es aber nicht gekommen. Im Wintersemester 1989/90 ist sie zwangsexmatrikuliert worden.«

»Was bedeutet das?«

»Ganz einfach: Sie hat die Rückmeldegebühr nicht bezahlt und sich nicht zurückgemeldet. Damit war sie raus aus dem System. Damals musste man das ja noch manuell machen, da gab es ja noch kein Internet. Rückmeldegebühr bezahlen, den Rückmeldebogen ausfüllen und mit Quittung und Bogen im Studierendensekretariat anstellen.«

»Haben Sie eine Anschrift, die sie damals angegeben hat?«

»Ja, ist sogar eine Adresse in Frankfurt, in Bornheim: Arnsburger Straße.«

»Gibt es vielleicht noch detailliertere Informationen? Bei welchen Professoren hat sie studiert? Hat sie irgendwelche Zwischenprüfungen abgelegt?«

»Dazu kann ich Ihnen leider nichts sagen. Da müssen Sie sich an das Prüfungsamt des Fachbereichs zehn wenden. Wenn jemand noch Informationen über sie hat, dann die Kollegen dort. Ich kann da gleich mal anrufen.«

Rostek griff zum Telefonhörer und wählte. »Tut mir leid, ist gerade besetzt. Aber gehen Sie doch direkt hin. Ist nur fünf Minuten von hier.«

»Wie kommen wir da hin?«

Rostek zauberte Google-Maps auf den Bildschirm, dort die Fotoansicht. Wenige Klicks später waren der Unicampus und die Umgebung aus der Vogelperspektive zu sehen. Rostek deutete auf ein Gebäude. »Hier befinden wir uns«, sagte er, dann scrollte er ein wenig nach unten. »Das ist die Robert-Mayer-Straße 1. Frau Kissel sitzt im Zimmer 212. Ich versuch gleich noch mal, sie zu erreichen.«

Margot und Horndeich bedankten sich und verabschiedeten sich von Hans-Rainer Rostek. Keine zehn Minuten später standen sie vor der angegebenen Adresse. Das Gebäude war wesentlich jünger als jenes an der Bockenheimer Warte. Sie betraten den Bau, fragten sich durch und standen kurz darauf in Zimmer 212.

»Sie sind sicher die beiden Beamten von der Kriminalpolizei in Darmstadt?«

Margot und Horndeich bestätigten das.

»Kollege Rostek hat Sie bereits telefonisch angekündigt.« Frau Kissel wirkte auf den ersten Blick eher wie eine Vorstandsvorsitzende als eine Prüfungsamt-Sekretärin. Sie mochte kurz vor der Pensionierung stehen. Margot erkannte, dass das dezent dunkelblaue Kostüm teure Designerware war. Und auch das Make-up im Gesicht zeugte davon, dass die Dame ganz genau wusste, wo welcher Farbtupfer gesetzt werden musste.

Frau Kissel stand auf, und es zeigte sich, dass sie sicher ein Meter achtzig groß war. Sie ging um den Tisch herum und begrüßte die beiden Beamten mit festem Händedruck. »Herr Rostek hat gesagt, Sie suchen nach Unterlagen über eine junge Frau, die in den Achtzigern bei uns Germanistik studiert hat.«

»Ja, das ist richtig. Herr Rostek konnte uns nur sagen, wann sie immatrikuliert war. Die Abschlussprüfung zum Magister hat sie nicht gemacht. Was wir gerne wissen würden, wäre alles, was darüber hinausgeht. Bei welchen Professoren hat sie studiert, wer waren ihre Kommilitonen?«

»Dazu kann ich Ihnen leider nichts sagen. Darüber haben wir keine Unterlagen.«

»Aber sie war doch vier Jahre lang immatrikuliert. Hat sie in dieser Zeit keine Zwischenprüfung ablegen müssen?«

»Nein, beim Magisterstudiengang gab es keine Zwischenprüfungen. Wenn Sie im Hauptstudium studieren wollten, dann mussten Sie eine bestimmte Anzahl von Scheinen gemacht haben, also Hausarbeiten oder Referate. Normalerweise dauerte das Grundstudium vier Semester. Aber da gab es viele, die sich die doppelte Zeit genommen haben.«

»Acht Semester?«, fragte Horndeich fassungslos. »In dieser Zeit kann man heute in einigen Fächern ein komplettes Master-Studium durchziehen.«

»Da haben Sie vielleicht recht, doch damals war das Studium gerade in den Geisteswissenschaften noch nicht so verschult, wie es heute der Fall ist. Ob das damals besser war oder nicht, darüber kann man jetzt lange streiten. Auf jeden Fall war es so.«

»Sie können uns also gar nicht weiterhelfen?«

»Nein, ich kann Ihnen keine Unterlagen anbieten, denen Sie noch mehr entnehmen könnten. Aber da Ihre Studentin in den Achtzigern Germanistik studiert hat, besteht zumindest eine geringe Hoffnung, dass Professor Dr. Klaus Rembrandt sie kennt. Er war unsere Koryphäe, wenn es um die Literatur in den Zeiten der beiden Weltkriege ging. Anna Seghers, das war sein großes Steckenpferd. Er hat, glaube ich, sechs Bücher über sie veröffentlicht.«

Das interessierte Margot nun eher weniger. Sie fragte: »Ist Klaus Rembrandt noch an der Universität?«

»Nein, Klaus, also Professor Dr. Rembrandt, er ist vor fünf Jahren pensioniert worden. Aber er ist ein wandelndes Archiv. Und selbst wenn er sich an Ihre Studentin auch nicht mehr erinnern kann, so kann er Ihnen vielleicht doch weiterhelfen. Er kennt wirklich beinah jeden rund um unseren Fachbereich.«

»Meinen Sie, wir könnten ihm einen Besuch abstatten? Vielleicht erinnert er sich ja doch noch an Tomke Rieken. Wir greifen im Moment nach jedem Strohhalm.«

»Ich bin sicher, er wird nichts dagegen haben.«

»Könnten Sie ihn anrufen und uns ankündigen?«

Frau Kissel errötete leicht. Dann nickte sie.

Margot erwartete, dass Frau Kissel nun zum Hörer greifen würde, was sie jedoch nicht tat. »Wäre das vielleicht auch jetzt gleich möglich?«

Margot verstand nicht, warum sich die Röte unter der Schminke noch verstärkte. Frau Kissel nickte und murmelte ein Wort, das Margot als »meinetwegen« interpretierte. Dann griff sie zum Hörer und wählte die Nummer des Professors, ohne sie zuvor nachgeschlagen zu haben. Bereits nach wenigen Sekunden sagte sie: »Hallo, Klaus.« Offensichtlich war es der Dame peinlich, dass nun unüberhörbar war, wie gut sie Professor Dr. Klaus Rembrandt tatsächlich kannte. Sie schilderte die Fragen der Kommissare und beendete dann das Gespräch.

»Herr Professor Dr. Klaus Rembrandt empfängt Sie gerne. Ich gebe Ihnen die Adresse.«

Margot wollte gerade ein paar Worte des Dankes sagen, als ihr Handy klingelte. Sie zog es aus der Tasche und sah auf das Display. Es war ihre Dienststelle. Sie nahm das Gespräch an.

»Kollegin Hesgart, wo stecken Sie denn gerade?« Auch wenn sie sie noch nicht oft gehört hatte, erkannte sie die Stimme sofort. Es war die ihres neuen Kollegen Richard Feller.

»Im Dienst.«

»Sehr witzig. Und Ihr Kollege Horndeich?« Allein, dass Feller Horndeich als »Ihren Kollegen« und nicht als »unseren Kollegen« bezeichnete, sagte viel darüber aus, dass die Zusammenarbeit mit Feller nicht unbedingt entspannt werden würde.

Aber Margot verstand sich auch auf diesen Ton: »Der ist mit mir im Dienst.«

»Herrgott noch mal, wo auch immer Sie stecken, kommen Sie sofort her! Also nicht ins Präsidium, sondern fahren Sie in die Tiefgarage unter dem Karolinenplatz. Dort ist die Leiche eines Mannes gefunden worden. Und nein, es kann sich nicht um eine natürliche Todesursache handeln, es sei denn, Sie zählen tödliche Schussverletzungen dazu.«

So unpassend sie Fellers Tonfall und Art auch fand, das würde sie jetzt nicht diskutieren. Zumindest einer von ihnen beiden würde jetzt nach Darmstadt fahren müssen.

Es gab Momente, da verstand Horndeich seine Kollegin einfach nicht. Dieser Moment zählte dazu. Er konnte sich keinen Reim drauf machen, dass sie darauf bestanden hatte, nunmehr mit der Straßenbahn diesen Professor zu besuchen, während er allein nach Darmstadt Richtung Karolinenplatz rauschte. Gut, er mochte Feller auch nicht besonders, aber das konnte wohl kaum als Grund herhalten. Er drehte die Musik im Wagen etwas lauter und steuerte den Passat über die A5 zurück nach Darmstadt.

Horndeich wählte Fellers Handynummer, kurz darauf tutete das Freizeichen durch die Lautsprecher der Freisprechanlage.

»Ja?«, sagte Feller nur, als er abnahm. Offensichtlich wusste er, wer angerufen hatte. Oder es war seine übliche Art, sich zu melden.

»Wo genau soll ich hinkommen?« Horndeich beherrschte die Konversation auf Sparflamme ebenfalls, wenn sie gewünscht war.

»Am besten fahren Sie mit dem Wagen direkt auf den Karolinenplatz. Sie kennen den hinteren Eingang zu den Versorgungsräumen im Zivilschutzbunker? Direkt an der Mauer vor dem Herrngarten?«

»Ja.«

»Dann lassen Sie sich oben Schutzkleidung geben, und kommen Sie runter in den Bunker. Da liegt die Leiche.« Noch bevor Horndeich irgendetwas darauf sagen konnte, hatte Feller das Gespräch beendet. Putzig, der Herr Kollege, dachte Horndeich.

Die Autobahn war frei, und so fuhr er wenig später mit dem Wagen auf den Karolinenplatz. Horndeich wusste exakt, welche Stelle des Platzes Feller gemeint hatte.

Auf dem Karolinenplatz standen während des städtischen Heinerfests Buden und Karussells, beim Schlossgrabenfest die zwei größten Musikbühnen, und einmal im Jahr diente der Platz als Areal für den großen Flohmarkt. Als Horndeich jedoch zwei Monate zuvor zwischen den Gebäuden des Landesmuseums und des Alten Theaters über den Platz gegangen war, hatte er sich gewundert, dass überall dreistöckige Feldbetten aufgebaut worden waren. Auf Nachfragen erfuhr er, dass dies eine Art Kunstaktion war. Denn direkt unter dem Platz lag nicht nur eine Tiefgarage, die Horndeich selbst schon ab und an benutzt hatte. Vielmehr war dieser Teil der Unterkellerung gleichzeitig ein Zivilschutzbunker, der in Zeiten des Kalten Krieges Menschen hätte Schutz bieten sollen.

Unmittelbar vor der Mauer, die den weitläufigen Platz vom städtischen Park Herrngarten trennte, war eine kleine rechteckige Wiesenoase angelegt. Einige Büsche zierten das Grün, ebenso eine altertümliche dreimastige Parkleuchte. Das Irritierende daran: Das Grün wuchs vierzig Zentimeter oberhalb der Pflastersteine des Platzes, umfasst von einer Betonmauer. Jeder Mitbürger Darmstadts hatte diesen seltsamen Minipark schon einmal gesehen, so auch Horndeich. Doch er hatte sich – wie wahrscheinlich die meisten seiner Mitbürger – niemals gefragt, warum die Stadt Wiese und Büsche nicht ebenerdig angelegt hatte. Bei genauerer Betrachtung erkannte man auf der Oase ein weiteres, noch irritierenderes Element: Entlang einer Seite, angehoben von einer Lochgitterumfassung, die an einer Stelle bis zum Boden geführt war, ruhte ein Rolldach aus Blech.

An jenem Tag, als Horndeich die Feldbetten auf dem Platz gesehen hatte, war dieses Blechdach geöffnet gewesen und gab eine Betontreppe frei, die in die Tiefe führte. Erst damals hatte er erfahren, dass dies der Zugang zu den Versorgungsräumen des Bunkers war. Gebaut worden waren Bunker und Tiefgarage knapp fünfzig Jahre zuvor.

Die Kollegen von der Schutzpolizei hatten den Platz komplett abgesperrt. Horndeich ließ das Seitenfenster hinabgleiten, zeigte seinen Dienstausweis und wurde vom Kollegen in Uniform durchgewinkt. Er stellte den Polizei-Passat neben dem Gebäude des alten Theaters ab, Tür an Tür mit dem Kastenwagen der Spurensicherung.

Wie auf Zuruf kam Silvia Rauch auf Horndeich zu. »Wir

haben schon mal angefangen. Kollege Marlock ist bereits unten.«

»Ist Feller auch schon da?«

»Feller? Welcher Feller?«

»Na, unser neuer Kollege.«

»Hab ich noch gar nicht mitgekriegt, dass da ein neuer Kollege kommt. Von euch ist im Moment nur Ralf Marlock da. Darf ich dir vielleicht eine Runde Spurenvermeidungs-Garderobe reichen?«

Zwei Minuten später hatte Horndeich einen weißen Plastikoverall an, einen noch um den Hals baumelnden Mundschutz und die obligatorischen blauen Plastiküberschuhe. Wieder gab die Rollverkleidung die Stufen in den Untergrund frei.

Marlock stand bereits am Fuß der Treppe. Er zählte inzwischen zum Urgestein der Mordkommission in Darmstadt. Keiner sonst war so lange dabei wie Marlock, Margot und Horndeich selbst. »Gut, dass du da bist. Ist Margot nicht mit von der Partie?«

Horndeich zuckte nur mit den Schultern und stieg die Stufen hinab. Am Fuße der Treppe fielen ihm zwei blau lackierte Türen auf. Zumindest auf den ersten Blick schien es sich um Türen zu handeln. Allerdings waren sie an den Enden abgerundet, und es gab auch keine Türklinken oder Türschlösser. Horndeich ging daran vorbei und betrachtete sie von der anderen Seite. Dort waren armdicke hydraulische oder pneumatische Hebel angebracht, soweit Horndeich es erkennen konnte.

Marlock sah den Blick des Kollegen und meinte: »Warst du schon mal hier unten?«

»Nein.« Ich hab's auch nicht vermisst, dachte er, als er diese Pforte zum Hades sah und ihn ein mulmiges Gefühl überkam.

»Ich war hier ein Mal, als der Bunker vor zwei Monaten mal für die Bürger geöffnet war.«

»Ich hab das mitgekriegt, aber ich war nicht unten. Dann kannst du mir ja bestimmt auch sagen, was das für seltsame Türen sind.«

»Kann ich. Das ist eine Schleuse. Diese ›Türen‹ dienen dazu, den Spalt dazwischen genau so breit zu halten, dass die Menschen immer nur einzeln durch die Schleuse gehen können.«

»Und was soll das? Soll so Panik vermieden werden?« Dann hätte das Ganze ja irgendwo noch einen Sinn.

»Nein. Durch die Schleuse hat man erreicht, dass man die Menschen, die in den Bunker gingen, zählen konnte. Bei zweitausend war Schluss.«

Das bedrückende Gefühl wandelte sich in eine Bleikugel, die Horndeich plötzlich im Magen zu wachsen schien. *Losnummer 2001 – leider Pech gehabt, zurück in die Strahlung.*

»Komm, ich zeig dir, wo die Leiche liegt.«

Von der Schleuse aus gelangten sie in einen völlig leeren Raum mit Betonwänden. Nur zur Rechten war ein kleines Fenster in die Wand eingelassen, kleiner als das Bullauge eines Schiffes und rechteckig. »Was soll denn dieses Fenster hier? Kommt doch gar kein Tageslicht rein.«

»Wirst du gleich sehen.« Marlock führte Horndeich um die Ecke. Nach links ging ein langer Flur ab, der in hellem Licht erstrahlte. Irgendjemand musste den Strom für den Bunker angeschaltet haben. Zu seiner Rechten sah Horndeich nun in einen kleinen Raum, der auf der anderen Seite der Wand mit dem Fenster gelegen war. »Hier saß der Mann mit der Strichliste.«

Das einzige Wort, das Horndeich denken konnte, war: pervers. »Und wo ist jetzt die Leiche?«, fragte er nicht zuletzt, um diesen Ort verlassen zu können.

»Das ist ja gerade das Komische. Schon befremdlich genug, dass jemand überhaupt eine Leiche hier unten ablegt. Noch seltsamer aber ist, wo genau er sie abgelegt hat.« Marlock ging den Flur entlang und bog nach wenigen Metern rechts ab. »Hier sind wir in dem Raum, der für die Wasserversorgung eingerichtet wurde. Durch den müssen wir durch, dann kommen wir in den Raum für die Lüftung und die Heizung. Pass auf, dass du nicht stolperst oder dir irgendwo den Schädel anhaust.«

Horndeich sah einen riesigen Wassertank, zahllose Rohre, die sich wie Schlangen entlang der Decke und der Wände wanden, immer wieder unterbrochen von irgendwelchen Anzeigen oder Handrädern für Ventile. An einigen Wänden waren Schaltschränke installiert – für Horndeich alles in allem nicht mehr als ein riesiges Labyrinth. Er hatte bislang nie zu klaustrophobischen Anfällen tendiert, nun jedoch kam er an seine Grenzen.

»Komm durch«, rief Marlock.

Am Ende des Heizungsraums führte eine Tür in einen weiteren winzigen Raum. Horndeich, der sich ansonsten in fremden Hallen immer gut zurechtgefunden hatte, hatte die Orientierung für die Himmelsrichtungen völlig verloren.

»Hier sind die ganzen C-Filter eingebaut. Im nächsten Raum sind die A/B-Filter, dahinter wird die Außenluft angesaugt.«

»A, B, C – atomar, biologisch, chemisch, oder? Stammt noch aus dem Wörterbuch des Kalten Krieges.« Horndeich schluckte.

»Gruselig, nicht wahr? Und das auch ganz ohne Leiche. Aber die kommt jetzt, in diesem letzten Raum, dem A/B-Raum.«

Der Mann lag im letzten Abschnitt des Raumes. Seine Lage machte klar, dass der Fundort nicht der Tatort war. Horndeich schätzte das Alter des hageren Mannes auf Mitte fünfzig. Das Haar war bereits grau. Er war rund 1,75 Meter groß. Die Kleidung war unauffällig: schwarze Halbschuhe, Jeans, ein Karohemd, darüber eine dünne Lederjacke.

»Silvia und ihre Kollegen haben auf dem Boden feinste Schleifspuren gefunden. Der Tote wurde hierhergezerrt.«

»Irgendwas zur Todesursache?«

»Ich bin nicht von der Spusi und ich bin auch kein Gerichtsmediziner, aber schon auf den ersten Blick sieht es so aus, als ob ihm aus kürzester Entfernung zweimal von hinten ins Genick geschossen worden ist.«

»Ist Hinrich schon verständigt?«

»Ja«, sagte eine Stimme, die nicht zu Marlock gehörte. Horndeich drehte sich um, und gemeinsam mit seinem Kollegen sah er in das Gesicht des Gerichtsmediziners – der ebenfalls im weißen Anzug steckte, Mundschutz und blaue Überschuhe trug. Offensichtlich war Hinrich aus dem einwöchigen Liebesurlaub mit Madeleine pünktlich wieder zurückgekehrt.

»Wenn ich dann mal dürfte, bitte.«

Marlock nickte in Richtung der Ausgangstür. Horndeich folgte ihm.

»Silvia hat bereits festgestellt, wie die Leiche an diesen Ort gekommen ist. Ich zeig es dir.« Marlock ging über den Heizungsraum wieder zurück in den Raum zur Wasserversorgung. Horndeich war froh, als er wieder im Flur stand – fast schon vertrautes Terrain. Marlock ging den Flur entlang, aber nicht in die Richtung, aus der sie gekommen waren, sondern in die andere Richtung. Mit der Hand deutete er auf die angelehnte Tür am Ende des Flurs. »Von hier aus hat der Täter – oder wer auch immer – die Leiche in die Versorgungsräume geschleift, genau den Weg entlang, den wir gerade gegangen sind.«

»Und wie ist der – ich nenne ihn jetzt einfach mal Täter – hier reingekommen?«

»Das ist das Interessante daran. Die Tür wurde nicht aufgebrochen. Es sieht ganz so aus, als sei hier jemand mit einem Schlüssel reinmarschiert.«

»Was ist auf der anderen Seite der Tür?«

Bereits einen Moment bevor Marlock antwortete, hatte sich Horndeich die Antwort selbst gegeben – so viel Orientierungssinn war denn doch noch aktiv. »Dahinter sind die Parkplätze.«

Die beiden Beamten gingen durch die Tür und standen im Bereich der Tiefgarage, in dem Platz war für rund fünfzig Autos. Oder zweitausend Menschen …

»Ist dir das mal aufgefallen? Dieser Bereich der Tiefgarage liegt einen halben Meter tiefer als der Rest der Parkebene. Und wenn du nach da vorne guckst, dann siehst du, dass dort die schweren Bleitüren den Bunker zumachen können.«

»Das kapier ich nicht. Sollen die Leute hier dann ein halbes Jahr in der Tiefgarage rumstehen, bis sie wieder nach oben dürfen?«

Marlock grinste. »Das habe ich mich auch gefragt. Aber bei der Bunkerführung haben sie's erklärt. Erstens: Ganz so schlimm kann das mit dem Bunkerkoller nicht werden, denn alle Vorräte sind exakt auf einen Zeitraum von sechs Wochen ausgelegt. Zweitens: Man muss nicht stehen: Hier in der Mitte des Parkraums, da werden Feldbetten aufgebaut. Rechts und links der Feldbetten werden dann Vorhänge eingezogen. Schau mal, oben an der Decke, da kannst du die Schienen für die Vorhänge noch sehen. Und jenseits der Vorhänge sitzen die Leute dann auf Stühlen. Dreischichtbetrieb. Eine Schicht schläft, zwei Schichten sitzen. Wechsel nach jeweils acht Stunden.«

Obwohl Horndeich sich nun im weitaus größeren und luftigeren Teil der Bunkeranlage befand, machte sich der Kloß im Magen wieder deutlicher bemerkbar. Er drehte sich um und sah die Wand der Tiefgarage. In der Mitte befand sich die Tür, durch die sie gerade in den Parkbereich gelangt waren. Rechts und links davon waren weitere Türen. »Gehören diese Türen auch noch zu der Bunkeranlage?«

»Aber natürlich. Rechts sind die Zugänge zu den Toiletten und Waschräumen, getrennt für Damen und Herren. Auf der linken Seite ist der Zugang zur Küche und zum Abstellraum.«

»Ich glaub, ich park hier nie wieder«, flüsterte Horndeich.

»Auf jeden Fall muss der Täter seinen Wagen hier abgestellt haben, wahrscheinlich nicht allzu weit entfernt von der Tür zu den Bunker-Versorgungsräumen.«

Der Ermittler Horndeich besiegte nun den Grübler Horndeich: »Haben Silvia oder ihre Kollegen hier im Parkbereich irgendwelche Spuren gefunden?«

»Nein. Hinrich wird uns gleich mehr sagen – aber ich denke, die Leiche liegt hier schon ein paar Tage. Und in der Zeit sind natürlich auch ständig Autos hin- und hergefahren.«

»Der Kerl, der die Leiche abgelegt hat, muss also auf jeden Fall einen Schlüssel gehabt haben?«

»Ja. Genauso sieht es aus.«

»Wer hat denn einen Schlüssel? Und wer hat die Leiche überhaupt entdeckt? Und wer ist der Tote?« Die Bunkeratmosphäre hatte Horndeich so durcheinandergebracht, dass ihm die elementarsten Fragen erst jetzt einfielen.

»Wer der Kerl ist, wissen wir noch nicht. Die Taschen waren leer, kein Portemonnaie, kein Schlüsselbund, keine Ausweispapiere, kein Handy. Den Schlüssel zu den Räumen hat die Feuerwehr. Die sind auch dafür zuständig, dass der Bunker in Schuss gehalten wird. Auch wenn er inzwischen nicht mehr als Bunker benutzt wird, muss er doch instand gehalten werden. Sonst würde ja alles verrotten. Und wenn ich das richtig mitgekriegt habe, ist es auch nicht wirklich klar, wie das weitergeht mit diesen Räumen. Hier unten ist so viel massivster Stahlbeton verbaut, dass man das Zeug auch nicht mal eben über die Treppe nach draußen bringen kann. Also, die Feuerwehr hat einen Schlüssel, und C-Park, das Unternehmen, das hier die Tiefgaragen betreibt, die haben auch noch einen.«

»Was meinst du mit ›nicht mehr als Bunker genutzt‹?«, fragte Horndeich. »Kein Rettungsraum mehr für zweitausend Auserwählte?«

»Nein. Der Katastrophenschutz der Republik hat diesen Bunker aufgegeben – wie übrigens auch die anderen beiden in Darmstadt.«

»Noch zwei?«, fragte Horndeich erstaunt.

»Klar. Einen in der Grafenstraße, auch für zweitausend Leute, und eine etwas kleinere Version in der Hilpertstraße, für rund achthundert.«

4800 Leute. Heute hatte Darmstadt über 150 000 Einwohner, und in den Siebzigern waren es bereits 140 000 gewesen, wenn er sich richtig erinnerte. Hatte es irgendwo Nummernautomaten wie bei der Zulassungsstelle oder dem Arbeitsamt gegeben, bei denen man Zugangszettelchen für die Bunker hatte ziehen können? Wo hatten die gestanden? Mitten auf dem Luisenplatz? Ziehen und rennen? Hatte es einen Schwarzmarkt gegeben? Waren die Zettelchen überhaupt fälschungssicher? Wahrscheinlich war es einfach ein Hauen und Stechen, wenn es hieß: Ab nach unten.

Horndeich zwang sich wieder dazu, sich auf den Fall zu konzentrieren. »Also müssen wir jetzt rauskriegen, wer Zugang zu den Schlüsseln hatte.«

»Ja. Das ist wohl der nächste Schritt. Also der übernächste. Im nächsten Schritt könntest du dich ja mit Norbert Baas unterhalten. Dem Mann, der die Leiche gefunden hat. Er wartet bereits oben.«

Marlock und Horndeich traten wieder in den Flur, als auch Hinrich aus dem Heizungsraum in den Betonschlauch kam.

»Und? Was können Sie uns sagen?«

»Die vorläufige Variante: Tod durch Erschießen. Zwei Schüsse. Beide von hinten ins Genick, beide Kugeln vorne durch den Hals wieder ausgetreten. Tatort nicht gleich Fundort – aber das hat Ihnen die Spusi wahrscheinlich auch schon gesagt.«

»Wie lange hat der hier schon gelegen?« Horndeich war sich bewusst, dass gleich irgendeine dumme Antwort kommen würde, aber es war ihm egal. Jede vorläufige Einschätzung war ihm willkommen.

»Wie lange er hier gelegen hat, kann ich Ihnen erst sagen, wenn ich ihn in Frankfurt …«

»… auf meinem Tisch hatte.« Horndeich kannte die Standardsprüche seines Lieblings-Gerichtsmediziners.

»Exakt. Nicht ganz so exakt: Körpertemperatur, Leichenstarre, Verwesungsgrad – ich würde sagen, der Knabe liegt schon eine Weile hier, irgendwas zwischen fünf und sieben Tagen. Wo ist eigentlich Ihre allzeit geschätzte Kollegin Hesgart?«

Das fragte sich Horndeich in diesem Moment ebenfalls. Er ging durch die Schleuse nach oben und konnte sich nicht erinnern, jemals in seinem Leben so glücklich darüber gewesen zu sein, die Silhouette des Alten Theaters vor sich zu sehen. Silvia Rauch kam auf ihn zu. »Na, auch froh, wieder oben zu sein?«

»O ja! Wo ist denn der Knabe, der die Leiche gefunden hat?«

»Der sitzt bei den Kollegen im Mannschaftswagen.« Silvia Rauch deutete in Richtung des großen VW-Transporters. Horndeich ging darauf zu.

Gleich darauf saß er dem Mann gegenüber. »Norbert Baas?«

»Ja. So was habe ich in meiner ganzen Laufbahn noch nicht erlebt!« Norbert Baas war nervös. Er spielte mit einem Papierchen herum, das er durch simple Reibung in seine Bestandteile aufzulösen versuchte.

»Können Sie mir sagen, wie Sie die Leiche entdeckt haben?«

»Ich gehöre zum Bereich Katastrophenschutz bei der Feuerwehr. Es ist unter anderem unser Job, die Bunker in Darmstadt jede Woche einmal zu inspizieren. Auch wenn da nicht mehr viel zu inspizieren ist.«

Norbert Baas war etwa fünfzig Jahre alt, er trug das Haar

schulterlang, das noch auf natürliche Art und Weise schwarz zu sein schien. Baas war hager, und seine nervösen Finger kamen kaum zur Ruhe.

»Sie gehen also jede Woche einmal in den Bunker rein?«

»Ja. Normalerweise.«

»Und nicht normalerweise?«

Baas zögerte. »Da war doch vor zwei Monaten diese Aktion, bei der der Bunker für alle geöffnet wurde. Als das zu Ende war, haben wir die große Inspektion gefahren. Auch in den beiden Wochen danach haben wir in den Bunker geschaut. Aber ich meine, der Bunker wird ja nicht mehr als Bunker genutzt. Wenn einem da nicht die Sicherungen um die Ohren fliegen oder die Ratten über die Füße laufen – mein Gott, dann sollte man davon ausgehen, dass alles in Ordnung ist.«

»Also haben Sie nicht jede Woche in den Bunker geschaut?«

Norbert Baas spielte noch ein wenig nervöser mit den Fingern. Dann sah er Horndeich direkt an. »Dieser Bunker, der hat bei uns überhaupt keine Priorität! Ich meine, wenn die Herbststürme toben, wenn Katzen sich auf Bäume flüchten, wenn Supermärkte brennen – das sind die Momente, wo die Feuerwehr zeigen kann, was sie draufhat. Wo es um Menschenleben geht. Oder um das Leben von Tieren. Aber diese Bunker? Mein Gott, das machen wir, weil es Vorschrift ist. Schnell rein, abhaken, wieder raus.«

»Und Sie gehen jedes Mal alle Räume ab? Auch in diesem versteckten Bunker im Bunker, in dem wir jetzt die Leiche gefunden haben?«

»Ja. Nein. Ja. Ganz ehrlich? Wir haben unsere Inspektionen gemacht – aber vorletzte Woche war da dieser Alarm im Luisencenter, letzte Woche die Übung zum Katastrophenschutz. Und diese Woche, da war ich dran, die Bunker zu checken. Und jetzt war endlich mal ein wenig Luft. Also bin ich tatsächlich durch alle Räume durch, auch durch den, in dem jetzt die Leiche liegt. Und, nein, da gehen wir nicht jedes

Mal rein. Mein Gott, bin ich erschrocken, ich hab mir fast in die Hose gemacht, als ich den Typ da gesehen habe. Ich hab sofort den Puls gefühlt, aber der Kerl war so kalt, da war klar, dass der tot war. Dann bin ich raus und hab Sie angerufen.«

»Wer außer Ihnen hat einen Schlüssel?«

»Es gibt einen Schlüssel bei uns, bei der Feuerwehr. Und die Betreiber der Parkgarage, die Jungs von *C*-Park, die haben natürlich auch einen. Meines Wissens war's das.«

»Na, das grenzt den Kreis der Personen ja schon einmal ein.«

Norbert Baas sah Horndeich an, und sein Gesichtsausdruck war wahrlich nicht mit dem Begriff »glücklich« zu beschreiben.

»Schauen Sie hier!« Die Hand des Mannes deutete auf ein Gesicht auf dem Monitor. »Das war Carola Wiener. Eine der ganz begabten Studentinnen. Sie hat bei mir sogar über Anna Seghers promoviert: ›Versteckte mythologische Bezüge im literarischen Werk von Anna Seghers‹. Unglaublich, was sie alles zutage befördert hat. Wussten Sie, dass Anna Seghers' Buch ›Transit‹ sehr viele Bezüge zur griechischen Mythologie enthält, die sich aber nur erschließen, wenn man ganz genau hinschaut?«

»Nein, das wusste ich nicht.« Margot sah auf die Uhr. Seit fünfundneunzig Minuten war sie bereits in der Wohnung des pensionierten Professors. Er hatte sie sehr freundlich empfangen und hatte es sich nicht nehmen lassen, zunächst eine große Kanne Kaffee aufzubrühen und ein paar Waffeln zu kredenzen. Zunächst hatten sie im geräumigen Wohnzimmer seines Hauses gesessen. Margot hatte ihm das Foto von Tomke Rieken gezeigt und bei der Gelegenheit auch das Bild mit der Gesichtsrekonstruktion des noch unbekannten toten Mannes aus dem See. Professor Dr. Klaus Rembrandt hatte eingestanden, dass er sich an Tomke Rieken nicht erinnern konnte und er auch im zweiten Gesicht nicht meinte, jemanden wiederzuerkennen. Er berichtete ausführlich, dass er bis zu seiner Pensionierung vor fünf Jahren, sogar in den zehn Jahren zuvor, in denen er emeritiert gewesen war, die gute Seele des Instituts genannt wurde. Er war der gewesen, der den Laden zusammengehalten habe und der sich auch immer darum bemüht hatte, den Kontakt der Germanistikstudenten untereinander zu fördern.

Margot war sich nicht ganz sicher, ob sie dazu wirklich einen Professor gebraucht hatten. Nach zwanzig Minuten war bei ihr die Erkenntnis gereift, dass der nette alte Herr ihr nicht weiterhelfen konnte. Doch in dem Moment hatte Professor Rembrandt gesagt: »Mir stand immer noch ein Hilfswissenschaftler zu, zumindest für ein paar Stunden die Woche. Ich wollte immer die Geschichte des Fachbereichs aufschreiben, aber ich fürchte, dazu kommt es nicht mehr, zumindest nicht, was mich angeht. Aber Lukas, der Hiwi, den ich bis zu meiner Pensionierung behalten habe, er hat zahlreiche Bilder eingescannt. Wenn Sie möchten, zeige ich Ihnen gerne Fotos aus dieser Zeit.«

Margot war sich nicht sicher gewesen, ob es sich lohnen würde. Sie hatte befürchtet, Professor Rembrandt würde diese digitale Diashow nur dazu benutzen, um in Erinnerungen zu schwelgen. Dennoch bestand Hoffnung, Tomke Rieken vielleicht doch auf irgendeinem der Bilder zu entdecken.

Doch nach der Bemerkung über Anna Seghers kapitulierte Margot. Es war genauso gekommen, wie sie es befürchtet hatte. Für Professor Dr. Klaus Rembrandt war ihr Erscheinen nur die Steilvorlage dafür gewesen, ihr seine Lieblingsstudentinnen zu präsentieren. Margot hatte sich die zahlreichen Namen gar nicht erst gemerkt. Sehr schnell hatte sie erkannt, dass die digitalisierten Schätze weniger Menschenmengen auf Veranstaltungen zeigten, sondern sehr zielgerichtet auf die weiblichen Nachwuchswissenschaftlerinnen ausgerichtet waren. Da sie inzwischen das Jahr 1990 erreicht hatten, ging Margot nicht mehr davon aus, Tomke Rieken auf irgendeinem der Fotos entdecken zu können.

Sie bedankte sich bei Rembrandt, der eigentlich nicht gewillt war, sie bereits gehen zu lassen, wo doch weitere zweitausend Fotografien ihrer Betrachtung harrten. Margot blieb eisern, reichte ihm ihr Kärtchen, falls ihm rückblickend irgendetwas einfallen sollte, und bat Rembrandt, ihr ein Taxi zu rufen. In den acht Minuten, bis der Droschkenfahrer sie endlich vom Redefluss des Professors erlöste, erfuhr sie noch zwei Anekdoten am Rande über Franz Kafka.

Ursprünglich wollte Margot sich nur zum Hauptbahnhof fahren lassen, um dann mit der Bahn nach Darmstadt zurückzukehren. Doch die Ruhe im Taxi war so wohltuend, dass sie sich entschied, den Taxifahrer darum zu bitten, sie bis zum Polizeipräsidium nach Darmstadt zu bringen.

Sie ärgerte sich, dass sie sich dazu hatte hinreißen lassen, diesen Professor aufzusuchen. Schließlich war es von Anfang an eher eine vage Hoffnung gewesen, der sie nachgegangen war. Margot verstand nicht, dass ihr dieser Fall so nah ging. Ja, da war eine junge Frau gewesen, die offenbar kaum älter als fünfundzwanzig geworden war, bevor irgendjemand sie erschossen hatte. Sie war nicht das erste Opfer tödlicher Gewalt, deren Ableben Margot untersuchte, und würde auch nicht das letzte sein. Außerdem war da noch ein Mann an ihrer Seite gewesen, den sie noch nicht einmal identifiziert hatten. Weshalb also nahm der Tod dieser Frau sie so mit?

Lag es daran, dass Doro langsam in das Alter kam, in dem die junge Frau ihr Leben hatte lassen müssen? Sie, Margot, war doch sonst nicht so dünnhäutig. Das ganze Wochenende über hatte sie immer wieder an Tomke Rieken denken müssen. Sie verstand es nicht. Sie verstand sich selbst nicht.

»Na, hast du etwas erreicht?« Horndeich schaute auf die Uhr, es war bereits 17:10 Uhr. Um 15:00 Uhr hatte Margot ihm eine SMS geschickt, dass sie jetzt ins Taxi steigen würde.

»Ja. Ich habe mein Portemonnaie gerade um hundertfünfzig Euro erleichtert. Stau ab Langen.« Offenbar schien auch Kollegin Margot nicht bester Laune zu sein. »Was ist mit der Leiche, die sie gefunden haben?«

Frag doch Feller, lag es Horndeich auf der Zunge, oder zieh dir meinen Bericht rein, den ich schon auf dem Server abgelegt habe. Kollege Feller würde zwar nach wie vor nicht den Preis für die Quasselstrippe des Monats bekommen, aber zumindest gab er seit drei Stunden sein Bestes, um die Identifizierung des Toten voranzubringen. Bereits mehrfach hatte er mit Hinrich telefoniert.

Dessen Bericht ließ sich kurz zusammenfassen: Der Mann war um die fünfzig, die Todesursache hatte Hinrich bereits im Bunker richtig festgestellt: zwei Schüsse ins Genick, der erste aufgesetzt. Beide Projektile hatten den Körper durchdrungen, waren aber im Bunker nicht auffindbar gewesen. Eindeutig eine Hinrichtung. Der Mann war kerngesund gewesen und wies außer einer Blinddarmnarbe keinerlei besondere Merkmale auf. Den Händen nach zu urteilen, hatte er wohl eher einen Job gehabt, bei dem er mit dem Kopf arbeiten musste. Allein das Gebiss wies eine Eigentümlichkeit auf: Zwei der oberen Backenzähne zierte derzeit ein Provisorium, das in Kürze sicher durch eine Brücke über die Zahnlücke zwischen den Zähnen hätte ersetzt werden sollen. Feller hatte daraufhin alle Zahnärzte der näheren und zum Teil auch der weiteren Umgebung abtelefoniert, bislang jedoch ohne Ergebnis.

Horndeich setzte Margot kurz über den Stand der Erkenntnisse ins Bild. »Ich mache mich gerade schlau, wer wann wo Zugriff auf die Bunker-Schlüssel der Feuerwehr hat. Dann kommen die Leute von C-Park an die Reihe. Vielleicht kannst du dort ja schon mal anrufen.«

Margot nickte und setzte sich an ihren Schreibtisch, der dem von Horndeich direkt gegenüberstand.

Horndeich schaute auf seinen Monitor. Zwei E-Mails waren in den vergangenen zehn Minuten eingegangen. Die beiden Kollegen von Norbert Baas, die ebenfalls regelmäßig einen Rundgang durch den Bunker machten, waren bislang nicht polizeilich aufgefallen. Horndeich war kurz zuvor persönlich auf der Feuerwehrwache gewesen. Natürlich hingen die Schlüssel zum Bunker nicht direkt beim Hauptpförtner. Aber letztlich konnte jeder, der sich in den Räumen halbwegs auskannte, zu den Schlüsseln gelangen. Wie er es auch drehte und wendete, zunächst mussten sie die Identität des Toten klären. Erst dann konnten sie sinnvolle Ermittlungen in Angriff nehmen.

Horndeich wendete den Blick vom Monitor in Richtung seiner Kollegin. Die versuchte sich offenbar in einer neuen bautechnischen Disziplin: allein durch starren Blick Löcher in die Luft zu fräsen. »Margot?«

Sie reagierte nicht, er musste sie nochmals ansprechen.

»Ja?«

»Könntest du vielleicht mal bei C-Park anrufen?«

»Ich denke immer noch darüber nach, wie wir bei Tomke Rieken weiterkommen. Und wie wir den zweiten Toten identifizieren können.«

»Löblich, dass du dich auch den philosophischen Fragen widmest. Aber wenn sich durch die Ausstrahlung bei *XY* noch jemand meldet, kriegen wir Bescheid. Dein Professor war ein Flop. Also könntest du dich doch jetzt vielleicht auch hier nützlich machen, wo uns ein wenig Polizeiarbeit möglicherweise bei der Identifizierung des anderen Toten weiterbringt. Denn der gehört schließlich auch in unser Ressort.«
Klar. Margot war die Chefin. Trotzdem ärgerte sich Horndeich, dass sie sich offensichtlich in den Fall verrannte, bei dem es im Moment die geringsten Ansätze gab, und sich nicht dem Fall widmete, der kurzfristig zum Erfolg führen konnte.

Margot stand auf. »Ich mach Schluss für heute.«

»Wie bitte?«

»Schluss – für – heute.« Damit war sie verschwunden.

Horndeich überlegte, ob er ihr noch etwas nachrufen sollte, und er hätte nicht übel Lust dazu gehabt. Doch vor sein geistiges Auge schob sich das Bild seiner Frau, die ihn lächelnd ansah und sagte: »Na, na, na.« Damit gelang es ihr meist, Horndeichs Schimpftiraden oder Wutausbrüche im Keim zu ersticken. Schon allein, um Stefanie ein gutes Vorbild zu sein. Horndeich lächelte der Fata Morgana zu, nickte und zog sich die C-Park-Akte zurück auf seinen Tisch. Er würde jetzt noch zwei Stunden recherchieren, und dann hieß es auch für ihn: ab nach Hause.

Nachdem sie vom Präsidium nach Hause gekommen war, hatte Margot sich eine Viertelstunde hinlegen wollen.

Um halb acht war ihr Vater nach oben gekommen und hatte an die Tür ihres Wohnzimmers geklopft. »Ist alles in Ordnung? Magst du was essen? Chloe hat was gekocht.« Margot hatte ein paar Sekunden gebraucht, um sich zu orientieren. Dann hatte sie ihrem Vater geantwortet: »Einen Moment bitte, ich komme runter.«

Chloe hatte bereits den Esstisch gedeckt. Margots Vater bedeutete ihr, Platz zu nehmen. Chloe und ihr Vater hatten sich vor wenigen Wochen einen edlen Servierwagen geleistet. Chloe rollte den Wagen in den Raum. Sebastian Rossberg goss allen ein Glas Weißwein ein. Wenige Minuten später aßen sie die Vorspeise – ein leckeres Tomatensüppchen mit Garnelen. Auch die Hauptspeise war von Fisch dominiert, Limander mit Petersilien-Kartoffeln und einer schmackhaften, etwas schärfer gewürzten Soße.

»Doro ist nicht da?«, fragte Margot. Es hatte sich inzwischen so eingebürgert, dass Doro eher Sebastian Rossberg sagte, wo sie hinging, denn der war ja fast immer da.

Nach dem Essen beteuerte Margot, wie gut Chloe das Essen gelungen war. Zu dritt räumten sie den Tisch ab, dann setzten sie sich ins Wohnzimmer. Es war ihr Vater, der vorschlug, doch den Fernseher und die Tagesschau einzuschalten.

Sebastian Rossberg und Chloe saßen Hand in Hand auf ihrem roten Sofa, Margot auf dem Sessel daneben. Sie verfolgte die Nachrichten nur mit halber Aufmerksamkeit. Sicherheitspersonal hatte in Auffangheimen Flüchtlinge misshandelt, das sollte nun rechtliche Konsequenzen haben. Im nachfolgenden Beitrag stand Israel aufgrund von Angriffen auf Gaza in der Kritik, die vom dortigen Präsidenten massiv verurteilt wurden. Und IS, der sogenannte Islamische Staat, wütete weiter in Syrien. Gewalt, wo man hinsah, im Kleinen wie im Großen. In Afghanistan hingegen hatte der erste demokratische Machtwechsel im Land stattgefunden, es gab einen neuen Präsidenten. Ein Hoffnungsschimmer?

»Und nun bittet die Kriminalpolizei in Darmstadt um Ihre Mithilfe.« Die Tagesschau-Sprecherin Judith Rakers sah in die Kamera. »Am heutigen Nachmittag ist in Darmstadt die Leiche eines unbekannten Mannes gefunden worden. Die Polizei fragt, ob jemand diesen Mann erkennt.«

Auf dem Bildschirm wurde das Porträt des Mannes eingeblendet, den sie am Mittag in den Versorgungsräumen des Bunkers unter dem Karolinenplatz gefunden hatten. Hinrich – oder wer auch immer – hatte den Toten noch gut hergerichtet, damit er fototauglich war. Vielleicht war das Bild aber auch nur das Ergebnis guter Retusche. Auf jeden Fall sah der Mann nicht tot aus.

Judith Rakers zählte die wenigen Daten auf, die sie von dem Mann hatten. Dann verwies sie auf die provisorische Brücke im Oberkiefer des Mannes. Das Foto verschwand, ein Baum voll grünem Laub auf einem Freizeitgelände mit Teich zierte den Hintergrund hinter der Nachrichtensprecherin. »Und nun die Wettervorhersage für morgen, Dienstag, den 30. September.« Sicheres Zeichen, dass von den fünfzehn Minuten Sendezeit vierzehn bereits vergangen waren.

Margot hatte keine Erklärung dafür, wie es Horndeich

gelungen war, so schnell über die Presseabteilung die Bevölkerung um Mithilfe zu bitten. Am Mittwoch *XY … ungelöst*, heute die Tagesschau – die Mordkommission Darmstadt schaffte es noch zum Quotenhit.

»Habt ihr heute schon wieder eine Leiche gefunden?«

Margot nickte nur.

»Leg doch ein bisschen schöne Musik auf, Sebastian«, forderte Chloe Margots Vater auf. Die Frau hätte Diplomatin werden sollen, dachte Margot. Ihre Art zu sagen *Mach bitte den Fernseher aus* war sofort von Erfolg gekrönt.

Margots Vater stand auf, ging an das Regal mit den CDs, entschied sich für eine, nahm sie mit zur Hi-Fi-Anlage und legte sie in den CD-Spieler. Wenige Sekunden später erklangen abermals die *Vier Jahreszeiten*.

»Worüber denkst du nach, Margot?« Ihr Vater hatte sehr wohl registriert, dass ihre Gedanken Karussell fuhren.

Margot zögerte. Nur kurz. »Sie geht mir nicht aus dem Kopf, diese Tomke Rieken.« Margots Vater war zwar nie Polizist gewesen, aber ein erfolgreicher Rechtsanwalt. Insofern war ihm Polizeiarbeit durchaus vertraut, auch wenn er seit Jahren nicht mehr aktiv im Beruf arbeitete.

Margot fasste zusammen, was sie bislang in Erfahrung gebracht hatten.

»Mehr habt ihr nicht?« In Sebastian Rossbergs Tonfall lag keine Kritik, sondern eher Erstaunen darüber, dass es Margot und ihren Kollegen noch nicht gelungen war, mehr über die Tote herauszufinden – und noch überhaupt nichts über die männliche Leiche aus dem See.

»Nein. Mehr haben wir nicht. Das ist es ja gerade, was mich so beschäftigt. Ich habe auch keine Ahnung, wie ich da weiterkommen soll.« Sie wusste nicht, ob ihr Vater registriert hatte, dass sie nur von sich gesprochen hatte und nicht von ihrer Abteilung. Wenn dem so war, kommentierte ihr Vater es nicht.

Sebastian Rossberg schwieg, ebenso Chloe. Die beiden

Frauen merkten, dass die Gedanken nun auch im Kopf von Margots Vater kreisten.

»Hast du dich schon an die Alumni-Organisation der Universität Frankfurt gewandt?«

»An wen?«

»Es gibt gewiss auch an der Frankfurter Uni eine Organisation, die die Ehemaligen betreut. Alumni eben.«

»Was ist das denn für ein komisches Wort?«

»Alumni nennt man die Ehemaligen einer Hochschule. Kommt vom lateinischen ›alere‹, das heißt so viel wie ›ernähren‹ oder ›aufziehen‹. Vereinfacht gesprochen, sind die Alumni die Zöglinge.«

»Aber die Zöglinge, das sind doch eher die Studenten?« Diese kleinen Dispute mit ihrem Vater waren es, die Margot an ihm schätzte. Wobei »schätzte« vielleicht nicht ganz das richtige Wort war. Die bessernasigen Kommentare ihres Vaters, sie waren wie das Zwicken von wassergeschwängerter Luft beim Aufguss in der Sauna. Sie taten gut, auch wenn man sich dessen nicht gleich bewusst war. Margot musste schmunzeln. In der Grundschule hatte sie es gefreut, dass ihr Vater alles gewusst hatte. In der Pubertät fand sie es ätzend, dass der Alte alles besser wusste und es dabei tatsächlich *besser wusste*. Was sie natürlich erst als Erwachsene begriffen hatte, etwa mit dreißig. Seitdem war sie froh darüber, sich mit ihrem Vater intellektuell austauschen zu können.

»Der Begriff ›Alumni‹ stammt ursprünglich aus dem Römischen Reich. Dort nannte man Verletzte und ausgediente Soldaten so, die kostenlos ernährt wurden.« Margots Vater stand auf und kam wenige Sekunden später mit einem Tablet in der Hand wieder zurück. Das machte seinem Namen alle Ehre und hätte auch im ursprünglichen Sinne des Wortes benutzt werden können: Mit seiner fast vierzehn Zoll Bildschirmdiagonale war es größer als ein DIN-A4-Blatt. Ihr Vater nahm es humorvoll: So lange er es noch tragen konnte, glich es mangelndes Sehvermögen aus.

»Schau mal hier«, er hatte bereits auf dem Tablet getippt, während er ins Zimmer gegangen war. »Hier gibt es eine Alumni-Vereinigung der Frankfurter Uni. Ansprechpartnerin ist eine gewisse Luise Heberlein. Da stehen auch ihre Telefonnummer und ihre E-Mail-Adresse. Also ich glaube, wenn dir irgendjemand weiterhelfen kann, dann ist es diese Frau. Vielleicht solltest du sie morgen mal anrufen.«

Margots Handy klingelte. Sie griff in die Innentasche ihrer leichten Jacke, die sie schon den ganzen Abend angehabt hatte. Als sie das Handy herausnahm, fiel ihr Blick auf die Uhr im Wohnzimmer. Es war bereits Viertel vor neun. Die Nummer des Anrufers war unbekannt. Margot entschied sich, das Gespräch dennoch anzunehmen. »Margot Hesgart.«

»Guten Abend, Frau Hesgart, entschuldigen Sie, dass ich noch so spät störe.«

Margot erkannte die Stimme nicht, obwohl sie wusste, dass sie sie schon einmal gehört hatte, und das vor nicht allzu langer Zeit. »Mit wem spreche ich, bitte?«

»Professor Dr. Klaus Rembrandt. Wir haben uns heute Mittag unterhalten. Sie haben mich nach Tomke Rieken gefragt. Ich konnte Ihnen leider nicht helfen – aber jetzt ist mir noch etwas eingefallen.«

Margot fühlte, wie der Jagdinstinkt sich meldete. Adrenalin. Hellwach sein, von einem Moment auf den anderen. »Guten Abend, Herr Professor. Was ist Ihnen denn eingefallen?«

»Es tut mir leid, dass ich Ihnen heute Mittag nicht helfen konnte. Ich war viel zu sehr auf meine eigenen Studentinnen und Doktorandinnen fixiert.«

Margot fragte sich, ob Professor Dr. Klaus Rembrandt sich bewusst war, dass er die weibliche Form gewählt hatte. Ganz sicher war das keine Gender-Über-Correctness. Eher ein Fall für Dr. Freud.

»Aber da ist ja noch Frank Weber. Er betreut unsere

Alumni. Also nicht die von der Universität, sondern nur die, die im Hauptstudium Germanistik studiert haben. Ich weiß nicht, wie aktiv er heute noch ist, aber als ich pensioniert wurde, hat er eine schöne Rede gehalten.«

Es war schon ein wenig unheimlich. Kaum hatte ihr Vater diesen Aspekt in die Diskussion eingebracht, rief Dr. Rembrandt bei ihr an. »Können Sie mir seine Telefonnummer nennen?«

Professor Dr. Klaus Rembrandt konnte. Und eine Minute später rief Margot Frank Weber an. Der meldete sich auch sogleich: »Weber.«

Margot stellte sich am Telefon kurz vor und schilderte Weber, dass sie auf der Suche nach Tomke Rieken sei und sich für alles und jeden interessiere, der ihr etwas mehr über diese Frau sagen konnte.

»Tomke Rieken? Wie kommen Sie da ausgerechnet auf mich?«

Margot erläuterte kurz, wie sie über Professor Dr. Klaus Rembrandt an seine Nummer gelangt war. »Können Sie uns helfen?«

Am Ende der Leitung war nichts zu hören. »Hallo?«

»Ja, ich bin noch da.« Doch die Stimme des Mannes hatte sich völlig verändert. War seine Stimme zuvor noch ein kräftiger Regenfall gewesen, so glich sie nun kaum mehr einem Graupelschauer. »Ja, ich habe Tomke Rieken gekannt. Vielleicht kann ich Ihnen helfen.«

»Wann könnten wir miteinander reden?«, fragte Margot. Und sie spürte, dass es gut wäre, mit Frank Weber lieber früher als später zu sprechen. Auch wenn sie dieses Gefühl nicht begründen konnte.

»Frau Hesgart, ich muss morgen früh für zehn Tage nach Amerika reisen. Wenn das so lange warten kann …«

»Herr Weber, wenn ich ehrlich bin, kann es nicht so lange warten. Darf ich Sie vielleicht jetzt noch aufsuchen?«

»Jetzt? Sie wollen nach Frankfurt kommen?«

»Ja. Wenn es Ihnen nichts ausmacht. Es wird auch nicht so lange dauern.«

Weber gab Margot seine Adresse.

Margot setzte sich in den Mini und fuhr nach Frankfurt. Die Adresse befand sich im Frankfurter Stadtteil Rödelheim. Am Hopfengarten 30. Das Navi brachte sie punktgenau vor das Haus, vor dem sie tatsächlich einen Parkplatz fand. Margot kannte den Stadtteil. Vor Jahren hatte sie einmal ihren Sohn Ben hierher begleitet, denn seinerzeit hatte es hier einen kleinen, aber feinen CD- und Schallplattenladen gegeben. Während ihr Sohn sich zwei Stunden Zeit ausgebeten hatte, war sie durch den alten Ortskern geschlendert, hatte sich ein leckeres italienisches Eis gegönnt und gedacht, dass diese Ecke Frankfurts so gar nicht zum Vorurteil »Mainhatten« passte. Sie erinnerte sich noch daran, überlegt zu haben, dass die schönen Ecken in Frankfurt offensichtlich genauso versteckt lagen wie die in Darmstadt.

Der Hauseingang lag im Hochparterre. Eine Treppe führte zur Haustür. Margot suchte den Namen Weber auf den Klingelschildern und fand ihn. Als sie in der Gegensprechanlage ihren Namen nannte, sagte Frank Weber: »Ich hole Sie gerade an der Tür ab, das ist einfacher, als Ihnen den Weg durchs Labyrinth zu erklären.«

Eine halbe Minute später stand er vor ihr. Ein fünfzigjähriger Mann, etwas untersetzt, Dreitagebart im Gesicht, aber nur noch wenige Haare auf dem Kopf. Er trug einen leichten Sommeranzug und wirkte sehr gepflegt. Er reichte Margot die Hand. »Folgen Sie mir.«

Obwohl das Haus von außen nicht so wirkte, als beherberge es ein Labyrinth, erschlossen sich die Wege im Treppenhaus nicht auf den ersten Blick. Flure führten im Neunzig-Grad-Winkel zur Seite, und das jeweils auf halber Höhe eines Stockwerks. Mit einem simplen »Erster Stock rechts« wäre Margot in der Tat nicht weit gekommen.

Die Wohnung von Frank Weber war eine geräumige Zweizimmerwohnung. Das große Fenster im Wohnzimmer gab den Blick auf die unmittelbar neben dem Haus entlangführende S-Bahn-Trasse frei. Wie auf Kommando donnerte auch gleich ein Zug vorbei. »Stört Sie das nicht?«

Weber lachte. »Ich höre das kaum mehr. Ist viel besser, als an einer Autobahn zu wohnen.«

So konnte man es auch sehen, dachte Margot. Sie und Weber ließen sich auf der Sitzgruppe nieder, die um einen Couchtisch gruppiert war. Margot hatte direkten Blick auf das Eisenbahnkino. Das Zimmer war sehr nüchtern eingerichtet, dunkler Wohnzimmerschrank, beigefarbene Couchgarnitur. An den Wänden zwei Kunstdrucke von Joan Miró. Das nahm Margot zumindest an. Ihr Exmann Rainer, seines Zeichens Kunsthistoriker, hatte immer mal wieder versucht, ihr moderne Malerei nahezubringen, was ihm nicht wirklich gelungen war. Miró erkannte Margot nur deshalb, weil es für sie aussah, als habe der Künstler versucht, immer und immer wieder einen LSD-Rausch auf die Leinwand zu zaubern oder zumindest das, was Margot sich unter einem LSD-Rausch vorstellte.

»Danke, dass Sie heute Abend noch Zeit für mich haben.«

»Ja, morgen geht es für zehn Tage nach New York. Ich habe eine Agentur für Schauspieler und Schauspielerinnen. Kennen Sie Sandra Bülow?«

»Nein. Müsste ich?«

»Nein, das müssen Sie natürlich nicht. Aber ich bin sicher, in zwei Jahren werden Sie den Namen kennen. Wenn ich in New York Erfolg habe, und ich bin sicher, dass das so sein wird, dann wird Sandra Bülow in zwei Jahren auf jeder Kinoleinwand der westlichen Welt zu sehen sein.«

Margot wunderte sich ein wenig, dass ein Schauspielagent so bescheiden lebte. »Ihre Agentur ist in Frankfurt?«

»Ja, hier ist ein Büro. Und in Hamburg ist das zweite. Dort

wohnt auch meine Frau. Das ist der Preis, den man in diesem Business zahlen muss: Man ist immer unterwegs.«

»Und trotzdem kümmern Sie sich um die ehemaligen Studenten der Frankfurter Uni?«

»Nein, nur um die Germanisten. Und genau genommen handelt es sich um einen kleinen Haufen von fünfzehn bis maximal dreißig Leuten – auch wenn der E-Mail-Verteiler hundertfünfzig Adressen beinhaltet. Also hundertfünfzig echte Adressen, keine, die jedes Mal mit einer Fehlermeldung zurückkommen. Wir haben alle ungefähr zur selben Zeit studiert. Es ist viel eher ein Stammtisch. Einmal im Vierteljahr treffen wir uns in einer Kneipe in Bockenheim, in der wir uns auch damals schon getroffen haben.«

Margot rechnete nach. Tomke Rieken konnte wohl kaum an diesem Stammtisch teilgenommen haben. Zumindest nicht in den vergangenen zwanzig Jahren. »Sie sagten, Sie kannten Tomke Rieken.«

»Ja. Ich kannte eine Tomke Rieken. Sie hat gleichzeitig mit mir studiert. Wir haben beide zum Wintersemester 1984/85 angefangen. Sowohl sie als auch ich hatten im Hauptfach Germanistik, auch das Nebenfach Theater-, Film- und Fernsehwissenschaft hatten wir gemeinsam. Ich habe noch Slawistik als Nebenfach belegt, Tomke wusste noch nicht, was sie als zweites Fach nehmen wollte. Ich kenne sie aus dem Studium, aber sie war später nie bei einem unserer Treffen. Ich habe auch keine Ahnung, wo sie heute lebt.«

Margot griff nach dem Tablet in ihrer Tasche. Sie tippte ein paarmal auf das Display, dann zeigte es Tomke Riekens Foto, das deren Mutter Margot mitgegeben und das sie gleich abfotografiert hatte. Sie hielt das Tablet in seine Richtung. »Ist das die Tomke Rieken, die Sie gekannt haben?«

Weber betrachtete das Bild der strahlend lachenden jungen Frau nur eine Sekunde lang, dann nickte er bereits. »Ja, das ist Tomke.« Auch nachdem er das gesagt hatte, wich sein Blick nicht von dem Foto. »Mein Gott, ist das lange her …«

Schließlich sah er auf und Margot direkt in die Augen. »Sie haben mir nicht gesagt, was Sie von Tomke wollen. Hat sie was ausgefressen?«

Eigentlich hatte Margot vorgehabt, Frank Weber von Anfang an mitzuteilen, dass Tomke Rieken nicht mehr am Leben war. Aber die Gegenfrage ihres Gegenübers machte Margot stutzig. »Wie kommen Sie darauf, dass sie etwas ausgefressen haben könnte?«

»Ich dachte nur …« Sein rechter Daumen rieb sich kurz am rechten Zeigefinger. »Na ja. Als wir uns getrennt haben – nein, als sie sich von mir getrennt hat, da war sie ziemlich schräg drauf. Aber das ist ja nun auch schon dreißig Jahre her. Also vergessen Sie's.«

»Sie waren ein Paar?«

»Frau Hesgart, ich werde Ihnen gern von meiner Zeit mit Tomke erzählen. Aber erst möchte ich wissen, was los ist.«

Margot dachte: Ich stell hier die Fragen. »Von wann bis wann waren Sie mit Tomke Rieken zusammen?«

Frank Weber grinste. »Was ist mit Tomke los?«

Das Duell wurde mit Blicken ausgetragen. Und obwohl Frank Weber bei diesem Duell nur eine Pistole mit 22er Kaliber hatte und Margot schon immer stolz gewesen war auf die Iris-Ausgabe einer 38er Magnum, entschied sich Margot dennoch dafür, Weber reinen Wein einzuschenken. »Herr Weber, Tomke Rieken ist tot.«

Weber nickte schweigend. »Irgendwie habe ich mir das gedacht, schon als Sie vorhin bei mir angerufen haben. Wann ist sie gestorben? Und vor allem, weshalb fragen Sie dann noch nach ihr?«

Weber hatte offenbar zwar geahnt, dass seine Exfreundin nicht mehr am Leben war. Aber ihm war wohl nicht der Gedanke gekommen, dass es sich um einen gewaltsamen Tod gehandelt haben könnte. »Sie wurde erschossen. Aber wann, das wissen wir nicht. Deshalb ist dieses Gespräch mit Ihnen jetzt so wichtig.«

Weber nickte wieder, und Margot wünschte sich, dass er damit aufhören würde, denn sie hatte die Assoziation zu einem Wackeldackel, einer jener exotischen Sinnlosigkeiten der späten Sechzigerjahre. »Was können Sie mir über Tomke sagen?«

»Wieso wissen Sie nicht, wann sie erschossen worden ist?«

»Weil sie bereits vor längerer Zeit umgebracht wurde.« Weitere Details musste sie nicht präsentieren. Am Nicken erkannte sie, dass das Kopfkino hinter Webers Stirn angelaufen war.

Weber lehnte sich zurück, sah kurz an die Decke, dann begann er zu erzählen: »Es war am 9. November 1984. Einem Freitag. Nachmittags. Ich erinnere mich noch daran wie heute. Die Professorin hieß Gertrud Back. Nein, ich glaube, sie war gar keine Professorin, sondern eine Lehrbeauftragte – das weiß ich nun wirklich nicht mehr. Auf jeden Fall hieß das Seminar ›Grundprobleme der Filmkritik‹. Wie immer zu Anfang eines Semesters war der Hörsaal brechend voll. Es war im Gebäude im Kettenhofweg, gehörte zu den Anglisten. Na ja, auf jeden Fall war in dem Raum noch genau ein Sitzplatz frei, vorn in der ersten Reihe, neben Tomke. Ich hab sie gesehen, und ich hab mich verliebt. Und ich konnte mir überhaupt nicht erklären, wieso sich noch niemand auf dem Platz an der Seite dieser bildschönen Frau in der ersten Reihe gesetzt hatte. Der Raum war so ein typischer Hörsaal mit steil ansteigenden Reihen von Sitzen. Ich schwang also meine Beine über die Tischfläche, und schon saß ich neben ihr. Eine Woche später habe ich mich getraut, sie zu fragen, ob sie mit mir einen Kaffee trinken gehen würde. Und sie hat Ja gesagt.«

Margot rutschte auf ihrem Sessel ein wenig nach rechts, dann wieder ein wenig nach links. Wenn Frank Weber in dem Tempo weitererzählen würde, könnte sie direkt von Rödelheim aus an ihren Schreibtisch im Präsidium fahren. Doch Weber verstand ihre Körpersprache. »Sorry. Ich schwelge in Erinnerungen. Was genau wollen Sie wissen?«

»Ganz konkret: Mit welchen Personen hatte sie zu tun? Wie war sie gestrickt? Konnten Sie damals sehen, dass sie mit irgendjemandem Konflikte hatte?« Während Margot die Fragen aussprach, dachte sie bereits, dass sie wohl aus der Perspektive des Exfreundes kaum eindeutig zu beantworten waren. Vielleicht sollte sie ihm wirklich ein wenig Zeit geben und ihn einfach erzählen lassen.

»Wie war sie gestrickt, das ist wohl die Frage, die ich Ihnen am ehesten beantworten kann. Oder vielmehr, wie sie sich verändert hat. Wissen Sie, ich war damals eher der schüchterne Typ. Ich glaube, ich war krebsrot, als ich Tomke gefragt habe, ob sie mit mir einen Kaffee trinken würde. Ich war völlig perplex, als sie zusagte. Wir haben uns ein paar Tage später im Café Albatros getroffen. In der Kiesstraße. Und sosehr sich Frankfurt in den vergangenen Jahren und Jahrzehnten verändert hat – das Albatros gibt es immer noch. Wir saßen am Tisch, und ich bemerkte bereits nach zehn Minuten, dass sie offenbar etwas anderes in mir gesehen hatte als den, der ich tatsächlich war. Ich spürte, dass sie überlegte, wie sie einigermaßen mit Anstand aus der Sache rauskäme. Ich machte mir so viele Gedanken darüber, was jetzt das Richtige wäre, was sie interessieren würde, womit ich mich interessant machen könnte, dass ich letztlich überhaupt nichts sagte und das Gespräch austrocknete wie eine Pfütze in der Sahelzone. Mein Gehirn war völlig leer, ich hatte mich bereits damit abgefunden, dass dieses erste Date auch das letzte sein würde. Und ich dachte, okay, dann fahre ich dieses Jahr wieder allein nach Griechenland, so wie ich es im Jahr davor schon getan hatte, denn dort hatte ich mich immer wohlgefühlt. Und diesen Gedanken muss ich laut ausgesprochen haben. Plötzlich sah mich Tomke direkt an und fragte mich, ob ich tatsächlich mal in Griechenland gewesen wäre.

Sie erzählte, dass sie dort sogar eine Weile gelebt hatte, und auch ich hatte bereits zwei vierwöchige Trips nach Griechenland hinter mir. Vielleicht erinnern Sie sich, damals gab es das sogenannte Interrail-Ticket. Ein Ticket – vier Wochen Zug fahren durch ganz Europa. Ich habe mich damals gefühlt wie ein König. Aus heutiger Perspektive habe ich eher den Eindruck, die Griechen haben uns mehr als Penner denn als Touristen wahrgenommen. Optische Markenzeichen waren der Billig-Gestellrucksack mit angeschnalltem Schlafsack und natürlich der Duft der großen weiten Welt, wenn man mit drei T-Shirts reist und nicht überall waschen kann. Tomke war länger in Griechenland gewesen, erzählte etwas von einem Exfreund. Sie war jedoch nie mit dem Zug gefahren, sondern immer getrampt.

Nun, wir saßen schließlich zwei Stunden dort und berichteten uns gegenseitig über unsere Erfahrungen aus dem ganz persönlichen Paradies. Ich hab sie dann gefragt, ob sie die Dias sehen wolle, die ich gemacht hatte. Ich hatte mir damals bereits eine kleine Kamera gekauft, die man überallhin mitnehmen konnte. Und für den Trip hatte ich mir zehn Filme geleistet. Das waren theoretisch 360 Bilder. In der Praxis blieben rund 250 davon übrig. Fünf Diaschienen voller Erinnerungen. Und der Anreiz für Tomke, mich zu besuchen. Von diesem Abend an waren wir zusammen. Die Dias haben wir allerdings erst eine Woche später angeschaut. Ich konnte mein Glück kaum fassen.«

Weber starrte aus dem Fenster, als ob der Film seiner Erinnerung dorthin projiziert worden wäre. Dann wandte er sich wieder Margot zu. »Ich kürze es ab. Griechenland war das Einzige, was uns wirklich verbunden hat. Ich bin in einem ziemlich liberalen Elternhaus groß geworden. Die große pubertäre Rebellion blieb bei mir aus, weil besonders mein Vater gut darin war, Konflikte sachlich zu lösen. Ich habe mit ihm viel über Politik diskutiert, schon seit ich sechzehn war. Vielleicht ist das auch ein Grund dafür, dass ich nicht so anfällig für extreme Ansichten war. Vielleicht ist das auch nur meine Natur. Tomke war da ganz anders. Sie wollte die Welt verändern. Sie wollte die Armut besiegen, die Umweltverschmutzung beenden, aber bitte sofort und zack, zack. Nein, möglicherweise tue ich ihr Unrecht. Es war vielmehr so, dass sie unter der Ungerechtigkeit in der Welt viel mehr gelitten hat. Ich dachte, ich wähle die Grünen, und alles wird gut, auch wenn es etwas Zeit braucht. Ziemlich schnell wurde klar, dass Tomke eher den Eindruck hatte, der Staat wolle mit aller Macht verhindern, dass die unterdrückten Bürger aufbegehrten. Die Politiker täuschten das Volk ständig und mit Vorsatz, um ihre Macht zu erhalten – es klang bei ihr immer so, als wäre sie ganz persönlich das Ziel.

Wir haben viel diskutiert, aber ich merkte, dass ich kaum zu ihr durchdringen konnte. Sie muss den gleichen Eindruck bei mir gehabt haben. Sie versuchte mich zu überreden, mich mit ihr gemeinsam in der Marxistischen Gruppe an der Uni zu engagieren. Ich wollte nicht, und so ging sie allein. Das war der Anfang vom Ende. Ich glaube, sie hat mich tatsächlich geliebt, auf ihre Art und Weise, nur deswegen ist sie so lange mit mir zusammen gewesen. Und dann kam der 28. September 1985.«

Margot war erstaunt über das Gedächtnis dieses Mannes für Daten. Sie war schon froh, wenn sie die Ereignisse in ihrem Leben einigermaßen korrekt auf das Jahr datieren konnte.

»Sie erinnern sich sicher an diesen Abend.«

Margot hatte keine Ahnung, worauf Frank Weber anspielte.

»Es war der Tag, an dem Günter Sare gestorben ist.«

Ja, der Name sagte Margot etwas. Die Begriffe, die ihr dazu spontan einfielen, waren »NPD«, »Wasserwerfer« und »Straßenschlacht«.

»Sare wurde während einer antifaschistischen Demonstration von einem Wasserwerfer überrollt und starb. Die NPD hat zu diesem Zeitpunkt ausgerechnet im Haus Gallus eine Versammlung abgehalten.«

Langsam kehrten die Erinnerungen in Margots Gehirn zurück. Das Haus Gallus war der Ort der Frankfurter Auschwitz-Prozesse in den Sechzigerjahren gewesen. Nicht eben der rechte Ort für eine Versammlung rechter Gesellen. »Danach hat es ja regelrechte Straßenschlachten in Frankfurt gegeben. Wenn ich mich nicht irre, nicht nur in dieser Nacht, sondern auch in den folgenden Tagen und Nächten.«

Frank Weber gab wieder den Wackeldackel: »Ja, und Tomke war mittendrin. Wir saßen damals gerade an der Uni im KOZ – so die Kurzform für Kommunikationszentrum, eine große Halle mit Glaswänden zum Abhängen. War nie mein Ding, war mir zu schmuddelig. Aber irgendwann musste ich dort hingehen, wenn ich Tomke überhaupt noch sehen wollte. Gegen halb zehn kam einer reingestürmt und brüllte: ›Günter Sare ist tot! Die Faschos haben ihn umgebracht!‹ Die Halle hat sich binnen weniger Minuten in ein Pulverfass verwandelt, und wenige Minuten später war sie zu drei Vierteln geleert. Tomke war weg. Ich saß völlig verdattert da.

An den kommenden beiden Tagen habe ich versucht, sie zu erreichen. Aber sie war in ihrer WG nicht aufgetaucht. Am Abend des zweiten Tages kam sie zu mir. Sie war völlig verdreckt, hatte Blutergüsse und Schnittwunden am Körper, und ihre Augen waren rot und geschwollen. Ich hatte mein Zivildienstjahr als Rettungssanitäter absolviert. Daher hatte ich natürlich Verbandszeug bei mir in der Bude. Also versorgte ich ihre Wunden, während sie mich davon zu überzeugen versuchte, dass die Faschisten in diesem Moment drauf und dran wären, unser Land zu übernehmen. Und dann klingelte es an der Tür. Ich machte auf, und da stand dieser Widerling von Heiner. Heiner Göbel. Er schob mich zur Seite, baute sich vor Tomke auf und fragte sie: ›Bleibst du bei dem Fascho-Arschloch oder kommst du mit mir?‹ Sie warf mir beim Abschied noch nicht einmal einen Blick zu. Und das war das Ende unserer Beziehung. Seitdem hatten wir auch keinen Kontakt mehr.«

»Wann haben Sie Tomke Rieken zum letzten Mal gesehen?«

»Kann ich nicht genau sagen. Nachdem sie mit Göbel abgezogen ist, habe ich sie noch zwei Wochen lang gestalkt, wie man das heute nennen würde. Ich ging ins KOZ – offensichtlich musste ich mir das geben, zu sehen, wie sie nun mit ihm rumknutschte, um es endgültig zu kapieren. Schon im Wintersemester 1985/86 bin ich ihr in keinem Seminar mehr begegnet. Ich kann Ihnen nicht sagen, ob sie einfach andere Veranstaltungen gewählt hat oder ob sie das Studium geschmissen hat. Das weiß ich nicht. Ich glaube, das letzte Mal, dass ich sie gesehen habe, das muss so Anfang 1987 gewesen sein. Irgendwo in der Mensa. Da war ich schon lange mit Barbara zusammen, also meiner jetzigen Frau. Aus heutiger Perspektive kann ich nur sagen: Gott sei Dank hat sich Tomke Rieken aus meinem Leben verabschiedet, sonst wäre alles schrecklich kompliziert geworden. Und mit Barbara verstand und verstehe ich mich wirklich gut.«

Tomke Rieken war also während ihres Studiums offensichtlich in die linke Szene abgerutscht. Aber daraus irgendwelche Schlüsse zu ziehen war nicht viel mehr als ein Klischee. Es erklärte nicht, weshalb sie umgebracht worden war. Und schon gar nicht, wieso es außer ihr auch noch einen jungen Mann getroffen hatte. Margot griff nochmals zu ihrem Tablet, wischte zwei Bilder weiter und zauberte das Phantombild der männlichen Leiche aus dem Mercedes im See auf den Bildschirm. »Herr Weber, haben Sie diesen Mann vielleicht auch irgendwann einmal gesehen?«

Weber starrte auf das Bild, als ob ihm ein Geist erschienen sei. »Das ist Göbel! Das ist dieses überhebliche Arschloch! Wie kommt dieser Depp auf Ihr Tablet? Ich habe echt gehofft, dass ich den in meinem Leben nie mehr sehen muss!« Die Stimme, die da aus Frank Weber sprach, war eindeutig die Stimme des dreißig Jahre jüngeren Frank Weber und nicht die des Mannes, der vor ihr saß.

Margot war keine Psychologin. Aber die Demütigungen, die Frank Weber von Heiner Göbel verabreicht worden waren, zischten und zuckten plötzlich im Raum, gleich eines elektrischen Feldes. Sie haben Glück, Heiner Göbel ist auch tot, dachte Margot, konnte sich aber gerade noch verkneifen, es auszusprechen. »Heiner Göbel ist ebenfalls erschossen worden. Gleichzeitig mit Tomke Rieken. So sieht es zumindest derzeit aus.«

Erst jetzt schien Frank Weber zu registrieren, über welchen Fall Margot sprach. »Göbel und Tomke sind die beiden aus dem Auto, das Sie aus dem See gezogen haben?«

Margot nickte. Nur einmal. Ein Wackeldackel genügte.

»Aber dann ist er schon sehr lange tot.«

»Ja.« Mehr wusste Margot im Moment nicht zu sagen. Also entschloss sie sich zu einer weiteren Frage: »Was können Sie mir über Heiner Göbel sagen? Hatten Sie ihn schon mal gesehen, bevor er und Tomke ein Paar wurden?«

Weber schnaubte. »Ein Mal. Und das hat mir völlig gelangt.«

»Wann? Wo?«

»Es war im Sommersemester. Wir hatten ein Seminar über Exilliteratur. Und da waren plötzlich zwei Typen, die meinten, man könne nicht über Exilliteratur reden, ohne den Faschismus zu thematisieren und darüber auf der Stelle zu diskutieren. Der Professor, ich erinnere mich gar nicht mehr an seinen Namen, hat darauf ziemlich aggressiv reagiert. Was den Typen, einer war Heiner Göbel, nur die Steilvorlage für weitere Eingaben lieferte. Der Professor wurde puterrot und verwies Göbel und den anderen des Raumes. Das war der Startschuss für vier oder fünf Mitstreiter, die nun ebenfalls lautstark die Diskussion über den Faschismus forderten und bei der Gelegenheit bitte auch über den Faschismus, wie er sich im westdeutschen Staat immer noch präsentierte. Ich habe erst sehr viel später kapiert, dass das wohl nicht die erste Veranstaltung war, in der Göbel und seine Komparsen mit dem Professor aneinandergeraten waren. Göbels Gefolge hatte Trillerpfeifen dabei, und damit wurde das Seminar gesprengt, wie man das damals so schön formulierte. Ich dachte, ich wäre in einen Film über die 68er geraten. Und dann wollte auch noch Tomke mit mir diskutieren!« Weber nickte wieder mehrmals, ein untrügliches Zeichen dafür, dass er nachdachte. »Ich glaube, in dem Moment war es schon passiert. Also das mit Tomke und Heiner. Allerdings habe ich mir erst sehr viel später eingestanden, dass mir nicht entgangen war, wie sie ihn angeschaut hatte. Nein, angehimmelt.« Frank Weber schwieg. Und nickte nicht mehr. Kein gutes Zeichen.

»Wissen Sie, mit wem Heiner Göbel Kontakt hatte oder wo er wohnte?«

Weber dackelte nochmals und beachtete Margot für einige Sekunden überhaupt nicht. Dann sagte er unvermittelt: »Das Einzige, was ich weiß, ist, dass Heiner Göbel ursprünglich aus Berlin kam. Das hat Tomke mir mehrmals erzählt. Nein, nicht erzählt, sondern unter die Nase gerieben. Als ob es irgendein besonderes Verdienst wäre, in Berlin zu leben oder gelebt zu haben. Ich habe keine Mauer gebaut, ich habe keine Mauer eingerissen – mir war das alles scheißegal.«

Margot hatte inzwischen den Namen Heiner Göbel und nun auch den Wohnort Berlin auf dem Tablet notiert.

DIENSTAG, 30. SEPTEMBER

»Guten Morgen, mein Schatz!« Margot hatte gerade das Handy mit der Freisprechanlage verbunden, als Nick sie angerufen hatte.

»Bonjour, mon Ami.« Das letzte Wort hatte sie wieder Deutsch ausgesprochen. Sie liebte dieses Wortspiel, auch wenn es etwas albern war.

»Ich habe gerade erfahren, dass ich heute noch nach Berlin fliegen muss. Mittags um drei gibt es eine große Sitzung mit dem Polizeipräsidenten und noch ein paar anderen wichtigen Kollegen. Morgen haben wir dann ein straffes Programm, sodass ich erst übermorgen zurückfliegen werde. Ich habe gedacht, ich könnte dann über Frankfurt fliegen, damit wir uns sehen könnten.«

Margots erster Impuls war Freude. Der zweite war Ärger. Nicht zum ersten Mal. Und sie konnte nicht verhindern, dass der zweite Impuls oftmals mehr an Gewicht gewann als der erste. Wenn es in den Terminplan passte, sah man sich. Aber wehe, der Terminplan passte nicht. Sie riss sich zusammen, schob in ihrem Kopf den Ärger zur Seite und sagte dann: »Das kann ich sicher einrichten. Weißt du schon, mit welchem Flugzeug du in Frankfurt ankommen wirst?«

»Nein, aber heute Abend weiß ich das, dann schicke ich dir eine SMS. Ich freue mich auf dich.«

»Ist gut. Ich freu mich auch auf dich.«

»Einen schönen Tag wünsch ich dir. Tschüss, meine Liebe. Vielleicht können wir ja zusammen essen gehen. Denk dir einfach was Schönes aus.«

»Mache ich. Ciao.«

Margot liebte es, Nick zuzuhören. Aneinandergekuschelt auf dem Sofa sitzend, sich etwas vom Tag erzählen oder sonst etwas aus dem Leben – das waren die Momente, von denen sich viele in ihre Erinnerung eingebrannt hatten. Umso schwerer fiel es ihr zunehmend, mit Nick am Telefon zu sprechen. Jede Pause zwischen den Worten machte die Distanz greifbar. Neulich, als Nick irgendetwas über einen Politiker erzählt hatte, mit dem er über irgendwelche Sicherheitsfragen debattieren musste, hatte sie die Augen geschlossen und gespürt, dass sie Nick durch die Haare streichen wollte und wie ihre Hand ins Leere griff. Das war eindeutig nicht das, was sie sich unter Nähe vorstellte.

Sie war im Unrecht, das wusste sie. Sie war nicht nach Amerika gegangen, und Nick fand nun mal keinen Job bei ihr vor der Haustür. Und sie hatte mit Nick in einem Jahr mehr Nähe erlebt als mit Rainer in acht Jahren zuvor. Von ihrem ersten Gatten ganz zu schweigen. Und dennoch schmerzten sie diese Momente der vermeintlichen, der unechten Nähe fast noch mehr als die echte Distanz. Deshalb hatte sie dieses Telefonat sehr schnell beendet.

Ein weißer Honda nahm ihr an der folgenden Kreuzung die Vorfahrt. Und holte sie damit wieder aus dem Reich der Wünsche, Illusionen und Frustrationen in die Realität zurück. Margot legte eine Vollbremsung hin, fluchte und war wieder vollkommen im Hier und Jetzt angekommen.

Wenige Minuten später betrat sie das Polizeipräsidium Südhessen.

»Nee, echt nicht! Das hätten Sie mit mir abstimmen müssen!« Helena Schmidt hatte die Hände in die Hüften gestemmt und kochte förmlich. Das erkannte Horndeich, obwohl Frau Schmidt ihm den Rücken zuwandte. Sie schaute auf den Kollegen Feller herab, der sie aus seiner sitzenden Position von unten her angrinste.

Helena Schmidt war die Chefin der Presseabteilung – und

nichts ging an die Öffentlichkeit, ohne dass es über ihren Tisch gewandert war. So viel zur Theorie. Als Horndeich am Vortag die Tagesschau gesehen hatte, war ihm gleich klar gewesen, dass dies kein Schnellschuss der Presse-Chefin gewesen war. Da musste irgendjemand auf eigene Faust gehandelt haben. Horndeich hatte sofort auf Feller getippt. Und genau danach hatte er ihn gerade fragen wollen. Doch dann war er mitten im Scharmützel zwischen Helena und Feller gelandet. Zu spät, um sich wegzuducken.

Feller hob die Hände mit der Geste eines Cowboys nach oben, auf dessen Herz ein Colt gerichtet war. »Bekenne mich schuldig. Aber auch wir bei der Polizei brauchen ja wohl etwas mehr Effizienz.«

Dass Helena Schmidt ihm keine scheuerte, war alles. Horndeich kannte die Pressechefin als resolute Persönlichkeit, die ihren Laden im Griff hatte, und damit meinte Horndeich nicht nur die Untergebenen, sondern auch die Abteilungen. Bis Feller auf der Bildfläche erschienen war. »Nichts, aber auch gar nichts geht an die Öffentlichkeit, wenn ich es nicht autorisiert habe!«

»Aber gewiss. Nur musste ich gestern schnell handeln. Ich stand vor der Entscheidung, meine Kontakte anzuzapfen oder nochmals vierundzwanzig Stunden zu verschenken. Keiner der Zahnärzte im Umkreis von mehr als dreißig Kilometern hatte ihn als Patienten. Was bedeutet, dass er nicht aus Darmstadt kam. Also musste ich etwas tun.«

»Mit Verlaub, wann Sie meinen, etwas tun zu müssen, und wann nicht, interessiert mich nicht. Aber was an die Öffentlichkeit geht und was nicht, das ist mir alles andere als egal!«

Feller zuckte mit den Schultern. »Wie Sie meinen. Aber ich bin sicher, dass sich heute die Identität des Toten klären wird. Und nicht erst morgen. Und er kommt irgendwo aus Deutschland. Aber er ist nicht von hier.«

Helena Schmidt sagte: »Nicht noch mal, Freundchen!« Dann drehte sie sich um und sah Horndeich direkt in die

Augen: »Das gilt auch für Sie.« Nicht, dass Horndeich sich bewusst gewesen wäre, gegen irgendwelche Hausregeln verstoßen zu haben.

Helena Schmidt rauschte aus dem Raum. Horndeich wandte sich an Feller: »Wie haben Sie das gemacht?« Er versuchte, seinem Tonfall einen fragenden Unterton beizumischen, doch die Bewunderung überwog. Er fand es auch nicht gut, dass Feller offensichtlich komplett an der Pressestelle vorbei agiert hatte, dennoch nötigte es ihm einen gewissen Respekt ab. Wie bei so vielen Gelegenheiten im Kleinen und im Großen würde der Erfolg Feller recht geben – oder eben nicht.

»Kollege Horndeich, glauben Sie mir, wenn man als Schreibtischhengst etwas aufbauen kann, dann sind es Kontakte. Und ich wette, dass wir heute die Identität des Toten aus dem Bunker erfahren werden. Zwanzig Euro.«

Nein. Horndeich pflegte nicht zu wetten. Aber Kollege Feller war ihm richtig unsympathisch. Und der Gedanke, dass dieser Angeber ihm einen Zwanzig-Euro-Schein in die Hand drücken müsste, war zu verlockend. Also reichte er Feller die Hand. Das erste Mal. Und hoffentlich auch das einzige. Sie würden die Identität des Toten heute ganz gewiss nicht erfahren. Bei alldem hatte Horndeich völlig vergessen, was er von Feller eigentlich gewollt hatte.

»Sonst noch was?«

Horndeich drehte sich wortlos um und verließ das Büro des Kollegen. Er würde sich wirklich mal umhören müssen, aus welchem Stall Feller stammte. Horndeich ging wieder ins eigene Büro.

Dort saß inzwischen Margot. »Guten Morgen. Ich weiß, wer der zweite Tote aus dem Mercedes ist.«

Horndeich setzte sich auf seinen Sessel. »Wow! Wie hast du denn das so schnell rausgekriegt?« Ja, er war sich bewusst, dass er Margot gegenüber gestern nicht sehr freundlich gewesen war. Und immer noch fand er, dass ihr Abgang am

Vortag nicht in die Kategorie »wirklich kollegial« gefallen war. Aber dass sie sich so in den Fall der beiden unbekannten Toten verbissen hatte, schien nun doch zum Erfolg zu führen.

Margot gab Horndeich einen kurzen Abriss der Ereignisse des Vorabends. »Ich habe gerade die Kollegen in Berlin angerufen. Sie lassen den Namen Heiner Göbel durch ihre Datenbanken rauschen. Mal sehen, was wir danach wissen.«

»Okay, Tomke Rieken und Heiner Göbel waren in der linken Szene in Frankfurt aktiv. So viel können wir als gesichert annehmen. Der Tod von Günter Sare scheint auf Tomke Rieken große Wirkung gehabt zu haben. Und trotzdem haben wir immer noch keine Ahnung, was danach geschehen ist. Immer noch kann es eine Beziehungstat sein, wir wissen ja noch nicht einmal genau, wann die beiden umgekommen sind.« Auch wenn sie in den vergangenen Tagen schon einiges herausgefunden hatten, wirkte Margots Tonfall ziemlich resigniert.

»1985 ist Tomke Rieken Heiner Göbels Weg gefolgt. 1989 sind beide ermordet worden, davon können wir ja wohl ausgehen, wenn Tomke danach exmatrikuliert worden ist. Die Frage ist, was ist in den Jahren dazwischen passiert. Und hat ihr Tod wirklich etwas damit zu tun, was sie damals in Frankfurt gemacht haben?«

»Und wie bekommen wir das jetzt heraus?«

In diesem Moment klingelte das Telefon auf Margots Schreibtisch. Sie hob den Hörer ab und meldete sich. »Moin, Dr. Hinrich – ja, der Kollege Feller gehört zu unserem Team.« Sie schwieg kurz, dann sagte sie: »Ich stelle das Telefon jetzt mal auf laut. Dann kann Horndeich gleich mithören.«

Margot drückte auf eine der Tasten, und aus dem Lautsprecher ertönte zuerst Rauschen, dann die Stimme des Gerichtsmediziners Martin Hinrich: »Moin. Irgendjemand bei Ihnen hatte gestern die Idee, das Gesicht und den Zahnstatus eures unbekannten Toten in der Tagesschau zu veröffentlichen. Derjenige verfügt offenbar über gute Intuition. Ich habe mich gerade mit einem Berliner Zahnarzt unterhalten. Euer Toter ist identifiziert. Es handelt sich um einen gewissen Klaus Kleiber.«

»Da gibt es keinen Zweifel?«

»Ach, Frau Hesgart, woher rühren immer Ihre Vorbehalte an der Fähigkeit der Kollegen anderer Fakultäten? Nein, es besteht kein Zweifel. Wir haben die Röntgenbilder ausgetauscht – der Tote ist Klaus Kleiber. Ich war so frei, inzwischen auch die Kollegen vom Berliner Landeskriminalamt anzurufen. Zuständig ist dort ein gewisser Jens Bender. Kriminalhauptkommissar. Mit ihm sollten Sie sich in Verbindung setzen. Ich schicke Ihnen die Kontaktdaten gleich per E-Mail.«

Margot bedankte sich noch, dann beendete sie das Gespräch.

»Mist«, fluchte Horndeich.

»Was ist denn jetzt los? Wir können doch wohl froh sein, dass wir die unbekannte Bunker-Leiche identifiziert haben, oder?«

»Ja. Aber das kostet mich zwanzig Euro.«

Und schon wieder saß Margot in einem Flugzeug. Diesmal ging es nach Berlin. Allerdings war es nicht ganz uneigennützig. Nachdem klar war, dass Klaus Kleiber in Berlin gemeldet war und offenbar dort auch gewohnt hatte, hatte Margot sich freiwillig angeboten, sofort in die Hauptstadt zu fliegen, um mit Menschen zu sprechen, die Klaus Kleiber gekannt hatten.

Horndeich war erstaunt gewesen, doch Margot hatte ihm versichert, dass das schon okay sei. Musste ja niemand wissen, dass dies auch die Chance für sie war, Nick zu treffen. Und vielleicht tatsächlich einmal wieder gemeinsam einzuschlafen und auch aufzuwachen. Die Chancen standen nicht schlecht. Sie hatte ihm eine SMS geschickt, dass sie ebenfalls in Berlin sein würde, und er hatte bereits ein gemeinsames Zimmer gebucht.

Der Flieger hatte pünktlich abgehoben, und nun reiste sie in rund siebentausend Metern Flughöhe über Deutschland. Sie hatte mit Jens Bender telefoniert, und der hatte ihr mitgeteilt, dass an der Adresse im Plattenbau im Bezirk Marzahn, an der Klaus Kleiber gemeldet war, keines der sechsundsiebzig Klingelschildchen seinen Namen getragen hatte. Vielleicht war es müßig, vielleicht völlig umsonst, dass Margot nun nach Berlin flog. Doch wenn die Kollegen in Berlin jemanden ausfindig machten, der Klaus Kleiber gekannt hatte, dann war die Reise ganz gewiss nicht vergebliche Liebesmüh. Für sie persönlich ohnehin nicht. Sie wollte es sich nicht eingestehen, aber die Sehnsucht nach Nick zwickte und zwackte.

Margot kannte sich in Berlin überhaupt nicht aus. Sie war vor mehr als zwanzig Jahren zum letzten Mal dort gewesen. Und auch dies nur, um am Berliner Hauptbahnhof von einem Zug in einen anderen umzusteigen. Sie versuchte, sich ihren letzten richtigen Besuch in Berlin ins Gedächtnis zu rufen. Ein paar Sekunden später öffnete sich der Vorhang vor dem Regal der Erinnerungen. Sie war siebzehn gewesen. Ihr Vater hatte in Berlin einen Freund besucht und sie bei dieser Gelegenheit mitgenommen. Sie waren mit dem Auto nach Berlin gefahren. Margot hatte ein ganz komisches Gefühl beschlichen, als sie die Grenze zur DDR passiert hatten. Volkspolizisten, das waren in ihrer Vorstellung so etwas wie die Monster, die sie als Kind in ihrem Schrank vermutet hatte. Die konnten einen aus dem Auto zerren und in Gefängnisse stecken, verschwinden lassen, foltern, vielleicht sogar töten. Das war seinerzeit ihr Bild gewesen. Als sie endlich die Westberliner Grenze überquert hatten, da fühlte Margot sich einerseits befreit, andererseits wieder eingesperrt. Dieses Gefühl hatte sich noch verstärkt, als sie mit ihrem Vater und dessen Freund eine Tour entlang der Mauer gemacht hatte.

Für die beiden Männer war es eine Erinnerungstour gewesen, Margot hatte es eher so empfunden, als liefe sie entlang der Innenseite einer Gefängnismauer. Dieser Eindruck hatte sie auch in den kommenden fünf Tagen, in denen sie einige schöne Ecken Westberlins kennengelernt hatte, nicht losgelassen. Dabei erinnerte sie sich kaum mehr an konkrete Details dieses Besuches, nur an das Naturkundemuseum in Dahlem.

Sie kehrte in Gedanken wieder in die Gegenwart zurück. Jens Bender hatte versprochen, dass jemand sie am Flughafen Tegel abholen würde. Er hielt Wort. Als Margot in die Halle des Flughafens trat, stand dort ein groß gewachsener, hagerer Mann im Trenchcoat. Er trug einen Vollbart. Und ein Schild in der Hand: *Margot Hesgart* stand darauf.

Margot steuerte mit ihrem Köfferchen direkt auf ihn zu. »Sie haben mich gefunden«, sagte Margot.

»Sehr angenehm. Ich bin Jens Bender. Habe es mir nicht nehmen lassen, Sie persönlich abzuholen. Ihr Hessen habt ja ganz schön Wirbel verursacht hier bei uns.«

»Wie darf ich das verstehen?«

»Nun, das erkläre ich Ihnen, während wir ins Präsidium fahren.«

Bender geleitete sie zu einem Streifenwagen, einem Opel Zafira jüngster Bauart. Er hielt ihr die Tür auf, nachdem er den Koffer im Kofferraum verstaut hatte. Dann startete er den Wagen und steuerte ihn in Richtung Süden.

»Was meinen Sie also damit, dass wir Hessen Sie ganz schön auf Trab halten?«

»Nun, zuerst haben wir uns heute Morgen mit diesem Zahnarzt unterhalten. Der gab uns den Namen des Toten, der bei euch gefunden worden ist, und seine Adresse in der Franz-Stenzer-Straße. Ist eine der Hochhaussiedlungen in Marzahn. Wir also hin, erst mit zwei Mann. Die haben die Klingelschilder abgegrast, aber da war kein Klaus Kleiber verzeichnet – das habe ich Ihnen ja schon gesagt. Also sind wir mit fünfzehn Mann dorthin und haben die Bewohner befragt. Fazit: Dort wohnt definitiv kein Klaus Kleiber.«

»Hui. Dann bin ich wohl umsonst hierhergeflogen.«

»Nein, das kann man so nicht sagen. Denn eine halbe Stunde nachdem wir mit dem Zahnarzt telefoniert hatten, meldete sich bei uns eine Dame. Mathea Pretzig. Sie ist die Lebensgefährtin von Klaus Kleiber gewesen. Wir haben übrigens auch den anderen Namen gecheckt, den Sie uns gegeben haben, diesen Heiner Göbel. Der ist ebenfalls in Berlin gemeldet.«

»Aber der ist ja nun schon ein paar Jahre tot.«

»Was der Grund dafür sein dürfte, dass er sich nie umgemeldet hat. Spaß beiseite: Die Adresse, an der er gemeldet war, die gibt es heute nicht mehr. Ich hab ein bisschen nachgefragt: War ein Altbau, dessen Bausubstanz so marode war, dass sie den Kasten vor zehn Jahren abgerissen haben. Seitdem ist es Brachland. Wir fahren jetzt erst mal zum Präsidium, essen etwas, dann bringe ich Sie zum Hotel. Und heute Nachmittag können wir mit Mathea Pretzig sprechen.«

Margot war zu Fuß unterwegs. Zuvor war sie im Hotel gewesen. Es war in einem unlängst komplett restaurierten Gründerzeitbau auf dem Prenzlauer Berg beherbergt. Sie hatte das von Nick gebuchte gemeinsame Zimmer bezogen und war unter die Dusche gesprungen. Das Zimmer war schön und geräumig – Nick hatte sich nicht lumpen lassen. Sie fragte sich, ob er dieses Hotel bewusst ausgewählt hatte.

Mathea Pretzigs Adresse lag nur rund achthundert Meter entfernt in der Sredzkistraße, wie Margots Handy zeigte. Das Haus stammte, wie alle Bauten in dieser Straße, aus der Gründerzeit. Der sechsgeschossige Altbau unterschied sich jedoch deutlich von den Nachbargebäuden zur linken und zur rechten Seite. Er wirkte wie Aschenputtel zwischen ihren beiden aufgedonnerten Stiefschwestern. Im Gegensatz zu diesen beiden schien beim Domizil, in dem Frau Pretzig wohnte, offensichtlich niemand jemals daran gedacht zu haben, das Haus zu renovieren. Es entledigte sich seines Putzes bereits auf laszive Weise. Die Wohnungen befanden sich über einem kleinen Ladengeschäft, einem Trödelladen, wie Margot erkannte.

Dem Klingelschild nach zu urteilen, wohnte Mathea Pretzig im zweiten Stock. Als Margot wenige Sekunden später das geräumige, aber ebenfalls stark heruntergekommene Treppenhaus emporstieg, bestätigte sich die Vermutung.

Mathea Pretzig war ungefähr in Margots Alter, hatte also die Fünf als führende Ziffer bei der Angabe der Lebensjahre wohl schon gefeiert. Sie war eine schlanke, blonde Erscheinung mit ebenmäßigen Gesichtszügen. Nur zwei kleine Leberflecke auf jeweils der linken und der rechten Wange störten die perfekte Physiognomie.

»Kommen Sie doch bitte herein«, forderte sie Margot freundlich auf.

Margot folgte ihr. Die Frau trug eine weite Stoffhose sowie eine noch etwas weitere Bluse, beide in Batik-Optik gehalten. Ihr Haar war kurz geschnitten, sie trug kein Make-up.

Das Wohnzimmer maß sicher fünfunddreißig Quadratmeter, aber es war spärlich eingerichtet, abgesehen von dem Bücherregal, das bis unter die Decke von gewiss 3,50 Metern Höhe reichte. Sofa und Sessel entstammten der Zeit vor dem Mauerfall. Und damit zählten sie mindestens ebenso viele Lenze wie der Teppich und der Wandanstrich.

»Ihre Kollegen haben mir gesagt, dass mein Mann tot ist«, sagte Mathea Pretzig, nachdem sie auf dem Sofa Platz genommen hatten.

Kollege Bender hatte Margot, als sie gerade auf dem Weg zu Mathea Pretzig gewesen war, eine SMS geschickt, in der er schrieb, dass es sich bei dem Toten in Darmstadt hundertprozentig um Klaus Kleiber handelte. Seine Frau hatte ihnen am Morgen eine Zahnbürste gegeben, und das LKA hatte festgestellt, dass die darin befindliche DNA mit der des Leichnams übereinstimmte. »Ja, mein Beileid. Die Identität des Verstorbenen ist eindeutig geklärt.«

Mathea Pretzig nickte nur, sah dann auf den Boden.

»Sie haben ihn nicht als vermisst gemeldet«, stellte Margot fest.

Mathea Pretzig schüttelte nur sanft den Kopf. »Nein, das habe ich nicht.«

Auf Margot wirkte die Frau nicht wie eine trauernde Witwe. Allerdings musste man mit vorschnellen Urteilen vorsichtig sein. Sie wusste aus eigener Erfahrung, dass jeder anders mit Verlusten umging. So hatte der Tod ihrer Großmutter sie erst vier Tage nach der Beerdigung eingeholt. Auf der Toilette war sie dann weinend zusammengebrochen. »Aber er war doch nun schon eine Woche weg?«

»Er war immer wieder mal weg. Als er sich vergangene Woche von mir verabschiedet hat, hat er gesagt, dass er ein paar Tage unterwegs sein würde. Normalerweise war er dann auf der Jagd nach Nachlässen aus Wohnungsauflösungen, in denen sich Möbel oder Gegenstände befinden, die er mit Gewinn verkaufen kann. Er hat sich in den letzten Jahren auf Wohnaccessoires aus den Sechziger- und Siebzigerjahren spezialisiert. Ab und an war auch mal ein Möbelstück darunter. Hinten im Hof, da ist eine Garage, die er zur Werkstatt umfunktioniert hat. Da hat er zum Beispiel Möbel aufgearbeitet. Als vor zehn Jahren die Ostalgie-Welle über die Republik hereingebrochen ist, hat er ganz gut verdient. Inzwischen arbeitet er mit drei oder vier Leuten im ganzen Bundesgebiet zusammen, die für diese Dinge einen feinen Riecher hatten. Die wussten, wann bei einer Wohnungsauflösung etwas zu holen war oder auch nicht. Klaus fuhr hin, schaute sich die Sachen an, und entweder mietete er ein Auto und brachte die Sachen hierher, oder die Reise war umsonst gewesen. Meistens waren seine Reisen umsonst, aber die zehn Prozent, bei denen er Glück hatte, die finanzierten uns dann schon einmal über ein ganzes Jahr hinweg. Die meisten Leute haben keine Ahnung, welche Schätze in manchen Wohnungen lagern.«

»Und Sie haben nicht telefoniert?«

Mathea Pretzig lächelte. »Wir haben beide noch nie zu den Leuten gehört, die sich ständig ihre Liebe beteuern müssen. Wäre es ihm nicht gut gegangen, dann hätte er angerufen. So lange ich nichts von ihm gehört habe, war die Welt in Ordnung. Nein. Ich habe mir keine Sorgen gemacht.«

Margot sah sich im Raum um. »Sie wohnen hier zur Miete?«

»Ja. Ich habe in dieser Wohnung schon mit meinem ersten Mann gewohnt. Ist aber schon lange her.«

»Ist Klaus Kleiber Ihr zweiter Mann?«

Mathea Pretzig sah Margot an. »Wenn es nach mir gegangen wäre, dann wäre er mein zweiter Mann – gewesen. Aber Klaus, er hat nie heiraten wollen.«

»Warum?«

»Ich weiß es bis heute nicht genau. Ums Geld ging es jedenfalls nicht. Wir haben zwei Kinder. Und bei beiden ist er als Vater eingetragen. Er hat sich immer um sie gekümmert und für sie bezahlt. Ich glaube, viele Ehemänner könnten sich davon eine Scheibe abschneiden.«

Margot hörte den Autoverkehr von der Straße, und ihr fiel auf, dass die Fenster nicht doppelt verglast waren. Heizkosten wollte sie hier nicht bezahlen. »Wie alt sind Ihre Kinder?«

»Unsere Tochter wurde im April 1991 geboren. Sie heißt Judith. Wir haben dann noch einen Sohn bekommen, 1994, er heißt Johannes.«

»Wohnen Ihre Kinder auch hier?«

»Nein. Judith, sie wohnt hier in Berlin, in Kreuzberg, zusammen mit ihrem Freund. Und Johannes, er wohnt in Worms. Er studiert dort Verkehrswesen, irgendwas mit Flugzeugmechanik – er hat es mir viermal erklärt, aber ich habe es immer noch nicht kapiert.«

»Und Ihre Tochter?«

»Sie studiert BWL. Noch ein Jahr, und sie hat ihren Master.«

Die Stimme der Mutter klang nicht so, als ob sie besonders stolz auf ihre Tochter wäre. Margot dachte daran, dass ihr eigener Sohn Ben seinerzeit auch BWL studierte, das Studium aber nach einigen Semestern sang- und klanglos abgebrochen hatte, um sich für Kunstgeschichte einzuschreiben. Damals war sie nicht begeistert gewesen, inzwischen hatte sie erkannt, dass es für ihn genau das Richtige gewesen war. Aber eine Tochter, die Betriebswirtschaftslehre bis zum Masterabschluss studierte – da gab es Margots Meinung nach deutlich schlimmere Schicksale für Eltern. Dementsprechend fragte Margot, nun mehr Mutter als Kriminalhauptkommissarin: »Und das ist nicht gut?«

Mathea Pretzig lachte auf, und Margot entging nicht die Bitterkeit, die in diesem Lachen mitschwang, gleich einer Säure, die das Lachen verätzte. »Nein, ich bin wirklich stolz auf Judith. Und auf Johannes sicher auch. Aber Judith ...« Frau Pretzig hielt inne und sprach nicht weiter.

»Haben Sie irgendeine Ahnung, was Ihr Lebensgefährte in Darmstadt gewollt hat?«

»Nein, aber wie ich Ihnen schon gesagt habe, wenn er unterwegs war, dann immer auf der Suche nach wertvollem Trödel, den wir unten anbieten konnten. Oder auch im Internet. Seit gut sechs Jahren ist das zu einem wichtigen Vertriebskanal geworden. Es hat Klaus nicht geschmeckt, aber irgendwann hat er einsehen müssen, dass er eine eigene Website braucht. Na ja. Und wenn er etwas macht – gemacht hat –, dann richtig: www.kleiber-antiquitaeten.de. Mit eigenem Webshop.«

»Der Laden im Erdgeschoss gehört Ihnen?«

»Ja. Klaus und ich haben ihn 1991 gemeinsam aufgebaut.«

»So lange wohnen Sie schon hier?«

»Ja. Also nein. Wie ich schon gesagt habe, habe ich hier mit meinem ersten Mann gewohnt. Das war noch vor der

Maueröffnung. Wir haben geheiratet, da war ich achtzehn und er neunzehn. Und hier, auf dem Prenzlauer Berg, da haben wir tatsächlich eine Wohnung bekommen, genau diese Wohnung, in der wir jetzt gerade sitzen. Vor der Maueröffnung, da waren all die Altbauten hier in einem Zustand, in dem man sie seit 1940 gelassen hat. Da wurde nichts renoviert, die Rohre waren aus Blei, die Öfen mussten mit Kohle beheizt werden, und wer es irgendwie geschafft hat, der hat nur zu gern eine Wohnung in den neuen modernen Plattenbauten in Marzahn genommen. Mein Mann und ich, wir hätten auch gerne in Marzahn gewohnt, aber mit den Wohnungen – das war ja so eine Sache in der DDR. Zwar waren wir eine junge, angehende Familie, sozusagen eine Familie in spe, aber eine Wohnung haben wir dennoch nicht bekommen. Also haben wir uns um eine Wohnung hier am Prenzlauer Berg bemüht, in den heruntergekommenen Altbauten. Und siehe da, es hat keine vierzehn Monate gedauert, da hatten wir diese Wohnung. August 1989. Der Ofen war ein Kohleofen, Warmwasser musste man sich auf dem Herd kochen. Aber es war unsere Wohnung. Bis im November 1989 die Mauer fiel. Ich bin mitgelaufen bei den Demonstrationen, Harald, so hieß mein Mann, nicht. Damals zeigte sich bereits, dass unsere Ehe kaum eine Zukunft haben würde.«

»Und dann lernten Sie Klaus Kleiber hier in Berlin kennen?«

Mathea Pretzig lachte auf. »Nein, so einfach war es dann doch nicht. Silvester 1989/90 war das Brandenburger Tor gerade geöffnet worden. Ich wollte mit Harald dahin, aber er wetterte nur dagegen, dass der faschistische Schutzwall zusammengebrochen sei und der Westen den Osten nun ungehindert einnehmen könne. Im Nachhinein betrachtet hat Harald wohl nicht ganz unrecht gehabt, wenn die Einnahme auch weniger militärisch als finanziell erfolgte. Ich auf jeden Fall war in dieser Nacht am Brandenburger Tor, und am 1. Januar 1990 bin ich nicht in meinem Bett aufgewacht und auch nicht neben meinem Mann. Keine Ahnung, wer der Typ war. Es war auch nicht wichtig. Damals herrschte eine unglaubliche Aufbruchsstimmung, die alles durcheinandergewirbelt hat. Es zog mich immer wieder zum Brandenburger Tor, es wurde zu meinem Refugium, ganz besonders im Frühling, als es warm wurde, als man auch draußen sitzen konnte. Da saß ich nun oft, allein auf dem Pariser Platz, das Gesicht in die Sonne gereckt, irgendwie habe ich geglaubt, dass das Leben für mich einen guten Weg vorgezeichnet hätte.«

Margot wurde ein bisschen ungeduldig. Was hatte das alles mit Klaus Kleiber zu tun? »Und Klaus Kleiber, er lief Ihnen dann am Brandenburger Tor über den Weg?«

»Nein. Aber Jacques. Er war Franzose, und er war mit seinem westdeutschen Freund Fred hier. Die beiden wollten Ostern unbedingt unter dem Brandenburger Tor verbringen. Jacques hatte den Citroën DS seines Vaters geliehen und musste nach Ostern wieder nach Frankreich zurück. Fred wollte mitfahren. Ich sah die beiden, wie sie unter dem Brandenburger Tor herumalberten, und ich sprach sie an. Sie fragten mich, ob ich nicht mitkommen wolle, nach Frankreich, an den westlichsten Punkt Frankreichs, nach Finisterre, wo Jacques wohnte. Ich bin bei den beiden eingestiegen, einfach so, ins Auto, ohne Koffer, ohne Zahnbürste, ohne Geld. Nur mit meiner Handtasche, darin meinen Pass und ein paar D-Mark. Fred hat mir noch einen Hunderter zugesteckt, persönliches Begrüßungsgeld oder so. Und dann kamen wir in Finisterre an. Und in dem kleinen Dorf Le Conquet traf ich dann Klaus Kleiber.«

Margot sah unauffällig auf ihre Armbanduhr. Le Conquet, Finisterre, Frankreich – Margot war sich nicht sicher, ob diese Informationen sie irgendwie weiterbrachten. Es war kurz vor fünf, und Nick würde nicht vor zwanzig Uhr im Hotel sein, hatte er ihr geschrieben. Insofern konnte sie auch der Geschichte der Dame weiterhin lauschen.

»Klaus wohnte dort am Rande des Dorfes in einem kleinen Häuschen. Auf dem Weg nach Frankreich habe ich erst gemerkt, dass Jacques und Fred ein Pärchen waren. Ich fühlte mich wie das fünfte Rad am Wagen. Umso glücklicher war ich, als ich Klaus über den Weg lief, wahrscheinlich dem einzigen Menschen, der an diesem Ort auch Deutsch sprach. Ich hatte immer eine Eins in Russisch. Aber ich hatte weder Englisch noch Französisch gelernt. Und so zog ich bei Klaus ein. Es klingt pathetisch, aber es war Liebe auf den ersten Blick. Wir machten endlose Spaziergänge, Klaus brachte mir ein bisschen Französisch bei, und nach einem Vierteljahr begann ich mich dort richtig wohlzufühlen. Ein paar Wochen später merkte ich, dass ich schwanger war. Und plötzlich hatte ich echtes Heimweh. So gingen wir zurück nach Berlin. Mein Ex – damals ja noch mein Mann –, er hatte schon eine neue Freundin, und die beiden waren bereits ein paar Wochen zuvor in eine schicke Wohnung gezogen. Ich habe seine Freundin nie persönlich kennengelernt, aber sie muss Geld gehabt haben. Das war gut so, denn so konnte Klaus einfach mit mir hier in diese Wohnung einziehen.«

»Und dann haben Sie das Antiquitätengeschäft eröffnet?«

»Ja. Das Ladengeschäft stand schon seit Jahren leer, wir haben es gemietet. Genau genommen haben wir den Mietvertrag für diese Wohnung einfach erweitert. Das hatte den großen Vorteil, dass der Vertrag noch zu DDR-Zeiten geschlossen worden war und man uns nicht so einfach vor die Tür setzen konnte. Sie wollten uns schon ein paarmal hier raus haben, aber sie haben es nie geschafft. Im Moment steht es auch wieder auf der Kippe; von fünf Wohnungen sind nur noch zwei bewohnt. Alle anderen Mieter sind mit sauberen Abfindungen freiwillig ausgezogen. Aber ich will nicht raus. Und jetzt schon gar nicht.«

»Wovon haben Sie gelebt in der Zeit in Frankreich?«

»Klaus hatte etwas geerbt. Von einem Onkel oder so, ich erinnere mich nicht mehr genau. Auf jeden Fall hatte er für das Leben in Frankreich genug Geld, wobei wir dort auch sehr sparsam gelebt haben. Den Rest der Kohle hat er dann hier in das Antiquitätengeschäft gesteckt. Seitdem sind wir immer irgendwie über die Runden gekommen.«

»Frau Pretzig, wir haben bei Ihrem Mann kein Handy gefunden. Hatte er eins?«

»Klar.«

»Könnten Sie mir die Nummer geben?«

Mathea Pretzig konnte sie auswendig, und Margot notierte die Ziffernfolge auf ihrem Smartphone. Dann sendete sie die Nummer sofort an Horndeich, damit der sie überprüfen konnte. Sie steckte ihr Telefon wieder ein und fragte: »Hatte Klaus Kleiber Feinde? Oder ist Ihnen irgendetwas aufgefallen in letzter Zeit? Hat sich sein Verhalten verändert? Gab es irgendwelche besonderen Begebenheiten, an die Sie sich erinnern?«

Mathea Pretzig schwieg.

»Frau Pretzig, alles kann wichtig sein, jede noch so kleine Beobachtung.« Es waren immer die gleichen Sätze, die Margot in solchen Fällen sagte. Selten antworteten die Menschen darauf konkret. Die Fragen galten ja auch meist Überlegungen, denen man sich im Alltag selten stellte.

Mathea Pretzig stand auf, ging zum Fenster, starrte hinaus, sagte aber immer noch keinen Ton.

Margot spürte deutlich, dass da was im Busch war. »Was ist es, das Ihnen gerade durch den Kopf geht?«

Mathea Pretzig drehte sich langsam um und lehnte sich an den Heizkörper unter dem Fenster. Der offene Gesichtsausdruck war einer gewissen Bitterkeit gewichen. »Der Freund unserer Tochter. Uwe Tremker. Er und Klaus haben sich nie gut verstanden – und das ist vor drei Wochen eskaliert. Sie haben sich geprügelt.« Mathea Pretzig schwieg wieder.

»Worum ging es?«, wollte Margot dann doch wissen.

»Ich kann es Ihnen nicht genau sagen. Um irgendwas aus Klaus' Vergangenheit.«

»Hat Ihr Mann Ihnen nicht gesagt, weshalb er sich mit dem Freund Ihrer Tochter geprügelt hat?«

»Klaus war ein feiner Mann. Aber er war kein Mensch der vielen Worte. Er war eher der stille, verschlossene Typ. Ganz besonders, wenn es um seine Person ging. Das war's wohl auch, was mich so an ihm angezogen hat. Harald, er sprach immer über sich, gleichzeitig mit dem Drang, andere mit seiner Meinung zu missionieren. Da war Klaus ganz anders. Mit der Zeit habe ich mir gewünscht, er würde ein bisschen mehr von sich preisgeben, aber man kann nicht alles haben. Zum Streit mit dem Freund unserer Tochter hat er nur gesagt: Der kommt nicht mehr in unsere Wohnung. Wenn Sie also wissen wollen, was zwischen Uwe Tremker und Klaus geschehen ist, so müssen Sie Uwe wohl selbst fragen.«

»Dürfte ich mir den Laden einmal ansehen?«, erkundigte sich Margot.

Mathea Pretzig zuckte nur mit den Schultern. »Klar.«

Gemeinsam gingen sie ins Erdgeschoss, und Mathea Pretzig schloss den Laden vom Treppenhaus aus auf. Sie standen in einem kleinen Flur, von dem linker Hand zwei Zimmer abgingen. Am Ende des kurzen Flurs führte eine Tür ins Ladengeschäft.

Mathea Pretzig öffnete die Tür zum ersten Zimmer. »Das hier ist so eine Art kleines Handlager.«

Margot blickte in den Raum, der vielleicht fünfundzwanzig Quadratmeter maß. Die Wände waren mit Regalen bestückt, abgesehen von der Stelle, an der ein Fenster Richtung Hinterhof zeigte. Die Regale waren vollgestopft mit Trödel aller Art. Vom stoffbespannten Lampenschirm über eine ganze Sammlung hässlicher Aschenbecher bis hin zu Nachttischlämpchen, die sogar ihr Vater schon für antiquiert gehalten hätte. In einer Ecke des Raumes standen vier Wohnzimmersessel, die zu einem wackeligen Turm gestapelt waren. Die Arm- und die hinteren Rückenlehnen waren mit einem beigefarbenen Bouclèstoff bezogen. Das Sitzpolster und die vordere Rückenlehne waren in einem warmen Grünton abgesetzt. Margot konnte sich vorstellen, dass die Federkernsitze sicher bequem waren. Im Wohnzimmer ihrer Eltern hatten ähnliche Sessel gestanden, jedoch in Blautönen.

Margot trat wieder auf den Flur. Mathea Pretzig schloss die Tür und ging in den nächsten Raum, dessen Tür offen stand. Sie brauchte es gar nicht zu erklären – es war eindeutig, dass dieser Raum das Büro war. Er war viel kleiner als das Lager, vielleicht zwölf Quadratmeter groß. Eine Wand wurde ebenfalls von einem bis zur Decke reichenden Regal verdeckt. Leitzordner füllten sämtliche Regalbretter. Der massive Eichenschreibtisch wirkte zu wuchtig für den Raum. Auf der Schreibtischunterlage ruhte eine massive Tastatur. Eine solche kannte Margot noch aus ihrem eigenen Büro. Jede Taste quittierte einen Anschlag mit sattem Klacken – eine Tastatur von einer derartigen Qualität wie bei diesem mindestens zwanzig Jahre alten Modell von IBM hatte sie später nie wieder besessen. Passend zur Tastatur stand links auf dem Schreibtisch ein Dreizehn-Zoll-Röhrenmonitor. Die beiden antiken Stücke wären im Verkaufsraum wohl besser platziert gewesen.

Mathea Pretzig schien ihre Gedanken zu erraten. »Ich sagte ja schon, moderne Computer und Internet, das war nicht Klaus' Ding.«

Sie betraten das Ladengeschäft, und Margot war erstaunt über die Größe. Die Fläche des durch keine Wand unterbrochenen Raumes lag sicher bei knapp achtzig Quadratmetern. Stützbalken in der Mitte waren einfach als Seitenteile für offene Regale benutzt worden.

Das Ladenlokal selbst wirkte wie eine größere Version des Handlagers. Margot fiel auf, dass sogar zur Straße hin eine Regalwand aufgebaut war. Dahinter befand sich ein schwerer Vorhang, der nur etwa einen Meter hinter dem Regal hervorlugte. Der Vorhang trennte den Raum vom Schaufenster.

Margot erinnerte sich daran, dass Schaufenster früher oft vom eigentlichen Verkaufsraum optisch getrennt waren.

Der Trödel war in den Regalen einigermaßen sortiert. Es gab ein Gestell, in dem Margot alte Plattenspieler, alte Computer, Fotoapparate sowie Kassettenrekorder sah. Dieses Regal hätte das Herz ihres Vaters höher schlagen lassen. Und Margot war sicher, wenn er diese Schätze gesehen hätte, hätte er sich sofort einen Kombi gemietet, um all die Schnäppchen nach Hause zu fahren. In den anderen Regalen fanden sich wiederum Leuchten und Aschenbecher, dazu Schallplatten und Filmplakate. Nur ein Regal war mit Büchern gefüllt. In der Mitte des Raumes standen zwei alte Musikboxen. Außerdem sprang Margot eine ausgefallene Steinplastik ins Auge: eine Variation des berühmten Bildes mit den drei Affen, die sich jeweils Ohren, Augen und Mund zuhielten. Diese Affen, jeder circa vierzig Zentimeter hoch, saßen auf einem ebenso hohen Sockel. Die Fläche des Sockels maß mehr als ein Regalbrett. Die Affen darauf benahmen sich jedoch gänzlich anders als das klassische Vorbild: Der erste Affe hielt die Hände hinter die Ohren, der andere eine Hand über die Augen wie ein Schild, das vor Blendung schützt, und der dritte formte seine Hände um den Mund zu einem Schalltrichter. Margot gefiel diese Plastik, die offensichtlich aus massivem Stein gehauen worden war. Wie an vielen Gegenständen im Raum war auch hier der Preis mit einem kleinen Schildchen ausgezeichnet: *34 500 Euro.*

»Ganz schön teuer«, entfuhr es Margot.

Mathea Pretzig lächelte. »Ja. Das sollte die Affen davor beschützen, tatsächlich gekauft zu werden. Auf der anderen Seite dachte Klaus, wenn jemand so viel Geld für die drei Jungs bezahlen würde, dann könnte er damit die Heizung in unserer Wohnung erneuern.«

Margot sah sich um und überlegte ernsthaft, ob sie ihrem Vater den Kassettenrekorder mit der Aufschrift *Geracord 6022 Portable* mitbringen sollte, ein altes Gerät aus DDR-

Produktion. 30 Euro schienen ihr nicht überteuert. Auf der anderen Seite war es wohl etwas pietätslos, das Gerät von der Witwe eines Mordopfers zu kaufen. Margot entschied sich, ihren Vater morgen dezent auf die Website hinzuweisen. »Sie werden das Geschäft jetzt weiterführen?«, fragte Margot.

»Ich denke schon. Es bleibt mir nicht viel anderes übrig. Ich habe ja schon die ganzen Jahre über die Buchhaltung gemacht. Oder ich starte einen Räumungsverkauf und schaue, ob ich nicht irgendwo noch einen Job im Büro bekomme. Ich weiß es noch nicht. Vielleicht will ja auch meine Tochter mit einsteigen. Ich denke, dann würde ich weitermachen.«

Mathea Pretzig hatte Margot die Adresse der gemeinsamen Wohnung von ihrer Tochter und Uwe Tremker gegeben sowie deren Telefonnummer. Margot hatte dort angerufen und Uwe Tremker direkt an der Strippe gehabt. Er hatte ihr angeboten, gleich vorbeizukommen.

Eine halbe Stunde später saß Margot in der Dachgeschosswohnung in einem Hinterhaus der Fürbringerstraße. Der Zustand dieser Wohnung hätte kaum einen stärkeren Kontrast zur Wohnung von Mathea Pretzig bilden können. Ein Teil der Wände war holzvertäfelt, die Schrankwand perfekt in den Rahmen zwischen Tür und Seitenwand eingebaut. Den Boden zierte Parkett, und besonders der Couchtisch und der Esstisch zeigten, dass es individuelle Schönheit aus Holz jenseits des Ikea-Katalogs gab. »Richtig schön haben Sie es hier«, konnte sich Margot nicht verkneifen, ihrer Bewunderung Ausdruck zu verleihen.

»Hab den größten Teil selbst gemacht«, sagte Uwe Tremker. Er war ein schlaksiger Typ mit dunklem Vollbart, fast ein Meter neunzig groß. Seinen Händen sah Margot an, dass Tremker mit ihnen arbeitete. »Ich habe eine eigene Schreinerwerkstatt. Baue Schränke, Tische und restauriere auch schon mal ein Sofa.«

»Und Judith Pretzig, wo ist sie?«

»Sie besucht gerade eine Freundin in Stuttgart. Sie kommt morgen wieder.«

Margot ließ sich die Handynummer von Judith Pretzig geben. Vielleicht konnten die Kollegen in Stuttgart ja ein Gespräch mit ihr führen. Aber zunächst wollte sie mit Uwe Tremker sprechen, und da war es ihr gar nicht unrecht, dass Mathea Pretzigs Tochter nicht dabei war. »Herr Tremker, Sie wissen, dass der Vater Ihrer Freundin nicht mehr lebt?«

Tremker nickte nur. »Ja, Judith hat es mir gesagt, nachdem ihre Mutter sie angerufen hatte. Deshalb kommt sie ja auch schon morgen zurück. Eigentlich wollte sie noch ein paar Tage in Stuttgart bleiben.«

»Wie war Ihr Verhältnis zu Klaus Kleiber?«

Noch bevor Tremker etwas sagte, antwortete bereits sein Bein. Es begann, nervös zu wippen. »Ich gehe mal davon aus, dass Judiths Mutter getratscht hat und Sie schon wissen, dass wir uns in der Wolle gehabt haben.«

»Was ist passiert vor drei Wochen?«

Wieder antwortete das Bein zuerst. Von einem Moment zum nächsten bewegte es sich nicht mehr. Wenige Sekunden später antwortete der junge Mann: »Okay, ich werd es Ihnen erzählen.«

Margot lehnte sich auf dem Sofa zurück. Es war verdammt bequem. Vielleicht sollte sie ihn fragen, wo man solch ein Sofa bekommen konnte. »Dann schießen Sie mal los.«

»Ich habe Judith vor zwei Jahren kennengelernt. Auf einer Fete, die einer ihrer Kommilitonen organisiert hatte. Wir haben uns von Anfang an gut verstanden. Es hat noch ein halbes Jahr gedauert, bis wir ein Paar wurden. Wir beide haben immer nach Wolke sieben gestrebt und nicht verstanden, dass es von dort nur einen Weg gibt, nämlich den nach unten. Wir haben uns auf Wolke vier gefunden. Und sind glücklich miteinander.«

Margot verstand nur Bahnhof. Oder besser, nur Wolke.

Offensichtlich spiegelte dies auch ihr Gesichtsausdruck wider, denn Tremker grinste: »Ein Lied von Philipp Dittberner und Marv.«

Auch jetzt schaute Margot nicht verständnisvoller drein.

»Vergessen Sie's. Wir haben beide eine ziemlich verkorkste Familiengeschichte. Mein Vater war an einem Banküberfall beteiligt, als ich fünf war. Bei diesem Überfall ist alles schiefgegangen, was schiefgehen konnte. Das Fazit: Mein Vater hat einen Mann erschossen und drei weitere Menschen verletzt. Nicht weil er so aggressiv war, sondern weil ein Kind in der Filiale geniest hat und er dadurch so erschrocken ist, dass er den feinfühligen Abzugshebel der Maschinenpistole durchgezogen hat. Davon wusste ich natürlich nichts. Als ich etwas älter wurde, habe ich meine Mutter gefragt, wo denn mein Papa wäre. Sie sagte mir, mein Vater wäre bei einem Autounfall gestorben. Sie hat sich scheiden lassen, was ich natürlich auch nicht mitbekommen habe. Und als ich dreizehn war, da schlich plötzlich so ein Mann ständig um die Schule herum. Ich war in meinem Leben nicht auf den Mund gefallen, deswegen habe ich ihn gefragt, was er dort sucht. Und er sagte zu mir: ›Dich. Ich bin dein Papa.‹ Sie können sich vorstellen, wie ich geguckt habe. Dann ging der Krieg los zwischen meiner Mutter, ihrem neuen Mann und meinem Vater. Und ich als Spielball dazwischen.«

Margot unterbrach ihn: »Das erklärt mir jetzt allerdings nicht, warum Sie mit Klaus Kleiber aneinandergeraten sind.«

»Doch, zum Teil. Judiths Mutter ist eine sehr offene Frau, Sie haben sie ja kennengelernt. Was jedoch Judiths Vater angeht, da liegen die Dinge etwas anders. Um es kurz zu machen: Judith hat überhaupt keine Ahnung, wer ihr Vater ist. Das meine ich nicht im biologischen Sinne. Was ich meine, sind die ersten fünfundzwanzig Jahre seines Lebens. Darüber ist nichts bekannt, und er hat sie nur angelogen. Und das finde ich, gelinde gesagt, ziemlich scheiße.«

»Und deshalb haben Sie sich mit ihm geprügelt?«

»Wer angefangen hat – das ist eher die Kindergartenfrage. Wir waren beide jenseits aller verbalen Argumente. Aber – mit Verlaub – er hätte die Situation schon Wochen zuvor entschärfen können. Alles hat damit angefangen, dass ich nicht mehr lockergelassen habe, als ich Judith gefragt habe, was ihr Vater denn eigentlich vor ihrer Geburt gemacht habe. Sie erzählte mir die romantische Geschichte, dass Papa und Mama sich in Frankreich kennengelernt hätten, sich verliebt hätten und sie ein Ergebnis dieser großen Liebe im Westen Frankreichs gewesen sei. Ja, sagte ich, das sei ja eine schöne Geschichte, ich wäre auch gern ein Wunschkind gewesen, aber wo sei ihr Vater denn aufgewachsen, wo hat er welche Ausbildung gemacht, woher kommt er? Judith wurde damals erst richtig bewusst, dass sie davon keine Ahnung hatte. Sie wusste nur, dass Oma und Opa väterlicherseits vor vielen Jahren gestorben waren. Als sie ihren Vater etwas energischer fragte, sagte der, die Namen der Großeltern wären Fritz und Erna Kleiber gewesen. Sie hätten in Hamburg gewohnt, und im Alter von fünf Jahren wäre das Haus abgebrannt und nur er, Klaus, habe gerettet werden können. Und alles andere in seinem Leben sei irrelevant, bis er Judiths Mutter kennengelernt habe.

Wir haben wochenlang darüber diskutiert, bis ich auf eigene Faust einen Privatdetektiv eingeschaltet habe. Der mir dann das Ergebnis seiner Recherchen gegeben hat: In Hamburg ist niemals ein Ehepaar Fritz und Erna Kleiber gemeldet gewesen. Und in Hamburg ist auch niemals ein Klaus Kleiber geboren worden. Auch in den umliegenden Gemeinden, ich habe dem Detektiv fünfzig Kilometer Radius vorgegeben, gab es weder einen Fritz Kleiber noch eine Erna Kleiber noch einen Klaus Kleiber, zumindest nicht innerhalb der relevanten Zeiträume. Dann hat der Detektiv noch ein bisschen tiefer gegraben: In Hamburg und Umgebung ist zu der fraglichen Zeit nirgendwo ein Ehepaar bei einem Wohnungsbrand ums Leben gekommen – und ich hab dem

Detektiv sogar einen Spielraum von plus/minus drei Jahren gegeben.

Ich habe Judith damit konfrontiert. Aber sie war schon immer ein Papa-Kind. Selbst jetzt, mit dreiundzwanzig Jahren, hinterfragte sie die Aussagen ihres Vaters nicht. Mich hat das wahnsinnig gemacht. Vor drei Wochen habe ich mich dann allein mit ihm getroffen. Hab ihn damit konfrontiert, dass nichts, aber auch gar nichts, was er erzählt hatte, irgendwie belegbar sei. Ich hatte damit gerechnet, dass er sauer werden würde, ich hatte aber nicht damit gerechnet, dass er wirklich aggressiv würde. Seine Vergangenheit gehe mich gar nichts an, und ich solle den Ball flach halten, sonst würde ich das bereuen. Das war der Moment, in dem ich ihn geschlagen habe. Ich habe überhaupt nicht damit gerechnet, dass er, der ja nun die fünfzig überschritten hatte, mir dermaßen Contra geben würde. Dieser Mann hat Kampfsport gelernt. Ich weiß nicht, wann, ich weiß nicht, wo, aber Klaus Kleiber war alles andere als ein Buchhalter. Und wenn er jetzt erschossen worden ist, dann würde ich Ihnen empfehlen, mal die Listen der Geheimdienstler durchzugehen. Und: Nein, ich hab ihn nicht erschossen. Ich persönlich glaube, dass er ein Stasi-Agent war. Ich meine, ausgerechnet 1989 geht er nach Frankreich, hat ein großes Bündel Geld – und definitiv keinen Onkel, von dem er das geerbt hat –, und dann gründet er ausgerechnet in Westberlin eine Existenz. Frau Hesgart, ich bin kein Polizist, aber ich bin fest davon überzeugt, dass das die Richtung ist, in der Sie ermitteln sollten.«

Horndeich erreichte Johannes Pretzig, als dieser im Auto unterwegs war. Er hatte vom Tod seines Vaters gehört und war bereits auf dem Weg nach Berlin. Er war gerade auf die A5 bei Lorsch aufgefahren.

»Wäre es möglich, dass wir uns in Darmstadt kurz unterhalten, bevor Sie weiterfahren?«, fragte Horndeich.

»Sollte möglich sein«, erwiderte Johannes Pretzig. Sie verabredeten sich an der Autobahnraststätte Gräfenhausen.

Der junge Mann stieg aus einem alten gelben, schon rostgeplagten Golf III aus. Er war gut durchtrainiert, wie die Wölbungen der Muskeln unter dem dünnen Rollkragenpullover zeigten. Im Gegensatz zur stämmigen Statur stand das jungenhafte Gesicht, das kein Barthaar zierte.

»Wollen wir uns drinnen einen Platz suchen?«, schlug Horndeich vor.

»Wenn es Ihnen recht ist, dann würde ich lieber hier im Freien sitzen.« Er deutete auf eine Bank. War Horndeich auch recht.

»Haben Sie schon irgendwas rausgefunden? Wissen Sie, wer's gewesen ist?«

Wie oft hatte Horndeich diese Fragen schon gehört. Er konnte sie verstehen, die Angehörigen, denen nichts wichtiger war, als zu wissen, wer einen geliebten Menschen aus dem Leben gerissen hatte und warum. Bei Beziehungstaten innerhalb der eigenen Familie, da wusste man oft recht schnell, wer die Tat verübt hatte. Aber der Tod von Klaus Kleiber sah nicht wie eine Beziehungstat aus. Also spulte Horndeich jetzt auch nur die üblichen Floskeln ab: »Wir ermitteln auf Hochtouren, wir tun, was wir können. Deswegen ist es auch so wichtig, dass Sie mir ein paar Fragen beantworten.«

Johannes Pretzig nickte. Horndeich sah, dass der junge Mann mit den Tränen kämpfte.

»Herr Pretzig, wir haben Ihren Vater in Darmstadt gefunden. Haben Sie eine Ahnung, was er dort gemacht hat?«

»Nein. Ich denke, dass er wegen irgendeiner Haushaltsauflösung hier war. Meine Mutter hat Ihnen sicher bereits erzählt, dass die beiden einen Trödelladen betreiben. Und er ist immer in der Weltgeschichte rumgereist, um gut erhaltene ältere Dinge, Bücher oder Möbel, aufzukaufen. Das ist das Einzige, was ich mir vorstellen kann.«

Margot hatte Horndeich darüber noch nicht unterrichtet,

deshalb fragte er Klaus Kleibers Sohn: »War Ihr Vater mit dem Auto unterwegs?«

»Ja. Er hatte so einen alten Passat Kombi, einen Diesel, fast fünfundzwanzig Jahre alt.«

»Wissen Sie zufällig auch das Kennzeichen?«

Johannes Pretzig nannte es ihm. Horndeich entschuldigte sich kurz und rief Feller an. Er gab ihm das Kennzeichen durch. Sollte der Wagen irgendwo hier in der Gegend stehen, würden sie ihn wohl in den nächsten zwei Tagen finden.

»Haben Sie eine Ahnung, wer etwas gegen Ihren Vater hatte?«

Johannes Pretzig machte sich nicht mehr die Mühe, seine Tränen zurückzuhalten. »Nein. Mein Vater war ein toller Mensch, und ich verstehe überhaupt nicht, warum jemand ihn umbringen wollte.«

»Wie war er denn, Ihr Vater?«

»Mein Papa, er hat immer hinter mir gestanden. Er war keiner, der viele Worte gemacht hat. Manchmal hätte ich mir gewünscht, dass ich mit ihm mehr hätte diskutieren können. Aber das hat er nicht gemocht, zum Beispiel über Politik zu reden. Vor fünf Jahren, als ich anfing, mich für solche Sachen zu interessieren, als wir den 11. September in der Schule durchgenommen haben, die Kämpfe in Afghanistan – da hätte mich seine Meinung sehr interessiert. Doch über so was war mit ihm nicht zu reden. Aber wenn ich mal Mist gebaut habe, und es gab Zeiten, da kam das ziemlich oft vor, dann war er da. Verstehen Sie mich nicht falsch, er hat mich nie verhätschelt oder Dinge für mich zurechtgebogen. Mit fünfzehn, da habe ich mal gedacht, es wäre eine gute Idee, die Klassenkasse zu plündern. Waren 220 Euro drin. Unser Rektor hat sich furchtbar aufgeregt und gleich ein großes Fass aufgemacht. Nach zwei Tagen sagte unser Klassenlehrer, wenn bis zum kommenden Tag um Punkt zwölf Uhr das Geld nicht wieder in der Kasse liege, würde er die Polizei einschalten. Und das hätte dann für den Täter strafrechtliche Konsequenzen. Da ist mir der Arsch auf Grundeis gegangen. Ich hatte die Kohle nicht mehr, hatte mir davon ein gebrauchtes iPhone gekauft. Das wenige Stunden zuvor auch noch seinen Geist aufgegeben hatte. Da bin ich zu meinem Vater und habe gebeichtet. Er hat mir die 220 Euro gegeben und gesagt, dass er das genau ein einziges Mal machen würde. Sollte ich noch mal jemanden bestehlen, würde er selbst zur Polizei gehen und mich anzeigen. Außerdem müsse ich die 220 Euro bei ihm im Laden abarbeiten, für einen Stundenlohn von fünf Euro.« Pretzig musste grinsen. »Ganz reflexartig hab ich ihm gesagt, dass fünf Euro ja nun deutlich unter dem seinerzeit diskutierten Mindestlohn lägen. Er hat mich angeguckt und dann nur einmal mit der Faust auf den Tisch gehauen. Damit war die Diskussion beendet. Er gab mir das Geld, in den kommenden Wochen arbeitete ich meine Schulden ab, und danach war das Thema gegessen. Ein Jahr später fehlten in der Haushaltskasse 100 Euro. Es gab eine Familiensitzung. Meine Mutter fragte mich, ob ich das Geld genommen hätte. Und es war mein Vater, der damals sagte: ›Johannes hat seine Lektion gelernt. Er stiehlt nicht mehr.‹ Tatsächlich hat sich herausgestellt, dass meine Schwester damals gedacht hat, sie könne sich ein kostenloses Darlehen genehmigen, ohne zu fragen. So war er, mein Vater.«

Während Johannes Pretzig gesprochen hatte, waren die ganze Zeit Tränen über seine Wangen gelaufen. Doch Horndeich hatte nicht den Eindruck, dass er die Befragung abbrechen müsste. Man hörte die Tränen nicht in der Stimme des jungen Mannes. Die war erstaunlicherweise fest.

»Herr Pretzig, ist Ihnen in den vergangenen Tagen oder Wochen oder Monaten irgendetwas aufgefallen, was anders war als früher? Hat sich Ihr Vater irgendwie verändert?«

»Ich bin nicht mehr so oft in Berlin, seit ich studiere. Worms gefällt mir schon ganz gut, ich habe Freunde gefunden, jetzt auch eine Freundin. Das letzte Mal war ich vor drei

Monaten in Berlin. Und davor, das ist, glaube ich, ein halbes Jahr her, nein, das war zu Weihnachten, genau.«

»Und ist Ihnen da irgendetwas aufgefallen?«

Pretzig schüttelte den Kopf.

Horndeichs Handy meldete sich. Feller war am anderen Ende der Leitung. Horndeich entschuldigte sich, dann nahm er das Gespräch an. »Feller, was gibt's?«

»Ich glaub, wir haben endlich mal was Konkretes. Kollegin Hesgart hat mir doch vorher die Handynummer von unserer Parkhausleiche gegeben, diesem Klaus Kleiber.«

Horndeich konnte sich kaum vorstellen, dass es Feller bereits gelungen war, die Handydaten zu dieser Nummer beschafft zu haben. Obwohl, bei Feller wusste man ja nie …

»Die Nummer, das ist genau die, von der aus am Montag der Anruf kam, den die Zentrale direkt auf Ihr Handy umgeleitet hat. Der Anruf von dem Typ, der sagte, dass er uns was über die Leichen aus dem See sagen könne. Und der dann aufgelegt hat.«

»Sie meinen, Kleiber war der, der angerufen hat?«

»Sieht so aus. Und vielleicht hat er das Gespräch auch nicht freiwillig beendet. Auf jeden Fall scheinen unsere drei Leichen zusammenzugehören.«

Im Gegensatz zu Nick hatte Margot keinerlei Abendgarderobe eingepackt, als sie nach Berlin geflogen war. Während Nick noch im Bad war, hatte sie sich daher in Jeans und Bluse auf die Couch gefläzt. Unten im Hotel-Restaurant war bereits ein Tisch für sie reserviert.

Nick hatte den ganzen Tag nichts gegessen außer einem kleinen Frühstück. Das hatte er gleich verraten, als er zehn Minuten zuvor das Hotelzimmer betreten hatte. Sie hatte schon eine Stunde auf ihn gewartet, sich vom Fernsehprogramm berieseln lassen und sich einen Kaffee aufs Zimmer bestellt. Nun hörte sie das vertraute Summen seines Elektrorasierers.

Aus dem Fernseher klang Musik aus dem Musiksender, den sie zufällig eingestellt hatte. Sie wurde aufmerksam, als in einer Liedzeile plötzlich von einer »Wolke vier« gesungen wurde.

Lass uns die Wolke vier bitte nie mehr verlassen,
weil wir auf Wolke sieben viel zu viel verpassen.
Ich war da schon ein Mal, bin zu tief gefallen.
Lieber Wolke vier mit dir als unten wieder ganz allein.

Das war offensichtlich der Song, den der Freund von Judith Pretzig vorhin angesprochen hatte. Margots Aufmerksamkeit war geweckt. Und das mit der Wolke sieben kannte sie ja nur zu gut. Sie hatte jung geheiratet, was sich als keine gute Idee entpuppt hatte. Ihr Mann Horst war Alkoholiker gewesen, daran schließlich auch gestorben. Das war nun auch schon über fünfundzwanzig Jahre her. Und mit Rainer? Erst war er ihr Geliebter gewesen, dann sie seine Geliebte. Oftmals Wolke sieben und jedes Mal der tiefe Fall. Als sie sich vor zehn Jahren wiedergetroffen hatten, war dieses Treffen schließlich in eine Ehe gemündet, die nun auch schon wieder Geschichte war. Schnell auf Wolke sieben und dann ein ganz übler Abstieg in kleinen Raten.

Wolke vier. Hatte sie noch nie drüber nachgedacht.

Mathea Pretzig schien sich mit ihrem Mann auch gut auf Wolke vier eingerichtet zu haben, wenn Margot das jetzt so überdachte. Offenbar hatten sie einander so akzeptiert, wie sie waren. Mathea hatte hingenommen, dass das Wühlen in der Vergangenheit für ihn nicht infrage kam, dass überhaupt das Gespräch mit Worten nicht seins war. Margot fragte sich, welche Kröte Klaus Kleiber hatte schlucken müssen.

So schnell, wie sie gekommen waren, verschwanden die Akteure im aktuellen Fall auch wieder von der geistigen Bildfläche. Stattdessen sah Margot nun Nick vor sich, also nicht wirklich, denn immer noch brummte der Rasierer aus dem Bad, immer noch sang der Kerl im Fernseher, aber sie konnte Nick sehen, als ob er direkt neben ihr säße. Seine Augen, die

Lachfältchen, sie konnte sogar seine Hände spüren, die sanfte Art, wie er manchmal über ihre Wange strich, was erotischer sein konnte als ein Kuss. Nick, der Mann, der ihr einfach nur guttat. Sie erinnerte sich genau an ihr erstes längeres Gespräch, damals, bei dem Fall, bei dem sie sich kennengelernt hatten. Er war von Amerika nach Darmstadt gekommen, wegen eines amerikanischen Mordopfers, das in Darmstadt geboren war. Sie hatten damals in der Bockshaut gesessen, einem kleinen rustikalen Hotel, in dem sie ihren Gast einquartiert hatte. Margot war sich nicht sicher, ob es die Verklärung der Vergangenheit war, wenn sie nun dachte, dass sie Nick bereits in diesen Momenten nicht nur als amerikanischen Kollegen wahrgenommen hatte, sondern bereits sehr bewusst seine Augen, seine Stimme, seine Mimik.

Lieber Wolke vier mit dir als unten wieder ganz allein.

Die letzte Liedzeile verklang genau in dem Moment, als auch der Elektrorasierer nicht mehr zu vernehmen war. Margot schaltete den Fernseher aus und hörte, wie Nick das Rasierwasser auftrug und mit den Händen auf die Haut klatschte. Auch so eine Angewohnheit von ihm, der er sich selbst gar nicht bewusst war.

»Bist du fertig, mein Schatz?«

Sie sah Nick im Türrahmen des Bades stehen, perfekt gekleidet, sogar mit Krawatte, und es war genau so ein Moment, in dem sich die Sehnsucht Bahn brach wie ein Strudel, wie ein Sog, und in einen Tunnelblick mündete, der alles andere außer diesem Mann verschwinden ließ.

Margot blieb auf dem Sofa und streckte nur den Arm in seine Richtung aus. Sie bemerkte das kurze Zucken in seinem Gesicht, ein Stirnrunzeln für den Bruchteil einer Sekunde, dann ein Lächeln. Er trat auf sie zu, reichte ihr ebenfalls die Hand. Es war mehr ein sanfter Impuls als ein Ziehen, doch zwei Sekunden später kniete Nick neben dem Sofa und küsste sie.

Der für sie reservierte Tisch musste sich wohl eine ganze

Weile lang sehr einsam gefühlt haben, bis ein barmherziger Kellner sich dazu entschlossen hatte, das Reserviert-Schildchen vom Tisch zu nehmen. Margot verschwendete daran keinen Gedanken, denn der Sog der Sehnsucht hatte sie beide nach wenigen Minuten auf das große – und verdammt bequeme – Bett umziehen lassen. Sie liebten sich mit einer Leidenschaft und Ausdauer, wie Margot es lange nicht mehr erlebt hatte. Und sie wusste, dass es immer wieder ihre Initiative war, die sie beide nicht zur Ruhe kommen ließ. Es war bereits weit nach zweiundzwanzig Uhr, als Nick sagte, wenn er jetzt nichts zu essen bekäme, würde er kollabieren.

Die Küche war natürlich schon längst geschlossen, also zogen sie sich an und verließen das Hotel. Keine hundert Meter entfernt war ein kleiner türkischer Schnellimbiss. Margot hatte keinen Hunger, Nick dagegen inhalierte den Döner regelrecht.

Margot fühlte sich glücklich, und gleichzeitig überfiel sie in diesem Moment eine tiefe Traurigkeit. Es war ihr zu wenig. Sie wollte diesen Mann nicht nur alle vierzehn Tage sehen, sondern das Leben mit ihm teilen. Natürlich wusste ihr Kopf, dass das mit den beiden Jobs, die sie hatten, nicht vereinbar war. Nick trank seine Cola aus, und keine fünfzehn Minuten nachdem sie den Döner-Laden betreten hatten, waren sie bereits wieder auf dem Weg zum Hotel. Und Margot spürte, dass es Nick genauso ging wie ihr, auch wenn er es nicht aussprach.

Sie schliefen wenig in dieser Nacht. Wieder liebten sie sich, dann redeten sie miteinander, alberten herum, streichelten sich – nur ein Thema, das ließen sie aus in dieser Nacht: das Thema, wie es weitergehen sollte.

MITTWOCH, 1. OKTOBER

Das Knie nervte. So richtig abschwellen wollte es nicht, und auch seine Vorliebe für die Stimulierung der Schmerznerven ging Horndeich inzwischen mächtig auf den Keks. Es war achtzehn Uhr, und eigentlich wollte er nur nach Hause. Doch es führte kein Weg drum herum: Diese Besprechung mussten sie noch durchziehen, dann wäre endlich Feierabend.

Er stand vor dem Whiteboard, an dem sie die Fotos der Toten zentral mit einem Magnet befestigt hatten. Ganz links war das Bild von Tomke Rieken angebracht, in der Mitte das Bild von Heiner Göbel und ganz rechts das Bild von Klaus Kleiber.

»Also. Was wissen wir zu Tomke Rieken?«

Feller ergriff sofort das Wort: »Ein bisschen was haben wir über sie bereits zusammentragen können.« Er erhob sich und ging auf die Tafel zu, wo er nach dem schwarzen Marker griff, den Horndeich in der Hand hatte. Ohne ein »Bitte« oder ein »Danke« wechselte der Stift den Besitzer.

Horndeich trat einfach einen Schritt zur Seite. Sein Blick traf sich mit dem seiner Kollegin Margot. Doch die schien in Gedanken gerade auf einem gänzlich anderen Planeten zu sein. Ihr Trip in die Hauptstadt hatte sich als recht ergiebig erwiesen. Am frühen Morgen hatte Horndeich mit ihr telefoniert, und sie hatte ihm bereits einige Rechercheaufgaben aufs Auge gedrückt. Die er dann gleich an Feller delegiert hatte. Insofern sollte der ruhig die Lorbeeren ernten.

»Tomke Rieken wurde am 31. August 1962 in Malente geboren. Sie hatte drei ältere Brüder. Zu Udo, der nur ein Jahr älter ist als sie, hatte sie ein engeres Verhältnis.« Während Feller sprach, notierte er seine Aussagen in Stichpunkten unter das Bild von Tomke Rieken. »1981 hat sie das Abitur mit 0,9 abgeschlossen. Im selben Jahr hat sie Malente verlassen, gemeinsam mit ihrem damaligen Freund Karl Gerdes. Mit ihm fuhr sie nach Griechenland. Irgendwann zwischen 1983 und 1984 kam sie von Griechenland zurück. Im Herbst 1984 begann sie, in Frankfurt Germanistik zu studieren. Kurz nachdem sie das Studium begonnen hatte, wurde Frank Weber ihr Freund, wie sie ein Griechenland-Fan. Im Laufe des Jahres 1985 vertrat sie zunehmend linke Ansichten, engagierte sich auch in der Marxistischen Gruppe an der Uni. In dieser Zeit lernte sie Heiner Göbel kennen. Durch den Tod von Günter Sare im September 1985 wuchs ihr Engagement. Irgendwann Anfang 1987 hat Frank Weber sie noch einmal in der Mensa gesehen. Das ist das letzte Lebenszeichen von ihr, das wir kennen.« Als er die zweite Silbe des letzten Wortes aussprach, steckte Feller die Kappe auf den schwarzen Marker.

»Wie genau konnte Hinrich den Todeszeitpunkt eingrenzen?«, fragte Horndeich in die Runde.

Kollege Marlock blätterte in seinen Unterlagen. Noch bevor er auch nur das entsprechende Blatt mit den Fingern berührt hatte, posaunte Feller heraus: »Vor 2004. Genauer wollte sich Gerichtsmediziner Hinrich nicht festlegen.«

»Okay, was wissen wir über Heiner Göbel? Das scheint ja noch weniger zu sein«, unkte Horndeich, vielleicht auch nur, um den neuen Kollegen ein wenig anzustacheln.

Feller würdigte ihn keines Blickes und nahm dem Marker wieder die Kappe ab. Deutliches Zeichen, dass gleich weitere Informationen auf der Tafel landen würden. »Ich habe mich heute Morgen ein wenig mit den Meldeämtern in Berlin rumgeschlagen. Heiner Göbel wurde in Berlin geboren. Und zwar am 8. Oktober 1960. Seine Eltern, Hans Göbel und Elfriede Göbel, geborene zu Handke, lebten bis zu ihrem Tod ebenfalls in Berlin. Heiner Göbel ist immer noch in Berlin gemeldet.«

»… aber die Adresse, an der er gemeldet ist, existiert heute nicht mehr. Zumindest nicht als Wohnhaus«, brachte sich nun auch Margot ein.

Selbst Horndeich konnte nun etwas Konstruktives beitragen: »Ich habe heute Vormittag noch mal mit Hans-Rainer Rostek von der Uni in Frankfurt telefoniert. Heiner Göbel war ebenfalls in Frankfurt immatrikuliert, aber bereits zum Wintersemester 1982/83, also vier Semester vor Tomke Rieken. Wie auch Tomke wurde er zum Wintersemester 1989/90 zwangsexmatrikuliert, weil er sich an der Uni nicht zurückgemeldet hat. Er hat im Hauptfach Politikwissenschaft studiert, im Nebenfach Soziologie und Volkswirtschaft. Mehr als diese Basisdaten liegen dort auch nicht vor.«

Margot überlegte laut: »Dann stellt sich die Frage, ob die beiden sich ganz bewusst nicht zurückgemeldet haben, weil sie nicht mehr studieren wollten oder weil sie es nicht mehr konnten, da sie bereits tot waren.«

»Dazu liegen uns leider keine Fakten vor«, konstatierte Feller richtig, aber überflüssigerweise.

Dieses rechthaberische Gehabe ging Horndeich inzwischen ziemlich auf den Nerv. »Kommen wir zu Klaus Kleiber. Was haben wir über den?« Horndeich wusste bereits, dass Feller an diesem Tag ganze Arbeit geleistet hatte. Wenn es um trockene Recherche ging, gab es wohl niemanden, der effizienter arbeitete als er. Das musste man ihm zugutehalten. Wenn es einem auch schwerfiel.

Feller sah Margot an. »Von Ihnen, Kollegin Hesgart, haben wir ja erfahren, dass Klaus Kleiber die Legende verbreitete, seine Eltern stammten aus Hamburg und wären dort bei einem Wohnungsbrand ums Leben gekommen. Der Freund von Kleibers Tochter hat einen Privatdetektiv mit der Ermittlung dieser Umstände beauftragt. Mit Verlaub, der Detektiv war sein Geld nicht wert. Oder er war einfach nur geschäftstüchtig. Wenn ich Sie richtig verstanden habe, hat er in Hamburg recherchiert. Völliger Blödsinn. Das Einwohnermeldeamt Berlin hat alle Fakten geliefert, die dieser Kerl gebraucht hätte: Klaus Kleiber wurde am 1. Januar 1961 in Saarbrücken geboren. Seine Eltern hießen Rudolf und Katharina Kleiber, geborene Brunnen. Beim Einwohnermeldeamt in Saarbrücken habe ich herausgefunden, dass Klaus Kleibers Eltern nicht mehr leben. Sein Vater starb 2002, seine Mutter 2012.«

»Sehr gut«, meinte Horndeich und beschloss innerlich, Feller den Stift hiermit mental zu schenken und nicht mehr als geraubt anzusehen. Dann fuhr er fort: »Als ich heute mit Rostek vom Studierendensekretariat der Uni Frankfurt gesprochen habe, habe ich natürlich auch gleich nach Klaus Kleiber gefragt. Bingo. Auch Kleiber hat in Frankfurt studiert, zur selben Zeit wie die beiden anderen. Er hat im Sommersemester 1983 angefangen, Anglistik zu studieren. Nebenfach Soziologie. Und ihr werdet es kaum glauben: Auch er wurde zum Wintersemester 1989/90 zwangsexmatrikuliert, genau wie die beiden anderen.«

»Dann hat das Exmatrikulationsdatum offensichtlich nicht unbedingt mit dem Todeszeitpunkt zu tun«, warf Feller ein. »Schließlich sind alle drei zur gleichen Zeit exmatrikuliert worden, aber Klaus Kleiber wurde erst vor neun Tagen erschossen. Die beiden anderen jedoch schon vor Jahren.«

»Wieso meinen Sie Kleibers Todeszeitpunkt so genau benennen zu können?«, fragte Horndeich.

Feller schlug sich mit der Hand gegen den Kopf. »So viel Informationen, da hab ich das Wichtigste doch glatt vergessen. Oskar Lippert hat bestätigt, dass das Geräusch, das noch zu hören war, bevor die Verbindung zu Klaus Kleiber während des Telefonats mit Ihnen, Kollege Horndeich, abriss, das Geräusch einer Pistole mit Schalldämpfer war – mit ganz hoher Wahrscheinlichkeit.«

»Wer bitte ist Oskar Lippert?«

»Ach, mit dem habe ich schon bei so manchem Fall zu tun gehabt. Er ist der Akustikexperte beim Bundeskriminalamt. Adam Seitz vom LKA, der diesen Job auch macht, der hatte keine Zeit, mir die Frage so kurzfristig zu beantworten. Aber Lippert, der schuldete mir noch einen Gefallen. Die Analyse ist inzwischen übrigens auch auf dem Server gespeichert.«

Wieder war Feller ihnen einen Schritt voraus. Horndeichs Gefühle schwankten zwischen Ärger und Bewunderung, aber er schob seine persönlichen Empfindungen erst mal beiseite, denn er wollte diese Besprechung endlich zu Ende bringen. »Auf jeden Fall haben die drei Todesfälle miteinander zu tun«, fuhr er sachlich fort. »Erstens haben alle Opfer zur selben Zeit in Frankfurt studiert und alle im geisteswissenschaftlichen Bereich. Und zweitens: In dem Moment, in dem Kleiber uns etwas über die beiden Leichen im See sagen will, wird auch er umgebracht.«

»Dann gibt es jetzt mehrere Ansätze«, überlegte Margot laut. »Es kann sein, dass irgendjemand die beiden aus dem See umgebracht hat, und Klaus Kleiber, der weiß, wer das ist, ruft uns an und überlebt das nicht. Oder aber Klaus Kleiber hat die beiden aus dem See auf dem Gewissen, aber bevor er darüber sprechen kann, wird er von jemand anderem umgebracht, weil das vielleicht unser Augenmerk auf weitere Verbrechen lenken könnte.«

»Welche könnten das sein?«

»Am ehesten wohl Mord oder Totschlag, etwas, was auch nach fast dreißig Jahren nicht verjährt ist«, meinte Margot, als wieder ihr Handy klingelte. Margot nahm das Gespräch an und horte ein paar Sekunden zu, was der Anrufer zu sagen hatte. »Sorry, bin gleich wieder da.« Sie stand auf und verließ den Besprechungsraum.

Horndeich sah auf das Schaubild an der Tafel. »Wissen wir irgendetwas über Menschen, die mit den Opfern Probleme hatten?«

Feller nickte. »Kollegin Hesgart hat bereits in Erfahrung gebracht, dass der Freund der Tochter von Klaus Kleiber ihm nicht sehr wohlgesonnen war. Aber ein wirkliches Mordmotiv war dort nicht erkennbar. Zumindest nicht nach dem gegenwärtigen Stand der Dinge.«

»Der Exfreund von Tomke Rieken, dieser Frank Weber, der war sicherlich seinerzeit seinem Nebenbuhler Heiner Göbel nicht besonders zugetan. Aber selbst wenn er den umgebracht hätte, würde es überhaupt keinen Sinn machen, dass er auch seine Exfreundin tötet«, dachte Horndeich nun laut nach.

Margot kam zurück in den Besprechungsraum. »Das war eine gewisse Manuela Reiter. Sie hat auch an der Uni in Frankfurt studiert. Frank Weber, der Mann, der die Alumni des Fachbereichs zehn in Frankfurt betreut, hat über seinen Verteiler die Frage gestellt, ob uns irgendjemand zu Tomke Rieken oder Heiner Göbel etwas sagen könne. Und Manuela Reiter hat geantwortet. Sie kann. Ich werde mich noch heute Abend mit ihr treffen.«

Frühherbst. Oder Spätsommer. Wie auch immer. Die Luft am Tag war mild gewesen, die Sonne hatte noch die Energie gehabt, zu wärmen. Auch wenn ihr Licht unmissverständlich deutlich machte, dass die Tage des Sommers gezählt waren.

Vor Margot stand ein Glas Rotwein. Nicht unbedingt die Stärke des Biergartens an der Dieburger Straße. Aber was das Essen oder auch das Bier anging, war das Freiluftlokal unschlagbar. Sie mochte es, gut behütet unter den riesigen Kastanien zu sitzen. Der Biergarten war einer jener Orte, die einfach schon immer da gewesen waren. Und je älter sie wurde, desto mehr lernte sie, diese Stätten zu schätzen.

Melancholie. War das auch eine Alterserscheinung? Würde sie mit Nick an ihrer Seite anders empfinden?

»Frau Hesgart?«

Die Jacke, die die Frau neben ihr trug, sprach bereits für Herbst und nicht mehr für Sommer. Margot nickte. »Ja. Sie sind Frau Reiter?«

Die Dame nickte, setzte sich und stellte ihr Glas Bier vor sich auf dem Tisch ab.

Offenbar hatte Frau Reiter Margot auf den ersten Blick erkannt. War gar nicht so einfach gewesen, ihr eine Beschreibung von sich selbst zu geben: dunkle, schulterlange Haare, eine grüne Sommerjacke, Jeans, flache braune Lederschuhe. Keine Brille. Zum Glück noch keine Brille … »Sehr nett von Ihnen, dass Sie sich bereits heute Abend Zeit genommen haben.«

»Klar doch. Wenn ich auch nicht weiß, ob ich Ihnen helfen kann. Ich meine, ich habe Heiner und Tomke nicht wirklich gut gekannt. Aber ihr Tod hat mich berührt. Sie waren Teil einer wichtigen Phase in meinem Leben.«

Ohne einen Hauch von Small Talk war Manuela Reiter gleich zum Thema gekommen. Ihre Schicht bei Rewe in der Dieburger Straße hatte bis zwanzig Uhr gedauert, und Margot hatte den Biergarten als Treffpunkt vorgeschlagen. Frau Reiter war einverstanden gewesen, da sie selbst unweit davon in den Hochhäusern am Lucasweg wohnte.

Sie war eine sehr schlanke, ja, fast dürre Frau. Wenn sie mit Tomke Rieken und Heiner Göbel zusammen studiert hatte, war sie wohl auch ungefähr in Margots Alter. Manuela Reiters dunkelbraunes Haar reichte deutlich über die Schultern hinaus, war zu einem Zopf geflochten und von einigen grauen Strähnen durchzogen. Unter der Herbstjacke trug sie eine gewöhnliche beigefarbene Bluse. Jeans und Turnschuhe rundeten das Outfit ab. »Wann haben Sie Tomke Rieken und Heiner Göbel kennengelernt?«, wollte Margot als Erstes wissen.

»Das war im Jahr 1985. Ich habe zu der Zeit in Frankfurt studiert, Kinder- und Jugendbuchliteratur. Und ich hatte einen Freund, einen Kommilitonen, Frederick. Er hat Soziologie studiert.«

»Und wo haben Sie die beiden zum ersten Mal getroffen?«

»Das war im sogenannten Kommunikationszentrum am Campus der Uni an der Bockenheimer Warte.«

Das Gebäude war Margot inzwischen aus mehreren Berichten vertraut.

»Sie erinnern sich an den Tod von Günter Sare im September 1985?«

Margot nickte. Auch dieser junge Mann war schon erwähnt worden.

»Das war für mich der entscheidende Moment meiner Politisierung, wie man das heute so schön nennt. Damals war es ein Moment, in dem ich an allem zweifelte, an meinem Studium, am Staat – und auch an Frederick, mit dem ich bereits zwei Jahre zusammen war. Anfangs schien uns der Tod von Sare zu einen, unsere Beziehung stabiler zu machen. Aber dann landeten wir in dieser komischen Gruppe im KOZ. Endlose Diskussionen unter zu vielen Menschen, wie man auf die Gewalt der Bullenschweine – entschuldigen Sie, aber genau so wurden sie damals genannt – zu reagieren habe.

Für Frederick war das alles eine Bühne, auf der er sich profilieren konnte. Nein, das stimmt so nicht. Es war die einzige Bühne, auf der er sprechen und wo er vielleicht ein paar wohlgesonnene Zuhörer erwarten konnte. Aber er wurde enttäuscht. Er hat über Jahre studiert, und er war ein brillanter Kopf, mein Frederick. Frederick Greifenthal – vielleicht haben Sie seinen Namen sogar schon gehört, er sitzt heute für die Partei Die Linke im Bundestag. Ich glaube, er hat viele Federn lassen müssen, bevor er sich auf dieses für ihn so triviale Niveau der Realpolitik begeben konnte.

Wir haben damals im KOZ eher zufällig neben Tomke und Heiner gesessen. Heiner war einer von den vielen, die immer eine dicke Lippe riskierten und mangelnde Konzepte durch eimerweise große Worte vertuschten. Ich fand das wenig überzeugend. Frederick ebenfalls.«

Margot hob ihr Glas, Manuela Reiter das ihre. Sie prosteten einander zu. Oh, die Welt der hohlen Worte, die kannte Margot auch nur zu gut. Ihr erster Gatte fiel ihr ein, ihr zweiter Gatte fiel ihr ein, und wenn sie an ihren Job dachte, wurde die Liste nur noch länger und länger. So wenige waren da, die mit wenigen Sätzen viel sagen konnten …

»Der Tod von Günter Sare ließ mich damals aber nicht zur Ruhe kommen. Mit Anfang zwanzig ist man noch imstande, am Staat und an der Politik persönlich zu verzweifeln. Ich glaube, Frederick ist damals nur wegen mir in dieser komischen Gruppe geblieben.«

»Haben Sie Tomke und Heiner näher kennengelernt?«

»Nicht wirklich. Frederick hat sich immer wieder mit Heiner unterhalten. Und dann auch mit Andrea und Werner.«

»Andrea und Werner? Wer war das?«

»Andrea Rittmeister und Werner – keine Ahnung, wie er mit Nachnamen hieß, daran erinnere ich mich nicht. Die beiden waren wohl auch ein Paar, und Tomke Rieken und Heiner Göbel, die waren immer mit den beiden zusammen. Wobei Werner am meisten auffiel. Allein schon durch seine Größe. Der war knapp zwei Meter groß. Und dann war da noch einer. Ich glaube, Klaus war sein Name.«

Margot spürte, wie sich bei der Nennung dieses Vornamens die feinen Härchen an ihrem Unterarm und in ihrem Nacken wie elektrisiert aufstellten. »Klaus Kleiber?«

»Ja, genau. Ich hab gerade noch überlegt, wie der mit Nachnamen hieß. Aber das war sein Name: Klaus Kleiber.«

»Das heißt, Klaus Kleiber kannte auch Tomke Rieken und Heiner Göbel persönlich?«

»Klar. Die fünf waren sich immer einig. Eigentlich waren sie die Führungsspitze, wie man das heute nennen würde. Egal, ob Imperialismus der BRD, Terrorismus des Staates, Weltpolitik, Probleme im Frankfurter Westend als Zeichen für die Notwendigkeit der finalen Revolution – sie leiteten die Diskussionen, sie gaben die Richtung vor. Und während

Heiners Phrasen einfach nur hohl klangen, war Werner deutlich besser. Ich muss es zugeben, mir imponierte das. Frederick machte es Angst. Heute denke ich auch, dass Werner im Grunde nichts anderes gesagt hat als Heiner. Aber er hatte Charisma. Und er konnte die Leute manipulieren.«

»Nur damit ich das richtig verstehe: Tomke Rieken, Heiner Göbel und Klaus Kleiber bildeten zusammen mit dieser Andrea Rittmeister und Werner das Führungsquintett einer größeren Gruppe?«

»Ja, so ungefähr. Am Anfang war das noch nicht so eindeutig. Günter Sare starb ja Ende September 1985. Und da gab es einfach eine Flut von Leuten, die etwas tun wollten gegen die Ungerechtigkeit im Staat oder einfach gegen den Staat. In den Tagen nach Sares Tod war das KOZ überfüllt. Aber das legte sich schnell. Schon Ende Oktober kam nur noch die Hälfte der Leute zu diesen Treffen. Es wurden immer weniger, von Woche zu Woche. Die meisten sorgten sich nun darum, dass sie nicht die nötigen Scheine schaffen würden. Eine Demo für Günter Sare war das eine, ein ganzes Semester sausen lassen, etwas ganz anderes. Aber das hat sich ja bis heute nicht verändert. Irgendetwas passiert, alle sind empört, aber das Gewissen der Masse beruhigt sich rasch. Und alle Empörung relativiert sich in den Widrigkeiten des eigenen Lebens.

Auch Frederick ist damals gegangen. Er hat noch gesagt, dass diese hohlen Phrasen auf Kindergartenniveau, verpackt in den Wortbaukasten der selbstgerechten und selbst ernannten Anti-Imperialisten und Anti-Faschisten, ebenfalls nichts anderes sei als purer ignoranter Extremismus. Dann hat er die Gruppe verlassen und auch mich. Wie oft hat er mir zu erklären versucht, wie man mit friedlichen Mitteln die Gesellschaft verändern müsse und könne, um größere Gerechtigkeit zu schaffen. Aber er war nicht in der Lage, seine Ideen so zu formulieren, dass auch ein Laie sie verstanden hätte. Ich glaube, daran ist er damals verzweifelt. Seine Scheine in

Soziologie hat er alle mit eins gemacht, und seine Professoren waren begeistert. Aber ich habe nie wirklich kapiert, was er sagen wollte. Heute erinnere ich mich genau, dass er damals so eine Idee hatte, die heute unter dem Begriff ›Bedingungsloses Grundeinkommen für alle‹ breit diskutiert wird. Er war seiner Zeit voraus. Wenn Sie heute seine Beiträge im Bundestag hören oder sich seine Reden im Internet runterladen, können Sie allerdings feststellen, dass er in den vergangenen Jahrzehnten doch noch gelernt hat, seine Ideen verständlich zu formulieren.

Damals war ich unglaublich stinkig, dass er gegangen ist, heute finde ich seine Ideen gut. Ich bin zweiundfünfzig und habe drei Kinder durchzubringen. Der Älteste ist achtzehn, der Jüngste fünfzehn. Den Mann dazu, den habe ich vor zehn Jahren das letzte Mal gesehen. Über die Ungerechtigkeit in diesem Staat rege ich mich immer noch auf. Ich arbeite bei Rewe. An der Kasse. In Schichten. Es langt, mich und meine drei Jungs gerade so durchzubringen. Aber es ist nicht möglich, etwas auf die Seite zu legen. Ich ackere vierzig Stunden in der Woche. Und selbst wenn ich Zusatzschichten fahre, wird es mir nie gelingen, etwas anzusparen. Geschweige denn, reich zu werden. Reich wird man in diesem Land nur durch Spekulation oder Korruption. Daran hat sich in den vergangenen vierzig Jahren nichts geändert.«

Manuela Reiter hatte sich ein wenig in Rage geredet. Aber der Gedanke, dass man durch der eigenen Hände Arbeit nicht reich werden konnte in diesem Land – das war ein Gedanke, der Margot so noch nie gekommen war. Vielleicht ein Gedanke, den sie in einer ruhigen Minute nochmals überdenken sollte.

»Was ich da gar nicht auf dem Schirm hatte, war der Anschlag der RAF auf die US-Air-Base in Frankfurt im August 1985, ein paar Wochen vor dem Tod von Günter Sare.«

Margot erinnerte sich sehr genau an diesen Tag. Der 8. August 1985 war der Tag gewesen, an dem ihr erster Ehemann Horst zum ersten Mal nach einem Zusammenbruch ins Krankenhaus eingeliefert worden war. 3,6 Promille. Es war der Moment gewesen, an dem Margot begriffen hatte, dass Horst nur zwei Chancen hatte: die eine, trocken zu werden. Die andere, zu sterben. Er hatte schließlich drei Jahre später die zweite Möglichkeit gewählt. Und während sie im Krankenhaus im Warteraum gesessen hatte, flimmerten über die Bildschirme die Bilder der Explosionen von der Air Base Frankfurt, die Bilder der Toten, der Verletzten, der Moderatoren, die mit vielen Worten nichts zu sagen wussten, weil die Hintergründe der Tat erst später aufgeklärt wurden.

»Die Leute, die den Anschlag begangen haben, hatten zuvor den US-Soldaten Edward Pimental einfach erschossen, um an seinen Ausweis heranzukommen, mit dem sie dann auf die Frankfurter Air Base fahren konnten, um das Bombenauto dort abzustellen.«

Margot erinnerte sich sehr gut. Während sie darauf wartete, ob ihr Mann oder der Alkohol den Sieg über Leben oder Tod davontragen würde, hatte sie verfolgt, was die RAF in Frankfurt inszeniert hatte: eine Bombenladung in einem Pkw, zwei Tote, elf Verletzte.

»Und dieser Werner, er begann, dieses Vorgehen zu verteidigen. Nein, er verteidigte es nicht, er propagierte, dies wäre der einzig wahre Weg, den Staat in seine Grenzen zu verweisen, die Revolution herbeizuführen. Andrea Rittmeister, sie wirkte ein wenig wie seine Souffleuse, sie gab ihm die Stichworte, und er verwandelte sie in brillante Rhetorik.« Manuela Reiter hielt inne. Sie betrachtete ihr Bierglas. »Ich habe aber keine Ahnung, wie Ihnen das alles nützen soll.«

»Frau Reiter, alles, was Sie uns erzählen, was Sie mir erzählen, ist wichtig. Tomke Rieken und Heiner Göbel sind vor vielen Jahren ermordet worden, Klaus Kleiber erst vor wenigen Tagen. Alles, was wir über die drei erfahren, könnte bedeutsam sein. Was letztendlich relevant war, weiß man immer erst im Rückblick.«

Manuela Reiter fuhr fort: »Später, als die Revolutions-Clique immer kleiner wurde, als wir nachher zu fünfzehnt oder zu zehnt dasaßen, wurde deutlich, dass die fünf eine Gruppe innerhalb der Gruppe bildeten. Wobei die Rollen eindeutig verteilt waren: Werner war der Chef, Andrea seine Stellvertreterin, dann kam Heiner in der Rangfolge, und sowohl Tomke als auch Klaus waren die Nummer vier und fünf.«

»Wie lange waren Sie denn mit von der Partie?«

»Es gab da so einen komischen Kongress im Februar. Werner faselte von nichts anderem mehr. So einen internationalen Kongress, der im Februar 1986 stattfinden sollte, wo alle linken Gruppen miteinander diskutieren konnten, wie es denn weitergehen sollte mit der Revolution – auch und gerade international.

Ich bin noch auf diese Tagung mitgegangen, Ende Januar bis Anfang Februar an der FH in Frankfurt. Viele Vorträge, viele Workshops – ich fand das erst mal gut. Und ich hatte mich zugehörig gefühlt, verstanden. Abends geht man einen trinken, um sich gegenseitig aus der gleichen Perspektive die Welt zu beschreiben. Ein ganz tolles Zusammengehörigkeitsgefühl. Das war alles gut und schön, allerdings stand die Gewalt allzu deutlich im Vordergrund.

Kurz nach dem Kongress habe ich Frederick zufällig noch einmal in der Mensa getroffen. Ich habe ihm davon erzählt. Er sagte nur, eine Verbindung zwischen Menschen, deren Zusammengehörigkeitsgefühl primär darin bestehe, in der Gewalt verbunden zu sein, das sei destruktiv und nicht konstruktiv. Ich hab ihn damals angefaucht, er solle so mit mir reden, dass ich ihn verstehe. Also hat er mir den Satz auf einer Serviette aufgeschrieben. Die habe ich heute noch. Und dann hat er etwas gesagt, was ich sofort verstanden habe: ›Bist du bereit, einen Günter Sare zu töten, um ein politisches Ziel zu erreichen?‹ Das hat mir damals die Augen geöffnet. Und kurz nach dem Kongress zerfiel unsere Gruppe. Denn die Führung war verschwunden. Die fünf kamen einfach nicht mehr. Ich habe das überhaupt nicht verstanden. Sie waren weg. Einfach weg.«

Margot notierte sich das Stichwort *Kongress Anfang Februar 1986.* »Haben Sie irgendeine Ahnung, was aus den fünfen geworden ist?«

»Nein. Und wenn ich ganz ehrlich bin: Ich will es auch gar nicht wissen.«

»Wann haben Sie Tomke, Heiner oder einen der anderen nochmals gesehen?«

»Ich weiß es nicht mehr genau. Ich glaube, unmittelbar nach dem Kongress in Frankfurt. Allerdings bin ich mir nicht mehr sicher. Das ist ja auch schon so lange her. Nicht, dass mein Leben danach völlig reibungslos verlaufen ist. Aber in diesen Wahnsinn, herumzuballern und Bomben zu legen, da bin ich nicht reingerutscht. Komisch, wenn man sich, nachdem man ein halbes Jahrhundert gelebt hat, klarmacht, wie dünn die Grenze zwischen Verderben und Doch-nicht-so-ganz-schlecht-gelaufen ist. Frederick Greifenthal – im Nachhinein ist es sehr schade, dass er nicht bei mir geblieben ist. Wirklich nicht uninteressant, was er zu sagen hat. Und es geht eben auch ohne Gewalt.«

DONNERSTAG, 2. OKTOBER

Wieder saßen sie im kleinen Besprechungsraum. An diesem Morgen hatten sie schon etwas herausbekommen. So wusste Margot nach einem Gespräch mit Hans-Rainer Rostek von der Frankfurter Uni, dass eine Andrea Rittmeister nie dort studiert hatte. Ansonsten war der Tag nur von mäßigem Erfolg gekrönt gewesen. Inzwischen war es sechzehn Uhr, Horndeich schaute brummelig drein.

In Fellers Gesicht war hingegen ein Lächeln gemeißelt, das zu keiner Sekunde auch nur einen Hauch dünner wurde. Margot mochte den neuen Kollegen nicht. Doch er hatte Beziehungen wie ein venezolanischer Drogenboss, wenn auch auf der richtigen Seite des Gesetzes. Nun hatte er vier Mappen vor sich aufgetürmt, die eindeutig nicht aus dem Polizeipräsidium Südhessen stammten.

»Was ist das?«, wollte Horndeich wissen.

»Das sind Unterlagen über diesen Kongress, den Kollegin Hesgart heute früh bei der Besprechung erwähnt hat. 31. Januar bis 4. Februar 1986 an der Fachhochschule in Frankfurt. Also eher in den Räumen der Fachhochschule in Frankfurt.« Feller machte eine Kunstpause.

Margot lieferte das Stichwort zum Weitersprechen: »Und?«

»Der Titel dieses Kongresses sagt eigentlich schon alles: ›Antiimperialistischer und antikapitalistischer Widerstand in Westeuropa.‹ Es war ein Kongress, den das Umfeld der RAF organisiert hat. Sie haben aus aller Herren Länder Gesinnungsgenossen eingeladen. Rund tausend Teilnehmer hatte die Veranstaltung. Sozusagen eine Rekrutierungsveranstaltung für Nachwuchsterroristen. So sehe ich das zumindest.«

»An der Fachhochschule in Frankfurt?« Margot konnte es kaum glauben. »Und das wurde tatsächlich genehmigt?«

»Na ja, er wurde unter einem anderen Titel angemeldet. ›Jugend für Europa‹, das war die offizielle Überschrift. Als sich dann der wahre Beweggrund für die Veranstaltung herauskristallisierte, haben sowohl der Frankfurter Oberbürgermeister als auch der hessische Innenminister sofort Widerspruch eingelegt. Aber wie das in einem demokratischen Staat halt passieren kann: Sie unterlagen in weiteren Gerichtsinstanzen.«

»Und woher haben Sie jetzt die Akten?«

»Vom Verfassungsschutz.«

»So schnell?«

Feller zuckte nur mit den Schultern und grinste breit. »Ich hab so meine Kontakte«, hatte er gesagt. »Viel wichtiger ist, was wir jetzt aus diesen Akten herausholen.«

Die Aktenordner enthielten Berichte von V-Männern über den Kongress.

Horndeich verschaffte sich einen schnellen Überblick. Aktivisten und Sympathisanten terroristischer Vereinigungen aus zahlreichen Ländern hatten sich in Frankfurt getroffen, um nach eigenem Motto die politische Komponente des internationalen Kampfes viel stärker zur Geltung zu bringen. Erst bomben, dann begründen, dachte er. Außerdem sollte eine gemeinsame Front geschaffen werden, was auch immer das konkret bedeutete. In Arbeitsgruppen wurde fleißig diskutiert und verquast formuliert, wie man dem Imperialismus beizukommen gedachte. Polizei-Hundertschaften vor dem Gebäude gewährten dabei stets einen Blick auf das feindliche System, wenn man nur mal eine Zigarette rauchen ging. Horndeich schüttelte den Kopf.

Dann widmeten sie sich dem Bilderteil, der immerhin drei der vier Mappen ausmachte. Heute konnte man ja mit jedem

Billig-Handy zweitausend Fotos auf einer Speicherkarte unterbringen. Damals jedoch musste man abwägen, ob man einen Film mit vierundzwanzig oder sechsunddreißig Bildern in den Fotoapparat einfädelte …

Margot, Feller und er selbst teilten die Mappen auf. Jeder durchblätterte eine, in der Hoffnung, auf einem Bild Tomke Rieken, Heiner Göbel oder Klaus Kleiber, vielleicht sogar zusammen mit Andrea Rittmeister oder Werner Wie-er-auch-immer-hieß zu entdecken.

Jeder von ihnen hatte eine Lupe in der Hand, gänzlich ungewohntes Werkzeug bei der Spurensuche. Horndeich fühlte sich an sein großes Vorbild Sherlock Holmes erinnert. Auch der hatte das Brennglas ja in vielen Fällen zielführend eingesetzt. Allerdings hatte Horndeich durchs halbe Präsidium wandern müssen, um drei solcher Vergrößerungsgläser zu finden und ausleihen zu können – mit dem heiligen Schwur, sie auch wieder zurückzubringen.

Es war Margot, die zuerst ausrief: »Hab sie!« Feller und Horndeich gruppierten sich um die Chefin. Und tatsächlich, da war ein Foto, auf dem eindeutig Tomke Rieken, Heiner Göbel und auch Klaus Kleiber zu sehen waren. Direkt neben zwei weiteren Personen, die sie bislang noch nicht kannten. Einer jungen Frau und einem Mann, der diese Frau fest im Arm hielt. Die Personen waren fotografiert worden, als sie einem Vortrag zum Thema proletarische Solidarität von Anhängern der roten Brigaden aus Italien gelauscht hatten, wie der Text auf der Rückseite des Abzugs erklärte.

Margot wählte den einfachen Weg. Sie zückte ihr Handy, fotografierte das Bild ab und schickte eine Nachricht an Manuela Reiter, ob es sich bei den beiden ihnen unbekannten auf dem Bild abgebildeten Personen um Andrea Rittmeister und Werner handelte.

Es dauerte eine halbe Stunde, bis Manuela Reiter antwortete. Allerdings schickte sie keine Nachricht zurück, sondern rief Margot direkt an. »Die beiden Personen auf dem Bild, das Sie mir geschickt haben, sind eindeutig Andrea Rittmeister und Werner – neben den anderen dreien. Ich habe seit unserem gestrigen Gespräch viel über die Zeit damals nachgedacht. Und da sind mir noch zwei Dinge eingefallen.«

»Und die wären?«

»Ich erinnere mich daran, dass Andrea Rittmeister irgendwann einmal gesagt hat, dass sie in Darmstadt wohne. Aber an eine Adresse kann ich mich nicht erinnern. Und mir ist aufgefallen, dass mir der Nachname von Werner nicht entfallen ist. Ich kannte ihn gar nicht. Er hat ihn nie genannt. Wenn man ihn direkt danach gefragt hat, hat er immer einen blöden Witz gerissen, irgendwas von Rumpelstilzchen gefaselt, aber nie einen Namen genannt. Nicht mal Schmidt oder Müller oder so was.«

Margot bedankte sich und beendete das Gespräch. Dann teilte sie ihren Kollegen mit, was Manuela Reiter ihr gerade gesagt hatte.

»Wenn die Morde an Tomke Rieken, Heiner Göbel und Klaus Kleiber tatsächlich mit deren politischen Aktivitäten in Verbindung stehen, dann sind natürlich auch Andrea Rittmeister und dieser komische Werner tatverdächtig«, konstatierte Horndeich. »Aber vielleicht hat das ja alles überhaupt nichts miteinander zu tun.«

Margot hob eine Augenbraue, als sie Horndeich ansah: »Kollege, wir haben zwei Leichen, die mindestens vor zehn Jahren – meiner Meinung nach eher vor mehr als zwanzig Jahren – im Badesee versenkt worden sind. Und dann haben wir da einen, der die beiden ganz sicher kannte, der bei uns anruft und behauptet, dass er uns zu diesen beiden Toten etwas sagen kann, und offenbar just in diesem Moment selbst umgebracht wird. Die Fragen, die wir uns stellen müssen, lauten also: Warum wollte uns Klaus Kleiber etwas sagen? Warum wollte er das tun, während er in Darmstadt war? Und warum wollte er das ausgerechnet jetzt tun? Ich meine, er hat sich bei uns erst gemeldet, nachdem wir die beiden Leichen aus der Grube Prinz von Hessen herausgezogen hatten. Vorher war ja Funkstille. Kaum tauchen diese beiden Leichen auf, will Klaus Kleiber uns etwas dazu sagen und wird ermordet. Es fällt mir schwer zu glauben, dass das nichts mit der gemeinsamen linken Vergangenheit zu tun hat.«

»Du meinst also, wir sollten weiter in Richtung linke Spinner ermitteln?«, fragte Horndeich.

»Es erscheint mir im Moment als der sinnvollste Ermittlungsansatz. Oder hast du einen besseren Vorschlag?«, fragte Margot.

»Also wenn ich da mal intervenieren dürfte«, schaltete sich Feller ein. »Das ist doch ganz klar. Ich meine, da sind zwei Menschen, die in jungen Jahren erschossen worden sind. Man hat sie mitsamt eines Autos im See versenkt. Und dann haben wir hier einen Herrn, der die beiden gekannt hat, der uns anruft, ob er nicht zur Lösung beitragen dürfe – und in diesem Moment bekommt er eine Kugel in den Kopf. Also, jetzt an die klassischen Motive zu denken wie Bereicherung, Eifersucht, jede Art von Beziehungsrahmen, das ist doch völlig abwegig. Ich sag euch eins: Fünf Leute wollten damals Revolution spielen. Drei von ihnen sind tot. Ich denke, wenn wir die anderen beiden aufspüren, dann haben wir wahrscheinlich auch den Mörder oder die Mörderin gleich gefasst – insofern die noch leben. Warum und wieso, das müssen wir dann noch herausbekommen. Aber irgendein Pseudo-Ehedrama halte ich für völlig absurd. Das ist zumindest meine Hypothese.«

Horndeich zuckte mit den Schultern: »Etwas Besseres fällt mir im Moment auch nicht ein. Als Erstes sollten wir vielleicht mal rauskriegen, ob Andrea Rittmeister 1985 tatsächlich in Darmstadt gewohnt hat.«

»Das ist leider nicht so ganz einfach. Schließlich ist das ja nun schon dreißig Jahre her. Ich glaube nicht, dass das Einwohnermeldeamt aus der Zeit noch Unterlagen hat. Und die alten Adressbücher aus unserer Stadt, die bekommt man zwar digital und frei im Internet, aber eben leider nur bis zum Jahr 1949. Und da war Andrea Rittmeister noch nicht existent.«

»Na, vielleicht haben ja damals schon Rittmeisters in Darmstadt gelebt? Könnten Sie das mal checken?«, wandte sich Margot an Feller.

»Okay, dann gucke ich mal, welche Rittmeisters es heute in Darmstadt gibt.«

»Und ich mach mich dann mal vom Acker«, verabschiedete sich Margot.

»Und lässt uns hier schuften?«

»Ja. Und ich werde rauskriegen, ob eine Andrea Rittmeister 1985 in Darmstadt gelebt hat.«

»Wie wollen Sie denn das anstellen?« Feller hob den Blick.

»Nun, ich hab da auch so meine Quellen ...«, sagte Margot und verließ das Büro.

Und wieder saßen sie alle im Garten. Margots Vater, Chloe und auch Doro mit Milo. Chloe hielt die Hand Sebastian Rossbergs und erzählte gerade auf Englisch ihrem jungen Gast aus Amerika, wie sie ihn nach fast fünfzig Jahren wiedergetroffen hatte. Margots Vater winkte seiner Tochter zu, als sie in den Garten trat, wobei Chloe keine Anstalten machte, ihre Erzählung zu unterbrechen.

»Na, da bist du heute ja mal früh rausgekommen«, flüsterte ihr Vater, nachdem Margot sich gesetzt hatte.

Margot nickte nur und lauschte Chloes Bericht. Die hatte damals fast das Bewusstsein verloren, als Sebastian Rossberg mit seiner Tochter und Milos Vater Nick zu Gast in ihrem Haus gewesen war.

»... und der Rest ist Geschichte ...«, sagte Sebastian Rossberg und küsste Chloe.

Doro hatte ein Glas vor Margot gestellt und füllte es mit Mineralwasser. Margot bedankte sich und genoss die Erfrischung. Nein, es war definitiv nicht Frühherbst, sondern

Spätsommer, dachte Margot und lächelte in die Runde. Dann sah sie ihren Vater an.

»Den Blick kenne ich, meine liebe Tochter. Dieser Blick und die Uhrzeit, zu der du hier auftauchst, sagen mir, dass du eine Frage an mich hast. Eine Frage, die dir nur dein alter Vater aufgrund seines unschätzbaren Reichtums an Lebenserfahrung beantworten kann.«

»Da hast du wohl recht«, antwortete Margot. »Aber in diesem Fall geht es wohl weniger um Lebenserfahrung als um Dinge aus der Vergangenheit, die du so gerne aufhebst. Aufgehoben hast«, korrigierte sie sich selbst. Bevor ihr Vater in Amerika seine Jugendliebe Chloe wiedergetroffen hatte, hatte er in der alten Wohnung in der Erbacher Straße gemeinsam mit einer anderen Frau gewohnt. Evelyn irgendwas war der Name gewesen – Margot hatte den Nachnamen wohl komplett verdrängt. Die Dame hatte seinerzeit das Buch *Symplify your life* gelesen und alle möglichen und unmöglichen aus ihrer Perspektive überflüssigen Gegenstände dem Sperrmüll übereignet. Das Problem war, dass sie das nicht mit ihren eigenen Sachen, sondern bevorzugt mit denen von Margots Vater gemacht hatte. Dabei war das gesamte Technikmuseum des Seniors auf dem Müll gelandet. Zuvor hatte Sebastian Rossberg seiner Tochter mehrmals ausgeholfen, wenn diese eine alte Videokassette hatte, für die es kein Abspielgerät mehr gab, oder – wie es tatsächlich vorgekommen war – einen alten Normal-8-Film, für den sie keinen Projektor auftreiben konnte. Dementsprechend hatte diese Sperrmüll-Aktion zusammen mit den Schätzen ihres Vaters dann auch Margots letzte Sympathien für diese Lebensabschnittsgefährtin auf den Müll befördert.

Ihr Vater hob eine Augenbraue. »Habt ihr wieder eine seltsame Kassette, so wie für das ›Sonor 102‹?«

Margot musste schmunzeln. Außer ihrem Vater und ihrer eigenen Person kannte sie niemanden, der mit der Bezeichnung »Sonor 102« irgendetwas anzufangen wusste. Es musste im Jahr ihrer Einschulung gewesen sein, als Margots Vater ihr aus Spaß den seltsamen Vorläufer der Kompaktkassette gezeigt hatte. Es war eher ein klassisches Tonband, das in eine Kassettenhülle eingesperrt war. Zweimal sechzehn Minuten, so viel Spielzeit gab eine dieser Kassetten her, daran erinnerte sie sich genau – wieder ein Brocken völlig unnützen Wissens, der sich seinerzeit ins Gehirn eingebrannt hatte und den sie wahrscheinlich auf dem Sterbebett noch kurzfristig würde reaktivieren können.

»Dabei ist es heute ja schon schwierig, eine normale Kompaktkassette abzuspielen«, sinnierte ihr Vater weiter. »Oder habt ihr etwa eine Schelllackplatte, die man mit 78 Umdrehungen pro Minute abspielen muss?«

»Nein, es geht diesmal nicht um technisches Spielzeug. Und wir wissen ja beide, dass du davon leider nicht mehr viel hast.« Margot konnte sich die Bitterkeit in ihrer Stimme nicht verkneifen. *Keine Sympathien* umschrieb ihr Verhältnis zur Exfreundin ihres Vaters absolut unzureichend. Erster Preis für die Untertreibung des Tages. Umso liebevoller war der Blick, den sie daraufhin Chloe zuwarf.

Doro schaltete sich ein. »Du hattest noch einen Plattenspieler, mit dem man Schelllackplatten abspielen konnte?«

»Liebste Doro, in meinem Alter war so ein Plattenspieler ungefähr das, was für dich heute dein Smartphone ist.« Margots Vater musste lachen. »Es ist eine sehr lustige Vorstellung für mich, dass du in fünfzig Jahren – wahrscheinlich schon viel eher – auf dein Smartphone als ein Teil der guten alten Zeit zurückblicken wirst.« Chloe stimmte in das Lachen ein.

Sebastian Rossberg wurde wieder ernst und wandte sich seiner Tochter zu. »Also, Margot, was kann ich für dich tun?«

»Hast du noch welche von den alten Telefonbüchern?«

Auf Sebastian Rossbergs Gesicht zeichnete sich ein breites Lächeln ab. »Du redest von dem unnützen Stapel Papier, der sich im Keller türmt, Zitat Ende?«

Margot konnte nicht verhindern, dass ihr eine leichte Röte

ins Gesicht stieg. Als ihr Vater mit Chloe aus ihrer Wohnung in der Erbacher Straße ins Erdgeschoss ihres Hauses gezogen war, war sie gar nicht da gewesen. Sie hatte zu dieser Zeit mit Nick die Weltgeschichte bereist und es Doro überlassen, den Umzug zu managen. Und die junge Dame hatte das perfekt erledigt, alles andere wäre eine Untertreibung gewesen. Seitdem war es ihrem Vater gelungen, im Internet und auf Flohmärkten wieder die eine oder andere technische Spielerei zu erwerben. Außerdem hatte er sich in den Kopf gesetzt, seinen Forschungen über das alte Darmstadt ein wenig mehr Basis-Material hinzuzufügen. Das bestand unter anderem in alten Telefonbüchern, die er erstanden hatte, wobei es ihm tatsächlich gelungen war, lückenlos von 1950 an von jedem Telefonbuch Darmstadts ein Exemplar aufzutreiben. All diese Schätze waren in einem Kellerraum gelagert, den Doro ihrem Wahl-Opa einfach zur Verfügung gestellt hatte. Der Raum war trocken, und wenn Margot ehrlich war, wurde er auch von niemand anderem benutzt. Schon als sie damals von dem unnützen Stapel Papier gesprochen hatte, hätte sie sich unmittelbar danach auf die Zunge beißen können. Und so gönnte sie ihrem Vater die Genugtuung, ihr jetzt genau mit diesem Stapel vielleicht helfen zu können.

Sebastian Rossberg erhob sich: »Komm, lass uns mal schauen, ob wir finden, was du suchst.«

Auf dem Weg in den Keller erklärte ihm Margot, dass sie nach einer Andrea Rittmeister suchten, von der sie nur wussten, dass sie 1985 in Darmstadt gelebt hatte.

»Wenn sie einen Telefonanschluss hatte, dann stehen die Chancen recht gut, dass sie auch im Telefonbuch verzeichnet ist. Damals konnte man ja seine eigene Nummer noch nicht so einfach aus dem Telefonbuch entfernen lassen.«

Margots Blicke wanderten über die Regale. Doro hat ihrem Vater auch geholfen, die Kellerregale aufzubauen. Plastik, Bauhaus, stabil. Perfekt für ihren Vater. Sie war nicht bewandert in den technischen Errungenschaften der Fünfziger-

und Sechzigerjahre, aber sie erkannte einen Filmprojektor, wenn sie einen sah, genau wie ein Tonbandgerät und einen Kassettenrekorder. Und einen Videorekorder. Margot konnte sich ein Schmunzeln nicht verkneifen. Ihr Papa hatte ganze Arbeit geleistet. Er hatte sich die Technikschätze, die Mrs. Evelyn der Tonne übereignet hatte, einfach nachgekauft. Wobei die heute über Internet natürlich viel einfacher zu bekommen und auch nicht mehr ganz so teuer waren.

Margots Vater steuerte zielstrebig auf das Regal an der rechten Seite zu. Die Telefonbücher lagerten auf dem untersten Brett, die beiden Regalbretter darüber waren leer. »Was hast du denn hier gehabt?«, erkundigte sich Margot.

»Das? Ach, das ist nicht so wichtig.«

Aussage und Tonlage in Kombination zeigten, dass ihr Vater etwas zu verbergen suchte. »Ich bin Kommissarin. Vergiss das nicht.«

Ihr Vater sah sie ein bisschen verlegen an. »Da hatte ich den ›Spiegel‹. Die letzten fünf Jahre. Jahrgang für Jahrgang, verpackt mit Paketschnur. Chloe hat das gesehen und einen Lachanfall bekommen. Alle Artikel des ›Spiegels‹ sind inzwischen digital verfügbar. Wenn ich also etwas suche, dann wäre ich in diesen Stapeln sicher nicht fündig geworden. Na ja …«

»Okay, dann lass uns jetzt in die Telefonbücher gucken. Rittmeister, Andrea. Schau als Erstes mal im Telefonbuch von 1985 nach.«

Zielstrebig griff Margots Vater nach dem entsprechenden Buch, zog es heraus, blätterte kurz darin und deutete mit dem Zeigefinger auf die entsprechende Stelle. »Hier haben wir sie. Rittmeister, Andrea. Pützerstraße 6. Ja, da hat sie gewohnt, in Darmstadt.«

»Und wie lange?«

Ihr Vater griff nach dem Telefonbuch des Jahres 1984. Wieder ein Treffer. Dann blätterte er im Buch von 1983. »Fehlanzeige. Sie ist also 1983 nach Darmstadt gezogen, wenn sie im 84er-Buch steht, oder hat da zumindest zum ersten Mal ein Telefon hier angemeldet. Das brauchte damals ja immer ewig Vorlauf.«

Margot nickte. Das passte durchaus ins Bild. Die anderen drei hatten 1985 an der Uni in Frankfurt zusammengefunden. Andrea Rittmeister war offensichtlich ein oder zwei Jahre zuvor in die Region gezogen.

Ihr Vater zog das Telefonbuch von 1986 aus dem Regal, suchte nach der entsprechenden Stelle und verkündete: »Treffer. Auch 1986 hat sie hier gewohnt.«

1987, 1988, 1989 und 1990 war Andrea Rittmeister ebenfalls unter der Adresse Pützerstraße 6 gemeldet gewesen.

»Hoppla«, sagte ihr Vater, als er das Telefonbuch von 1991 aufschlug.

»Was ist?«, fragte Margot.

»Hier gibt es immer noch eine Frau Rittmeister, auch mit derselben Adresse, aber die heißt nicht mehr Andrea, sondern Petra.«

»Die Tochter? Die Mutter?«

»Keine Ahnung. Das verrät das Telefonbuch nicht.« Noch bevor Margot nachfragen konnte, hatte ihr Vater bereits das Telefonbuch von 1992 in der Hand. Wieder blätterte er durch die Seiten. »Auch in diesem Jahr hat Petra Rittmeister hier gewohnt, aber eine Andrea Rittmeister gibt es nicht mehr.«

Margots Vater stellte das Telefonbuch zurück und griff nach dem Exemplar des folgenden Jahres.

»Einen Moment«, sagte Margot. »Bevor du jetzt die kommenden fünfundzwanzig Jahre abklapperst, lass mich erst mal schauen, ob sie heute noch dort wohnt.« Mit diesen Worten verließ Margot den Keller und ging in den ersten Stock in ihre Wohnung. Dort lag ihr Tablet, das über WLAN mit dem Internet verbunden war. Sie tippte und wischte auf dem Display. Wenige Sekunden später sah sie es schwarz auf weiß: In der Pützerstraße 6 war Petra Rittmeister verzeichnet. Immer noch mit derselben Telefonnummer.

Margot hörte, wie ihr Vater hinter ihr die Treppe nach oben kam. »Und? Hast du Erfolg gehabt? Lebt sie noch in Darmstadt?«

»Ja. Tatsächlich. Und sogar an derselben Adresse.«

»Wirst du sie heute noch anrufen?«

Margot zögerte, wobei sie nicht beschreiben konnte, was sie zögern ließ. Irgendetwas in der Stimme ihres Vaters hatte anders geklungen als sonst. Es war die Polizistin in ihr, die alles, was ihre Augen, ihre Ohren oder ihre Nase wahrnahmen, immer sofort durch den Kriminalfilter rattern ließ. Und die Stimme ihres Vaters war verändert. Sie hatte etwas spitzbübisch Tadelndes. In der Art, in der er zu ihr als Kind gesagt hatte: »Bist du sicher, dass du diesen Keks noch essen willst?«, Minuten bevor er verkündete, dass man an diesem Sonntagmittag im Restaurant speisen würde.

»Kommst du wieder mit in den Garten?«, fügte er nahtlos hinzu.

»Ja, ich komm schon«, erwiderte Margot.

Ihr Vater saß bereits am Tisch, als sie den Garten wieder betrat. Chloe war dort, Doro und auch Milo. Und da saß noch jemand am Gartentisch. Sie sah ihn nur von hinten, aber sie wusste genau, wer es war.

Nick.

FREITAG, 3. OKTOBER

Horndeich fluchte. *Wegen Wartungsarbeiten im Moment leider nicht verfügbar*, sagte das Schild, das mit dicken Krepppapierstreifen an der metallenen Schiebetür klebte, die den Einstieg zum Aufzug verschloss.

»Nee, das darf jetzt echt nicht wahr sein!« Humpeln mit dieser blöden Orthese war das eine. Treppensteigen war etwas ganz anderes. Horndeich absolvierte diese Kür jeden Tag, wenn er die beiden Stockwerke – Altbau! – zu seiner Wohnung hochhumpelte. Dabei fühlte er sich immer wie ein kleines Kind, kurz nachdem es laufen gelernt hatte. Beim Erklimmen einer Treppe wurde die nächste Stufe immer erst in Angriff genommen, wenn auch das zweite Bein sicher neben dem ersten stand. Petra Rittmeister wohnte im vierten Stock. Fair war was anderes.

Margot ging voran, und sie war natürlich deutlich schneller als Horndeich. Ihre Frage, »Kommst du?«, zeugte nur davon, dass sie in Gedanken ganz woanders war. Er war nicht begeistert gewesen, als sie ihn angerufen und vorgeschlagen hatte, Petra Rittmeister an diesem Feiertag – es war immerhin Tag der Deutschen Einheit – vormittags aufzusuchen. Es sollte nicht lange dauern, hatte Margot ihm gesagt, sie selbst müsse zum Mittagessen wieder zu Hause sein. So hickelte Horndeich Stufe um Stufe nach oben, während Margot schon eine Etage voraus war.

»Geh nicht so schnell!«, bellte er, etwas erbost, dass Margot ihn antrieb, statt ihm zu helfen. Eine Hand am Geländer, begab er sich Stufe für Stufe nach oben. Eine Lektion in Demut gebietender Entschleunigung. Ommmm.

Eine junge Frau kam ihm entgegen, mit blauem Sommerkleid und Kurzhaarschnitt. An den Füßen trug sie schwarzweiße Sandaletten. Horndeich sah zu ihr auf, aber sie würdigte ihn keines Blickes.

»Horndeich«, hörte er wieder Margots Stimme. Sie klang entfernt, als ob Margot bereits den zwanzigsten Stock erreicht hätte. »Gleich! Besser helfen statt hetzen!«, gellte er nach oben. Er würde drei Kreuze machen, wenn er diese blöde Orthese endlich los wäre und wieder normal laufen konnte.

Ein halbes Stockwerk später kam ihm ein großer Mann entgegen, Mitte fünfzig vielleicht, mit Glatzkopf und Vollbart, Jeans, das Hemd so weit geöffnet, dass die bereits ergraute Brustbehaarung zu sehen war. Der Mann sah kurz auf Horndeichs Gehhilfe, dann trafen sich ihre Blicke. Der Kerl nickte ihm wenigstens zu, und Horndeich grüßte zurück.

Es dauerte noch weitere fünf Minuten, bis er endlich gemeinsam mit Margot vor der Wohnungstür von Petra Rittmeister stand. Im Gegensatz zu Margot war Horndeich schweißgebadet.

Margot klingelte.

Eine Dame öffnete die Tür einen Spaltbreit. »Ja bitte?«

»Frau Rittmeister?«

»Ja.«

Bereits unten vor der Haustür hatte Margot Frau Rittmeister durch die Gegensprechanlage erklärt, wer sie waren. Nun zeigte sie ihren Ausweis.

»Worum geht es?«, fragte Petra Rittmeister, gab den Eingang aber immer noch nicht frei.

»Wir untersuchen einen Mordfall. Und da hätten wir ein paar Fragen an Sie.«

Petra Rittmeister strich sich eine Haarsträhne aus der Stirn. Ihr Haar war kastanienbraun. Den Rest der vollen Haarpracht hatte sie zu einem Pferdeschwanz gebunden. Sie war nicht groß, höchstens ein Meter fünfundsechzig, trug eine blaue Bluse, dazu Jeans. Ihre Füße steckten in ebenfalls blauen Flipflops. Sie war nicht geschminkt, und auch die Fingernägel waren nicht lackiert. Petra Rittmeister überlegte nur kurz, dann sagte sie: »Kommen Sie herein. Wenn ich auch in meinem Leben noch mit keinem Mordfall zu tun hatte.«

Petra Rittmeister führte sie in ein kleines kombiniertes Wohn- und Esszimmer. Horndeich erkannte sofort: Die eine Schiebetür ging zum Bad, die andere zur Küche, beide Räume waren ohne Tageslicht. Blieb die dritte Tür, die verschlossen war. Wahrscheinlich führte die direkt ins Schlafzimmer.

»Nehmen Sie doch bitte Platz«, bot Petra Rittmeister an. Neben einem winzigen runden Couchtisch standen zwei Sessel, beide zu einem Flachbildfernseher hin ausgerichtet. Mehr Platz bot der Esstisch mit vier Stühlen. Margot und Horndeich ließen sich dort nieder. Horndeich war dankbar dafür. Die Sessel neben dem Couchtisch waren so tief, dass er sich zwar hätte hineinfallen lassen können, ein Aufstehen mit dieser blöden Orthese am Bein aus eigener Kraft aber kaum möglich gewesen wäre.

Petra Rittmeister setzte sich ebenfalls an den Tisch. »Und? Was kann ich für Sie tun? Worum geht es?«

»Sagt Ihnen der Name Andrea Rittmeister etwas?«, eröffnete Margot das Gespräch.

Petra Rittmeisters Blick wanderte von Margot zu Horndeich und wieder zurück. »Ja, natürlich sagt mir der Name etwas. Das ist der Name meiner Schwester.«

»Sie hat auch einmal in dieser Wohnung gewohnt?«

»Nein. Sie hat hier im Haus gewohnt. Bis zu ihrem Tod.«

»Sie ist tot?«, echote Margot.

»Ja. Schon lange.«

Damit war also die Nummer vier dieses seltsamen Quintetts nicht mehr am Leben. Schwer zu glauben, dass das gemeinsame Engagement dieser Menschen und ihr jeweils vorzeitiges Ableben nichts miteinander zu tun hatten, dachte Horndeich.

»Wann ist sie denn gestorben?«, hakte Margot gleich nach.

»Im Dezember 1989«, antwortete Petra Rittmeister, ohne nachdenken zu müssen.

»Und wie ist sie gestorben?«

»Ein Autounfall. Sie war damals in Indien.«

»In Indien?« Margot war irritiert, ebenso Horndeich.

»Ja. Meine Schwester wollte ein Dreivierteljahr in Indien verbringen. Eine Auszeit. Und sie wollte sich weiterbilden, in Ayurveda.«

Den Begriff hatte Horndeich schon mal gehört. In jeder Drogerie konnte man ihn zwanzigmal lesen, und in dem Bioladen, in dem Sandra immer häufiger einkaufte, tauchte das Wort ebenso regelmäßig auf. Oder verwechselte er das jetzt mit diesem anderen Wort? Aloe vera? Er wusste nur, dass beides irgendwas mit Indien zu tun hatte.

»Wann genau kam Ihre Schwester nach Darmstadt?«

»Das muss 1983 gewesen sein. Ja, ziemlich genau. Wir waren beide damals gleichzeitig mit der Lehre fertig.«

»Woher kam Ihre Schwester?«

»Aus Büdingen. Geboren sind wir beide in Fulda. Sie war die Ältere, sie ist Jahrgang 1961. Ich folgte zwölf Monate später. Wir haben beide eine Ausbildung zur Arzthelferin gemacht. Ich hab damals wieder in Fulda gewohnt, Andrea hat eine Stelle in Darmstadt bekommen.«

»Wissen Sie, bei welchem Arzt?«

»Nein, ich kann mich an den Namen nicht mehr erinnern. Aber wir hatten in dieser Zeit auch wenig Kontakt. Ich hatte einen Freund, und sie – nun, sie war politisch aktiv. Sie war damals bereits bei der Gründung der Grünen mit von der Partie. Mich hat das alles nie so interessiert.«

»Frau Rittmeister, wissen Sie etwas darüber, dass Ihre Schwester sich in linken Gruppen an der Frankfurter Universität engagiert hat?«

»Nein. Also nicht so konkret. Es wundert mich nicht, wenn Sie das sagen, aber wie gesagt, zwischen uns war jahrelang Funkstille. Während der Zeit der Lehre haben wir uns komplett auseinanderentwickelt. Ein Jahr bevor sie nach Darmstadt gegangen ist, konnte man kein vernünftiges Gespräch mehr mit ihr führen, ohne dass sie einem einen Vortrag über sterbende Wale, Verklappung von Dünnsäure in der Nordsee oder die Startbahn West in Frankfurt gehalten hat. Sie hatte so einen missionarischen Eifer, und mit dem konnte ich nicht umgehen und mein damaliger Freund schon gar nicht. Was vielleicht auch daran lag, dass er zu dieser Zeit in die Junge Union eingetreten ist.«

Margot zog ihr Smartphone aus der Tasche und zeigte Petra Rittmeister nacheinander die Bilder von Tomke Rieken, Heiner Göbel, Klaus Kleiber und jenem Werner, den sie bislang noch nicht hatten identifizieren können.

»Nein, von denen habe ich keinen jemals gesehen.«

»Und wie kam es, dass Sie jetzt in der Wohnung Ihrer Schwester wohnen? Sie stehen seit 1991 im Telefonbuch.«

»Das ist schnell erzählt. In dem Jahr, in dem sie nach Indien gegangen ist, haben Lothar, also mein damaliger Freund, und ich uns getrennt. Vielmehr hat er sich von mir getrennt. Erst damals habe ich erfahren, dass er mich bereits seit Jahren ziemlich konstant und auch ziemlich wahllos mit anderen Frauen betrogen hat. Ich musste raus aus Fulda, habe dringend einen Tapetenwechsel gebraucht. Das war der Moment, in dem ich mit Andrea wieder Kontakt aufgenommen habe. Wir haben zwei Stunden telefoniert, wenige Tage später bin ich dann für ein Wochenende nach Darmstadt gefahren, und eine Woche darauf ist sie nach Indien aufgebrochen. Sie hat mir angeboten, während ihrer Abwesenheit in ihrer Wohnung zu wohnen. So hätte ich genug Zeit zu entscheiden, ob ich in Darmstadt bleiben wollte, gegebenenfalls in aller Ruhe eine eigene Wohnung zu suchen, auch einen Job – ja, und dann bekam ich die Nachricht, dass sie in Indien von einem Auto erfasst und getötet worden ist.«

Margot schwieg.

Horndeich ebenfalls. Petra Rittmeister tat ihm leid, aber er fragte sich, ob nach einem Vierteljahrhundert eine Beileidsbekundung noch angemessen war. Mit einer solchen Situation war er in seinem Leben bislang noch nicht konfrontiert worden.

Margot jedenfalls sprach der Dame nicht ihr Beileid aus. »Und in dieser Zeit, in der Sie hier gemeinsam in Darmstadt waren – hat Ihnen Andrea da noch etwas über die vergangenen Jahre, in denen Sie sich nicht gesehen hatten, erzählt?«

Petra Rittmeister dachte kurz nach. »Das ist alles schon so lange her. Ich erinnere mich nicht mehr, worüber wir gesprochen haben. Ich weiß noch, dass sie gesagt hat, dass sie immer politisch aktiv gewesen ist. Aber sie hat sich auch darüber beklagt, dass da nun die Luft raus sei. Dieses Ding mit Indien, das war ihr unglaublich wichtig. Jetzt erinnere ich mich wieder. Als Arzthelferin hat sie so viel über Medikamentenmissbrauch mitgekriegt, dass gegen jedes Wehwehchen Antibiotikum verschrieben worden ist, manchmal fast wie eine Beruhigungspille. Schlucken Sie das, das beseitigt all Ihre Probleme. Und dann hat sie von diesem Ayurveda erfahren. Ich habe sie noch zum Flughafen gebracht. Sie wollte an den Strand von Kovalam. Dort war irgendwo so ein Ayurveda-Zentrum. Dazu flog sie nach – Trivandrum, das ist die nächstgrößere Stadt. Da ist auch der Unfall passiert. An all das kann ich mich noch gut erinnern, aber kaum mehr an unsere Unterhaltungen. Nur noch an die letzten Worte, die ich von ihr gehört habe: ›Mach's gut, Schwesterherz.‹«

»Und nach Andreas Tod haben Sie die Wohnung dann übernommen?«

»Ja. Das war damals eine kleine Einzimmerwohnung. Aber vor gut zehn Jahren haben sie das komplette Haus innen umgebaut. Früher war das ein sogenanntes Ledigenwohnheim, alles Ein-Zimmer-Wohnklos. Heute sind die meisten Wohnungen Mehrzimmerwohnungen. Während des Umbaus habe ich eine Zeit lang in einer Ersatzwohnung gewohnt, die der Vermieter gestellt hat. Und nach dem Umbau, da boten sie mir an, hier in eine Zweizimmerwohnung zu ziehen – und das habe ich natürlich gern angenommen. Ich kann mir kaum vorstellen, aus diesem Haus je wieder auszuziehen – in zehn Minuten bin ich auf der Rosenhöhe, und wenn ich in die andere Richtung laufe, bin ich in zehn Minuten mitten in der Stadt. Und auch in die Praxis sind es nur fünf Minuten Fußmarsch.«

Horndeich kannte die Vorteile dieser Wohnlage – seine Wohnung in der Erbacher Straße lag kaum zweihundert Meter entfernt. Beinah jeden Tag ging er mit Frau und Kind über die Mathildenhöhe in Richtung Rosenhöhe, um eine Runde in dem wunderschönen Park zu drehen. Nun ja, im Moment war er, was das Spazierengehen anging, etwas eingeschränkt …

»Wo arbeiten Sie?«, fragte Margot.

»Ich bin meinem Job treu geblieben. Bin Arzthelferin bei einem Allgemeinmediziner.«

Horndeich fragte sich kurz, wie der wohl heißen mochte, doch Petra Rittmeister schien dies als Nebensächlichkeit abzutun – was es wohl letztendlich auch war. Schließlich war Petra Rittmeister keine Tatverdächtige. Manchmal ging einfach der Polizist mit Horndeich durch.

»Können wir noch mit Ihren Eltern sprechen?«, erkundigte sich Margot.

»Nein. Unsere Eltern sind gestorben, als wir beide sechs Jahre alt waren. In unserer Familie steht man mit Automobilen ein wenig auf Kriegsfuß. Ein großer Benz ist meinem Vater mit unserem NSU Prinz auf der Autobahn frontal entgegengekommen. Mein Vater war sofort tot, meine Mutter hat noch zwei Wochen vergeblich gekämpft, und auch ich und Andrea lagen mehrere Wochen im Krankenhaus. Danach sind wir in ein Heim gekommen.«

»Das tut mir sehr leid«, sagte nun Margot. Horndeich

nickte nur. Auch wenn dieser Verlust schon deutlich mehr als ein Vierteljahrhundert zurücklag, rechtfertigte das Gesamtpaket nun wohl doch eine späte Beileidsbekundung.

SONNTAG, 5. OKTOBER

Das Wochenende hatte Margot gutgetan. Am gestrigen Samstag war es ihr tatsächlich gelungen, für mehrere Stunden ihre Arbeit komplett zu vergessen. Schuld daran war Nick gewesen, natürlich. Aber auch Doro und Milo hatten dazu beigetragen. Sie hatten sich einen Tagesausflug an den Rhein gegönnt. Mit dem Auto waren sie nach Rüdesheim gefahren, dann mit der kleinen Kabinenbahn zum Niederwalddenkmal. Das Wetter hatte mitgespielt: blauer Himmel, kleine Schäfchenwolken und die Sonne, die zum Abschluss des Sommers noch einmal alles gegeben hatte. Vom Denkmal aus waren sie spazieren gegangen, um dann mit dem Sessellift wieder in die Ebene zu fahren, nach Assmannshausen. Dort hatten sie ein Schiff bestiegen, das sie sanft über die Wellen des Rheins nach Sankt Goarshausen schipperte. Von dort ging es dann per Bus bis hinauf auf das Plateau der Loreley.

Der Ausblick war überwältigend gewesen. Sie hatte am Mäuerchen gestanden und zu den Biegungen des Flusses hinabgeschaut. Unglaublich, dass die riesigen Lastkähne die enge Kurve so bravourös nahmen. Nick hatte hinter ihr gestanden, seine Arme um sie geschlungen – und Margot hatte trotz des fantastischen Ausblicks die Augen geschlossen.

Bus und Schiff hatten sie dann zurück zu ihrem Wagen gebracht. Wieder in Darmstadt, hatten sie den Tag mit einem leckeren italienischen Essen in einem guten Restaurant unweit des Woogs ausklingen lassen.

Nun stand Margot in der Küche, hatte eine Küchenschürze umgebunden – eigentlich nicht ihr Stil, aber dem angenehm spießigen Familiengefühl geschuldet – und schnitt eine rote

Paprika in kleine Stückchen. Neben ihr zerteilte Doro, ebenfalls mit Schürze, die grüne Paprika-Kollegin. Sie wollten ein Letscho zubereiten, das sie in zwei Stunden essen konnten, wenn Nick und sein Sohn Milo von ihrer Fahrradtour zurückkommen würden. Die hatten sich beide je ein Mountainbike geliehen und waren am Morgen zu einer größeren Tour durch den Odenwald aufgebrochen.

Margot sah nach rechts und registrierte wieder das Lächeln, das Doros Gesicht seit Tagen fest im Griff hatte. »Du magst ihn sehr, nicht wahr?«

Doro schrak leicht zusammen. Das Paprikaschneiden war in den vergangenen Minuten offenbar vom autonomen Nervensystem übernommen worden. »Wen meinst du?«

Sie waren Margot natürlich nicht entgangen, die Momente, in denen sich Milo und Doro unbeobachtet geglaubt hatten. In denen ihre Hände entweder über den Körper des anderen strichen oder sich für kurze Zeit fanden. Jene Momente, in denen sie sich kurz, zaghaft und schnell geküsst hatten, sodass es vermeintlich niemand anderes mitbekommen konnte. »Wen meine ich wohl?«

Doro sah vom Paprikagemetzel auf. »Ja. Ich mag ihn sehr.«

Nun, Milo war schließlich Nicks Sohn, und sie liebte den Vater. Insofern konnte Margot gut verstehen, dass Doro Gefallen an dem jungen Mann gefunden hatte. Und, mit Verlaub, Margot war ja nicht blind und sich durchaus der Tatsache bewusst, dass der junge Mann ein äußerst attraktiver junger Mann war. Wenn sie es recht in Erinnerung hatte, würde Milo jedoch bald wieder zurück nach Amerika aufbrechen. Das Praktikum dauerte schließlich nur drei Monate, wie Doro gesagt hatte. Margot hätte sie jetzt natürlich gern ausgefragt. Neugier war letzten Endes eine Berufskrankheit, notwendig, um den Job zu machen, aber im privaten Bereich nicht immer angebracht. Also riss sie sich lieber zusammen, griff zur nächsten Paprika und setzte das Messer an. Doro tat es ihr gleich.

Auch Nick würde am nächsten Tag wieder in den Flieger steigen, aber der würde ihn ja nur bis nach Lyon bringen. Auch wenn ihr das persönlich schon eine viel zu große Entfernung war, so wollte sie lieber nicht daran denken, wie Doro sich in wenigen Wochen fühlen musste, wenn Milos Flieger ihn über den großen Teich bringen würde. Sie kannte Doro gut genug, um ein wenig in ihren Kopf und ihr Herz schauen zu können. Und sie spürte, dass es der jungen Dame offenbar sehr ernst war mit Milo.

Margot unterdrückte einen Seufzer. Es war schön, die junge Frau, die ihr in den vergangenen Jahren doch sehr ans Herz gewachsen war, so verliebt und glücklich zu sehen. Auch wenn sie gleichzeitig bereits das Bild vor Augen hatte, wie Doro sich nach Milos Abreise mindestens zweiundsiebzig Stunden lang mit rot geweinten Augen durchs Haus bewegen würde. Untröstlich. Wenn Doro traurig war, konnte sie erst mal nichts und niemand aus ihrem schwarzen Loch befreien. Margot wunderte sich manchmal, dass Doro ihr in so vielen Punkten so ähnlich war, obwohl sie nicht miteinander verwandt waren. In dem Moment purzelte es mehr aus ihrem Mund heraus, als dass sie die Frage bewusst ausgesprochen hätte. »Wirst du ihn besuchen in Amerika?«

Margot schalt sich selbst, dass ihr die Frage entschlüpft war. Und noch bevor das Fragezeichen im Raum stand, hätte sie erwartet, dass das Lächeln aus Doros Gesicht verschwinden würde. Tat es aber nicht. Im Gegenteil. Es wurde noch ein bisschen breiter. Offenbar gab es also tatsächlich Pläne, das, was wohl eine Beziehung war, über mehrere Tausend Kilometer hinweg aufrechtzuerhalten.

»Ja, wir haben schon Pläne geschmiedet«, sagte Doro.

»Und was habt ihr vor?«, wollte Margot wissen. Das berühmte innere Stimmchen flüsterte ihr zu, dass ihr die Antwort, die Doro gleich geben würde, nicht gefallen würde.

Doro sah Margot direkt an. Sofort nahm Margot das Minigewitter in ihren Augen wahr. Die Blitze bedeuteten nichts anderes, als dass Doro selbst wusste, dass die folgende Antwort eine Diskussion auslösen würde. »Ich gehe mit ihm. Ich werde mit Milo nach Amerika gehen.«

Ihr inneres Stimmchen hatte mal wieder recht gehabt. »Doro – wie stellst du dir das denn vor? Hast du Urlaub genommen? Wie lange möchtest du in Amerika bleiben?«

»Ich stelle mir das sehr schön vor, ich habe keinen Urlaub genommen, sondern gekündigt, und wie lange ich in Amerika bleiben werde, weiß ich noch nicht.«

»Doro!«, rief Margot nun aus. Irgendwie bekam ihre Lunge für einen Moment nicht genug Luft.

»Ja?«

Margot legte das Messer zur Seite. Dann setzte sie sich auf den Klappstuhl neben der Wand. Doro blieb stehen, lehnte sich an die Arbeitsplatte und verschränkte die Arme vor der Brust, in der einen Hand das den Paprikas todbringende Messer. Margot kannte Doro gut genug, um zu wissen, dass in diesem Moment jegliche Diskussion vergeblich wäre. Dennoch konnte sie nicht anders. Sie musste fragen. »Hast du dir das wirklich gut überlegt? Mein Gott, wenn das mit Milo auseinandergeht, was machst du denn dann?«

»Ja, ich habe mir das gut überlegt. Und das mit Milo wird nicht auseinandergehen. Deswegen ist die Frage, was ich dann mache, völlig überflüssig.«

Doro war volljährig, schon lange, und sie konnte tun und lassen, was sie wollte. Und sosehr Margot Doro auch gönnte, dass Milo die Liebe ihres Lebens wäre, dass sie heiraten, Kinder bekommen und glücklich gemeinsam leben würden, bis der Erste von ihnen diese Erde verlassen musste und darüber dann auch zehn Enkelkinder trauerten – sosehr hatte das Leben sie doch gelehrt, dass zwischen Wünschen und der Realität oftmals ein harter Kampf ausgefochten wurde, den meist die Realität für sich entschied. »Hast du das wirklich bis zum Ende durchgespielt?«

Doro lachte darauf. »Nein. Aber es ist das Privileg der

Jugend, auch mal Dinge zu tun, die man noch nicht ganz durchdacht hat. Ich will Milo nach Amerika begleiten. Denn dass er allein dorthin geht und ich allein hierbleibe – das wäre schlimmer als alles, was mir dort passieren kann.« Doro drehte sich um und zerkleinerte die nächste Paprika – die wohl kaum verstand, wieso das Messer sie mit solch brutaler Kraft in Stücke hackte.

Margot holte tief Luft. »Wann wolltest du mir das sagen? Am Flughafen?«

Doro ignorierte die Frage und übte sich weiter im Brachialschnippeln.

Margot stand auf und legte die Schürze ab. Sie ging in den Garten. Dort lagen ihr Vater und Chloe in Liegestühlen. Beide schienen zu schlafen. Über die Lehnen hinweg hielten sie sich an den Händen. Margot wollte sich schon umdrehen und weggehen, als ihr Vater sagte: »Ich schlafe nicht, mein Liebes. Setz dich ruhig zu uns.«

Margot zog sich einen Stuhl heran und ließ sich neben dem Liegestuhl ihres Vaters nieder. Sie sprach nur leise, damit Chloe nicht aufwachen würde. »Doro hat mir gerade eröffnet, dass sie mit Milo nach Amerika gehen wird.«

Ihr Vater nickte nur. Und Margot begriff, dass das für ihn keine Neuigkeit war. Sie spürte, wie das Adrenalin in ihr Blut schoss und ihre Lungen tief Luft einsogen, damit die nachfolgende Tirade auch ohne Unterbrechungen würde herausgeschleudert werden können. Aber es kam nichts. Der Druck in ihrem Inneren verpuffte, als ob alle Notventile gleichzeitig aufgesprungen wären. Natürlich hätte ihr Vater ihr das sagen müssen. Natürlich hätte Doro sie einweihen müssen, viel früher. Aber offensichtlich hatten sie beschlossen, dies nicht zu tun.

Sie fühlte sich plötzlich unendlich müde. Ausgelaugt. Am Ende.

Das innere Stimmchen meldete sich wieder: *Genieß ihn einfach, den heutigen Abend. Und Doro hätte es schlechter tref-*

fen können als mit Milo. Womit das innere Stimmchen ja nicht unbedingt unrecht hatte. Margot erhob sich wieder.

Ihr Vater sah sie an, sagte aber nichts. Doch in seinem Gesicht erkannte sie die Verwunderung darüber, dass Margot nicht losgepoltert hatte.

Sie ging wieder in die Küche: »Doro – könntest du das Letscho allein fertig machen? Ich würde mich gern noch eine Stunde hinlegen.«

Doro zeigte den gleichen Gesichtsausdruck, den ihr Vater vor einer Minute an den Tag gelegt hatte. Teilten hier wirklich alle die Erwartung, dass die überraschende Eröffnung sie ausflippen ließ? Auch kein schmeichelhafter Gedanke.

Margot erwachte, als Nick ihr einen Kuss auf die Stirn gab. Sie hatte tief und fest geschlafen. Mühsam rappelte sie sich auf und setzte sich auf die Couch, auf der sie gerade gelegen hatte. »Wie war eure Tour?«

»Richtig toll. Wir sind bis Reichelsheim gefahren. Komm mit, die ersten Steaks sind schon gegrillt, das Letscho riecht lecker, und alle haben Hunger.«

Um Mitternacht lag Margot neben Nick im Bett und konnte nicht einschlafen. Er lag auf dem Rücken, und Margot hat ihren Kopf auf seine Armbeuge gelegt. Nick schnarchte, aber nur ganz, ganz leise. Was ihr nicht unangenehm war.

Der Abend war wunderschön gewesen, irgendwie einer jener magischen Momente, wie sie einem nur selten im Leben vergönnt sind. Einmal hatte Margot sich das Lachen verkneifen müssen, weil sie zu sechst um den Tisch gesessen hatten, drei Pärchen, die sich jeweils gleichzeitig an den Händen hielten. Nach dem Gespräch mit Margot hatte Doro jeglichen weiteren Versuch unterlassen, ihre Gefühle für Milo zu verstecken. Margots Vater hatte dies lächelnd zur Kenntnis genommen, nur Nick hatte nicht begriffen, was hier vor seinen Augen passierte. Margot hatte sich gefragt, worüber Vater und Sohn auf der Radtour wohl gesprochen hatten, wenn nicht über Doro.

Es würde ihr verflucht schwerfallen, Nick am nächsten Tag zu verabschieden. In diesem Moment fühlte sie sich unendlich glücklich und gleichzeitig unendlich traurig. Gab es das eigentlich, dass diese beiden Gefühle so verdammt nah beieinanderlagen?

Sie seufzte ein letztes Mal, dann fielen auch ihr die Augen zu.

DIENSTAG, 7. OKTOBER

Margot und Nick hatten gerade zu Mittag gegessen. Unweit der Interpolzentrale in Lyon gab es ein kleines italienisches Restaurant, das Nick öfters aufsuchte und in dem sie sich gerade Spaghetti in Öl mit Parmesan und Basilikum gegönnt hatten. Nun saßen sie gemeinsam in seinem Büro. Durch die großzügigen Fenster hatte man einen schönen Blick auf die Rhône und die ganze Stadt in Richtung Südwesten.

Am vergangenen Tag hatte sie sich ein paar Tränen nicht verkneifen können, als sie Nick verabschiedet hatte. Direkt danach war sie ins Büro gefahren, und sie hatten die morgendliche Montagssitzung abgehalten. So schön das lange Wochenende gewesen war, war der Frust über die Sackgassen, in die sie bei ihren Ermittlungen inzwischen gerannt waren, sofort wieder greifbar gewesen. Sie hatten die Aufgaben dann untereinander aufgeteilt. Margots Job war es, mehr über den Unfall von Andrea Rittmeister in Indien herauszubekommen, wenn das möglich war. Kurz darauf hatte sie mit Nick telefoniert, der ihr zugesagt hatte, sie dabei zu unterstützen. Allerdings wäre es am einfachsten, wenn sie nach Lyon käme und sie dort alle Ressourcen nutzten, um möglichst schnell Auskünfte aus Indien zu bekommen. Margot hatte gar nicht gewusst, dass auch Indien einer der Mitgliedsstaaten von Interpol war.

Feller war es zugefallen, beim Landesamt für Verfassungsschutz nachzuforschen, ob Tomke Rieken, Heiner Göbel, Klaus Kleiber oder Andrea Rittmeister irgendwann einmal dort aktenkundig geworden waren – über die Fotografie hinaus, die sie ja bereits kannten. Und Horndeich sollte sich darum kümmern, ihrem ominösen Werner vielleicht einen Nachnamen zuzuordnen. Oder ihn sogar leibhaftig ausfindig zu machen.

Indiens und Frankreichs Zeitzonen lagen während der Sommerzeit tatsächlich nur dreieinhalb Stunden auseinander. In Indien saß man daher wohl gerade beim Nachmittagskaffee – wenn man in Indien so etwas trank. Vielleicht gab es dort ja auch noch den Fünf-Uhr-Tee als Überbleibsel aus Kolonialzeiten. Margot wusste es nicht, sie musste zugeben, dass sie über Indien eigentlich gar nichts wusste. Ihre Freundin Cora, zu der sie in den vergangenen sechs Monaten wieder häufiger Kontakt gehabt hatte, hatte ihr das Buch einer jungen deutschen Schauspielerin ausgeliehen, Judith Döker, die ihr Glück in Indien als Bollywood-Schauspielerin versucht hatte. Wie Margot wusste, war der Versuch gescheitert, aber das Buch, das sie darüber geschrieben hatte, sehr lustig. Es lag inzwischen an dritter Stelle ihres SuBs – des »Stapels ungelesener Bücher«.

Bevor Margot am Vortag zum Flughafen gefahren war, hatte sie nochmals mit Petra Rittmeister gesprochen. Die hatte ihr tatsächlich den Totenschein ihrer Schwester aushändigen können sowie einen Bericht der indischen Polizei. Einige der Angaben waren auf Englisch verfasst, andere in Devanagari, so der Name der wunderbar verschnörkelten horizontalen Strichmalereien, mit denen die Laute der indischen Amtssprache Hindi aufgeschrieben wurden. Der einzige Begriff, den Margot auf dem Schreiben einwandfrei identifizieren konnte, lautete *Accident* – Unfall. Leider gelang es ihr nicht, das Todesdatum zu identifizieren. Sie wusste, dass in Indien eine andere Zeitrechnung galt als in Europa. Ein indischer Kollege von Nick konnte ihr jedoch weiterhelfen: Petra Rittmeisters Schwester Andrea war am 4. Dezember 1989 in Trivandrum gestorben.

Nick hatte bereits den ganzen Vormittag über mit indischen Behörden telefoniert. Er hatte mit den Dienststellen in

Mumbay gesprochen, war dort von Pontius zu Pilatus verbunden worden, um schließlich tatsächlich an die Polizeidirektion in Thiruvananthapuram – wie Trivandrum heute hieß – durchgestellt zu werden. Per E-Mail hatte er einen Scan von Margots Unterlagen dorthin gesendet. Um 11:30 Uhr hatte man ihn schließlich wissen lassen, dass man das Archiv danach durchsuchen werde, ob es noch irgendwelche Schriftstücke zu dem Unfall gäbe.

Um 14:10 Uhr klingelte das Telefon. Nick sprach nicht lange mit dem indischen Kollegen am anderen Ende der Leitung. Und das Ergebnis war genauso ausgefallen, wie Margot befürchtet hatte: negativ. Das Einzige, was Margot zusätzlich erfahren hatte, war, dass Petra Rittmeisters Unterlagen eindeutig belegten, dass ihre Schwester Andrea überfahren worden war, von einem Auto, dessen Fahrer danach Fahrerflucht begangen hatte. Wenig später war sie dann ihren inneren Verletzungen erlegen.

Danach brachte Nick Margot zum Flughafen, und sie flog wieder zurück nach Hause. Und wieder hatte sie geweint, aber erst, als sie im Flieger gesessen hatte.

DONNERSTAG, 9. OKTOBER

Nachdem Margot wieder in Darmstadt angekommen war, hatte sie sich in den Kopf gesetzt, mehr über Andrea Rittmeister herauszufinden. Sie hatte Petra Rittmeister angerufen und diese danach gefragt, in welchem Kinderheim sie groß geworden seien. Das Heim Sankt Hubertus, das am Rande von Büdingen in Oberhessen lag, konnte sie benennen, die Namen der Betreuerinnen jedoch nicht mehr. In den Siebzigerjahren hatte die Einrichtung noch unter katholischer Leitung gestanden, denn Sankt Hubertus war ein ehemaliges Kloster. 1952 wurde es zum Mädchenheim umgebaut, das von den Nonnen des Klosters geführt wurde. Petra und Andrea Rittmeister kamen 1972 in das Heim. Von dort aus besuchten sie die Realschule in Büdingen.

Eine der Nonnen, die damals die Gruppe im Kinderheim betreut hatte, in der Petra und Andrea Rittmeister untergebracht waren, hatte Margot tatsächlich innerhalb eines Tages ausfindig machen können. Sie lebte in einem katholischen Altenheim in Büdingen. Ihr Name war Schwester Maria Soltau.

Margot hatte sie angerufen, und Schwester Soltau erinnerte sich tatsächlich an das Schwesternpaar Petra und Andrea, besonders an Letztere.

Margot war die fünfundsiebzig Kilometer nach Büdingen gefahren und betrat die Seniorenresidenz. Das Haus war ein schlichter Bau aus den Sechzigerjahren, allerdings mit einem wunderschönen Garten vor dem Haus. Margot besah sich die roten Russelien, die in großen Tontöpfen am Rande des Wegs zum Eingang aufgestellt worden waren. Im Haus gab es eine kleine Rezeption, und die Rezeptionistin schickte Margot in den Garten, der hinter dem Haus lag. »Sie erkennen Schwester Soltau ganz einfach an der Schwesterntracht.«

Schwester Soltau saß auf einer Holzbank. Ihr Blick war auf den Teich gerichtet, in dem sich gerade zwei Enten stritten.

»Schwester Soltau?«

Die alte Dame – Margot schätzte sie auf etwa Mitte achtzig – blickte auf. Unter ihrer Haube ragten zwei Strähnen grauen Haares hervor. Trotz ihres hohen Alters schien das Haar immer noch kräftig. »Kommissarin Hesgart?«

Margot nickte und nahm neben der alten Dame Platz. »Es ist sehr nett, dass Sie mich empfangen.«

»Ach, wissen Sie, ich bekomme nicht mehr so viel Besuch. Da freue ich mich über jeden, der ein wenig Abwechslung in den Tag bringt.« Schwester Soltaus Stimme war viel kräftiger, als das faltige Gesicht mit der dünnen Haut vermuten ließ. Außerdem war die Klangfarbe viel tiefer, als Margot es von der kleinen, schmächtigen Frau erwartet hätte.

»Schwester Soltau, ich komme gleich zur Sache. Ich ermittle in einem Mordfall, in dem Andrea Rittmeister offensichtlich eine Rolle spielt.«

»Dann muss die Tat aber schon eine Weile her sein. Andrea ist ja schon seit fünfundzwanzig Jahren tot.« Schwester Soltau sah Margot an, und auch wenn ihre Augen ein wenig getrübt schienen, besonders das linke, so strahlte ihr Blick doch Autorität aus. Margot konnte sich gut vorstellen, dass Schwester Soltau von ihren Schützlingen zumindest respektiert worden war, vielleicht sogar ein wenig gefürchtet.

»Vor einigen Tagen ist ein Mann ermordet worden, der Andrea einmal gekannt hat.«

»Wer war das?«

Margot nahm ihr Tablet aus der Handtasche und zeigte Schwester Soltau die Bilder des Quintetts. »Kennen Sie einen davon?«

Schwester Soltau griff in eine Seitentasche ihrer Tracht

und entnahm ihr ein Brillenetui. Sie klappte es auf und setzte eine Lesebrille mit knallrotem Gestell auf. Als sie Margots Blick sah, lächelte sie. »Alter heißt nicht, auf Mode zu verzichten«, sagte sie und zwinkerte Margot zu. Sie betrachtete das erste Bild und vergrößerte es, indem sie auf der Glasfläche Daumen und Zeigefinger auseinandergleiten ließ. Offensichtlich war der Dame auch moderne Technik nicht unvertraut. Sie verkleinerte das Bild wieder und wischte nach links, um das nächste Foto anzusehen. Es zeigte Andrea Rittmeister. »Das ist Andrea«, sagte sie mit fester Stimme. Dann sah sie sich die weiteren Bilder an. »Nein. Es tut mir leid. Außer Andrea kenne ich keinen dieser Menschen.«

»Aber Sie kennen auch Andreas Schwester Petra.«

»Ja. Natürlich. Die beiden kamen gemeinsam im September 1972 zu uns ins Heim. Die vier Jahre davor waren sie in Nordhessen untergebracht gewesen. Die Familie hat früher in der Nähe von Fulda gewohnt. Der Unfall war schrecklich. Er ging damals durch alle Zeitungen. Ein Geisterfahrer war in das Auto der Familie gerauscht. Er starb ebenfalls. Durch den Unfall fuhren mehrere Wagen ineinander – aber bei allen anderen Beteiligten blieb es bei leichten Verletzungen und einer Menge Blechschaden. Ich hab damals über den Fall in der Zeitung gelesen, noch bevor ich die beiden Mädchen kennengelernt habe. Als sie dann zu uns ins Heim kamen, wusste ich sofort, wer sie waren.«

»Wie waren die beiden so?«

»Na ja, was sie gemeinsam hatten, war eine grundsatzlich fröhliche Art. Wenn sie mal traurig waren, war das nie von langer Dauer. Und in den ersten zwei Jahren, in denen sie bei uns waren, da waren sie sich auch noch recht ähnlich. Mit dem Beginn der Pubertät jedoch entwickelten sich die beiden in völlig unterschiedliche Richtungen. Petra war die Ruhige, Zurückhaltende, Besonnene – und Andrea wurde schnell zu einer richtigen Rebellin. Es war nicht so, dass sie andere körperlich angriff, doch sie hatte stets ihre eigene

Sichtweise und versuchte sie auch durchzusetzen. Zum Beispiel hatte sie ihre eigene Meinung zu Gott: Seit sie dreizehn war, hat sie keinen einzigen Gottesdienst mehr besucht. In einem katholischen Kinderheim ist das natürlich nicht die Art, sich Freunde zu machen. Ihr Verhalten wurde bestraft, mal bekam sie keinen Nachtisch, mal Hausarrest. Aber Andrea beharrte auf ihrer Meinung, dass Gott und Jesus, wenn es sie gäbe, ihr ganz bestimmt nicht die Eltern weggenommen hätten. Nachdem klar war, dass sie den sonntäglichen Gottesdienst unter keinen Umständen mehr besuchen würde, suchten wir nach einem anderen Weg der Bestrafung. Es gab Stimmen in der Heimleitung, die wollten, dass man Andrea zur Not mit Gewalt in die Kirche zwingen sollte. Aber ich konnte sie davon überzeugen, dass das wohl nicht die rechte Art sei, jemandem die Lehre Jesu nahezubringen. Ich selbst hatte sonntags während der Andacht meist Küchendienst. Und so setzte ich durch, dass Andrea jeden Sonntag die Kartoffeln schälen musste. Das war wohl auch der Grund dafür, dass sie zu mir ein vertrauensvolleres Verhältnis entwickelt hat als zu den anderen Schwestern. Ich habe ihr zugehört, auch wenn ich ihre Ansichten oft nicht teilte. Dann kam das Jahr, in dem beide Schwestern ihren Schulabschluss machten. Petra war von beiden immer die, die ein bisschen schlauer war, ein bisschen schneller, ein bisschen wortgewandter – obwohl sie die Jüngere war. Deswegen waren beide auch in einem Jahrgang. Unsere Mädchen gingen alle auf die Realschule in Büdingen, und da bekamen sie natürlich auch eine Menge von dem mit, was in der Welt vor sich ging. Andrea empörte sich zum Beispiel vehement über die vermeintliche Isolationsfolter, in der sich die RAF-Mitglieder Andreas Baader, Ulrike Meinhof, Gudrun Ensslin und Jan-Carl Raspe im Gefängnis in Stammheim befanden. Außerdem hat sie sich schon sehr früh Gedanken über den Umweltschutz gemacht. Die ganzen Greenpeace-Themen, das waren auch ihre Themen. Vom Schutz der Wale bis zur Rettung der Robben.

Es gelang mir, für beide Mädchen einen Ausbildungsplatz zur Arzthelferin zu finden. Andrea lernte bei Dr. Gerhard, einem Allgemeinmediziner in Gelnhausen, der aber bereits ein Jahr nachdem sie ihre Ausbildung beendet hatte, seine Praxis aufgab. Petra lernte bei Dr. Müller, einem Internisten hier in Büdingen. Auch er war schon etwas älter und hat vor fünfzehn Jahren seine Praxis aufgegeben. Beide Ärzte sind bereits verstorben.«

»Wie lange lebten die beiden Mädchen bei Ihnen im Heim?«

»Bis 1979. Da war Andrea achtzehn, Petra siebzehn. Anschließend wohnten sie gemeinsam mit zwei anderen Mädchen, die ebenfalls aus dem Heim kamen, in einer kleinen Wohnung in Büdingen. Sie wurden zu der Zeit immer noch betreut, obwohl sie schon volljährig waren. In jenen Tagen war das noch etwas Besonderes, diese Art von betreutem Wohnen. Heute ist das ja eher die normale Wohnform für Jugendliche, die nicht bei ihren Eltern leben können. Eine gute Sache, finde ich. Es gibt einiges, das früher besser war, aber die Betreuung von elternlosen Jugendlichen ist heute sicher sehr viel besser organisiert, als es damals der Fall war.

Na ja, offiziell hatte ich mit den beiden Mädchen ja nichts mehr zu tun, nachdem sie ausgezogen waren. Aber Andrea, die kam immer noch ab und zu sonntags zu mir, wenn ich das Essen zubereitet habe, und half mir, Kartoffeln zu schälen. So konnte ich ihren Lebensweg noch etwas weiterverfolgen, bis sie 1983 nach Darmstadt ging. Danach hatten wir keinen Kontakt mehr. Leider.«

»Können Sie sich erklären, warum sie damals an der Frankfurter Universität aufgetaucht ist?«

Schwester Soltau zuckte mit den Schultern. »Ich habe keine Ahnung. Sie hatte ja einen Realschulabschluss und eine Berufsausbildung – vielleicht hat sie an der Fachhochschule studiert.«

Das hatte Margot bereits gecheckt und wusste, dass dem nicht so war. Andrea Rittmeister hatte an keiner Fachhochschule im Umkreis von fünfzig Kilometern um Darmstadt und Frankfurt herum studiert.

»An der Frankfurter Uni – dort hat sie wahrscheinlich die Leute gefunden, die ähnlich dachten wie sie. Ich meine, die ganze Ökologiebewegung – da waren die Unis doch die Keimzelle. Und das war, wie gesagt, eines der Themen, die Andrea interessierten, wobei sie immer in gesellschaftlichen Dimensionen gedacht hat. Ich erinnere mich noch gut an einen Tag im Spätherbst 1981 – ich glaube, es war im November. Andrea ist nach Frankfurt gefahren, um dort gegen die Startbahn West zu demonstrieren, für die der Wald damals ja viele Bäume lassen musste. Es kam im Nordend zu einem Polizeieinsatz. Und der war nicht richtig. Der war viel zu hart. Einige Demonstranten sind schwer verletzt worden, und auch Andrea hat die Nacht im Krankenhaus verbracht. Ich denke, diese Nacht war für sie entscheidend. Bei unseren Gesprächen beim Kartoffelschälen ging es nun oft um die Staatsmacht, die ihre Untertanen unterdrückt. Wir hatten intensive Gespräche damals, und wahrscheinlich war ich die Einzige, der sie auch mal länger als eine Minute zugehört hat. Ansonsten wurden ihre Standpunkte immer verhärteter. Sie ist dann sicher nach Darmstadt gezogen, weil sie aus dem ländlichen Umfeld hier herauswollte. Es kann auch sein, dass sie jemanden kennengelernt hatte, einen Mann. Ich habe nie erfahren, was ihre Gründe waren.«

»Wissen Sie, bei welchem Arzt sie in Darmstadt gearbeitet hat?«

»Nein, das weiß ich nicht. Vielleicht hat sie mir den Namen gesagt, aber ich erinnere mich nicht mehr. Vielleicht hat sie auch gesagt, sie würde es mir schreiben. Ich habe keine Ahnung.«

»Und Petra? Haben Sie ihren Lebensweg auch verfolgt?«

»Nun, Petra hat hier in Büdingen gelebt. 1983, als sie einundzwanzig wurde, ist sie mit ihrem damaligen Freund zusammengezogen. Wir hatten nie so ein enges Verhältnis. Natürlich habe ich sie immer mal wieder in Büdingen gesehen. Und dass die Beziehung zu ihrem Freund ein Jahr später auseinandergegangen ist, habe ich natürlich auch mitbekommen. Damals ging Petra nach Fulda, soviel ich weiß, aber dann habe ich nichts mehr von ihr gehört. Wissen Sie etwas von ihr?«

»Ja«, erwiderte Margot. »Sie lebt in dem Haus, in dem Andrea bis zu ihrem Tod gewohnt hat. Sie hat die Wohnung nach deren Tod übernommen.«

Schwester Soltau nickte und blickte zu Boden. »Ja, jetzt erinnere ich mich wieder. Sie hat damals die Trauerkarten verschickt, nachdem Andrea gestorben ist. Eine dieser Karten hat sie auch ans Heim gesandt, so habe ich davon erfahren. In Indien soll Andrea damals gewesen sein. Nun, wie gesagt, ich hatte leider keinen Kontakt mehr zu ihr.«

Als Margot das Heim verließ, musste sie an ihren Sohn Ben denken. Der wohnte seit einem Jahr in München, gemeinsam mit seiner Frau und inzwischen drei Kindern. Ihr Kontakt war leider sehr viel loser, als Margot es sich wünschte. Es war immer sie, die in München anrief, und es war immer er, der zugesagte Treffen wieder kurzfristig absagte. Margot kannte die Gründe dafür nicht. Sie hätte ihre Enkelkinder gerne öfters um sich gehabt. Vielleicht hatte Ben ihr nicht verziehen, dass sie sich von Rainer getrennt und schließlich auch hatte scheiden lassen. Immerhin war Rainer der leibliche Vater von Ben. Möglicherweise hatten die beiden engeren Kontakt zueinander. Aber darüber wusste Margot nichts. Schade eigentlich. Sehr schade.

FREITAG, 10. OKTOBER

Und schon wieder eine Woche vorbei. Horndeich machte ein Kreuz hinter dem letzten Namen. Werner Kowalski. Eine Woche vorüber, hundertdreizehn Namen gecheckt – nur um zu wissen, dass man keinen Millimeter vorangekommen war. Vergangenen Montag hatten sie die Aufgaben verteilt. Horndeichs Hausaufgabe war es gewesen, sich von der Uni in Frankfurt eine Liste aller Männer mit dem Vornamen »Werner« – oder mit zweitem Vornamen »Werner« – geben zu lassen, die 1985 dort studiert hatten. Neben den Namen standen in der Excel-Datei die damaligen Postanschriften sowie die Telefonnummern, soweit vorhanden. Horndeich hatte in den vergangenen fünf Tagen versucht, all diese Werners ausfindig zu machen, um ihren Werner, die Nummer fünf im Quintett, identifizieren oder sogar mit diesem Werner sprechen zu können.

Der Wunsch hatte sich nicht erfüllt. Horndeich war es tatsächlich gelungen, im Laufe der Woche von den hundertdreizehn Werners dreiundachtzig eindeutig zu identifizieren. Die Suche nach Männern hatte immerhin den Vorteil, dass eine Namensänderung wegen Heirat äußerst selten war. So war es ihm geglückt, die ersten einundvierzig Werners bereits am ersten Tag zu bestimmen. Dreizehn von ihnen wohnten tatsächlich noch in Frankfurt. Dank Businessplattformen im Internet wie Xing oder eben Facebook hatte er allein fünfundzwanzig auf Anhieb finden können. Bei zweiundvierzig war die Identifikation durch ein paar weitere Rechercheschritte möglich gewesen, so zum Beispiel Telefonate bei ehemaligen Arbeitgebern, Exfrauen, einem Kaninchenzuchtverein oder etwa dem Landesschulamt von Nordrhein-Westfalen. Vier waren inzwischen bereits verstorben. Doch alle dreiundachtzig Personen hatten eins gemeinsam: Sie waren nicht der Werner, den sie suchten.

Bei den dreißig übrigen war Horndeich keinen Schritt weitergekommen. Ihre Spuren verloren sich im Sande. Einige waren ins Ausland gegangen, bei anderen war die Spur einfach irgendwo versandet.

Wäre ja auch zu schön gewesen, wenn es ihnen geglückt wäre, diesen blöden Werner auf die Art zu identifizieren. Horndeichs persönliche Arbeitshypothese war die, dass Werner seine vier Mitstreiter umgebracht hatte. Sie hatten irgendein krummes Ding zusammen gedreht, vielleicht einen Banküberfall oder Ähnliches, und die beiden im Auto wollten einen höheren Anteil, als er zu geben bereit war. Auch die Dame in Indien hatte dran glauben müssen – wobei das natürlich eine Schwachstelle in seiner Theorie war. Werner hätte Andrea Rittmeister auch im eigenen Land umbringen können. Und Klaus Kleiber – vielleicht wollte der auspacken, nachdem ihm klar geworden war, dass Werner die beiden jungen Leute im Auto umgebracht hatte. Also mussten sie Werner finden. Horndeich war sich ziemlich sicher, dass sie dann auch den Mörder gefunden hätten.

Er griff zum Telefonhörer und wählte die Nummer von Anke Zilitt. Die Kollegin von Rechtsmediziner Hinrich in Frankfurt hatte ihm ja schon bei der Gesichtsrekonstruktion der beiden Leichen aus der Grube Prinz von Hessen erfolgreich unter die Arme gegriffen. Vielleicht gelang es ihr, auf der Basis der zwei Fotografien, auf denen der ominöse Werner zu sehen war, ein Bild zu schaffen, das zeigte, wie Werner heute aussehen könnte. Natürlich gab es auch dabei viele Unwägbarkeiten. Niemand wusste, wie sich Werner verändert hatte. War er nach wie vor ein schlanker Mann, oder hatte er sich eher wie Horndeichs Schwiegervater entwickelt, der im Alter von zwanzig Jahren athletische Wettkämpfe gewonnen hatte und heute ein Körpergewicht von mehr als hundert Kilogramm aufwies? Hatte Werner gesund gelebt, oder sah sein Gesicht heute nach zu viel Alkoholgenuss aufgedunsen aus? Anke Zilitt sagte ihm zu, ihr Bestes zu geben. Sie würde mehrere Varianten erstellen. »Ich schick das dann gleich an eure Pressestelle?«

Horndeich hielt das für die beste Idee. Er bedankte sich bei Anke Zilitt, dann schickte er ihr die Bilder und sein Anliegen nochmals per E-Mail und setzte Helena Schmidt von der Presseabteilung in Kopie. Danach schrieb er noch eine E-Mail an Helena Schmidt persönlich und bat sie, sobald Anke Zilitt ihr die Bilder zukommen ließ, diese an die Öffentlichkeit zu geben, am besten bundesweit.

Er sah auf die Uhr. Es war vierzehn Uhr am frühen Nachmittag. In einer Stunde würden sie sich nochmals im Plenum treffen. Genügend Zeit, um kurz nach Hause zu fahren.

Margot fühlte sich sehr an das Szenario der vergangenen Woche erinnert. Sie kamen keinen Schritt voran. Natürlich hatte sie inzwischen etwas mehr über Andrea Rittmeister erfahren, aber auch unter diesen Informationen war keine, die sie bei der Lösung des Falles irgendwie weiterbrachte. Den Morgen hatte sie damit verbracht, noch einmal zur Berufsfeuerwehr in Darmstadt zu fahren, um eventuell rauszukriegen, wer wie an den Schlüssel zum Zivilschutzbunker hätte kommen können. Auch diese Erkenntnis war bitter: Natürlich wurden die Schlüssel in einem speziellen Schlüsselkästchen aufbewahrt. Aber die Feuerwehr in Darmstadt war nun mal kein Hochsicherheitstrakt, in dem sich jede Tür nur durch Chipkarte oder einen besonderen Code öffnen ließ. Fazit: Wer sich bei der Feuerwehr auskannte, dem war es durchaus möglich, den Schlüssel zum Bunker kurzzeitig zu entwenden, um zumindest einen Wachsabdruck zu fertigen.

Margot hantierte an der Kaffeemaschine. Ihr Kaffee war

bereits fertig. Sie hatte auch schon den obligatorischen halben Löffel Zucker gegen die Bitterkeit hinzugefügt, wie sie diesen Hauch von Süße seit jeher zu nennen pflegte. Nun war sie gerade dabei, einen Kaffee für Horndeich zuzubereiten.

Der stand gerade bereit, als Horndeich ins Zimmer trat. Er grüßte kurz, dann setzte er sich an die Längsseite des großen Besprechungstisches. Er hatte eine schmale Mappe dabei, die er auf den Tisch legte. Margot stellte den Kaffee vor ihrem Kollegen ab. »Eine Ahnung, wo Feller ist?«

Horndeich zuckte mit den Schultern. »Nein.« Sein Gesichtsausdruck verriet, dass er darüber nicht allzu traurig war.

Es war zehn nach drei, als Feller den Besprechungsraum betrat. Er hatte ebenfalls eine Aktenmappe dabei. Irgendwie wirkte er fröhlich, ja, fast beschwingt. Ein Zustand, in dem Margot ihn noch nie gesehen hatte. Sie hoffte, dass dies auf Rechercheergebnisse zurückzuführen war. In den vergangenen Tagen hatte er sich sehr bedeckt gehalten – und Margot wusste, dass er weder am Vortag noch heute beim Landesamt für Verfassungsschutz in Wiesbaden gewesen war. »Okay. Was haben wir? Fängst du an, Horndeich?«

Horndeich klappte seine Aktenmappe auf, dann wieder zu. Er sagte nur: »Nada. Hundertdreizehn Werners waren damals immatrikuliert. Dreiundachtzig habe ich ausfindig gemacht und ausschließen können. Wenn unser Werner an der Uni eingeschrieben war, dann gehört er zu den dreißig, die ich bislang nicht aufspüren konnte.«

Margot sah zu Feller. Dann konnte sie ihre Misserfolge auch gleich beichten, bevor der zum Grande Finale ansetzen würde. »Auch bei mir nicht viel Neues. Ich habe den Totenschein von Andrea Rittmeister übersetzen lassen. Ebenso den kurzen Polizeibericht. Tatsächlich war es ein Unfall mit Fahrerflucht. Ein Wagen hat sie an einer Ampel hopsgenommen, obwohl die gerade auf Grün für Fußgänger stand.

Das Auto ist sofort weitergefahren, und niemand hat das Kennzeichen aufgeschrieben. Außerdem hab ich mit der Betreuerin von Andrea und Petra Rittmeister gesprochen, die die beiden im Kinderheim unter ihre Fittiche genommen hatte. Das Fazit ist kurz: Andrea Rittmeister hegte bereits früh politisches Interesse in Richtung Umweltschutz und in Richtung grünes oder linkes Gedankengut – aber all das ist nur allgemeines Blabla. Irgendwelche konkreten Ansätze haben sich daraus nicht ergeben.«

»Na, dann bin jetzt wohl ich an der Reihe«, sagte Feller. »Um es vorwegzunehmen: Drei Tage beim Landesamt für Verfassungsschutz haben mich keinen Schritt weitergebracht. Unsere fünf sind in keinem Bericht irgendwo aufgetaucht, und ich glaube, ich habe in diesen drei Tagen über tausend Aktenseiten quergelesen. Zig Demos in Biblis, immer mal wieder was am Frankfurter Flughafen, dann einige Demonstrationen zum 1. Mai – alles in allem nicht sehr ergiebig.«

Margot fragte sich, woher dann der selbstzufriedene Ausdruck in Fellers Gesicht rührte. Es war Horndeich, der nachfragte: »Und wo waren Sie dann gestern und heute?«

Feller sah von Margot zu Horndeich und wieder zurück, und sein Grinsen wurde noch breiter. »Ich glaube, ich habe den Ansatz gefunden, über den wir unserem Quintett näher kommen.«

Margot entging nicht Horndeichs Seufzer. Auch ihr missfiel diese Selbstgerechtigkeit. Ein Hinrich genügte voll und ganz. »Gut, Kollege Feller, dann legen Sie mal los. Was haben Sie für uns?«

Feller schlug den Aktenordner auf und entnahm ihm einige DIN-A3-Kopien. Sie waren gefaltet, und er legte sie in voller Breite auf den Tisch. »Nachdem das beim LVA in Wiesbaden ja ein Flop war – ich hätte da übrigens deutlich mehr erwartet –, habe ich gedacht, ich schaue mir mal die Verbrechen an, die in Zusammenhang mit linker Gewalt gebracht wurden. Im Zeitraum, als unser Quintett an der Uni aufgetreten ist, bis hin zu dem Punkt, als sich ihre Spur verliert. Oder konkret: von 1983 bis 1990. Da über ungelöste Verbrechen, die inzwischen alle verjährt wären, ja keine Polizeiunterlagen mehr existieren, habe ich mich in die Deutsche Bibliothek gesetzt. Und dort gibt es die Frankfurter Allgemeine Zeitung komplett im Archiv. Die FAZ erschien mir geeignet, weil sie alle relevanten Fälle auflistet, die in Südhessen passiert sind. Und auf die habe ich mich konzentriert, weil unser Quintett ja in Frankfurt aktiv gewesen ist und drei der Leichen hier in Darmstadt gefunden wurden. Tja, und dann bin ich auf den 4. Dezember 1989 gestoßen. Und das ist tatsächlich ein Ereignis, das ganz direkt mit unserem Quintett in Verbindung steht.«

»Und was war da?«, wollte Horndeich wissen.

In Margots Kopf klingelte ein Glöckchen. 1989 – klar, der 9. November. Der Tag, an dem die Mauer fiel. Der Tag, an dem die Menschen zum ersten Mal von Ostberlin nach Westberlin gingen, ohne Gefahr zu laufen, erschossen zu werden. Das Datum war ihr präsent, auch wenn sie selbst keinerlei Verwandtschaft in der DDR gehabt hatte. Aber da war noch was gewesen, wenig später, ebenfalls bedeutsam …

»Kiesgart«, sagte Horndeich.

Kiesgart. Klar. Horndeich hatte recht. Am 30. November 1989 war der Vorstandssprecher der Deutschen Kapital, der größten Bank in Deutschland, Friederich Kiesgart, im Alter von neunundfünfzig Jahren ermordet worden. Aber was war am 4. Dezember 1989 passiert?

»Ja, das ist die richtige Richtung. Am 30. November 1989 wurde Bankenchef Friederich Kiesgart in Bad Homburg durch eine Bombe getötet, die durch eine Lichtschranke gezündet worden ist. Der Mord wird der RAF zugeschrieben, der dritten Generation. Und die Attentäter hatten ein Fluchtfahrzeug: einen weißen Lancia Y10.«

»Und was hat das jetzt mit unserem Quintett zu tun?«,

wollte Horndeich wissen – und sprach damit das aus, was Margot ebenfalls dachte.

»Dieser Lancia Y10, der war auf jeden Fall am 27. und am 28. November dort geparkt gewesen.«

»Wo, dort?«, hakte Horndeich nach. In seiner Euphorie schien Feller einige Gedankensprünge zu machen.

»Auf dem Parkplatz vor dem Haus Pützerstraße 6. Dem Haus, in dem Andrea Rittmeister gemeldet gewesen ist, als das Attentat verübt wurde. Und wegen des Lancia auf dem Parkplatz hat die Polizei am 4. Dezember jede Wohnung in diesem Haus unter die Lupe genommen.«

»Nur dass Andrea Rittmeister zu diesem Zeitpunkt in Indien war«, wandte Margot ein.

Feller überflog den Zeitungsartikel, den er ausgedruckt hatte, fand sogleich die markierte Stelle und las vor: »›In der Nähe des Lancia sind am Freitag, dem 24. November, drei männliche Personen aufgefallen. Sie werden wie folgt beschrieben: Alle sind etwa dreißig Jahre alt und zwischen 1,75 und 1,85 Meter groß. Einer der Männer hat helle, glatte Haare, eine schlanke bis kräftige Figur, trug eine blaugraue Jogginghose und eine hellgraue, dreiviertellange Steppjacke. Der zweite hat dunkle, glatte, schulterlange Haare, trug eine dunkle Hose und eine dunkelblaue, halblange Steppjacke. Der dritte Mann hat schwarze, lockige Haare und war bekleidet mit einem dunkelgrauen Jogginganzug und einer dunkelblauen Jacke.‹ Hier die Phantombilder. Mit Verlaub: Klingelt da irgendetwas?«

Margot musste es zugeben. Mit ein bisschen gutem Willen konnte man durchaus eine Ähnlichkeit zwischen einem der Männer auf dem Phantombild und Heiner Göbel erkennen. Auf der anderen Seite war das Bild auch so unscharf, dass es wohl auf ein Zehntel aller schwarzhaarigen männlichen Menschen um die dreißig passen würde. Helle, glatte Haare, das traf auf Klaus Kleiber zu. Werner gehörte nicht zu den dreien, denn er war viel zu groß.

»Ich möchte an dieser Stelle einfach mal zusammenfassen«, fuhr Feller fort. »Das Auto, das wir aus dem See gezogen haben, war ein Doubletten-Fahrzeug. Der weiße Lancia, der vor dem Haus in der Pützerstraße 6 gestanden hat, ebenfalls. Mitte der Siebzigerjahre war es die RAF, die angefangen hat, mit dieser Art von Auto-Zwillingen zu arbeiten. Dann ist da noch ein weiterer Punkt: Warum wurde die Leiche von Klaus Kleiber im Bunker unter dem Karolinenplatz abgelegt? Natürlich ist das ein Ort, an dem sie eine Weile liegen kann, bevor sie entdeckt wird. Aber ich habe mich gefragt: Warum ausgerechnet der Bunker? Und warum der Bunker, ohne dass eines der Schlösser in den Türen, die zu den Versorgungsräumen des Bunkers führen, beschädigt wurde? Ich habe noch mal bei der Feuerwehr nachgefragt: Es war schon immer so, dass einmal in der Woche ein Rundgang gemacht wurde, um zu überprüfen, dass alle technischen Einrichtungen noch funktionierten oder dass sich keine Rattenfamilien eingenistet hatten. Einmal in der Woche. Irgendwann zwischen sieben Uhr früh und nie später als achtzehn Uhr. Ich meine, die Feuerwehr hat für die Standardaufgaben ganz normale Arbeitszeiten. Außerhalb dieses Zeitfensters konnte man sich sicher sein, dass niemand den Bunker betreten würde. Auch kein Licht schien nach draußen, wenn man sich dort traf. Und in den hintersten Ecken – dort ließen sich hervorragend Dinge verstecken, die nicht für jedermanns Auge bestimmt waren. Waffen zum Beispiel. Oder Sprengstoff. Was ich sagen will: Ich halte es durchaus für möglich, dass der Bunker unterm Karolinenplatz die perfekte konspirative Wohnung für Terroristen war.«

Margot musste zugeben, dass dieser Gedankengang durchaus überzeugend war.

»Wenn dieser Ort damals tatsächlich als Unterschlupf und als Versteck gedient hat, dann ist es für den Mörder, wenn er zu dieser Gruppe gehört hat, überhaupt nicht abwegig, die Leiche dort unterzubringen. Zumal weder damals noch heute Überwachungskameras im Parkdeck vor den Versorgungsräumen installiert sind, wie ich bereits überprüft habe.«

»Was schlagen Sie also vor?«, wollte Horndeich wissen. Die kleinen Furchen auf seiner Stirn zeigten, dass auch er ernsthaft über Fellers Worte nachdachte.

»Sämtliche Akten zum Fall Kiesgart liegen beim Bundeskriminalamt. Also auch die Akte, die die Ergebnisse der Durchsuchung der Pützerstraße beinhaltet. Viel scheint damals nicht herausgekommen zu sein. Aber ich denke, wir sollten uns das genauer anschauen.«

»Sie meinen also allen Ernstes, dass wir den Tätern des Kiesgart-Attentats auf der Spur sind?«, wunderte sich Margot. Diesen Fall aufzuklären, daran hatten sich schließlich schon einige Hundert Kollegen ihres Berufsstandes im vergangenen Vierteljahrhundert die Zähne ausgebissen.

Feller zuckte mit den Schultern. »Ich meine nur, wir sollten diese Spur verfolgen. Im Moment haben wir wirklich nicht die große Auswahl an Alternativen. Kollege Horndeich hat Werner nicht aufspüren können, Sie sind mit Indien nicht weitergekommen und auch über das Kinderheim nicht – bitte verstehen Sie beide das nicht als Vorwurf. Es ist nur eine Feststellung. Wir sollten uns die Ergebnisse der Durchsuchung in der Pützerstraße auf jeden Fall mal genauer anschauen.«

»In Ordnung. Ich kümmere mich darum«, sagte Horndeich. Er sah Margot an: »Im vergangenen Jahr, da hatten wir doch mit Lorenz Rasper zu tun, der diese komische Sondereinheit beim BKA hat.«

Margot erinnerte sich. Rasper leitete eine kleine Truppe, die sich um Serienverbrechen kümmerte, die über Bundesländergrenzen hinweg verübt wurden. Sie hatte gestaunt, welche Ressourcen dem Mann zur Verfügung gestellt worden waren, um seinen Fall zu lösen. Außerdem hatte sie mitbekommen, dass Raspers Abteilung sehr gute Arbeit geleistet hatte, als ein Mörder seine blutige Spur durch die ganze Republik zog.

»Ich habe Rasper im vergangenen Jahr zweimal zufällig getroffen. Wir haben uns ganz gut unterhalten. Ich nehme mal Kontakt zu ihm auf. Vielleicht kann er uns die Akten ja kurzfristig auf dem kleinen Dienstweg besorgen.« Horndeich räusperte sich.

»Halsweh?«

»Ach, geht schon.«

DIENSTAG, 14. OKTOBER

Sie saßen im großen Besprechungszimmer. Sechs Aktenordner standen auf einem Transportwägelchen, fein säuberlich beschriftet. Alle Schriftsätze über den Einsatz am 4. Dezember 1989, als die Polizei das Ledigenwohnheim in der Pützerstraße 6 in Darmstadt umgepflügt hatte.

Neben Feller und Margot saßen noch zwei weitere Beamte mit am Tisch. Lorenz Rasper, dem es nach Horndeichs Anruf tatsächlich gelungen war, die Akten über den Einsatz kurzfristig loszueisen und sogar nach Darmstadt zu schaffen, hatte neben Margot Platz genommen. Lorenz Rasper war groß und durchaus gut aussehend – ausgeprägte Muskelpartien, freundliches Gesicht, ein wenig kantig vielleicht, überzogen von einem Dreitagebart.

Den Beamten in der Uniform der Schutzpolizei vom Rang eines Polizeihauptmeisters kannte Margot jedoch nicht. Er mochte Mitte fünfzig sein, hatte ebenfalls einen athletischen Körperbau und ein fast eckiges Gesicht. Er erinnerte Margot an eine kindgerechte Version von Boris Karloff in seiner Glanzrolle als Frankensteins Monster. Seine blauen Augen wirkten hingegen wach und klug. Margot beschloss, den Mann, dessen Namensschildchen ihn als Frank Leipert auswies, sympathisch zu finden.

Horndeich hatte am Morgen des Vortages angerufen. Das Kratzen im Hals hatte sich über das Wochenende zu einer veritablen Nasennebenhöhlen-Entzündung ausgewachsen. Er hatte gesagt, er würde zum Arzt gehen, der ihn dann bis zum Ende der Woche kampfunfähig geschrieben hatte. So wie Horndeich das einschätzte, hatte er gemeint, würde er um eine Dosis Antibiotikum nicht herumkommen. Also mussten sie nun in kleiner Besetzung weitermachen.

»Werte Darmstädter Kollegen, es freut mich, dass ich Ihnen bei Ihrem Fall ein wenig Unterstützung zukommen lassen kann«, begann Lorenz Rasper. Das Sie war angebracht, denn soweit Margot es einschätzen konnte, war Horndeich der Einzige, mit dem Rasper per Du war.

»Ich habe übers Wochenende und gestern einen Blick in die Akten geworfen, und es scheint da ein paar interessante Aspekte zu geben, die in Zusammenhang mit Ihren Mordfällen stehen. Es ist mir auch gelungen, Frank Leipert ausfindig zu machen, der damals an der Befragung im Haus Pützerstraße 6 teilgenommen hat. Er wird seine Erinnerungen an den Einsatz gleich selbst schildern. Kollege Leipert hat damals in Darmstadt gearbeitet und ist heute in Limburg tätig.« Rasper machte eine knappe Handbewegung in Richtung des Kollegen. »Vielleicht noch mal für uns alle eine kleine Auffrischung, was es mit dem Attentat an Kiesgart auf sich hat. Dann sind wir alle auf dem gleichen Stand.«

Margot hielt das für keine schlechte Idee, denn natürlich wusste sie, dass es vor fünfundzwanzig Jahren dieses Attentat gegeben hatte, aber an die Details konnte sie sich nicht mehr erinnern.

»Sie haben das ja vor einem Jahr mitgekriegt«, fuhr Rasper fort, »wenn ich und meine Abteilung SB beim BKA mal gerade keine Bösewichte verfolgen, die im ganzen Bundesgebiet marodieren, dann schauen wir uns auch alte Fälle an. Gerade vor einem halben Jahr haben wir uns die Akten des Kiesgart-Attentats noch mal zur Brust genommen. Ich hab damals eine Powerpoint-Präsentation von einem Kollegen gefunden, der das alles wunderbar zusammengefasst hat. Wenn Sie möchten, kann ich Ihnen das zeigen.«

Statt eine Antwort zu geben, stand Feller einfach auf und schaltete den Flachbildfernseher an. Hinter dem Fernseher war ein langes Anschlusskabel aufgerollt, dessen Ende Feller nun Rasper in die Hand drückte. Der nahm sein Tablet aus der Aktentasche, wühlte noch nach einem Adapter, und eine Minute später erschien auf dem Bildschirm ein Bild aus Google Earth. Es zeigte Bad Homburg von oben. Das Städtchen lag rund fünfzehn Kilometer nördlich von Frankfurt.

»Das ist der Ort, an dem es passierte. 30. November 1989, kurz vor halb neun am Morgen. Friederich Kiesgart, damals Vorstandssprecher der Deutschen Kapital, wurde von seinem Chauffeur abgeholt, um nach Frankfurt in die Zentrale der Bank zu fahren. Sein Geleitschutz verteilte sich auf zwei Mercedes-Karossen. Ein Wagen fuhr vor Kiesgart, einer dahinter. Kiesgarts Mercedes war gepanzert.«

Während Rasper sprach, zoomte die Kamera immer näher auf eine Straße in Bad Homburg zu.

»Hier sehen wir den Ort des Attentats, den Seedammweg. Auf der rechten Seite das Seedammbad, ein Spaßbad für die ganze Familie, schräg gegenüber die Taunustherme, auch eine Saunalandschaft mit allem Drum und Dran.«

Das nächste Bild war keine Fotografie mehr, sondern eine Grafik. Es zeigte die Straße aus der Perspektive eines Dackels, der gerade in der Mitte eines Zebrastreifens steht und die Straße entlangschaut.

»Auf der rechten Seite der Straße stand ein Kinderfahrrad. Auf dem Gepäckträger dieses Fahrrads war die Sprengladung angebracht. Diese Ladung wurde durch eine Lichtschranke ausgelöst. Sender und Empfänger waren an zwei Straßenpfosten befestigt. Als der Mercedes mit Kiesgart die Lichtschranke mit der Front des Fahrzeugs durchbrach, wurde die Sprengladung ausgelöst. Sie war so präzise berechnet, dass ein Kupferprojektil exakt in die hintere Tür der gepanzerten Limousine eindrang und sie durchschlug. Die verheerende Wirkung sehen Sie hier: Der Mercedes wurde durch die Wucht um die eigene Achse gedreht und stand schließlich quer zur Fahrtrichtung. Kiesgart, der im Fond saß, wurde durch einen Splitter getroffen und verblutete binnen weniger Minuten. Sein Fahrer hingegen wurde nur leicht verletzt.«

Als Margot das Bild der zerbombten Limousine sah, erinnerte sie sich wieder sehr gut an die damalige Berichterstattung. Ihr erster Gedanke war gewesen: Welch unglaubliche Präzision! Ihr zweiter: Solche Bilder sieht man nur im Fernsehen. In Kriegsgebieten. Im Nahen Osten, aber doch nicht hier!

»Über die Details des Anschlags könnte man jetzt eine ganze Stunde referieren, nein, wahrscheinlich eher einen ganzen Tag lang. Die wichtigsten Erkenntnisse jedoch hier kurz zusammengefasst: Die Terroristen meldeten sich zuerst nur telefonisch, teilten mit, sie seien das Kommando ›Wolfgang Beer‹ der Roten Armee Fraktion, also der RAF. Am Tatort selbst fand sich unter der Elektronik der Lichtschranke ein DIN-A4-Blatt, auf dem das RAF-Logo aufgedruckt war – der fünfzackige rote Stern mit der Maschinenpistole. Erst am 4. Dezember wurde das Bekennerschreiben bei der Internationalen Presseagentur AFP zugestellt. Aber Drucktechnik und Papier sind mit denen zu früheren RAF-Anschlägen identisch.« Lorenz Rasper hielt kurz inne. »Wobei der Begriff ›Bekennerschreiben‹ eigentlich an sich schon ein schlechter Scherz ist. Bislang hat sich von den Tätern niemals einer zu seiner persönlichen Verantwortung bekannt … Ebenfalls war schnell klar, dass dieser Anschlag nur von einer größeren Gruppe von Menschen hatte durchgeführt werden können. So wurde das Kabel für die Lichtschranke unter der Straße verlegt, dilettantisch, aber effizient. Es sind immer wieder vermeintliche Bauarbeiter von Zeugen beobachtet worden, schon Wochen vor dem Anschlag. Noch am Tag des Anschlags wurde in Frankfurt der Fluchtwagen gefunden, ebenjener weiße Lancia Y10, der in den beiden Wochen zuvor mehrfach in Darmstadt auf dem Parkplatz vor dem Ledigenwohnheim in der Pützerstraße gestanden hatte.«

Lorenz Rasper hatte ein paar Folien der Präsentation übersprungen. Jetzt zeigte der Fernseher ein Foto des weißen Lancia. Ein kleines Auto, perfekt für die Stadt, eher ungeeignet für Italienreisen.

»Dieser Lancia Y10 war eine echt heiße Spur. Nach ein wenig Recherche stellte sich heraus, dass der Wagen am 17. Oktober, also knapp sechs Wochen zuvor, bei einer Autovermietung angemietet worden war. Aber in den vierzig Tagen danach war der Wagen nur dreihundertsiebzig Kilometer bewegt worden. Es war also klar, dass er irgendwo für längere Zeit gestanden haben musste. Das Bild des Lancia ging durch alle Medien, inklusive ›XY … ungelöst‹. Und dann kam der entscheidende Tipp: Unmittelbar vor dem Attentat hatte der Wagen mehrere Tage in Darmstadt vor dem Haus in der Pützerstraße 6 gestanden.«

Rasper wischte sich noch durch ein paar Fotos in der Dokumentation, dann fand er das, was er zeigen wollte: »Hier eine Luftaufnahme des Geländes, vor einem Jahr geschossen. Sie erkennen die beiden großen Gebäude, links das, in dem heute im Erdgeschoss das Café Canapé ist.« Er wischte ein Bild weiter. »Hier sehen Sie ein Foto, das zehn Jahre zuvor aufgenommen wurde. Die beiden Häuser existierten da noch nicht. Wo heute das Café und seine Terrasse sind, da war früher ein Parkplatz. Und genau auf diesem Parkplatz hat der Lancia Y10 mehrere Tage gestanden, unmittelbar vor dem Attentat.«

Nun übernahm Leipert. »Bereits in der Nacht vor der Durchsuchung haben wir die Mitarbeiter der Wohnbaugesellschaft, der das Haus gehört, befragt. Wir brauchten exakte Mieterlisten. Das Haus ist 1953 gebaut worden, eben als Ledigenwohnheim. 156 Wohneinheiten gab es darin, davon waren neunzig Prozent zum Teil winzige Einzimmerapartments. Nur zehn Prozent waren Zweizimmerwohnungen oder sogar Dreizimmerwohnungen.

Am 4. Dezember ging es dann rund. Das ganz große Programm. Mehr als dreißig Autos verteilten sich rund um den

Wohnblock. Mit dabei waren Mannschaftswagen, Tarnfahrzeuge einer mobilen Einsatzgruppe, Krankenwagen, Rettungswagen, Gerätefahrzeuge von der Feuerwehr und sogar einige Schlüsseldienste. Die Wagen standen quer auf der Fahrbahn, die Warnblinker waren eingeschaltet, Kollegen dirigierten den Verkehr mit roten Warnkellen um. In der Pützerstraße ging gar nichts mehr, ebenso wenig in der Stiftstraße. Wir waren gut zweihundert Kollegen. Jeder von uns war für einen bestimmten Abschnitt zuständig, den wir überprüfen sollten. Ich und mein Kollege Keller waren im Bereich des Hauses Pützerstraße 6 eingeteilt, im vierten Stock. Damit gehörten wir zu den Glücklichen, denn es war saukalt in dieser Nacht. Heute, da sieht das Haus ja ganz anders aus. Vor gut zehn Jahren haben sie den Bau komplett entkernt. Jetzt sind es nur noch achtzig Wohnungen, aber eben mit mehr Zimmern. Und es gibt auch nicht mehr so viele Flure im Haus. Aber damals, das war eine Herausforderung.

Ich und mein Kollege Keller, wir sind dann von Tür zu Tür gegangen. Klingeln, klopfen, hallo, Polizei, bitte machen Sie auf, das ganze Programm. Wenn niemand reagierte, kamen die Jungs vom Schlüsseldienst.«

»Und? Haben Sie irgendjemanden mitgenommen?« Feller schien auf ein Erfolgserlebnis zu hoffen. Aber letztlich war klar – der Mord war bis heute nicht aufgeklärt, insofern konnten sie damals auch keine wirklichen Erfolge erzielt haben.

»Nein, es gab keine Auffälligkeiten, auch nicht im Nachhinein. Aber ich bin sehr froh, dass ich heute hier bin, weil Sie eine Verbindung zu diesem Fluchtfahrzeug und diesem Haus herstellen konnten. Ich habe mir damals schon gedacht, es kann nicht sein, dass es in diesem Haus keine einzige Spur gibt. Der Wagen stand mehrere Tage vor der Haustür – und dass überhaupt niemand mit dem Wagen zu tun gehabt haben sollte, das war einfach viel zu unwahrscheinlich.«

Margot schaltete sich ein. »Und Sie beide waren es auch, die an die Tür von Frau Rittmeister geklopft haben?«

»Ja. Ich erinnere mich sehr gut daran.« Es wirkte ein bisschen komisch, als Boris Karloffs Gesicht plötzlich rot wurde. »Die Dame öffnete die Tür, sah uns komische Polizisten, Schutzpolizisten ohne Uniform, die mit einer Armbinde, auf der Kriminalpolizei stand, Eindruck zu schinden hofften. Ich erinnere mich ganz genau an die Frau, weil sie die Einzige im ganzen Stockwerk war, die uns freundlich begrüßte. Bei allen anderen überwog Aggression, Angst oder zumindest distanzierte Zurückhaltung.«

»Sie bat Sie also freundlich herein?«

»Ja. Wir fragten sie, ob sie Andrea Rittmeister sei. Sie antwortete uns, nein, ihr Name sei Petra Rittmeister. Sie sei die Schwester von Andrea und hüte die Wohnung, während ihre Schwester für mehrere Monate in Indien sei. Sie zeigte uns ihren Personalausweis. Wir fragten sie, ob sie irgendwie belegen könne, dass ihre Schwester die Wohnung gemietet habe. Auch da ließ sie sich nicht aus der Ruhe bringen, überlegte kurz, ging dann auf ein Regal zu, zog einen Leitzordner heraus und zeigte uns den Mietvertrag.«

»Und Sie hatten keinen Zweifel an der Geschichte?«

»Zuerst doch. Aber der Personalausweis von Petra Rittmeister war in Ordnung. Wir haben das gleich über Funk gecheckt. Laut Ausweis lebte sie in Fulda, und das bestätigten die Kollegen dann sehr schnell über Funk. Und Andrea Rittmeister war in der Pützerstraße 6 gemeldet. Petra Rittmeister zeigte uns dann noch eine ganze Regalzeile voller Indien-Literatur. Ein Flugticket konnte sie nicht vorweisen, denn das war natürlich im Besitz ihrer Schwester. Alles in allem: Es gab nichts, was irgendwie ungewöhnlich gewesen wäre. Mal abgesehen davon, dass jemand mehrere Wochen in Indien Urlaub machte oder eine Fortbildung oder wie auch immer man das nennt.«

»Also alle Zweifel ausgeräumt?«

»Ja. Zumal es da ganz andere Vögel in dem Haus gab. Eine Wohnung, auf einen deutschen Namen gemietet, war von vier Algeriern bewohnt. Ich glaube, allein in Frau Rittmeisters Flur gab es noch zwei Wohnungen, bei denen die Wohnungsinsassen so gar nichts mit den Mietern zu tun hatten. Im Nachhinein hat sich herausgestellt, dass eine der Wohnungen einem Unternehmer den Unterschlupf für seine Schwarzarbeiter bot, im anderen Fall hatten wir es mit einem Fall von Mädchenhandel zu tun. Das waren Wohnungen, die unseren Argwohn weckten. Aber Petra Rittmeister? Sie war wirklich eine der Unauffälligeren, wenn ich natürlich zugeben muss, dass auch in ihrer Wohnung nicht die Person angetroffen wurde, die die Wohnung eigentlich gemietet hatte.

Wir sind dem dann nochmals nachgegangen. Am darauffolgenden Tag haben wir ein weiteres Mal alle Wohnungen abgeklappert, bei denen wir nicht den Mieter, sondern jemand anderen angetroffen hatten. Petra Rittmeister sagte uns, dass sie bereits seit ein paar Wochen hier wohne, da sie in Darmstadt einen neuen Job suche. Sie nannte uns auch den Arzt, bei dem sie zuvor in Fulda gearbeitet hatte. Die Kollegen in Fulda haben das abgeklärt – die Daten stimmten.« Leipert blätterte in einer der Akten zu einer Stelle, die mit einem Post-it markiert war. Er zeigte mit dem Finger auf die Stelle. Dann las er vor: »›Frau Rittmeister hat drei Jahre in meiner Praxis gearbeitet. Es ist sehr schade, dass sie gekündigt hat. Sie war die beste Vollzeitkraft, die ich hatte‹ – so hat es ihr Arbeitgeber gegenüber den Frankfurter Kollegen formuliert.«

Horndeich seufzte. »Wir haben also ein Quintett mit vier Leichen, die sich alle zu Lebzeiten gut gekannt haben. Drei davon starben Ende 89, vielleicht ein bisschen später. Einer wurde vor drei Wochen umgebracht und von dem fünften haben wir überhaupt keine Spur.«

Margot waren gerade ähnliche Gedanken gekommen.

»Klaus Kleiber, unsere jüngste Leiche, scheint mit seinem Revoluzzer-Leben völlig gebrochen zu haben – unabhängig davon, ob er tatsächlich mit dem Kiesgart-Mord zu tun hatte. Seine Frau hat sich damit abgefunden, dass er über die Zeit vor ihrem Kennenlernen nicht reden wollte, und der Schwiegersohn in spe hat über Kleibers Vergangenheit auch nicht viel zutage befördert.«

»Worauf wollen Sie hinaus, Margot?«, erkundigte sich Feller.

»Ganz einfach: Ich kann mir durchaus vorstellen, dass Klaus Kleiber irgendwo noch ein paar Dinge aus seiner Vergangenheit aufbewahrt hat. Sei es ein Fotoalbum, sonst irgendwelche Fotos oder Andenken an seine Familie, Briefe von der ersten großen Liebe, nicht abgeschickte Briefe an die erste große Liebe – irgend so etwas. Ich finde, die Berliner Kollegen sollten einfach seine Wohnung und auch seinen Laden noch mal ganz genau unter die Lupe nehmen. Ich wüsste nicht, wo wir sonst im Moment ansetzen sollten.«

»Das klingt nach einem guten Plan«, meinte Lorenz Rasper, obwohl er gar nicht gefragt worden war. Auch Feller nickte. »Margot, Sie haben doch inzwischen einen ganz guten Draht zu den Berlinern – können Sie das in die Wege leiten?«

»Klar. Mach ich gleich.«

Lorenz Rasper meldete sich ebenfalls noch mal zu Wort: »Ich kann euch gerne unterstützen. Zum Beispiel kann ich meine Leute mal dransetzen, ob die Namen von euren vier Leuten irgendwo in den Akten zum Fall Kiesgart auftauchen. Vielleicht ist man ja nach dem Attentat über sie gestolpert, ohne sie wirklich wahrzunehmen.«

»Wäre super, wenn Sie das machen könnten. Ihnen, Kollege Leipert, erst mal ganz herzlichen Dank, dass Sie persönlich zu uns gekommen sind – das gilt natürlich auch für Sie, Kollege Rasper.«

Margot wollte sich gerade erheben, da klingelte ihr Handy.

Sie sah auf das Display. Berliner Vorwahl, aber die Nummer sagte ihr nichts. Sie nahm das Gespräch an: »Hauptkommissarin Margot Hesgart.«

»Jens Bender hier, Ihr Kollege aus Berlin.«

»Hallo, Herr Bender. Was kann ich für Sie tun?«

»Ich rufe Sie an, weil ich dachte, Sie sollten das auf jeden Fall ganz schnell wissen: Heute Nacht ist das Haus abgebrannt, in dem Klaus Kleiber seinen Laden hatte und in dem seine Familie wohnte.«

Die Straße am Prenzlauer Berg war abgesperrt. Obwohl die Sonne schien, war die Umgebung um das Haus, in dem Klaus Kleiber mit seiner Familie gewohnt hatte, patschnass. Nur hundert Meter weiter hingegen waren Straße und Autos trocken. Es sah aus, als hätte ein desorientiertes inkontinentes Gewitterwölkchen einen Mini-Hurrikan geprobt.

Bender hatte Margot zu dem abgebrannten Haus gefahren, obwohl er der Meinung war, dass sie dort wohl keine großen Erkenntnisse gewinnen könne. Die Feuerwehr sei immer noch dabei, die Statik des Gebäudes zu sichern. Zwar sei das Feuer seit Kurzem vollständig gelöscht, aber bevor die Spurensicherung sich genauer umschauen könne, müsse erst sichergestellt werden, dass keinem ein Balken auf den Kopf falle. Bender deutete auf das schwarze Bauwerk: »Ich glaube nicht, dass Sie da noch viel finden werden.« Wahrscheinlich hatte er recht. Die Scheiben im Erdgeschoss und im ersten Stock waren zersprungen, auch die Schaufensterverglasung. Hatte das Haus durch den abfallenden Putz von außen heruntergekommen gewirkt, so verlieh ihm die schwarze Farbe nun den passenden Todesanstrich. Wobei die Schwarztöne variierten. Über den Fenstern war die Wand in tiefes Schwarz getaucht, rechts und links neben den Fensteröffnungen ging die Färbung noch als dunkelgrau durch.

Schon auf dem Weg vom Flughafen hierher hatte Bender die wichtigsten Fakten genannt: Kleibers Frau und ihr Sohn seien die Einzigen gewesen, die in dieser Nacht in dem Haus geschlafen hatten. Bender kannte keine Details, wusste aber, dass sie ins Krankenhaus gebracht worden waren. Wie schwer ihre Verletzungen waren, konnte er jedoch nicht sagen.

»Frau Pretzig hat mir gesagt, dass noch eine weitere Wohnung im Haus bewohnt sei.«

Bender zuckte mit den Schultern. »Die Feuerwehrleute haben alle Wohnungen durchsucht. Wenn da noch jemand gewohnt hat, dann war er heute Nacht nicht zu Hause.«

»Wann können wir denn mit ersten Ergebnissen rechnen?«, erkundigte sich Margot.

»Wenn alles glattgeht, können uns die Kollegen von der Spurensicherung heute Abend schon was berichten. Soll ich Sie zum Hotel fahren?«, fragte Bender.

»Gern. Hier kann ich im Moment ja nicht viel ausrichten.«

Um achtzehn Uhr saßen sie im Polizeipräsidium Berlin. Jens Bender hatte neben Margot Platz genommen, Hauptkommissar Winfried Adelsbach saß ihr gegenüber. Auch eine Kollegin der Spurensicherung, Hermine Müller, und ein Beamter der Berufsfeuerwehr, Lothar Krieger, saßen mit am Tisch.

Adelsbach, ein kleiner, untersetzter Mann, der offensichtlich glaubte, dass ein Kaiser-Wilhelm-Zwirbelbart ihm gut stehe, eröffnete das Gespräch. »Schön, dass wir uns heute Abend schon alle treffen, um erste Erkenntnisse auszutauschen. Ich begrüße auch herzlich unsere Kollegin aus Darmstadt, Margot Hesgart.«

Die anderen nickten Margot zu. Hermine Müller brachte sogar ein Lächeln zustande. Sie war eine sehr große und dabei sehr schmale Person. Margot schätzte sie auf ein Meter fünfundachtzig. Zu ihren schmalen Gesichtszügen bildete die blonde Wuschelmähne einen auffälligen Gegensatz. Offenbar trotzte ihr Haar der Schwerkraft und wuchs stur nach rechts und links.

Feuerwehrmann Krieger nahm den Gesprächsfaden auf. Er entsprach ganz dem Klischeebild seiner Zunft. Groß, breitschultrig, kurze Haare, kein Bart, große, kräftige Hände – ein Mann, dem man, wenn es ungemütlich wurde, vorbehaltlos sein Leben anvertrauen würde. Zumindest seinem Äußeren nach zu urteilen. »Na, dann leg ich mal los.« Seine Stimme wollte nicht so recht zu dem athletischen Körperbau passen. Um ebenfalls dem Klischee zu entsprechen, hätte sie mindestens eine Oktave tiefer sein müssen. »Wir konnten den Ablauf des Brandes ziemlich genau rekonstruieren. Um es vorwegzunehmen: Es handelt sich eindeutig um Brandstiftung. Offensichtlich hatte der Täter einen Schlüssel für die Haustür, denn wir haben keinerlei Einbruchspuren gefunden. Der, der das Feuer gelegt hat, wusste ganz genau, was er tut. Zunächst hat er im Treppenhaus alle Oberlichter über den normalen Fenstern gekippt. Dann ist er runter in den Laden. Auch dort keine Einbruchspuren, offenbar hatte er da ebenfalls den richtigen Schlüssel.«

Margot schaltete sich ein. »Das könnte passen, denn wir haben bei der Leiche von Klaus Kleiber keinen Schlüsselbund gefunden. Wahrscheinlich hat der Mörder ihn an sich genommen.«

Krieger nickte und fuhr fort: »Dann ging er in den Verkaufsraum, wobei er die Tür zum Treppenhaus sowie die Tür zwischen Flur und Verkaufsraum öffnete. Auch in dem kleinen Lager und im Büro waren die Oberlichter der Fenster geöffnet. Dann platzierte der Täter in jeder Ecke des Raumes einen Molotowcocktail, wahrscheinlich mit Benzin, jeweils in einer Plastikflasche mit einem Tuch, das in die Öffnung gesteckt war. Auch im Büro und im Lager hat er einen Molotowcocktail deponiert. Er hat die Tücher nacheinander angezündet, erst im Verkaufsraum, dann im Büro, zuletzt in dem kleinen Lager. Jou – und dann ist er durch die Haustür nach draußen spaziert. Der Plan ging auf: Der Parkettboden war uralt – und zudem gut gewachst – das brennt wie Zunder.

Auch das Holz der Regale war knochentrocken. Na ja, und ich würde mal sagen, achtzig Prozent des Trödels bestand aus Kunststoff – und das ist ja normalerweise nichts anderes als veredeltes Erdöl.«

Margot ertappte sich bei dem Gedanken, dass sie den alten Kassettenrekorder für ihren Vater doch hätte kaufen sollen. Gleichzeitig schalt sie sich pietätslos.

»Das Feuer entwickelte sich prächtig. Dadurch, dass der Täter alle Türen geöffnet hatte und im Treppenhaus alle Fenster geöffnet waren, konnte sich das Feuer wie in einem Kamin perfekt ausbreiten. Sauerstoffzufuhr durch die unteren Fenster und die Hitze konnte nach oben durch die Fenster des Treppenhauses entweichen. Ein Kamin eben.«

Margot fragte: »Wer hat denn den Brand gemeldet? Mathea Pretzig?«

»Nein. Zwei Minuten vorher hat bereits jemand aus einem der Hinterhäuser angerufen. Zum Glück, denn sonst würden Mathea Pretzig und ihr Sohn nicht mehr leben. Frau Pretzig ist aufgewacht, sie konnte gar nicht genau sagen, weshalb. Vielleicht hat sie das Knistern gehört, vielleicht hat sie die Wärme gespürt, vielleicht war auch bereits Rauch durch den Boden gedrungen.«

Margot runzelte die Stirn. »Rauch? Wie soll Rauch durch den Boden gelangen?«

»Das ist ganz einfach: Die Böden bestehen aus Holzbalken und darunter und darüber liegen Holzlatten. Die Zwischenräume sind mit Heu, Stroh, Koksasche, Lehm oder wie in diesem Haus mit Holzhäcksel gefüllt. Durch die Hitze, die bei einem solchen Feuer entsteht, zieht sich das Holz zusammen – und damit entstehen sehr schnell mehr oder weniger große Ritzen im Boden. Als wir Frau Pretzig und ihren Sohn aus der Wohnung befreit haben, da waren die Räume bereits voller Rauch. Deswegen liegen die beiden ja jetzt auch im Krankenhaus.«

Margot hatte schon oft gehört, dass die Todesursache bei

Bränden in den seltensten Fällen die Flammen waren. Bevor die einen erreichten, hatten einen die Rauchgase bereits umgebracht. Sie selbst hatte es in erster Linie als nervig empfunden, überall in ihrem Haus Rauchmelder anbringen zu müssen. Doch die Schilderung von Krieger machte nur allzu deutlich, dass das eine gute Investition gewesen war. »Gab es keine Rauchmelder, die Frau Pretzig und ihren Sohn rechtzeitig geweckt hätten?«

Der Seufzer, den Krieger nun ausstieß, manifestierte akustisch offenbar großes Leid. »An Ihrer Frage merkt man, dass Sie nicht aus Berlin, Brandenburg oder Sachsen kommen. Unglaublich, dass so etwas Wichtiges wie das verpflichtende Anbringen von Rauchmeldern nicht bundesweit einheitlich geregelt wird. Aber nein«, Krieger seufzte noch einmal, »die Rauchmelderpflicht ist in der Landesbauordnung geregelt. Oder eben nicht – wie in Berlin, Brandenburg oder Sachsen. Man plant ein wenig herum oder man plant die Planung der Planung, was jedoch nichts daran ändert, dass die nervigen Pieper an der Decke schlicht und ergreifend Leben retten. Aber damit stehen wir ja nicht allein da: In Österreich sind Rauchmelder ebenfalls Pflicht, als letztes Bundesland rüstet Niederösterreich Anfang 2015 nach, aber in der Schweiz oder Liechtenstein …« Krieger bemerkte, dass keiner mehr seinen detaillierten Ausführungen folgte, und wurde leiser, bis er mitten im Satz aufhörte zu sprechen.

»Danke«, sagte Hauptkommissar Adelsbach. »Habt ihr von der Spurensicherung schon irgendwas rausbekommen?«, wollte er nun wissen und wandte sich an seine Kollegin Hermine Müller. Während er sie ansah, zwirbelte er mit der rechten Hand an der Spitze seines Bartes. Irgendwie wirkte er damit wie aus der Zeit gefallen. Margot sah ihn quasi in Schwarz-Weiß vor sich.

Hermine Müller nickte und klappte die Abdeckung ihres Tablets zur Seite. Dann griff sie nach der Fernbedienung, die vor ihr auf dem Tisch lag, und schaltete damit den Flachbildschirm an der Längsseite des Raumes ein. Mit einer geübten Kombination aus Wischbewegungen auf der Glasfläche des Tablets und Tastendrücken auf der Fernbedienung zauberte sie nach wenigen Sekunden ein Bild auf den Monitor.

Hermine Müller lächelte freundlich und blickte in Richtung des Feuerwehrmanns. »Nachdem die Kollegen der Feuerwehr die Decken im Raum abgesichert hatten, konnten meine Kollegen und ich das Erdgeschoss untersuchen. Fangen wir mit dem Auffälligsten an. Im Büro sind wir auf Folgendes gestoßen.« Hermine Müller wischte einmal über das Tabletglas, und auf dem Fernsehschirm war eine verbrannte Schreibtischschublade zu erkennen, darin neben viel Asche eine Pistole. »Es handelt sich um eine Walther PPK/S für das Kaliber 7,65 Browning.«

Margot wurde hellhörig. Genau so eine Waffe hatten sie in dem versenkten Mercedes gefunden. Und mit genau solch einer Waffe waren Tomke Rieken und Heiner Göbel erschossen worden. Und Klaus Kleiber.

»Die Waffe war geladen, aber gesichert. Im unteren Teil des Schreibtisches haben wir auch noch zwei Päckchen Munition gefunden. Da der Schreibtisch so massiv gebaut war, hat er die Hitze des Brandes zumindest so weit abgeschirmt, dass die Patronen nicht explodiert sind.«

Und wieder ein Puzzleteil, das das Quintett miteinander verband, aber letztlich das Bild nicht wirklich schärfer machte, dachte Margot.

»Nur der Vollständigkeit halber zeige ich Ihnen hier auch ein Bild aus dem kleinen Lager, das neben dem Büro lag. Um es kurz zu machen: alles verbrannt.«

Die fünf Aufnahmen, die Hermine Müller danach auf den Fernsehschirm projizierte, unterstrichen ihre Worte. Da war einfach nichts mehr außer verbrannten Holzstückchen, Plastikklumpen, Asche und Wasserpfützen. Nur den gusseisernen Teller eines Plattenspielers konnte Margot noch erkennen. Ihrem Vater wäre das Herz gebrochen.

»Auch im Verkaufsraum bot sich uns ein Bild der Verwüstung.«

Wieder zeigte die Kollegin von der Spurensicherung Bilder aus dem Raum. Sie waren auf den ersten Blick kaum von den Fotografien aus dem Lager zu unterscheiden. Verkohlte Holzreste, Asche und geschmolzene Plastikklumpen dominierten das Bild. Wasserpfützen auf dem Boden bezeugten auch auf diesen Bildern den Einsatz der Feuerwehr.

»Aber dann haben wir doch etwas gefunden, was für Sie vielleicht interessant ist.«

Das nächste Bild zeigte die Steinplastik mit den drei Affen, die Margot ja schon vertraut war. Darauf lagen drei flache Gegenstände, die Margot nicht sofort identifizieren konnte.

Gleich darauf zeigte Hermine Müller ein Bild, auf dem einer der Gegenstände in Großaufnahme zu sehen war. »Das hier ist ein sogenanntes Oktavheft. Ein kleines Schulheft im Format DIN-A6. Es hat also ein Viertel der Größe eines DIN-A4-Blatts. Wie Sie sehen, sind die Ränder etwas angekokelt, und die Hefte haben natürlich auch Löschwasser abbekommen. Grundsätzlich sollte aber noch einiges lesbar sein.«

Das nächste Bild zeigte eines der Oktavhefte auf einem Labortisch. »Alle drei Hefte sind in einem deutlich besseren Zustand, als wir es erwartet hätten.«

Das Oktavheft war auf der ersten Seite aufgeschlagen. Darauf standen zwei Daten, getrennt durch einen Bindestrich: *5. 1983 – 7. 1984.* Die Handschrift, in der die Ziffern geschrieben waren, konnte nicht als akkurat bezeichnet werden, aber zumindest als leserlich.

»Bei den Einträgen handelt es sich offensichtlich um stichwortartige Tagebuchaufzeichnungen.« Das nächste Bild zeigte eine Doppelseite des Oktavhefts. Die Tinte war blass und durch die Feuchtigkeit bereits verschwommen. Auf Anhieb konnte Margot nichts lesen.

»Während wir hier sitzen, bereiten meine Kollegen die Hefte bereits auf. Wir fotografieren die Seiten ab und lassen sie durch unsere Grafiksoftware laufen. Damit können wir die Schrift deutlich besser lesbar machen. Ich denke, damit werden Sie dann keine Probleme haben, diese drei Hefte auszuwerten.«

Margot spürte, dass Adrenalin in ihr Blut schoss. Wenn das Aufzeichnungen von Klaus Kleiber waren, konnten die ihnen vielleicht tatsächlich etwas über das Quintett verraten. Dann stutzte Margot. »Haben Sie eine Erklärung dafür, wie diese drei Hefte bei den Affen gelandet sind?« Hermine Müller lächelte und zog nochmals das Bild der steinernen Primaten auf den Fernsehschirm, denen die Hefte quasi zu Füßen lagen. Auf Margot wirkte es beinah so, als handelte es sich um Opfergaben für die aufmerksamen Affen.

»Das haben wir uns natürlich auch gefragt. Irgendwie sieht es so aus, als wären die Hefte vom Himmel geregnet. Das trifft es aber nicht ganz.«

Abermals wischte sie über ihr Tablet, dann sah man ein Bild, das den Verkaufsraum von Klaus Kleibers Antiquitätengeschäft in unzerstörtem Zustand zeigte. Das Bild sah genauso aus, wie Margot den Laden auch von ihrem Besuch vor genau einer Woche in Erinnerung hatte.

Hermine Müller spreizte Daumen und Zeigefinger auf der Glasoberfläche und vergrößerte damit das Foto. Schließlich sah man die oberen Bretter eines der Regale. »Das Bild haben wir von der Internetseite des Ladens heruntergeladen. Sie sehen, was das ist?«

Margot erkannte den Schuber einer CD-Sammlung. Die goldene Aufschrift *The Masterworks – Wolfgang Amadeus Mozarts Werk auf 40 CDs* auf rotem Grund machte deutlich, worum es sich handelte. Sie nickte.

Hermine Müller zeigte nun ein weiteres Bild. Auf der verkohlten Unterlage waren nur die Buchstaben: … *deus Moz* … zu erkennen. »Wieso ist das nicht verbrannt? Diese Schuber sind doch alle aus Pappe.«

»Normalerweise sicher. Aber in dieser Box befanden sich

keine CDs. Und die Box selbst war auch nicht aus Pappe, sondern aus Metall. Es handelte sich um eine abschließbare und ziemlich massive Blechschachtel.«

Margot verstand jedoch immer noch nicht, wie die Oktavhefte auf den Affen gelandet waren. »Wir haben rekonstruieren können, was passiert ist. Dieses Regal ist drei Meter fünfzig hoch. Die Metallbox lag auf einem Regalbrett, das in der Höhe von drei Metern zehn eingelegt war.« Hermine Müller wischte zurück zu dem Bild, auf dem man das noch intakte Regal sehen konnte. Diesmal vergrößerte sie den unteren Bereich. »Hier sehen Sie deutlich, dass die vorderen Füße des Regals viel dünner sind als die hinteren. Da der Boden so gut gewachst war, brannte er sofort lichterloh. Damit fraß sich das Feuer von unten an den Regalen hoch. Die vorderen Füße des Regals gaben unter dem Gewicht zuerst nach, und das Regal kippte einfach nach vorn. Die Skulptur mit den Affen stand in Fallrichtung und genau in der richtigen Entfernung. Die Metallkiste knallte auf den Kopf des Affen, sprang auf, und ihr Inhalt flog heraus. Wir haben auf dem Boden noch Spuren von zahlreichen anderen Oktavheften gefunden, die jedoch komplett verbrannt sind. In der Box müssen auch noch ein paar andere Gegenstände gewesen sein, aber auch von denen ist nichts mehr übrig. Bis auf einen Stein. Vielleicht ein Andenken an einen Urlaub. Alles andere ist verbrannt; nur die drei Oktavhefte lagen so auf den Steinen, dass die Flammen sie nicht unmittelbar erreicht haben. Deshalb haben sie das Inferno einigermaßen überstanden.«

»Und wissen Sie schon, was drin steht?«

»Nein. Wir bemühen uns im Moment erst mal, all das sichtbar zu machen, was noch zu retten ist. Vielleicht ist auch noch die eine oder andere Seite aus einem der anderen Hefte lesbar – das glaube ich allerdings nicht. Meine Kolleginnen und Kollegen sind immer noch vor Ort. Die drei Hefte, die den Brand überlebt haben, sollten Ihnen morgen früh zur Verfügung stehen.«

Die Besprechung dauerte noch weitere fünfzehn Minuten, Margot erhielt jedoch keine weiteren Erkenntnisse. Anschließend fuhr Jens Bender sie zum Hotel.

Sie öffnete die Zimmertür. Betrat den Raum. Sah sich um: auf das Bett, durch das Fenster, in Richtung der Tür zum Bad, blickte auf ihren Koffer, den sie einfach in einer Ecke abgestellt hatte, ohne auch nur den Schnappverschluss des Schlosses zu berühren. Sie setzte sich auf den kleinen Sessel in der Ecke des Raumes. Das Zimmer war schlicht gehalten, aber nicht ungemütlich. Eben eines von diesen typischen 70-Euro-die-Nacht-Hotelzimmern. Ein Zimmer sah aus wie das andere, nicht nur innerhalb des Hauses, sondern in allen Häusern der Kette bundesweit. So fühlte der Gast sich immer zu Hause – hatten sich wohl die Menschen überlegt, die sich das ausgedacht hatten. Zu Hause – genau so fühlte sie sich im Moment überhaupt nicht. Normalerweise war Margot gerne unterwegs, freute sich immer, wenn ein Fall sie einmal aus Darmstadt herausführte. Nun war sie im Rahmen ihrer Ermittlungen innerhalb einer Woche schon zum zweiten Mal in Berlin. Sie verstand sich selbst nicht. Weshalb fand sie dieses Zimmer im Moment so unerträglich? *Du solltest eine Dusche nehmen, um die Ecke noch was Leckeres essen gehen, dich dann ins Bett legen, vielleicht noch eine Runde fernsehen und dann morgen in aller Ruhe zurückfliegen.* Die Stimme der Vernunft. Eine vertraute Stimme, die sie jeden Tag mehrfach vernahm und deren Hinweise und Tipps im Allgemeinen auch recht brauchbar waren. Aber leider nicht jetzt und nicht hier.

Margot erhob sich aus dem Sessel, zog das verlängerte Haltegestell aus dem Kofferboden und verließ das Hotelzimmer. Sie hatte bereits beim Einchecken bezahlt. Vor dem Hotel standen drei Taxis. Margot ging auf das vorderste zu. Zwanzig Minuten später war sie am Flughafen angekommen, kurz danach hatte sie ein Ticket gekauft und um fünf vor zehn landete die Lufthansa-Maschine pünktlich auf dem

Flughafen in Frankfurt. Margot hatte ihren Wagen im Parkhaus abgestellt. Keine sechzig Minuten später lag sie im eigenen Bett. Eine angenehme Brise wehte durch das geöffnete Fenster; Margot konnte, auf dem Rücken liegend, die Sterne am Himmel sehen. Alles war prima. Bis auf das Gefühl, auch hier und jetzt nicht am richtigen Platz zu sein. Diese Erkenntnis hatte sie zweihundert Euro gekostet. Na super.

Sandra brachte ihm einen Tee. Und Horndeich hasste Tee. Im Moment hasste er alles. Dennoch bedankte er sich bei Sandra, die die Tasse auf dem Nachtschränkchen abstellte. Sie bemühte sich wirklich um ihn, das nahm er wohl wahr. Aber sein Matschkopf machte es ihm nicht leicht. Konnte nicht endlich jemand mal seinen dicken Kopf durchpusten? Das Fieber war zurückgegangen, doch die Zentner von Wattebäuschen im Kopf wollten sich einfach nicht auflösen.

In seinem Minidelirium erinnerte er sich daran, wie Sandra und er sich gut ein Jahr zuvor gestritten hatten. So richtig heftig gestritten. Horndeich wusste gar nicht mehr, worum es gegangen war. Aber es war mehr gewesen als die Bereinigung irgendwelcher Missverständnisse. Es waren tiefe Verletzungen entstanden. Wohl auf beiden Seiten. War es um Kindererziehung gegangen? Oder um den Umgang mit den Schwiegereltern? Er hatte keinen blassen Schimmer mehr. Es war einer jener ganz seltenen Male gewesen, bei denen Sandra und er achtundvierzig Stunden lang nicht mehr miteinander geredet hatten. Sie, die sich irgendwann einmal versprochen hatten, sich jedes Mal vor dem Einschlafen mit einem Kuss eine gute Nacht zu wünschen, auch wenn sie gerade zerstritten waren, hatten den guten Vorsatz bei diesem Streit nicht einhalten können. Und Horndeich hatte keine Ahnung gehabt, wie er den Frieden wieder hätte herstellen können, ohne das Gesicht zu verlieren.

Es war Sandra gewesen, die den richtigen Weg gefunden hatte. Sie hatte ein DIN-A3-Blatt auf seine Seite des Bettes gelegt, mit dem inzwischen wohl weltweit bekannten Schaf, das sagte: *Ohne Dich ist alles doof.* Auf diesem Blatt konnte er dann neben den entsprechenden Bildchen lesen: *Blume doof, Sonne doof, Schmetterling doof, alle anderen doof,* und an einer Stelle, handgeschrieben: *Sandra doof.* Er hatte damals lachen müssen, wobei sich gleichzeitig auch eine Träne aus seinem Augenwinkel gestohlen hatte. Genauso fühlte er sich jetzt, einfach »alles doof«. Die Nasennebenhöhlen waren zu, und er hatte den Eindruck, dass sein Schädel kurz vorm Platzen stand. Mit ein bisschen Naseputzen kam er dagegen nicht mehr an. Und er zählte die Stunden, bis das Antibiotikum endlich wirken würde, wenn es denn wirken würde. Und genau genommen zählte er nicht die Stunden, sondern die Sekunden.

Tee doof. Sekunden doof.

Nachdem er vor einem Jahr das Schaf-Blatt gelesen hatte, war er sofort aus dem Haus gegangen, hatte ein Schreibwarengeschäft aufgesucht und hatte dort zum Glück ebenfalls ein solches DIN-A3-Blatt finden können, das er ebenfalls handschriftlich erweiterte. Die Überschrift lautete auch hier: *Ohne Dich ist alles doof.* Und das Bildchen-Ensemble darunter entsprach ziemlich genau dem, das auf seinem eigenen Blatt platziert war. Er hatte in der Überschrift nur das Wort *Dich* gestrichen und es durch das Wort *Sandra* ersetzt.

Horndeich erinnerte sich noch genau. Sie hatten sich geliebt in dieser Nacht, mehrfach, wild, und genau genommen hatten sie schon kurz danach keine Ahnung mehr gehabt, wieso dieser Streit so eskaliert war. Manche Streite ließen sich nicht durch Worte beenden. Manchmal brauchte es Schafe.

Er musste eingeschlafen sein. Als er die Augen öffnete, saß Sandra neben ihm am Bett. Instinktiv griff er zum Tee, der immer noch auf dem Nachttisch stand und inzwischen kalt geworden war. Er hatte definitiv geschlafen und nicht nur eine Minute.

»Wie geht es dir, mein Schatz?« Sandra strich ihm mit der Hand über die Stirn. Nein, er hatte kein hohes Fieber mehr. »Es wird langsam besser«, log er.

»Du musst trinken«, sagte Sandra.

»Wir haben nicht zufällig noch ein alkoholfreies Weizen im Kühlschrank?«

Sandra schmunzelte. »Ich schau mal nach. Deine Kollegin von der Presseabteilung scheint übrigens richtig fit zu sein.«

»Wie kommst du darauf?«, wollte Horndeich wissen.

»Na ja, ihr sucht doch nach diesem komischen Werner. Und du hast mir am Freitag noch erzählt, dass die Assistentin von Hinrich Werners Gesicht auf alt getrimmt hat. Genau die Bilder haben sie heute veröffentlicht. Sogar in der Tagesschau! Also bundesweit. Irgendwie macht die Dame etwas richtig.«

Horndeich hörte seiner Frau zu, ohne dass die Worte wirklich bei ihm ankamen. Er konnte nur an Schafe denken. Dann schlief er wieder ein.

Als er das nächste Mal in der Nacht erwachte, war der Tee auf dem Nachttisch verschwunden. Stattdessen stand dort ein Glas mit völlig abgestandenem Weizenbier, alkoholfrei. Aber Horndeich hatte keinen Durst.

MITTWOCH, 15. OKTOBER

Auch am Mittwochvormittag war Horndeich nicht ins Präsidium gekommen. Natürlich konnte der Kollege nichts dafür, aber Margot hätte seine Unterstützung wirklich gebrauchen können. Nun saß sie mit Feller wieder im Besprechungsraum, und gemeinsam betrachteten sie das, was die Spurensicherung in Berlin von Kleibers Heften hatte retten können.

Drei Hefte hatten sie zum Teil so wiederherstellen können, dass man zumindest einige Passagen lesen konnte. Die lagen jetzt als hoch aufgelöste Bilddateien vor.

Bei einigen Seiten waren die Ränder braun verfärbt, also kurz davor gewesen, ebenfalls Feuer zu fangen. Was das Lesen jedoch wirklich schwierig machte, war das Löschwasser, das das Papier völlig durchweicht hatte. Einige Passagen musste Klaus Kleiber mit einer breiten, abgerundeten Feder geschrieben haben, die das Papier nicht geritzt hatte. In Kombination mit schlechter Tinte waren viele Passagen daher einfach fortgeschwemmt worden.

In einem der Hefte hatte man auf der inneren Umschlagseite auch noch die Initialen *K. K.* lesen konnen – womit wohl kein Zweifel mehr bestand, dass es sich tatsächlich um Niederschriften von Klaus Kleiber handelte.

Der erste Eintrag im ersten Heft war auf den 5. Mai 1983 datiert. *T mit C und D in F. Strategiediskussion.*

Margot und Feller hatten die Aufzeichnungen über das Notebook auf den großen Flachbildschirm projiziert. Gemeinsam wollten sie nun die Seiten einzeln durchgehen.

»Na, das ist ja schon mal sehr informativ«, unkte Feller. Er machte sich Notizen auf einem großen DIN-A3-Blatt, das vor ihm quer auf dem Tisch lag. An den linken Rand schrieb er das Datum, in die obere Zeile *T* und *C*, darüber den Begriff *Menschen*. Etwas weiter rechts notierte er *Orte*, darunter den großen Buchstaben *F*. Noch weiter rechts folgte das Wort *Tätigkeit*, darunter *Strategiediskussion*.

Die folgenden vier Seiten aus Kleibers Heften waren alle mit ähnlich kryptischen Kürzeln versehen. Immerhin wussten sie jetzt, dass Klaus Kleiber mit acht verschiedenen Leuten Kontakt gehabt hatte. Gleichlautende Namen waren durch den Anfangsbuchstaben und eine unterschiedliche Ziffer gekennzeichnet. So gab es neben *Z, E, P, L, F* und *A* auch *M1* und *M2*.

Auch das, was Feller unter dem Begriff *Tätigkeiten* verzeichnete, war zunächst nicht besonders aufregend: Neben *Strategiediskussionen* fanden sich dort auch gewöhnliche *Diskussionen*, zweimal tauchte der Begriff *Demo* auf und ebenfalls zweimal *Marschrichtung durch E*.

Interessant war dann der Eintrag vom 7. Oktober 1983. Dort hatte Klaus Kleiber geschrieben: *Das mit der Bank in S hat gut geklappt. 55 000! E hat mir und A jeweils 3000 gegeben. War gut, denn wir sind ziemlich am Anschlag. Bin sicher, dass auch die anderen noch ein paar Scheine kriegen, aber 45 000 sollten wohl in die Schlachtenkasse gelangen. Perfekt.*

»Na, hier wird das Bürschchen ja endlich mal ein bisschen konkreter. Die haben also eine Bank überfallen.« Feller schrieb unter *Tätigkeiten Banküberfall*, dahinter in Klammern *55 000/45 000*.

Bislang sind die verwertbaren Informationen allerdings noch völlig nutzlos, dachte Margot. Ganz offensichtlich war Klaus Kleiber in einer Gruppe, die – wahrscheinlich politisch – diskutierte und Banken überfiel. All das war ja ganz spannend, aber ohnehin längst verjährt. Und es war überhaupt kein Beleg dafür, dass Klaus Kleiber irgendetwas mit der RAF oder gar mit dem Kiesgart-Attentat zu tun hatte. Sie ertappte sich dabei, dass sie ungeduldig wurde. Seit fast vier Wochen arbeiteten sie nun an dem Fall, aber sie hatten immer noch keinen konkreten Hinweis darauf, wer die beiden Menschen im Mercedes umgebracht oder wer Klaus Kleiber auf dem Gewissen hatte. Und wenn man Andrea Rittmeister dazurechnete: Auch dazu hatten sie keine Spur. Wobei sich Margot sicher war, dass das in diesem Fall auch ziemlich aussichtslos war. Denn der Fall lag nicht nur fünfundzwanzig Jahre zurück, sondern hatte sich auch weit mehr als zehntausend Kilometer entfernt ereignet.

Feller legte jedoch eine stoische Ruhe an den Tag. »Na, dann gucken wir mal weiter«, sagte er und klickte auf das nächste Bild aus einem der Hefte.

Wieder folgte eine Mischung aus kryptischen Zeichen und unleserlichen Passagen. Feller trug das, was sie lesen konnten, eifrig in seine Tabelle ein.

Der nächste lesbare Eintrag trug das Datum 3. Juli 1984. Er befand sich auf der letzten Seite des ersten Hefts. Klaus Kleiber hatte geschrieben: *Tatsächlich!!! Es ist tatsächlich wahr!!! Die Bullenschweine haben sechs von unseren Leuten einkassiert. H, C, S, I, B und E haben sie in der Wohnung in Bornheim hochgenommen! Diese Ratten! Diese Dreckschweine! Und mit E habe ich meinen Kontaktmann verloren. Aber sie haben die Rechnung ohne uns gemacht. Jetzt geht der Kampf erst richtig los! Sagt auch W. Er ist jetzt seit zwei Wochen dabei. Aber so richtig. Er hat gesagt, jetzt geht's ihnen an die Eier! Recht hat er! Nieder mit der faschistischen Gewalt!*

Margot gab das Datum und die Suchbegriffe »Rote Armee Fraktion« sowie »Festnahme« in den zweiten Laptop ein, der an ihrem Arbeitsplatz stand. Die Suchmaschine lieferte eine Menge Ergebnisse. An siebter Stelle fand sie eine »Zeittafel Rote Armee Fraktion« bei einem Online-Lexikon. Sie rief das Dokument auf und scrollte zum entsprechenden Datum. Für den Tag zuvor, den 2. Juli, fand sie den Eintrag, den sie suchte: *Frankfurt am Main: Helmut Pohl, Christa Eckes, Ste-*

fan Frey, Ingrid Jakobsmeier, Barbara Ernst und Erwin Ellinghaus verhaftet.

Sie sah auf die Namenskürzel, die Klaus Kleiber in seinem Heft verwendet hatte. *H* – das konnte für Helmut Pohl stehen. Kurz überflog sie die Kürzel und die Namensliste. Dann drehte sie den Laptop in Richtung ihres Kollegen. »Ich glaube, gerade sind wir auf Gold gestoßen«, sagte sie und stand auf. »Klaus Kleiber schreibt, er habe damit seinen Kontaktmann E verloren. Das steht dann wohl für Erwin Ellinghaus. Und offenbar war Kleiber sogar so aufgeregt, dass er den Namen des Stadtteils Bornheim ausgeschrieben und nicht durch ein B abgekürzt hat.«

Feller blickte ebenfalls von der Liste auf dem Laptop zu der abfotografierten Heftseite auf dem großen Bildschirm, dann überzog ein Lächeln sein Gesicht. »Wären wir jetzt nicht im Dienst, dann würde ich sagen, wir sollten den Sekt öffnen!«

Margot verschwand. Eine Minute später kam sie zurück. In der Hand zwei Sektgläser und eine verschlossene, wenn auch lauwarme 0,2-Liter-Flasche MM-Sekt. Feller sah sie an, das Lächeln, das kurz zuvor aufgeblitzt war, war bereits wieder verschwunden. Er runzelte die Stirn, doch Margot brach seinen Widerstand durch bloße Mimik. Sie öffnete die Flasche, füllte beide Gläser und reichte ihm das eine. »Klaus Kleiber hat im Umfeld der RAF gearbeitet. Gratuliere, Ihr Riecher hat sich als richtig erwiesen. Darauf!«

Sie stießen an, wobei es eher Margots Glas war, das sich in Richtung Fellers bewegte. Der nahm nur einen winzig kleinen Schluck, dann stellte er das Glas ab. Margot setzte sich wieder.

»Weiter geht's«, sagte Feller und rief die erste Seite des nächsten Hefts auf.

In diesem Heft hatte Klaus Kleiber weitgehend darauf verzichtet, irgendwelche Treffen und Strategiediskussionen verschlüsselt niederzuschreiben. Das Heft glich eher einem Tagebuch.

Es behandelte den Zeitraum von Mitte 1985 bis Februar 1986. Der erste Eintrag stammte vom Juni 1985. *W sagt, dass bald etwas passiert. Er macht immer nur Andeutungen, aber klar, kann ich verstehen. Er hat sich wirklich gut hochgearbeitet. Er ist jetzt unser Kontaktmann zur Führung. Und auch sein Kontakt zu A wird immer enger. A redet nicht mit mir darüber, aber sie entzieht sich mir und wendet sich ihm zu. Doch das ist egal. Wir alle müssen uns selbst zurücknehmen, um die Schweine auszumerzen. Der Erfolg gibt uns recht: Gab es für uns denn eine Alternative dazu, FA zu beseitigen, nachdem die Inhaftierten in Hungerstreik getreten waren? Nein, gab es nicht. Erst nach der Aktion konnten sie sich entscheiden, den Streik abzubrechen. Auch sie haben alles gegeben und den eigenen Tod billigend in Kauf genommen!!*

Margot las den Eintrag, Feller ebenfalls. Beide schwiegen. Feller machte auch keine Notiz. »Ich glaube, wir können jetzt eine Arbeitshypothese aufstellen: A steht für Andrea Rittmeister. Und W für Werner. Und offenbar scheint die Gehirnwäsche über die Wochen davor Früchte zu tragen: Was für eine gequirlte Scheiße schreibt dieser Typ denn da in sein Heft?«

Margot zuckte mit den Schultern. »FA?«

Nun, da sie wussten, wonach sie suchten, kamen die Antworten schneller. Feller scrollte ein wenig in der Chronologie der RAF, dann sagte er: »Franz Allerstedt. Er wurde am 1. Februar 1985 erschossen. Er war der Chef des Rüstungskonzerns NUV. Zwei Monate zuvor sind neununddreißig Häftlinge der RAF in Hungerstreik getreten. Und nach dem Tod von Allerstedt konnten sie dann ›freiwillig vom Hungerstreik zurücktreten, um sich der Geisellogik der Imperialisten zu entziehen‹ – mein Gott, wie viel Shampoo muss man durch ein Gehirn jagen, dass einer so einen unlogischen Schwachsinn nicht nur glaubt, sondern auch vertritt?«

Feller stand auf. Mit energischem Schritt ging er auf die Tür des Besprechungsraums zu. Margot erwartete, dass er hinausgehen und die Tür zuknallen würde. Wenn sie auch keinen blassen Schimmer hatte, wieso. Sie sah ihm nach. Kurz bevor er die Tür erreicht hatte, wandte sich Feller noch einmal Margot zu. »Entschuldigung. Ich brauche eben mal ein bisschen frische Luft«, sagte er und verließ den Raum. Ohne Türenschlagen.

Margot überlegte, ob sie ebenfalls eine kurze Pause einlegen sollte, als ihr Handy klingelte. Sie sah auf das Display: Es war Nick. »Hallo, mein Schatz. Du rufst im richtigen Moment an, ich habe gerade eine kleine Pause.«

»Hi, meine Liebe«, sagte Nick. Und schwieg dann. Das war ungewöhnlich. Normalerweise plapperte er erst mal los, wenn er sie am Telefon hatte. Irgendwie kein gutes Zeichen. Anstatt selbst ein Gespräch zu beginnen, fragte sie nur: »Weshalb rufst du an?«

Darauf antwortete Nick sofort: »Ich muss mit dir reden. Wir müssen miteinander reden.«

Worte, die wie eine Vakuumpumpe die Luft aus dem Raum saugten. Margot spürte, wie ihr die Brust eng wurde und zu schmerzen begann. Nur zu gut kannte sie diesen Satz: »Wir müssen miteinander reden.« Immer nur eine scheinbar arglose Einleitung, die daraufhin eine Katastrophe in ihrem Leben ausgelöst hatte. War das der Anfang vom Ende? Wollte Nick ihr mitteilen, dass ihre Beziehung vorbei war? Wollte er das tatsächlich jetzt und hier am Telefon tun? *Wie kommst du denn auf diese Idee?*, fragte die innere Stimme. Nicht jene, die sich für gewöhnlich in Rationalität übte. Die andere. Die nicht so oft sprach. Und auf die sich Margot auch nicht so gut verlassen konnte wie auf die rationale Kollegin.

»Bist du noch da?«

»Was willst du mir sagen, Nick?« Sie hörte ihre Stimme und war selbst erschrocken darüber, wie eisig der Tonfall geworden war. Doch wenn er das, was sie in den vergangenen zwei Jahren so zu lieben gelernt hatte, zunichtemachen wollte, dann sollte es wenigstens schnell gehen.

»Äh, Margot, ich möchte mit dir reden. Wir müssen etwas besprechen.«

»Dann schieß los. Und mach es kurz.«

»Ich wollte eigentlich nicht am Telefon darüber sprechen. Bist du heute Abend zu Hause?«

Super Vorschlag. Damit wäre der Tag gelaufen, und am Abend würden sie dann ein Gespräch über zwei Stunden führen, das die drei Worte »Es ist aus« in der Seele breit walzen würde wie einen Kuchenteig unterm Nudelholz. »Sag doch gleich, was du zu sagen hast.«

Nick schwieg. Dann sagte er: »Wie bist du denn drauf?«

»Komm, du brauchst nicht drumrum zu reden. Sag's einfach.«

»Hat Milo schon mit dir gesprochen?«

Die Kälte in ihrem Inneren wich der Wut. Hatte Nick bereits mit seinem Sohn erörtert, dass er mit ihr nicht mehr zusammen sein wollte? Er, dessen Sohn ihm nicht mal von seiner Beziehung zu Doro erzählt hatte? Das wäre dann nicht nur schmerzhaft, sondern unverschämt. Und die leise Stimme im Inneren sagte nur: *Du fühlst dich in der Wut wohler als im Schmerz.*

Margot zog die Reißleine. Nein, sie warf das Handy nicht quer durch den Raum. Jahrzehntelange Arbeit am eigenen Selbst zeigte nun erste Früchte. Sie beendete das Gespräch einfach. Ohne Gruß. Ohne Kuss. So billig sollte er nicht davonkommen.

Feller kam zurück. In der Hand hielt er ein Glas Wasser. Als er Margot sah, fragte er: »Alles okay?«

»Ja«, antwortete Margot nur. Feller zog seine linke Augenbraue ein wenig nach oben, was die einzige Manifestation seines Zweifels blieb. Dann setzte er sich wieder an seinen Platz und zauberte die nächste Seite des Hefts auf den Bildschirm.

Margot las die Einträge von Klaus Kleiber und war Profi genug, das Gespräch mit Nick zu verdrängen und den Inhalt der Aufzeichnungen auch aufzunehmen. Allerdings hatte Klaus Kleiber auf den folgenden Seiten immer nur dasselbe Thema: Andrea war jetzt mit Werner fest liiert. Und er selbst hatte Angst davor, innerhalb der Hierarchie der Gruppe abzusteigen.

Am 8. August schließlich ließ Klaus Kleiber seinem Frust in einer anderen Sache freien Lauf. *Das hätten wirklich auch wir machen können! Es ist unsere Stadt! Mit W haben wir einen fähigen Denker, der auch praktisch was draufhat. Wir hätten das machen können! Und ich bin sicher, wir hätten auch einen Weg gefunden, es zu tun, ohne EP zu erschießen.*

Ein Anschlag in Frankfurt? Wer war EP? Noch bevor Feller wieder verbal zuschlagen konnte, fiel es Margot selbst ein. Der 8. August 1985. Der Bombenanschlag auf die Rhein-Main-Air-Base in Frankfurt, an dem Tag, an dem ihr erster Ehemann mit Alkoholvergiftung ins Krankenhaus gekommen war. Manuela Reiter, die ehemalige Studentin, durch deren Aussage sie Andrea Rittmeister und Werner identifiziert hatten, sie hatte in ihrem Gespräch im Biergarten zwei Wochen zuvor den Anschlag bereits angesprochen. Zwei Tote, dreiundzwanzig Verletzte. Einen Tag vorher war der amerikanische Soldat Edward Pimental erschossen worden, da mithilfe seines Ausweises das Bombenfahrzeug auf den Stützpunkt gefahren werden konnte. Während Margot daran dachte, las Feller es vor.

Bereits im nächsten Absatz relativierte Klaus Kleiber, dass der Tod von EP hätte verhindert werden können: *Wir dürfen niemals vor der ungeheuren Dimension der eigenen Ziele zurückschrecken!*

Auch wenn Margot diesen Werner nicht kannte – irgendwie hatte sie das Gefühl, dass das seine Worte gewesen waren.

Am 28. September verzeichnete Kleiber: *GS.* Dahinter hatte er nur ein kleines Kreuz gemalt. Vier Tage später: *So traurig es ist, dass die imperialistischen Faschistenschweine GS umgebracht haben, W sagt, es ist ein Glücksfall für uns.*

Denn jetzt werden Leute zu uns stoßen, mit denen wir wirklich etwas anfangen können, die dann voll und ganz hinter der Sache der Revolution stehen werden. GS konnte Margot leicht dechiffrieren: Am 28. September 1985 war Günter Sare bei einer Demonstration von einem Wasserwerfer erfasst worden. Margot erinnerte sich kurz an das Gespräch mit Frank Weber, der ihr erzählt hatte, dass seine Freundin Tomke Rieken nach Sares Tod ihn wegen Heiner Göbel verlassen hatte.

Nun folgten wieder einige Seiten, auf denen Daten, einzelne Buchstabenkürzel und Tätigkeiten verzeichnet waren. Immer wieder tauchte die Kombination der Buchstaben *T* und *H* auf. Meistens im Zusammenhang mit Strategiediskussionen. Die begannen Anfang Oktober und zogen sich bis zum Dezember hin.

»Offensichtlich sind nun auch Tomke Rieken und Heiner Göbel mit von der Partie.«

Am 2. Januar hatte Klaus Kleiber dann verzeichnet: *W drängt darauf, den Kontakt zur Kommandozentrale stärker auszubauen. Er plant ein Willkommensgeschenk.*

Der nächste Eintrag datierte vom 8. Januar. *80 000 in P. Werner hat jedem von uns 5000 gegeben. 25 000 will er der Kommandoebene zukommen lassen, den Rest in einem Depot sicher verwahren. Kluge Idee.*

Die letzte Eintragung in dem Heft stammte vom 3. Februar 1986. Sie lautete kurz und knapp: *Kongress ein voller Erfolg!*

»Ganz offensichtlich hat unser Werner nun das Ruder gänzlich in die Hand genommen«, konstatierte Feller knapp.

Auch bei Kleibers Freundin, dachte Margot. Margot sah auf das Display ihres Handys, das sie nach Nicks Anruf auf lautlos gestellt hatte. In den vergangenen dreißig Minuten hatte er sechs Mal versucht, sie zu erreichen. Sie schaltete den Ton wieder ein, schließlich musste sie grundsätzlich erreichbar bleiben. Bei ihrem letzten Telefonat mit Nick am Vortag waren sie so verblieben, dass er am kommenden Wochenende wieder zu ihr nach Darmstadt kommen wollte.

Sie konnte sich kaum vorstellen, was er mit ihr zu besprechen hätte, was nicht bis dahin warten konnte, außer eben der Tatsache, dass er die Beziehung zu ihr beenden wollte. Sie seufzte.

»Wirklich alles in Ordnung?«, fragte Feller.

An einem Ja hätte sie sich verschluckt, deswegen nickte Margot nur.

Das dritte Heft begann im Sommer 1987. Feller brachte die erste Seite auf den Bildschirm.

»Könnten Sie vielleicht die letzte Seite zuerst aufrufen? Ich möchte gerne wissen, ob die Aufzeichnungen bis zum Attentat an Kiesgart reichen.«

Feller tat wie geheißen. Doch das Datum des letzten Eintrags lag nur drei Monate nach dem des ersten Eintrags, also zwei Jahre vor dem Attentat.

»Mist. Dann können wir den Bezug wohl kaum über die Hefte herstellen.«

»Na ja«, sagte Feller. »Die Verbindung zwischen Klaus Kleiber und dem Attentat nicht. Aber die Verknüpfung zwischen unserem Quintett und der RAF, die können wir belegen. Und ich bin gespannt, was Klaus Kleibers Frau erzählen wird, wenn man sie damit konfrontiert. Oder die Schwester von Andrea Rittmeister, Petra Rittmeister, die sollten Sie sich auch noch mal zur Brust nehmen.«

Margots Handy klingelte. Nick. Hartnäckig. Sie nahm das Gespräch an. »Einen kleinen Moment, Nick, ich muss ins Freie.«

Diesmal legte sie nicht auf, obwohl es eine halbe Minute dauerte, bis sie wirklich vor der Eingangstür des Polizeipräsidiums stand.

»So, jetzt kann ich reden«, sagte Margot. Sie erwartete eine Tirade zu hören, wie sie es wagen könne, einfach aufzulegen. Was sie sich eigentlich einbilde?

»Margot, ich muss mit dir sprechen, und ich möchte das nicht am Telefon tun. Es ist wichtig, und deswegen wollte ich wissen, ob ich heute Abend zu dir kommen kann.« Nicks Stimme war ruhig, und in diesem Moment bewunderte sie ihn dafür. Sie wusste, dass der Text, den sie von ihm erwartet hatte, auf jeden Fall genau der Text war, den sie einem Gegenüber in der umgekehrten Situation an den Kopf geworfen hätte … »Ja. Ich bin heute Abend zu Hause.«

»Gut. Ich denke, ich werde gegen zwanzig Uhr bei dir sein, es sei denn, du holst mich vom Flughafen ab. Ich komme um 19:05 Uhr in Frankfurt an.«

»Gut.« Nick schwieg fünf Sekunden. Dann fragte er: »Margot, mein Schatz, was ist denn los mit dir?«

Nein, es war nicht ihre Stärke, schwierige Dinge am Telefon direkt anzusprechen. Falsch: Es war nicht ihre Stärke, überhaupt schwierige Dinge anzusprechen. Zeit für einen weiteren kleinen Schritt auf der Entwicklungsleiter: »Du möchtest die Beziehung zu mir beenden?«

»Beenden? Ich möchte gar nichts beenden. Oder habe ich gerade etwas falsch verstanden? Du willst mit mir Schluss machen?«

Das Lachen entwischte ihrer Kehle wie die Luftblase einer leeren Flasche unter Wasser. »Nein, ganz gewiss nicht.«

»Na prima, dann sind wir uns in diesem Punkt ja einig. Holst du mich ab?«

»Ja«, sagte Margot. Sie verstand sich selbst nicht mehr. Was war bloß in sie gefahren? In diesem Moment vollkommener Klarheit versperrte kein Nebel, kein Dunst, kein Staub, kein Rauch die klare Sicht auf die Erkenntnis, dass sie völlig überreagiert hatte. Was sie nicht verstand, war, woher die Panik so plötzlich gekommen war.

Die Antworten mussten warten. Jetzt musste sie erst einmal weiterarbeiten und sich auch noch Kleibers Heft Nummer drei zur Brust nehmen.

Auf dem Weg zurück in den Besprechungsraum bereitete sich Margot in ihrem Büro schnell noch eine Tasse Kaffee zu. Natürlich gab es in den Fluren der polizeilichen Katakomben mehrere Kaffeeautomaten. Doch ließ sich bei diesen die Zuckermenge für Margots feine Geschmacksnerven nicht fein genug einstellen: Sie brauchte ja stets einen halben Löffel Zucker gegen die Bitterkeit, wie sie immer zu sagen pflegte. Margot musste schmunzeln, als sie daran dachte, dass sie mit ihrem Sohn Ben, als der in der Pubertät gewesen war, genau über dieses Thema eine lange Diskussion geführt hatte. Obwohl Ben später Kunstgeschichte studiert hatte, war er den Naturwissenschaften doch immer sehr verbunden gewesen. Und die Einstellung seiner Mutter, dass ein halber Löffel Zucker immer genau die richtige Süße versprach, völlig unabhängig von der Menge an Flüssigkeit, in der er aufgelöst wurde, das hatte er nicht nachvollziehen können. Als Margot das Argument von »weiblicher Logik« angeführt hatte, hatte Ben kapituliert und war kopfschüttelnd aus der Küche gegangen.

Während Margot an Ben dachte, ließ sie auch für Feller eine Tasse Kaffee einlaufen. Sie steckte noch zwei Tütchen Zucker und zwei Portionen Kaffeesahne ein, dann ging sie zurück in den Besprechungsraum.

Neuer Auftrag: Wir gehen nach Berlin. Das war der erste Eintrag im dritten und letzten lesbaren Heft von Klaus Kleiber. Er stammte vom 5. Juli 1987. *W hat einen Tipp bekommen: UM ist eine Bekannte von FK. Wir sollen sie abschöpfen.*

»So, da haben wir's«, brummte Feller. »FK – Friederich Kiesgart. Habe ich mit meiner Verbindung zum Haus in der Pützerstraße doch recht gehabt. Unser Quintett hat tatsächlich etwas mit dem Attentat auf Kiesgart zu tun. Ich kann's kaum glauben!«

Da hatte Feller mit Margot etwas gemeinsam. Tatsächlich war die Gruppe offenbar darauf angesetzt worden, das Umfeld von Kiesgart auszuspionieren. Und das bereits mehr als zwei Jahre vor dem eigentlichen Attentat. Natürlich bestand immer noch die Möglichkeit, dass das Kürzel FK für eine andere Person stand. Doch Margot hielt es für äußerst unwahrscheinlich. Feller klickte auf den nächsten Eintrag. Wieder folgte ein kurzer unleserlicher Abschnitt, dann eine Aufzeichnung eine Woche nach dem ersten Eintrag im Heft: *Haben Position bezogen. Ws Quelle hat mitgeteilt, dass UM sich immer wieder mit ihm trifft.*

»Eine Quelle«, sinnierte Margot. »Das Netzwerk scheint noch deutlich größer zu sein.«

Vier Wochen später der nächste Eintrag: *W hat einen von UMs Wohngemeinschafts-Kollegen mit Geld davon überzeugen können, auszuziehen. Ich bin sein Nachfolger. Nun direkt an UM dran. Eine Nette. Macht den Job einfacher.*

In der nachfolgenden halben Stunde drehten sich alle Einträge, die sie sich ansahen, hauptsächlich um die beiden Personen UM und FK. Aber auch Tomke, Andrea und Heiner kamen immer mal wieder vor. So schrieb Kleiber etwa: *Stimmung zwischen T und H nicht besonders. W redet ihnen ins Gewissen. Für die Revolution müssen persönliche und damit unwichtige Animositäten zurückstehen. Er hat recht. Habe das auch mit T besprochen. Sind uns nähergekommen.*

Aus den Einträgen ließ sich zusammenfassen: Klaus Kleiber war in die Wohngemeinschaft von UM eingezogen. UM hatte Kontakt zu FK. Kleiber war es immer wieder gelungen, Telefonate zu belauschen, wobei er dabei natürlich immer nur UMs Worte hatte hören können. Zweimal war FK in ihrer Wohnung gewesen. Klaus hatte es immer so eingerichtet, dass er den beiden zufällig begegnete. UM habe ihm daraufhin mitgeteilt, dass FK Vorstandschef einer großen Bank sei. Schließlich war es Klaus Kleiber gelungen, eine Wanze im Telefon unterzubringen. Danach hatte er die Telefonate komplett mitschneiden können. Klaus Kleiber war enttäuscht darüber, dass FK sich so vorsichtig über Bankinterna äußerte. Wobei klar wurde, dass Klaus' Enttäuschung primär darauf beruhte, dass der große Zampano W mit den Ergebnissen unzufrieden war. Doch nach den beiden Treffen zwischen FK und UM in der Wohnung wusste Klaus Kleiber zumindest ein interessantes Detail zu berichten: FK kam immer allein in die Wohnung. Keiner der Leibwächter begleitete ihn.

»Sie waren ganz dicht an Kiesgart dran«, resümierte Feller.

Margot spürte Übelkeit in sich aufsteigen. Seit einem Vierteljahrhundert versuchten die Kollegen des Bundeskriminalamts, den Fall aufzuklären. Was ihnen bis heute nicht gelungen war. Und nun kriegten ausgerechnet sie und ihre Kollegen des Polizeipräsidiums Südhessen die Täter auf dem Silbertablett vor die Füße gelegt. Nun ja, nicht ganz auf dem Silbertablett: erschossen in einem alten Mercedes und in einem Bunker und überfahren irgendwo in Indien. Nur die Nummer fünf, die war nirgendwo aufzutreiben. Dabei war Margot sich inzwischen sicher, ganz besonders nach der Lektüre von Klaus Kleibers Aufzeichnungen, dass Werner – oder wie immer er wirklich hieß – der Kopf des Quintetts gewesen war. Und wahrscheinlich auch der Mörder der vier anderen.

»Wer ist diese UM?«, sprach Feller das aus, was Margot in diesem Moment ebenfalls dachte.

Margot überlegte nicht lange. Sie griff zum Telefonhörer und wählte die Nummer von Lorenz Rasper im Bundeskriminalamt. Der meldete sich sofort. Nach kurzer Begrüßung kam Margot gleich zur Sache: »Kollege Rasper, ich hätte da mal eine Frage. Wir sind bei Recherchen zum Attentat auf Friederich Kiesgart auf das Namenskürzel UM gestoßen. Gibt es in Ihren Akten irgendjemanden aus dem unmittelbaren Umfeld von Friederich Kiesgart, zu dem diese Initialen passen?«

Während Margot sprach, klimperte Feller munter auf der Tastatur seines Laptops herum.

»Das kann ich klären. Männlein oder Weiblein?«

»Weiblein.«

»Kann ein bisschen dauern. Aber ich setz jemanden drauf an. Ich denke, ich kann Ihnen spätestens am Freitagnachmittag Bescheid geben.« Während Rasper sprach, hatte Feller seinen Laptop um hundertachtzig Grad gedreht, sodass Margot auf den Bildschirm des Geräts blicken konnte. Dort sah sie den Eintrag über Friederich Kiesgart in der großen Internet-Enzyklopädie zum Mitmachen. Feller deutete auf einen Namen: Ulrike Maltsson.

Margot konnte die Zusammenhänge nicht so schnell lesen, aber sie vertraute Feller. »Ich glaube, ich kann das bereits etwas konkretisieren: Haben Sie jemals mit einer Ulrike Maltsson gesprochen? Oder ist Ihnen etwas über diese Frau bekannt?«

»Das ging aber flott! Sie sollten bei uns anfangen!«

»Ich überleg es mir«, sagte Margot mit einem Lächeln. Kaum hatte sie ein bisschen Erfolg beim Ermitteln, besserte sich ihre Laune schlagartig.

Nachdem sie das Gespräch mit Rasper beendet hatte, erklärte Feller, was er herausgefunden hatte. »Ich lese Ihnen das mal kurz vor«, sagte Feller und rezitierte: »›In einer Talkshow lernte Kiesgart 1982 die dreißig Jahre jüngere Politik- und Literaturstudentin Ulrike Maltsson (geb. Altburg) kennen, die dort als Vertreterin der sogenannten ›No-Future-Generation‹ eingeladen war. Die junge, politisch links eingestellte Studentin sagte ihm nach der Show die Meinung. Ihre Kritik und ihre polit-ökonomischen Zukunftsvorstellungen verblüfften ihn, und er forderte sie auf, ihm zu schreiben. Damit nahm eine lange Abfolge von Briefen (ihrerseits) und Telefonaten sowie Treffen ihren Anfang, bis das Attentat dieser Freundschaft nach sieben Jahren ein jähes Ende bereitete.‹«

Feller sah auf und Margot an. »Ich glaube, das ist unsere Frau.«

Danach ging alles ganz schnell. Ulrike Maltsson war Schriftstellerin und dementsprechend schnell im Netz zu finden. Auch sie wohnte in Berlin. Margot fand, dass die Darmstädter Polizei überdenken sollte, während der Aufklärung dieses Falles eine Dependance in der Landeshauptstadt einzurichten ... Zwar fand sich auf Ulrike Maltssons Website keine Telefonnummer, die Margot jedoch, nachdem sie sich per Fax bei deren Verlag gemeldet hatte, postwendend erhielt. Dort hinterließ sie eine Nachricht auf dem Anrufbeantworter.

»Ich habe da noch so eine Idee«, sinnierte Margot laut. Sie griff zum Telefonhörer, tippte eine Kurzwahl ein und hatte wenige Sekunden später Silvia Rauch von der Spurensicherung am Apparat. »Meinen Sie, es besteht die Möglichkeit, dass wir die Kleidungsreste von den Leichen in der Grube Prinz von Hessen mit den Spuren vergleichen, die im Fluchtauto des Kiesgart-Mordes aufgefunden worden sind? Vielleicht hat die Kleidung irgendwelche Faserspuren hinterlassen – wenn das Pärchen dieses Auto benutzt hat.«

Silvia Rauch versprach, sich kurzfristig darum zu kümmern.

Am Nachmittag rief Ulrike Maltsson zurück. Sie erklärte sich bereit, mit Margot zu sprechen, am kommenden Vormittag könne sie es problemlos einrichten. Margot bedankte sich, beendete das Telefongespräch – und ließ sich mal wieder ein Flugticket nach Berlin ausstellen. Ich sollte mir eine Monatskarte kaufen, dachte sie.

Die Fahrt vom Frankfurter Flughafen, wo sie Nick abgeholt hatte, zurück zu ihrem Haus im Richard-Wagner-Weg 56 verlief schweigsam. Margot spürte, dass Nick fix und fertig war. Er hatte nur angedeutet, dass der Tag extrem anstrengend gewesen war. Sie selbst verspürte keine Lust, ein offensichtlich ernstes Thema auf der Autobahn zu diskutieren. Kaum war sie auf diese aufgefahren, hörte sie von der Beifahrerseite das vertraute leise Schnarchen ihres Lebensgefährten. Sie musste ihn wecken, nachdem sie den Wagen vor ihrem Haus abgestellt hatte. Immer noch waren die Abende lau, sodass sie, obwohl es schon auf einundzwanzig Uhr zuging, noch draußen sitzen konnten, ohne zu frieren.

Nick hatte eine Flasche Rotwein mit in den Garten gebracht, doch Margot wollte zuerst das Gespräch hinter sich bringen, bevor sie einen Schluck Alkohol trank.

»Also, was hast du mir zu sagen?« Sie wollte ihre Stimme neutral klingen lassen oder vielleicht sogar sanft, ohne jeden Vorwurf, ohne jeglichen Argwohn. Es misslang gründlich.

Nick griff nach ihrer Hand, hielt sie fest, dann sagte er mit ruhiger Stimme: »Es ist leider nicht so gelaufen, wie ich mir das vorgestellt habe. Sie verlängern meinen Vertrag in Lyon nicht. Ich werde hier keinen Job mehr haben.«

Obwohl ihr nach allem anderen zumute war als nach einem Schmunzeln, konnte sie nicht vermeiden, dass ihre Mundwinkel nach oben zuckten. Es war das Wort »hier«, das dafür verantwortlich war. Hier – das war für Nick Peckhard Europa. Das war für ihn nicht Darmstadt, das war für ihn nicht Hessen, das war für ihn nicht mal Deutschland. Was das anging, würden sie, das Darmstädter *Heinermädsche*, und er, der US-Kosmopolit, wohl immer völlig unterschiedlich ticken.

»Du lachst?«

Margot schüttelte den Kopf. »Nein, es ist mir alles andere als nach Lachen zumute. Aber ich finde es immer so süß, wenn du das Wort ›hier‹ sagst.« Dann ließ sie ihn an ihren Gedanken teilhaben.

Nick lachte nicht. »Ich muss zurück in die USA. Zumindest für das kommende Jahr. Danach kann ich mich wieder in Europa bewerben. Sie haben mir einen guten Job angeboten, beim FBI. Sie wollen mich in Indianapolis haben. Es ist ein richtig guter Job und vor allem: Er ist fantastisch bezahlt.«

Margot nickte. Sagte nichts. Sie erinnerte sich daran, wie ihr vor Jahren die Distanz zwischen Darmstadt und Kassel unüberbrückbar erschienen war, als Rainer noch dort gelebt hatte. Dann war er zu ihr gezogen – und trotzdem war ihre Beziehung den Bach runtergegangen. Es gefiel ihr nicht, nein, es gefiel ihr ganz und gar nicht, dass Nick plante, wieder auf die andere Seite des großen Teichs zu ziehen. Und gleichzeitig wusste sie, dass es keine Alternative war, dass er bei ihr wohnte, hier in Darmstadt, hier in diesem Haus, ohne Job, ohne Aufgabe, wie ein Haustier. Er liebte seinen Job, immer noch, obwohl er ihn bereits Jahrzehnte ausübte. Offensichtlich war es ihm besser gelungen als ihr, mit seinen Kräften zu haushalten. Natürlich hatte sie schon mal darüber nachgedacht, ob sie nicht vielleicht zu zweit hier in Darmstadt eine Sicherheitsfirma aufmachen sollten, eine Detektei gründen, irgend so etwas, um bei der Arbeit zusammen sein zu können. Und sie wusste, es würde nicht funktionieren. Zumal sie heiraten müssten, damit Nick sofort und problemlos in Deutschland arbeiten dürfte. Und noch eine Hochzeit? Die dritte in ihrem Leben? Nein danke. Aber so was von!

»Margot? Wo bist du mit deinen Gedanken?«

»Ganz ehrlich: Es gefällt mir nicht. Es gefällt mir überhaupt nicht.«

Nick hatte ihre Hand nicht losgelassen. »Da haben wir etwas gemeinsam. Nur weiß ich im Moment keine Lösung.«

Nein, Margot wusste ebenfalls keine Lösung, keine tragfähige. Sie sah Nick an und fragte sich, wie sie überhaupt hatte auf die Idee kommen können, er wolle sich von ihr trennen. Als ob er ihre Gedanken lesen könnte, sagte er: »Ich weiß nicht, wie du darauf gekommen bist. Ich weiß nicht, warum gerade heute Vormittag während unseres Gesprächs all deine alten Angstgeister plötzlich wieder da waren. Ich möchte dir nur eines sagen: Das Letzte, woran ich heute Vormittag gedacht habe, war, dass wir uns trennen sollten. Und ich glaube, wir stecken auch diesen Schlag weg. Irgendwie. Wenn du es auch willst.«

In Fernsehfilmen, besonders bei Rosamunde Pilcher, fing die Frau in einem solchen Moment immer an zu weinen. Doch Margot verspürte nicht den leisesten Druck in ihren

Tränendrüsen. Auch sie wollte sich nicht von Nick trennen. Und ja, sie würden eine Lösung finden. Margot konnte sich nicht erinnern, trotz aller Schwierigkeiten jemals so entspannt in die Zukunft geschaut zu haben.

DONNERSTAG, 16. OKTOBER

Das Antibiotikum hatte angeschlagen. Es war der erste Morgen gewesen, an dem sich sein Kopf nicht mehr angefühlt hatte, als wäre er mit brennender Zuckerwatte ausgestopft. Horndeich war bereit gewesen, wieder zum Dienst anzutreten, auch wenn die Krankschreibung noch bis zum folgenden Tag reichte. Seine Tochter war inzwischen auch wieder gesund. Sandra hatte in den vergangenen Tagen mit ihren Patienten wirklich nichts zu lachen gehabt. Es war also höchste Zeit, nicht mehr nutzlos herumzuliegen, sondern wieder etwas zum Erhalt der Familie beizutragen.

Derart gestärkt in seinen Gedanken, war Horndeich ins Bad gegangen, hatte sich ausgiebig geduscht, sich rasiert, das neue Aftershave aufgelegt. Er war bereit gewesen, es mit diesem Tag aufzunehmen. Endlich würde er wieder sein Scherflein dazu beitragen, dass die drei Morde in ihrem Revier aufgeklärt würden. Brav hatte er die Orthese angelegt, wohl wissend, dass sie nicht sein Feind war, auch wenn sie sich meist so anfühlte. Sandra hatte ihm ein leckeres Frühstück zubereitet. Kaffee, frisches Obst, sogar einen Pfannkuchen – besser konnte der Tag nicht anfangen.

Alles war also bestens gewesen. Bis zu dem Moment, als Horndeich in den Flur getreten war, um seine Jacke von der Garderobe zu nehmen. Und diesmal mit dem rechten Bein auf ein weiteres Spielzeugauto zu treten, das seine Tochter Stefanie auf dem Fußboden geparkt hatte.

Horndeich hielt sich für einen ausgeglichenen Menschen. Einen Mann, der selten explodierte, der jeden Konflikt rational zu lösen versuchte und dabei den Emotionen in diesem

Moment nicht zu viel Raum ließ. Er hatte die Erfahrung gemacht, dass Rumtoben und Schreien selten zur erfolgreichen Bewältigung eines Konflikts beitrugen. Die folgenden fünf Minuten jedoch waren das genaue Gegenteil dessen, wonach Horndeich sich sonst zu richten pflegte.

Das Auto, ein roter Ferrari – drunter tat es Horndeich nicht –, schoss nach vorn, während er selbst nach hinten fiel. Noch bevor er mit dem Steißbein auf den harten Boden aufschlug, flog der Ferrari durch die Luft wie ein Projektil. Natürlich landete er genau in der Holzstuckverzierung des antiken Schrankes und nicht etwa zwei Zentimeter daneben. Natürlich hatte Stefanie Papas Sturz miterlebt. Ebenso wie die Zerstörung ihres Lieblingssportwagens. Der antike Schrank hatte die Verletzung nicht sang- und klanglos hingenommen, sondern sich gewehrt: Der Ferrari hatte Totalschaden erlitten. Der Plastikkarosserie hatte schon Horndeichs Tritt den Exitus beschert, dem vorderen rechten Rad das Schmusen mit dem Schrank.

Horndeich jaulte auf vor Schmerz, Stefanie ebenso, wenngleich ihre Pein auch weniger körperlicher Natur war. Dann schrillte sie den falschen Text: »Papa, du musst aufpassen!«

Während der Schmerz des Aufpralls vom Steiß aus Bandscheibe für Bandscheibe nach oben durchgereicht wurde, gellte Horndeich: »Und du musst deine Scheißautos in deinem Zimmer lassen!«

Seine Tochter lief puterrot an. »Du hast mein Auto kaputt gemacht!«, schrie sie, griff nach dem Torso des Spielzeugautos und warf ihn in Richtung ihres Vaters. In dem Bruchteil der Sekunde, in dem der Ferrari auf ihn zugeflogen kam, sehnte Horndeich die Zeit herbei, in der seine Tochter nur herumgeschrien und sich noch nicht in sprachlicher Argumentation geübt hatte. Als ob der Ferrari nicht schon genug gebeutelt gewesen wäre, landete er auf Horndeichs Nase. Die gab gleich darauf das Chamäleon und färbte sich in bestes

Ferrari-Rot, während aus den Nasenlöchern ein Schwall Blut schoss, das Rot etwas dunkler akzentuiert.

Horndeich sah Sternchen, während eine unglaubliche Wut in ihm hochstieg.

»Ich will ein neues Auto, Papa!«, schrie Stefanie und wälzte sich auf dem Boden. In diesem Augenblick trat Sandra in den Flur. Mit dem feinen Gespür für den rechten Moment stellte Stefanie das Schreien ein, hob ihr Köpfchen ein wenig an, und unter einem Schwall von Tränen schluchzte sie herzerweichend, zumindest, was das Herz ihrer Mutter anging. Viel verstand man nicht, da die ausgestoßenen Worte eine Barriere von Tränen und Rotz passieren mussten. Aber die Begriffe »Papa«, »Auto« und »kaputt«, die erfasste Sandra sehr wohl.

Horndeich beobachtete aus seiner inzwischen gänzlich liegenden Position, wie seine Frau an ihm vorbeiging und Stefanie in den Arm nahm. »Ich blute«, hauchte er, aber nicht laut genug. Er liebte seine Tochter, Gott war sein Zeuge. Doch ihre Wutanfälle, wenn sie nicht stante pede das bekam, was sie in diesem Moment erwartete, die waren eine täglich mindestens zweimal auferlegte Prüfung in Langmut, Geduld und Selbstbeherrschung. Horndeich spürte, dass ihm das Nasenblut rechts und links an den frisch rasierten Wangen herablief. Und er merkte, dass er nicht in der Lage war, aufzustehen.

Erst eine gefühlte Ewigkeit später ließ Sandra ihre Tochter los und wandte sich ihrem Mann zu. »Mein Gott«, sagte sie.

Kaum erkannte Stefanie, dass ihr nun nicht mehr die ungeteilte Aufmerksamkeit zugutekam, heulte sie wieder auf. Diesmal ignorierte Sandra ihre Tochter, verschwand und kam wenige Sekunden darauf mit einem Eisbeutel zurück, den sie Horndeich auf die angeschwollene Nase legte.

Der versuchte abermals, sich aufzurichten, scheiterte jedoch.

Stefanie jaulte immer noch, doch Sandra sah sie an und

zischte nur: »Ab in dein Zimmer!« Horndeich würde nie verstehen, wieso Stefanie diesem Befehl bislang immer widerspruchslos gefolgt war. Aber ihm war klar, dass auch die Tage dieses Gehorsams gezählt waren. Gab es eine Pubertät im Alter von drei Jahren?

»Du kannst dich nicht aufsetzen?«

Horndeich deutete nur ein Kopfschütteln an. Das erste Mal in der vergangenen Minute, die für ihn eher aus sechshundert einzelnen Zehntelsekunden bestanden hatte und ihm wie eine Ewigkeit vorgekommen war, schlich sich ein Gedanke in seinen Kopf: Du bist gelähmt.

Jens Bender spielte wieder den Chauffeur. »Ist eine nette Ecke, am Wannsee«, klärte er Margot auf. »Wir sind im Sommer oft dort, meine Frau, ich und die Kinder.«

Er fuhr Margot direkt vor die Einfahrt des Hauses, in dem Ulrike Maltsson wohnte. Ein Häuschen aus den Fünfzigern, umgeben von einem riesigen Garten. Mehrere große, alte Bäume standen auf dem Gelände und spendeten dem Haus Schatten.

»Wie kommen Sie zurück?«, wollte Bender wissen.

»Ich werde die S-Bahn nehmen. Die Verbindung hab ich mir bereits rausgesucht«, antwortete Margot.

Der Flug nach Berlin war holprig gewesen, zweimal war sie gut durchgeschüttelt worden und hatte daran denken müssen, dass Fliegen nicht ihre bevorzugte Art zu reisen war. Auch die Flüge nach Lyon mochte sie nicht, noch weniger die Atlantikflüge in oder aus Richtung USA.

Am Morgen hatte Lorenz Rasper aus Wiesbaden sie angerufen und ihr mitgeteilt, dass Ulrike Maltsson in den Akten zum Mordfall Kiesgart nirgendwo aufgetaucht war.

Ulrike Maltsson empfing Margot freundlich. Sie stellte sie ihren beiden Töchtern und ihrem Mann vor, dann sagte sie: »Kommen Sie mit ins Wohnzimmer, da sind wir ungestört.«

Das Haus der Schriftstellerin strahlte aus jedem Winkel das Ambiente eines Künstlerdomizils aus. An den Wänden hingen Gemälde, Meter von Regalen beherbergten eine riesige Bibliothek. Ein netter, kleiner Stutzflügel stand im Zimmer. Eines der Bilder fiel Margot sofort auf: Es zeigte eine Ziege, sehr lebensecht gemalt, die alles, was im Raum passierte, genau im Visier zu haben schien.

Ulrike Maltsson bemerkte die Richtung von Margots Blick. »Die meisten Menschen haben einen Wachhund, wir gönnen uns eine Wachziege«, bemerkte sie trocken.

»Schön haben Sie es hier«, stellte Margot fest. Ihr eigenes Haus war deutlich nüchterner eingerichtet.

Margot und Ulrike Maltsson nahmen jeweils auf einem der Sofas Platz, die über Eck in der Mitte des Raumes platziert waren. Dazwischen stand ein nicht besonders hoher Couchtisch.

Die Frau, die Margot nun gespannt ansah, wirkte sehr sympathisch. Sie waren im selben Alter. Ulrike Maltssons Haar war blond, und ihre Figur zeigte, dass sie Sport trieb.

»Schießen Sie los«, sagte Ulrike Maltsson. »Wie sind Sie auf mich gestoßen?«

Margot skizzierte knapp, dass sie in Darmstadt drei Todesopfer gefunden hätten, eines davon erst drei Wochen zuvor erschossen. »Dieser Mann hat ein paar Aufzeichnungen hinterlassen. Und darin kommen Sie vor.«

Margot schaltete ihr Tablet an, und einige Sekunden später zeigte sie Ulrike Maltsson das Foto von Klaus Kleiber, das die Pressestelle herausgegeben hatte. »Kennen Sie diesen Mann?«

Ulrike Maltsson betrachtete das Bild aufmerksam, dann sagte sie: »Nein. Ich glaube nicht, dass ich den schon einmal gesehen habe.«

Margot wechselte zu einem anderen Bild, das den jungen Klaus Kleiber zeigte, zwei Jahre bevor er auf Ulrike Maltsson angesetzt worden war. »Kennen Sie diesen Mann?«

Ulrike Maltsson runzelte die Stirn, dann antwortete sie:

»Das ist doch der Fritz! Fritz Brüderle. Er hat eine kurze Zeit mit mir in derselben WG gewohnt. Das muss so 1988 gewesen sein – nein, 1987 war das. Ich habe damals in Kreuzberg gewohnt. Ich erinnere mich wieder: Wir waren zu dritt, bis einer unserer Mitbewohner Hals über Kopf ausgezogen ist. Und Fritz Brüderle tauchte auf wie aus dem Nichts. Wir waren froh, dass wir das Zimmer so schnell und unkompliziert wieder vermieten konnten. Er hat sogar drei Monatsmieten im Voraus bezahlt.«

Als Margot daraufhin nichts sagte, fragte Ulrike Maltsson: »Was ist mit Fritz? Ist er einer der drei Todesopfer?«

»Ja.«

»Das tut mir leid. Ich habe ihn gemocht. Und Fritz Brüderle hat mich in seinen Aufzeichnungen erwähnt? Das Ganze ist ja nun schon siebenundzwanzig Jahre her. Ich hatte immer den Eindruck, dass er ein bisschen für mich geschwärmt hat. Auf jeden Fall hat er sich sehr dafür interessiert, was ich so gedacht und gemacht habe. Ich fand ihn nicht unsympathisch, allerdings war er nicht der Mann, in den ich mich hätte verlieben können.« Sie zögerte kurz. »Aber Sie kommen doch jetzt nicht extra nach Berlin, weil Fritz in seinen Tagebüchern irgendwelche Liebeslyrik verfasst hat, oder?«

»Wie war Ihr Verhältnis zu Friederich Kiesgart?«

Ulrike Maltssons Augen weiteten sich für den Bruchteil einer Sekunde.

»Friederich? Was hat er denn damit zu tun?«

»Wie war Ihr Verhältnis?«, wiederholte Margot.

»Moment. Wenn Sie mich zu einem ehemaligen WG-Bewohner befragen und gleichzeitig wissen wollen, wie meine Beziehung zu Friederich gewesen ist, dann kann das nur bedeuten, dass Friederichs Ermordung hier eine Rolle spielt. Was hat denn Fritz mit Friederich Kiesgart zu tun? Ist er einer von denen, die Friederich auf dem Gewissen haben?«

Margot ging nicht auf die Fragen von Ulrike Maltsson ein.

»Jetzt? Wieso ausgerechnet jetzt? Im vergangenen Vierteljahrhundert haben Ihre Kollegen über Friederichs Ermordung nichts Relevantes ans Tageslicht befördert. Und ich bin in der ganzen Zeit nicht auch nur einmal befragt worden. Und nun haben Sie eine Spur? Eine neue Spur? Eine, der noch nicht nachgegangen worden ist?«

Ulrike Maltsson erhob sich. Sie ging mit schnellen Schritten im Zimmer auf und ab. Zuächst schwieg sie, dann sprach sie leise und schnell: »Sie haben drei Tote – und einer von denen führt Sie hierher zu mir.« Abrupt blieb sie stehen, ihre Stimme war wieder fest: »Fragen Sie. Wenn ich irgendetwas dazu beitragen kann, dass die Mörder von Friederich Kiesgart endlich gefasst werden, dann werde ich das tun.«

Abermals wiederholte Margot ihre Frage: »Wie war Ihr Verhältnis zu Friederich Kiesgart?«

Frau Maltsson setzte sich wieder. »Wir waren befreundet. Von 1982 bis zu seinem Tod 1989.« Sie schwieg einen Moment. »Ich habe ihm geschrieben, Briefe, und er hat mich meist angerufen.« Ihre Mundwinkel zuckten, kurz lächelte sie. »Oft hat er telefoniert, wenn er im Auto saß. Er hatte eines dieser allerersten mobilen Telefone, deren Technik noch einen kleinen Reisekoffer füllte, zusätzlich zum Hörer, der mit einem Kabel befestigt war.«

»Wie haben Sie sich kennengelernt?« Zwar kannte Margot die groben Fakten, doch sie wollte Maltssons Version hören.

»Ich ging damals noch zur Schule, stand kurz vor dem Abi. Kiesgart war zu einer Talkshow im Fernsehen geladen, im ZDF. Ein Mitschüler und ich sollten die Gelegenheit haben, Fragen an die Runde zu richten. Wirtschaftsbosse, Gewerkschaftsbosse und Politiker saßen dort und debattierten über das Thema Arbeitslosigkeit. Sie redeten sich die Köpfe heiß. Und Kiesgart, er hat mir von Anfang an imponiert. Während die Debatte immer mehr in Richtung der Ausländerfrage abdriftete, betonte Kiesgart von Anfang an, das Problem liege nicht bei der Anzahl der Ausländer im Land, sondern darin, dass Deutschland über seine Verhältnisse lebe. Ich erinnere mich genau an seinen Satz: ›Das Problem ist, dass Deutschland ein enormes Leistungsdefizit hat. Wir müssen das Wirtschaftswachstum um fünf Prozent steigern, um die erwarteten zwei Millionen Arbeitslosen zu verhindern.‹ Damit kam er bei den anderen natürlich nicht gut an.

Die Debatte verlief so hitzig und kontrovers, dass mein Mitschüler und ich nicht mehr dazu kamen, irgendwelche Fragen zu stellen. Nach der Sendung, am Büfett, sprach mich Kiesgart an, fragte nach meinen Gedanken zu den Problemen. Es dauerte einen Moment, bis ich überhaupt in der Lage war, zu antworten. Ich erinnere mich noch, dass ich ihm dann vorhielt, er gehe von der Vollbeschäftigung aus wie von einem gottgegebenen Schicksal. Dabei zeichnete sich da schon ab, dass die aus damaliger Perspektive noch zukünftige Computerisierung die Zahl der Menschen, die in der Produktion arbeiteten, massiv verringern würde – und damit grundsätzlich weniger Arbeitsplätze zur Verfügung stünden.

Er hörte mir interessiert zu – und bat mich, ihm meine Gedanken zu schreiben. So fing das an. Ich bin nicht davon ausgegangen, dass er meine Briefe wirklich lesen oder gar ernst nehmen würde. Aber er tat es. So haben wir uns kennengelernt. Wenig später hat er mich zum Essen eingeladen, und wir haben uns immer wieder auch persönlich gesehen, die ganzen sieben Jahre über. Anfangs meist in Restaurants, später hat er mich dann auch in meinen jeweiligen Wohnungen besucht.«

»Hat er mit Ihnen auch über Bankinterna gesprochen?«

Ulrike Maltsson musste schmunzeln. »Ja und nein. Er war immer ein sehr diskreter Mann, und wir sprachen über Philosophie, Kultur und natürlich auch über Politik. Ich weiß nicht, vielleicht hat er es sich manchmal gewünscht, mir gegenüber offener sein zu können, auszusprechen, wenn ihn irgendetwas belastete. Aber es war völlig klar, dass er Bankinterna für sich behielt. Im Nachhinein ist mir manchmal klar geworden, worauf sich irgendwelche Andeutungen Monate oder auch Jahre zuvor bezogen hatten. Aber er hielt seinen Beruf aus unserer Freundschaft heraus.«

»Haben Sie mit irgendjemandem über Ihre Freundschaft zu Friederich Kiesgart gesprochen?«

»Nein, natürlich nicht. Klar, meine Eltern wussten davon, aber ich habe mich sehr diskret verhalten. Nicht, dass es da viel zu verbergen gegeben hätte. Und Friederich stand ja zunehmend in der Öffentlichkeit. Er wurde schließlich immer bekannter in dieser Zeit. Er war einer der ersten Banker, der die Öffentlichkeit suchte, offen über die Rolle der Banken sprach und eben auch die Verantwortung betonte, die eine solch große Bank gegenüber der Gesellschaft durch ihre Macht hat. Wissen Sie, als wir uns kennenlernten trug er den Stempel ›böser kapitalistischer Banker‹ auf der Stirn, ein reines Klischee. Ich denke, was uns verbunden hat und weshalb uns der Gesprächsstoff nie ausgegangen ist, war, dass wir beide neugierig waren und immer über den Tellerrand geschaut haben. Und dass wir beide keine Klischees mochten. Aber ich schweife ab ... Was hat das jetzt alles mit Fritz Brüderle zu tun?«

Margot überlegte kurz, ob sie Ulrike Maltsson Kleibers Aufzeichnungen zeigen sollte. Sie entschied sich dafür. Vielleicht war es besser, wenn sie die Zeilen las und völlig frei assoziieren konnte, als wenn sie durch Margots Fragen gleich am Anfang in eine bestimmte Richtung gelenkt würde. »Ich zeige Ihnen jetzt, was Klaus Kleiber – den Sie als Fritz Brüderle kannten – über Sie aufgeschrieben hat. Vielleicht können Sie mir danach irgendetwas dazu sagen.«

Sie reichte Ulrike Maltsson ihr Tablet, auf dem sie zuvor den Ordner mit den Aufzeichnungen aus Kleibers drittem Heft geöffnet hatte.

Ulrike Maltsson nahm das Tablet und setzte sich im Schneidersitz auf die Couch, nachdem sie zuvor noch ein Kissen zwischen Rücken und Lehne gestopft hatte. Sie las langsam, und Margot beobachtete, wie sich vollkommene Fassungslosigkeit in Ulrike Maltssons Gesicht abzeichnete. Immer wieder bebten ihre Nasenflügel, zeigten sich Furchen auf ihrer Stirn.

Als sie fertig war, legte sie das Tablet zur Seite, sah Margot an und sagte: »Also doch.«

»Was meinen Sie damit?«

»Vor gut zehn Jahren, da hat mal ein Journalist Kontakt mit mir aufgenommen. Er wollte einen Bericht über meine Freundschaft zu Friederich schreiben. Ich habe mich mit ihm getroffen, und der Bericht ist erschienen – übrigens ein sehr anständiger Artikel. Natürlich habe ich mit ihm auch darüber gesprochen, was hinter dem Anschlag auf Friederich stecken könne. Er sagte damals, dass er sich nicht vorstellen könne, dass die RAF solch eine perfekt geplante Tat nur mit einem Häuflein ideologisch verblendeter Feierabend-Terroristen habe durchziehen können. Seine persönliche Meinung war, dass bei diesem Anschlag irgendwelche Geheimdienste ihre Finger im Spiel gehabt haben müssten. Schon allein wegen der Qualität der Bombe. Ob die CIA, der KGB oder die Stasi, er wisse es nicht. Auf jeden Fall hatte Friederich sich ja an einigen Fronten Feinde gemacht. Damals hatte ich das erste Mal die Befürchtung, dass wir vielleicht bespitzelt worden waren. Ich habe dann nach dem Gespräch mit dem Journalisten bei der Jahn-Behörde, bei der ja die ganzen Stasiunterlagen aufgehoben werden, angefragt, ob es über mich bei der Stasi eine Akte gegeben habe. Von mir gab's aber keine. Daraufhin habe ich mich dann gefragt, was die Stasi wohl so über Friederich zusammengetragen hatte. Dabei bin ich neben zahlreichen Artikeln aus der Westpresse auf einen IM gestoßen, also einen ›Inoffiziellen Mitarbeiter‹, einen Stasispitzel, der tatsächlich immer wieder über Friederich berichtet hat und dies sogar nach persönlichen Gesprächen mit Friederich. Der Mann war ihm ganz nahe gekommen. Mir ist damals jedenfalls ganz schlecht geworden. Dieser Spitzel ist

Mitte der Neunzigerjahre enttarnt worden, er war ein hohes Tier in der Außenhandelsbank. Aber die Verbindung zu Kiesgart hat niemand gesehen. Offenbar nur ich. Das Irre daran: Ich bin diesem Mann tatsächlich einmal begegnet. An einem Tag, an dem ich Friederich in Frankfurt in der Bank besucht habe. Wir waren zu dritt im Fahrstuhl. Und in den drei Minuten hat Friederich mich mit Ferdinand Silberacker bekannt gemacht. Und so wie Fritz Brüderle ein Tarnname war, so hieß Ferdinand Silberacker in Wirklichkeit Dieter Monnewitz. Na ja, 2007 ging dann ja auch durch die Medien, dass das Bundeskriminalamt ermittelt, ob die Stasi irgendetwas mit Kiesgarts Tod zu tun haben könnte. Aber was das angeht, sitzen Sie ja eher an der Quelle als ich. Und jetzt lese ich, dass mich tatsächlich jemand ausspioniert hat, weil ich mit Friederich befreundet gewesen bin.«

Margot machte eine Notiz in ihrem Kopf. Sie musste unbedingt mit Rasper sprechen, um alle Details über die Ermittlungen des Bundeskriminalamts zum Mord an Kiesgart zu erfahren.

»Was können Sie mir über Klaus Kleiber – oder für Sie Fritz Brüderle – sagen?«

»Noch mal: Er war nicht unsympathisch. Und wenn ich jetzt darüber nachdenke, dann hatte er offensichtlich gute Qualitäten als Spion. Mir ist damals an ihm nichts aufgefallen. Wir haben in einer WG zusammengelebt, aber ich kann Ihnen nicht mehr sagen, über welche Themen wir gesprochen haben. Natürlich haben wir diskutiert, natürlich haben wir auch über die Weltlage diskutiert, doch – einen Moment …« Sie hielt inne. »Jetzt fällt mir etwas ein. Es war bei einer der Gelegenheiten, als Friederich mich besucht hat. Janine, die dritte in unserer WG, war für ein paar Tage zu ihren Eltern gefahren, irgendwo nach Ostfriesland, und Fritz – also Klaus – er wollte an diesem Tag zu einem Kommilitonen gehen und sich mit ihm auf eine Prüfung vorbereiten. Als Friederich ging, saß Fritz aber plötzlich in unserer

Küche. Ich hatte nicht mitbekommen, dass er zurückgekommen war, während Friederich bei mir war. Friederich und ich, wir hatten damals in meinem Zimmer gesessen, Kaffee getrunken, ich hatte einen Kuchen gebacken. Und Fritz erzählte mir dann, dass er einen fürchterlichen Migräneanfall gehabt habe und gar nicht zu seinem Kumpel gegangen sei. Ich fand das seltsam. Und ich fragte mich natürlich, ob er das mitbekommen hat, dass Friederich da gewesen war.«

»Haben Sie irgendeine Vorstellung davon, was Klaus Kleiber meinte, als er schrieb, er und seine Leute hätten ›einen Tipp‹ bekommen?«

»Auch 1987 sind Friederich und ich immer wieder mal zusammen essen gegangen; ich war zweimal bei ihm in der Bank in Frankfurt, und er hat mich in diesem Jahr zweimal in meiner WG in Berlin besucht. Und natürlich haben wir in den Restaurants hin und wieder Menschen getroffen, die ihn kannten. Dann hat er mich ihnen als weltoffene und interessierte Studentin vorgestellt. Mir ist nie jemand verdächtig erschienen.«

Margot wusste nicht recht, was sie von alldem halten sollte. Nur eins wusste sie genau: Sie musste sich dringend noch einmal mit Rasper unterhalten.

Horndeich lag auf seiner Seite des Ehebetts. Stefanie hatte sich an ihn gekuschelt und war inzwischen eingeschlafen. Am Nachmittag hatte sie mindestens fünfundzwanzig Mal die neueste Erweiterung ihres aktiven Wortschatzes präsentiert: »Entschuldigung.«

Sandra hatte den Krankenwagen gerufen, nachdem es Horndeich nicht möglich gewesen war, allein aufzustehen. Jedes Mal, wenn er sich auch nur einen halben Zentimeter nach links oder rechts bewegt hatte, hatte der Schmerz ihm sofort Einhalt geboten.

Es hatte eine Weile gedauert, bis Stefanie begriffen hatte, dass ihr Papa nicht einfach nur so hingefallen war, sondern dass Papas »Aua« ein richtiges Aua war. Als die Sanitäter ihn auf die Trage gelegt hatten, schoss der Schmerz abermals durch seinen ganzen Rücken und ließ ihn aufschreien. Die Jungs in Weiß hatten ihm bereits ein Schmerzmittel gegeben, als er im Krankenhaus angekommen war. Zwei Stunden hatten sie ihn durch die medizinische Mühle gedreht, dann hatten die Ärzte verkündet, dass er großes Glück gehabt habe. Weder die Wirbel noch die Bandscheiben hätten Schaden genommen. Offensichtlich sei bei dem Sturz der Ischiasnerv gequetscht worden. Reflexartig habe sich daraufhin die diesen umgebende Rückenmuskulatur verspannt. Die Ärzte hatten ihm einen Gnadenhammer gesetzt, eine jener Wunderspritzen, die die Muskeln dazu brachten, sich fast ebenso reflexartig wieder zu entspannen. Auch die Nase war nicht gebrochen, sondern nur geprellt.

Sie hatten Stefanie mit ins Krankenhaus nehmen müssen, weil so kurzfristig kein Babysitter aufzutreiben gewesen war. Stefanie hatte während der gesamten Zeit kaum ein Wort von sich gegeben.

Wieder zu Hause war Horndeich selbst erstaunt, dass von dem Schmerz, den er noch wenige Stunden zuvor kaum hatte ertragen können, nichts mehr übrig war. Auch der Doktor ihres Vertrauens hatte gesagt: »Wenn Sie sich fit fühlen, können Sie morgen natürlich arbeiten gehen.«

Horndeich hatte beschlossen, seinen Wirbeln noch etwas Ruhe zu gönnen, und hatte sich ins Bett gelegt. Sofort war Stefanie zu ihm gekrochen und hatte sich entschuldigt. Horndeich hatte kurz erwogen, noch eine kurze Standpauke hinterherzuschieben, auf die Gefährlichkeit von Spielzeugautos im Flur hinzuweisen, auf deren schlechte Eignung als Wurfgeschoss – doch er verzichtete darauf. Er war sich sicher, dass seine Tochter diese Lektion gelernt hatte.

Irgendwann musste er eingeschlafen sein, denn als er aufwachte, zeigte der Radiowecker 19:30 Uhr. Seine Tochter lag immer noch neben ihm, nein, sie lag wieder neben ihm, nur jetzt im Schlafanzug. Auch Sandra lag bereits im Bett und schlief tief und fest. Der Tag war wohl für sie alle ein wenig anstrengend gewesen. Horndeich drehte sich zur Seite und küsste seine Frau auf die Stirn. Dann schlief er wieder ein.

Der Flieger landete pünktlich in Frankfurt. Kurz darauf betrat Margot die Empfangshalle des Flughafens. Lorenz Rasper hatte Wort gehalten und holte sie ab. Noch auf dem Weg zum Flughafen hatte sie mit ihm telefoniert und ihn gefragt, ob er bereit wäre, sie über alle Details im Fall Kiesgart aufzuklären. Er hatte gleich zugesagt und als Termin zunächst den kommenden Montag vorgeschlagen.

Margot bat ihn daraufhin, ob es nicht auch ein wenig früher möglich wäre. Woraufhin Rasper anbot, sie am Abend vom Flughafen abzuholen und gemeinsam mit ihr noch einen Happen zu essen. Margot war mehr als einverstanden.

Da Rasper ebenfalls in Darmstadt wohnte, steuerten sie ein Restaurant unweit des Woogs in der Darmstraße an, das Delfino, einen richtig guten Italiener.

Nachdem sie die Getränke bestellt hatten, kam Margot sofort zur Sache: »So wie es aussieht, gibt es also tatsächlich Indizien, die unser Quintett in einen direkten Zusammenhang mit dem Kiesgart-Mord bringen, wenn wir dafür auch noch keine belastbaren Beweise haben. Klar ist auf jeden Fall, dass sie Kiesgart zwei Jahre vor dem Attentat ausspioniert haben.«

»Ich hab die Namen heute noch mal gegengecheckt, aber in unseren Akten tauchen sie wirklich nicht auf. Zumindest nicht unter den Namen, die ihr uns gegeben habt.«

Die Bedienung brachte die bestellte Flasche Mineralwasser sowie zwei Gläser Rotwein. Margot hob ihr Glas und sagte: »Es ist vielleicht nun doch an der Zeit, dass auch wir dieses blöde Sie weglassen. Ich bin Margot.«

Rasper tat es ihr gleich, und sie stießen an. »Lorenz. Was genau möchtest du jetzt von mir wissen?«

»Ich formuliere es mal so: Kiesgart ist vor fünfundzwanzig Jahren umgebracht worden. Wie ist der Stand der Ermittlungen? Wird überhaupt noch ermittelt? Und was ist mit den Stimmen, die vermuten, dass Kiesgart überhaupt nicht von der RAF umgebracht worden ist? 2007 hat das BKA auch in Richtung einer Beteiligung der Stasi ermittelt? Kannst du mir dazu etwas sagen?«

»Das ist ein weites Feld. Wo soll ich anfangen? Wie bei allen großen Attentaten sprossen zunächst einmal auch hier die Verschwörungstheorien. Beginnen wir mal damit: Die RAF der dritten Generation sei nur ein Phantom. Kiesgart sei ein Opfer des innerdeutschen Geheimdienstes.«

»Wie kann man auf so eine Idee kommen?«, fragte Margot erstaunt.

»Die Behauptung ist folgende: Der Personenschutz wurde vorsätzlich sabotiert, damit die Täter freie Bahn hatten. Damals gab es ein relativ neues Personenschutzkonzept mit dem hübschen Titel K106. Ich formuliere es mal salopp: ganz viel Streife fahren und ganz genau hingucken, überall dort, wo hoch gefährdete Personen wohnen. Und Kiesgart zählte nun mal zu den am meisten gefährdeten Personen. Die Verschwörungstheoretiker sahen ihre These darin bestätigt, dass die Bauarbeiten, bei denen das Kabel für die Lichtschranke unter dem Asphalt verlegt worden ist, nicht entdeckt wurden, ebenso wenig wie das Fahrrad, auf dem die Bombe platziert war.«

»Okay, das verstehe ich. Und warum wurde es nicht entdeckt?«

»Wie das halt so ist, wenn man einen Papiertiger in die freie Wildbahn entlässt. In den Hochtaunus-Gemeinden Bad Homburg, Königstein, Kronberg und Falkenstein wohnten – und wohnen – die Wirtschaftsmanager und Bankenbosse quasi Tür an Tür. Und für das Konzept K106 gab es keine Sondereinheiten. Einer der Kollegen in Bad Homburg hat damals schon gefragt, woher sie eigentlich die Leute für diese tolle Maßnahme nehmen sollten und dass sie am Umfang der Überwachungsarbeit zu ersticken drohten. Womit meiner Meinung nach die Diskrepanz zwischen dem Ansatz auf dem Papier und der Realität erklärt ist. Hinreichend.«

»Jetzt, da du davon sprichst, erinnere ich mich, davon auch mal gehört zu haben. Gab es nicht auch Leute, die gesagt haben, dass das Bekennerschreiben der RAF gar nicht echt war?«

»Ja, die gab es. Es ist richtig, dass sich das Vorgehen der RAF bei Kiesgart etwas von den anderen Gelegenheiten unterschieden hat. Zuerst gab es einen Anruf in der Villa des Bankiers, und am Tatort fand sich zunächst nur ein DIN-A4-Blatt mit dem RAF-Logo darauf. Das Bekennerschreiben tauchte ja erst fünf Tage später auf. Aber dann ließ sich ja nachweisen, dass Drucktechnik und Papier mit denen zu früheren Anschlägen identisch waren.«

»Gut. Dann gehen wir mal davon aus, dass es nicht der Verfassungsschutz war«, resümierte Margot.

»... wobei der sich in dieser Sache auch nicht unbedingt mit Ruhm bekleckert hat, aber das ist eine andere Geschichte.«

»Na, dann müssen es wohl die Amerikaner gewesen sein, nicht wahr?«

Lorenz Rasper grinste: »Selbstverständlich. Die CIA ist auch ins Blickfeld gerückt.«

»Und warum das?«

»Kiesgart hat sich – natürlich nicht nur – bei den amerikanischen Banken ziemlich unbeliebt gemacht: Zwei Jahre vor dem Attentat hat er gesagt, dass die Schuldenkrise in der Dritten Welt nicht zu lösen sei, ohne dass die westlichen Gläubigerbanken zumindest auf einen Teil ihrer Forderungen verzichteten. Oder einfacher formuliert: Es macht wenig Sinn, wenn Länder Schulden damit bezahlen, dass man ihnen Kredite gibt, mit denen sie die Schulden bezahlen sollen. Damit wachsen die Schulden durch die neuen Zinsen nur weiter an. Ich bin sicher, auch den meisten anderen Bankenchefs war das damals bereits klar, obwohl es niemand laut ausgesprochen hat. Kiesgart war auf jeden Fall der erste Banker, der sich öffentlich für den Schuldenschnitt bei Drittweltländern starkgemacht hat. Schon im europäischen Umfeld waren die Reaktionen auf Kiesgarts Vorschlag im besten Falle verhalten oder eben auch deutlich negativ. Aber für die Banken in den USA stellte Kiesgarts Vorschlag jedenfalls ein Problem dar. Denn die amerikanischen Kredite waren bedeutend schlechter abgesichert als die der Deutschen Kapital. Man hätte Kiesgarts Vorschlag also auch so interpretieren können, dass er die eigene Bank stärken wollte, indem er die US-Banken deutlich schwächt.«

»Und deswegen soll die CIA Kiesgart umgebracht haben?«

»So lautet eine der Theorien, ja. Nachdem Kiesgart tot war, hat der nachfolgende Vorstand der Deutschen Kapital dessen Sichtweise zunächst komplett begraben und als die realitätsfremde Idee eines Intellektuellen abgetan. Erst zehn Jahre später wurde die Idee von der Weltbank und dem Internationalen Währungsfonds zumindest teilweise tatsächlich umgesetzt. Kiesgart war seiner Zeit weit voraus – oder vielleicht doch so etwas wie der Initiator.«

Margot und Rasper hatten sich einen großen Teller mit italienischen Vorspeisen bestellt. Während der eine sprach, konnte der andere essen. Wobei Margot derzeit beim Naschen vorn lag. Inzwischen fand sie Gefallen an den Gedankenspielen, die Lorenz Rasper da ausbreitete. »Okay, wenn wir es nicht waren und wenn der kapitalistische Westen es nicht war, dann bleibt eigentlich nur noch der Osten.«

»Nun, Kiesgart hat nie einen Hehl daraus gemacht, dass er für die Wiedervereinigung der beiden deutschen Staaten war. Und gerade in Ostberliner Intellektuellenkreisen stand Kiesgart als Person für die Absicht des westdeutschen Kapitals, die DDR als eine Art Konsumkolonie zu vereinnahmen. Sie befürchteten einen Ausverkauf ihres Landes an die übermächtigen Kapitalisten.«

»Also die Stasi?«

»Und damit komme ich zum Jahr 2007, das du ja vorhin angesprochen hast. Es gab damals tatsächlich konkrete Ermittlungen des BKA dahingehend, ob Geheimdienste der DDR oder die Stasi in das Attentat verwickelt gewesen sein könnten. Aber auch all diese Spuren verliefen im Sande.«

»Es stimmt aber, dass es inoffizielle Mitarbeiter der Stasi gegeben hat, die auch Friederich Kiesgart ausspioniert haben, oder? Eine Zeugin in Berlin hat mir gerade davon erzählt.«

»Klar hat die Stasi auch Kiesgart ausspioniert. Und die Stasi hat ja Anfang der Achtzigerjahre zehn Aussteiger der RAF in der DDR aufgenommen und ihnen neue falsche Identitäten besorgt. Die sind dann 1990, als die Mauer offen war, auch verhaftet worden. Aber eine Beteiligung der Stasi an solch einem Terroranschlag – das ist natürlich schon eine ganz andere Nummer.«

»Ist die RAF der dritten Generation vielleicht also doch nur ein Phantom?«

»Ganz gewiss nicht. Es ist ja nicht so, dass wir keine Namen haben. Wir können nur den einzelnen Anschlägen keine konkreten Personen zuordnen. 1993, bei dem Einsatz in Bad Kleinen, bei dem Birgit Hogefeld festgenommen wurde und Wolfgang Grams ums Leben kam –, da wurden bei Birgit Hogefeld Briefe an andere Mitglieder der Gruppe gefunden. Aber es stimmt natürlich, dass wir über diese letzte RAF-Generation sehr viel weniger wissen als über die ersten beiden. Ich meine, Andreas Baader war ja ein regelrechter Pop-Star.«

»Waren sie es dann möglicherweise doch ganz allein?«

Lorenz Rasper zögerte. Dann sagte er: »Nein. Das glaube ich auch nicht. Denn die Bombe, mit der Kiesgart getötet wurde, die hatte überhaupt nichts mehr mit den Bomben zu tun, die in den Jahren zuvor benutzt worden sind. Die wirkten stets nach dem Motto: Viel hilft viel. Die Bombe gegen Kiesgart war jedoch eine hoch präzise Kriegswaffe, mit der die Panzerung von Kiesgarts Fahrzeug durchbohrt werden konnte. Gleichzeitig war sie so konstruiert, dass sie ganz zielgerichtet und ausschließlich die Tür im Fond durchschlagen hat. Sie hat Kiesgart getötet – und sie hat ausschließlich Kiesgart getötet. Sein Chauffeur wurde verletzt – und sonst niemand.«

»Weiß man über die Bombe noch mehr?«

»Ja, seit Kurzem. Sie trägt eine ziemlich eindeutige Handschrift. 1987 ist diese Art Bombe zum ersten Mal im Libanon aufgetaucht, wurde von der PFLP, der Volksfront zur Befreiung Palästinas, verwendet. Und zu diesem Land haben alle Terroristen der RAF eine enge Beziehung gehabt. Sie sind dort in Trainings-Camps ausgebildet worden, schon in den Siebzigerjahren. Die PFLP war auch die Organisation, die damals die ›Landshut‹ entführt hat, das Verkehrsflugzeug mit zweiundachtzig Mallorca-Urlaubern, als Arbeitgeberpräsident Schleyer von der RAF gefangen gehalten wurde. Du erinnerst dich sicher, der Deutsche Herbst 1977.«

Ja, Margot erinnerte sich an den Deutschen Herbst. Vor allem an einen Spaziergang mit ihrem Vater in dieser Zeit. Sie war damals gerade vierzehn Jahre alt gewesen, voller Angst vor den Terroristen, die, wenn man den Nachrichten glauben durfte, wie eine Armee ganz Deutschland besetzt hatten. Sie hatte nicht verstanden, dass man die Leute nicht einfach festnahm. Und natürlich erinnerte sie sich an die Bilder, die inzwischen beinah wie Ikonen wirkten: Hans Martin Schleyer auf zittrigem Videoband vor dem fünfzackigen Stern mit Maschinenpistole, einem Schild vor dem Bauch, auf dem *Gefangener der RAF* stand. Auch die Entführung des Flugzeugs war ihr im Gedächtnis geblieben, der Moment, an dem ihr Vater Tränen in den Augen gehabt hatte, als in den Nachrichten gemeldet worden war, dass die Entführer des Flugzeugs tot waren, bis auf eine Terroristin, und alle Geiseln unverletzt. Der erste Triumph für die GSG 9 …

Lorenz Rasper fuhr fort: »Es gibt noch eine weitere direkte Verbindung von einem PFLP-Waffenlager, das 1989 in Kopenhagen gefunden wurde, zu einem von RAF-Mitgliedern in Rota in Spanien verübten Anschlag im Jahr 1988: Die an beiden Orten gefundenen Handgranaten waren die gleichen. Eine weitere Handgranate aus dieser Serie wurde ein Jahr zuvor bei einem weiteren Anschlag in Barcelona verwendet.«

»Also haben die RAF-Mitglieder zumindest Unterstützung aus diesen Kreisen gehabt?«

»Davon gehen wir aus. Aber das ist jetzt der Punkt, an dem wir eben nichts mehr genau wissen.«

»Und diese Spur mit den IMs von der Stasi?«

»Da bin ich jetzt nicht so der Spezialist. Aber ich kann dir auf jeden Fall einen Kontakt zu einem Mitarbeiter der Jahn-Behörde vermitteln, wo die ganzen Stasi-Akten gelagert sind. Knut Monnert heißt er. Hat 2007 auch mal kurz mit uns zusammengearbeitet.«

FREITAG, 17. OKTOBER

»Es steht wohl wieder eine Reise nach Berlin an.«

Sie saßen zu dritt im Besprechungsraum, Horndeich hatte Kaffee für alle mitgebracht.

»Na, wieder fit? Hat das Antibiotikum die Bakterien niedergemacht?«, wollte Margot wissen und drehte sich zu ihm um.

»Ja, bin wieder einsatzfähig.«

Etwas in Horndeichs Blick verriet, dass es offensichtlich noch eine andere Wahrheit dahinter gab, über die Horndeich im Moment nicht sprechen wollte. Sei's drum, dachte Margot. Nun, vielleicht war es auch weniger der Blick, der es verriet, sondern die blaugrün gefärbte, angeschwollene Nase.

Feller starrte auf seinen Laptop, dann sah er auf: »Wieso schon wieder Berlin?«

Margot berichtete von ihrem Gespräch mit Ulrike Maltsson und von dem abendlichen mit Lorenz Rasper. »Ich wage mal die These, dass die Quelle für die Information an Werner, die besagte, dass Ulrike Maltsson eine Freundin von Friederich Kiesgart war, wirklich von diesem IM Ferdinand Silberacker stammte. Wenn dem so war, dann muss auch Klaus oder wahrscheinlich eher Werner Kontakte zur Staatssicherheit der DDR gehabt haben. Und das würde ich gerne überprüfen.«

Feller nickte nur.

Horndeich fragte: »Hat sich irgendetwas ergeben, was den Tatort betrifft, an dem Klaus Kleiber ermordet worden ist?«

Margot schüttelte den Kopf. »Nein, gar nichts. Weder ist sein Wagen aufgetaucht, noch haben die Streifenkollegen etwas gefunden, noch sind Hinweise aus der Bevölkerung eingegangen.«

»Ihr habt doch auch das Bild des nachgealterten Werner an die Medien gegeben – oder unsere Pressefrau hat das getan, wie ich mitbekommen habe, sehr erfolgreich. Gibt es da irgendwelche neuen Erkenntnisse?«, erkundigte sich Horndeich.

Margot setzte zu einer Antwort an, doch das Klingeln ihres Handys unterbrach sie. Sie nahm das Gespräch an. Ein paar Sekunden lang sagte sie nichts, dann nur: »Danke. Wunderbar. Dann haben wir endlich Klarheit.«

Sie sah in die kleine Runde, dann sagte sie: »Treffer. Ihr werdet es nicht glauben. Ein Teil der Kleidung unserer Wasserleichen in der Grube, die war doch aus Kunststoff. Der Rolli, der blaue Rock und die Nylon-Strumpfhose. Vom Rolli und der Strumpfhose sind in dem Lancia-Y10-Fluchtwagen vom Kiesgart-Attentat ebenfalls Fasern gefunden worden. Ein Kleidungsstück – das könnte Zufall sein. Aber von zweien? Damit wissen wir nun zweifelsfrei: Sowohl Tomke Rieken als auch Heiner Göbel saßen im Fluchtauto vom Kiesgart-Attentat.«

Horndeich ballte die Faust, zog sie nach unten. »Strike!«

Feller hob den Blick, sah sie beide an, erst Margot, anschließend Horndeich, dann nickte er. Und erhob sich. Wortlos verließ er den Besprechungsraum.

»Was war das denn?«, wollte Horndeich von seiner Kollegin wissen.

»Keine Ahnung«, bekannte diese ihr Unwissen.

Margot und Horndeich warteten drei Minuten. Doch Feller kam nicht zurück.

Horndeich blickte zu Margot, aber auch die war ratlos. »Vielleicht ist er auf dem Klo?«

Horndeich hatte nie ein Studium der Psychologie absolviert. Aber dass Feller nicht aufgrund von Darmdruck oder Harndrang den Raum verlassen hatte, schien ihm eindeutig.

»Ich geh mal gucken«, sagte er und verließ ebenfalls den Raum.

Feller stand nicht im Flur. Horndeich folgte seinem Instinkt und ging zum Haupteingang. Davor traf er den Kollegen mit einem Zigarillo in der Hand. Horndeich war auch kein Zigaretten-Experte, aber dass viele intensive Züge notwendig waren, um die Originallänge des Zigarillos auf den Stummel zu reduzieren, den Feller in der Hand hielt, das war auch Horndeich auf den ersten Blick klar.

Als er sich neben Feller stellte, zündete der sich gerade am Stummel des letzten Zigarillos einen neuen an.

»Auch einen für mich?«, fragte Horndeich.

Feller sah ihn von der Seite an, dann griff er in die Innentasche seines Jacketts, zog eine Packung *Toscano Toscanello Extra Vecchio* aus der Tasche und reichte Horndeich einen Glimmstängel. Horndeich hatte nie geraucht. Dennoch ließ er sich von Feller den Sargnagel anstecken. Er sog den Rauch ein, inhalierte ihn aber tunlichst nicht. Es zwickte so schon genug in der Mundhöhle.

»Ich weiß, dass Sie mich nicht mögen«, eröffnete Feller das Gespräch. Horndeich sagte erst mal nichts. »Gegen den Kollegen Riemenschneider kann ich auch nicht anstinken. Ich glaube, ich bin ziemlich gut, wenn es darum geht, bei Recherchen nicht aufzugeben, ein bisschen querzudenken und in den Tiefen des Internets oder der Polizeicomputer Informationen und Verbindungen zutage zu fördern. Auch habe ich ein ganz gut funktionierendes Netzwerk von Kontakten, sodass ich manchmal schneller als andere an Informationen komme. Das alles aufzubauen hat mich viele Jahre gekostet.«

Horndeich sagte nichts darauf. Wenn Feller etwas von ihm hören wollte, würde er vorher eine Frage stellen.

»Sie wissen, warum ich mich nicht mehr raus traue?«

Da war sie, die Frage. Und Horndeich wusste es nicht. »Nein.«

»Ich war ein guter Polizist, Horndeich. Oder Steffen.«

»Horndeich passt schon«, sagte derselbe. Alle nannten ihn so. Außer seiner Frau.

»Damals war ich noch auf Streife. Hab mich beworben, um endlich bei der Kripo anfangen zu können. Alles wunderbar. Und dann...« Feller nahm einen tiefen Zug aus seinem Zigarillo. Und Horndeich erkannte, dass Feller den Rauch sehr wohl in die Lunge zog.

»Ja, ich war immer etwas rau. Aber auch nicht rauer als die Jungs, die wir von der Straße gezogen haben. Alles im grünen Bereich. Oder zumindest im gelben. Dann hab ich bei der Kripo angefangen. 1979. Hatte endlich mein Ziel erreicht. Ich wusste, dass ich meine Impulsivität irgendwie in den Griff bekommen musste, um nicht gleich wieder bei der Kripo rauszufliegen. Und die Chancen standen echt gut.«

Horndeich zog seinerseits am Zigarillo. Ihn biss der Qualm in die Mundhöhle wie ein spitzzahniger, kleiner Nikotinpiranha. Lange konnte er den Rauch nicht darin halten. Er blies ihn heraus wie durch ein Überdruckventil, das seinen Job erledigte.

Feller straffte sich, wirkte gleich fünf Zentimeter größer. »Erinnerst du dich, wie sich das Kommando nannte, das Friederich Kiesgart aus dem Leben gebombt hat?«

Horndeich musste nicht überlegen. Er wusste, dass er keine Ahnung hatte. »Nein.«

»›Wolfgang Beer‹. Auf ihn haben sich diese Arschlöcher bezogen.«

Horndeich wusste, dass Feller die Frage erwartete. Aber das war nicht der einzige Grund, warum er sie stellte. Nein, er wollte es wissen. Er wollte wissen, was Feller ihm zu sagen hatte. Und er wollte wissen, was Feller bedrückte. »Wer war Wolfgang Beer?«

»Lass es mich so formulieren, Horndeich. Wolfgang Beer war ein kleines Licht. Er war Mitglied der RAF, so wie wir es heute sehen, der zweiten Generation. 1973 tauchte er unter, 1974 wurde er verhaftet. Dann saß er im Knast, bis 1978. 1980 verunglückte er bei einem Verkehrsunfall. Seine Karre kam auf die falsche Spur. Mit im Auto saß Juliane Planbeck. Sie hatten Waffen im Auto, die 1977 bei der Schleyer-Entführung benutzt worden waren.«

»Okay. Hab ich kapiert. Aber was hat das mit dir zu tun?« Stillschweigend war Horndeich davon ausgegangen, dass Fellers vorangegangene Rede seine Art gewesen war, ihm das Du anzubieten.

»Weißt du, wir reden immer nur über die Täter. Nie über die Opfer.«

»Wie meinst du das?«

»Ganz einfach. Beantworte mir eine Frage: Wer war Andreas Baader?«

Horndeich nahm noch einen Zug. Was war das denn für eine blöde Frage? »Andreas Baader war einer der drei Köpfe der ersten Generation der RAF. Der Initiator. Der Boss.«

Feller deutete einen leisen Applaus an. »Bravo. Sagen wir mal, fünfzehn Punkte. Jetzt beantworte mir die nächste Frage: Wer war Paul A. Bloomquist?«

Horndeich kannte nur einen Kalle Blomquist. Aber den hatte Feller wohl nicht gemeint. »Wie bitte?«

»Allein deine Rückfrage beantwortet schon vieles. Wer war Clyde R. Bonner?«

»Ich dachte, Bloomquist?«

»Charles Peck? Ronald A. Woodward?«

Horndeich antwortete nicht. Er hatte keine Ahnung, wer diese Menschen waren. Und das sagte er Feller schließlich auch.

»Siehst du, das ist unsere Sicht auf die Welt. Alle kennen Andreas Baader. Niemand kennt seine Opfer. Ich habe mir ihre Namen eingeprägt. Das sind die vier Menschen, die durch Andreas Baaders Hand gestorben sind am 11. Mai 1972 und am 24. Mai 1972. Mindestens diese vier. Keine Socke erinnert sich heute noch an sie.«

Horndeich schwieg. So ein Zigarillo war zumindest dazu gut, eine Pause der Verlegenheit zu überbrücken. Aber Feller war noch nicht am Ende. »Und wer war Henning Beer?«

Horndeich wusste es nicht, er riet: »Wolfgang Beers Bruder?«

Feller nickte und schob gleich die nächste Frage hinterher: »Und wer war Sonja Breitbach?«

Auch hierauf wusste Horndeich keine Antwort.

Feller inhalierte tief. Horndeich erschien es, als ob er den Rauch bewusst kunstvoll aus seinem Mund entgleiten ließ.

»Sonja Breitbach, sie war meine Tante. Sie lebte damals in Zürich. Und an jenem beschissenen 19. November 1979 beging sie den Fehler, sich die Schaufensterauslage beim Bekleidungshaus Fein-Kaller anzusehen. Zu dumm, dass zur gleichen Zeit RAF-Terroristen die Schweizerische Volksbank um die Ecke ausgeraubt hatten. Sie flohen, die Polizei kam, es folgten mehrere Schusswechsel. Das Letzte, was meine Tante gesehen hat, war ein Kleid, das sie sich nicht leisten konnte. Ein Querschläger traf sie im Hals – Exitus. Henning Beer war bei diesem Überfall dabei, er ist übrigens einer der zehn, die in der DDR unterkamen, bis sie endlich 1990 festgenommen werden konnten. Aber die Strafe, die Henning Beer erhielt, war ein Witz. Das Gericht befand Beer 1991 des versuchten Mordes in sieben Fällen für schuldig und der Beihilfe zum einundzwanzigfachen versuchten Mord, der Mitwirkung bei Sprengstoffanschlägen, des schweren Raubes und der Mitgliedschaft in einer terroristischen Vereinigung. Dafür bekam er sechseinhalb Jahre – nach Jugendstrafrecht. Nach fünf Jahren wurde er auf Bewährung entlassen.«

Horndeich wusste nicht, was er Feller sagen sollte. Er dankte dem Nikotingott für die Erfindung des Zigarillos. Natürlich kannten sie in ihrem Job eher die Namen der Täter als die der Opfer. Ob das richtig war oder falsch, darüber hatte sich Horndeich bislang keine Gedanken gemacht. Feller unterbrach seine Überlegungen. »Horndeich, meine

Tante war ein feiner Mensch. Ich habe sie nicht oft gesehen, aber einmal war ich in den Sommerferien bei ihr. Sie hat mir die Schweiz gezeigt. Wir waren in Basel im Zoo, ich erinnere mich noch genau, wie ich die Bären in ihrem großen Gehege bewundert habe. Sie hat mir die Alpen gezeigt, sie hat mir jeden Abend ein anderes Stück Schweizer Schokolade gegeben – ich erinnere mich an diese drei Wochen sehr gern, sehr oft und sehr intensiv. Weißt du, meine Eltern waren beide von der Besenstielfraktion. Sie hatten irgendwann in der Pubertät den Besenstiel geschluckt, und er hielt das Rückgrat aufrecht, machte sie aber auch etwas steif. Auch ich habe diese Tendenzen in mir, aber meine Tante Sonja, ihr war es in einem Sommer gelungen, meinen Besenstiel aufzuweichen. Vielleicht hätte ich mich anders entwickelt, wenn Henning Beer, Christian Klar, Rolf Clemens Wagner und Peter Jürgen Boock an jenem Tag nicht die Idee gehabt hätten, diese Bank zu überfallen. Ich konnte den Tod meiner Tante nicht einfach so wegstecken. Meine Tante ist von ideologisch verbrämten Idioten getötet worden. Für nichts. Für nichts und wieder nichts. Und das konnte ich nie akzeptieren. Das war ich nie bereit zu akzeptieren. Und das hat mich meine Laufbahn gekostet. Ich war ein guter Cop, draußen, auf der Straße. Aber danach? Ich hatte mich nicht mehr unter Kontrolle. Da waren einige, die meine Wut gegen Henning Beer & Co. auf ihrem Nasenbein zu spüren bekommen haben. Irgendwann hab ich kapiert, dass man mich nicht mehr als Polizist auf die da draußen loslassen darf. Umso besser bin ich inzwischen im Innendienst.«

Horndeich trat den Stummel seines Zigarillos aus. Kurz überlegte er, ob er Feller darum bitten sollte, ihm noch einen zu geben. Aber die Vernunft siegte. Er war kein Raucher, und er würde in diesem Leben auch kein Raucher mehr werden.

»Und jetzt, jetzt haben wir offensichtlich die Mörder von Friederich Kiesgart aufgespürt. Sorry, auch das stecke ich nicht so leicht weg. Also ich meine, vier von ihnen sind tot. Aber das Oberarschloch, das lebt wahrscheinlich noch irgendwo. Ich denke, wir sollten uns den Kerl kaufen.«

Irgendwie war Horndeich jetzt nach einem Schnaps zumute. Nein, besonders sympathisch war Feller ihm immer noch nicht. Aber jetzt konnte er ihn zumindest verstehen. Zumindest ein wenig. »Gehen wir rein?«

Feller nickte nur.

Einige Minuten später saßen sie wieder gemeinsam im Besprechungsraum. Margot bedachte beide Kollegen mit einem kurzen Blick, fragte aber nicht nach, was in den vergangenen zehn Minuten geschehen war.

»Also weiter«, sagte Feller, als ob nichts geschehen wäre. »Vier von unserem Quartett sind identifiziert und tot. Die Nummer fünf ist unser Verdächtiger Nummer eins. Aber von ihm haben wir nicht mehr als einen Vornamen. Von dem wir noch nicht mal wissen, ob er echt ist.«

»Nachdem die Pressestelle die Bilder von unserem Werner, so wie er heute aussehen könnte, an die Öffentlichkeit gegeben hat, gab es einige Anrufe, aber leider auch nichts wirklich Verwertbares. Eine heiße Spur in Stuttgart war dabei, sieben Leute haben unabhängig voneinander den Kerl benannt. Aber Werner hat offensichtlich einen Doppelgänger. Der Bursche wohnt seit seiner Geburt in Zuffenhausen, hat bei Daimler Benz gelernt, ist übernommen worden und geht in vier Jahren in Pension. Definitiv nicht unser Mann.«

Horndeich erinnerte sich vage daran, dass Sandra kurz davon berichtet hatte, dass die Bilder auch in der Tagesschau ausgestrahlt worden waren. Er hatte den Abend ja in seinem ganz persönlichen Grippedelirium verbracht. »Ich hab die Bilder noch gar nicht gesehen, die Frau Zilitt angefertigt hat«, meinte er.

»Du findest sie auf dem Server im Ordner ›Werner Doe‹, darunter ist ein weiterer Ordner mit Bildern. Im Ordner darunter, ›Zilitt‹, findest du sie.« Während Margot gesprochen hatte, hatte sie parallel dazu mit der Maus die jeweiligen Ordner angeklickt. Mit zwei weiteren Tastendrückern hatte sie gleich darauf das erste Bild auf den großen Flachbildschirm gezaubert. »Zuerst siehst du die beiden Bilder von Werner, die wir in der Akte des Verfassungsschutzes gesehen haben.«

Horndeich erkannte das Bild und auch das nachfolgende.

»Die nächsten beiden Bilder sind die, die wir an die Öffentlichkeit gegeben haben. Anke Zilitt hat mehrere Versionen erstellt, mit verschiedenen Frisuren, mit Bart, ohne Bart et cetera.«

Das nächste Bild zeigte Werner mit genau der Frisur, die er auch auf der Fotografie hatte, die 1986 in Frankfurt entstanden war. Anke Zilitt hatte Werner ein bisschen fülliger werden lassen. Als Horndeich das Bild sah, hatte er das Gefühl, ein leises, helles Glöckchen klingle in seinem Kopf. Irgendwie kam ihm der Typ auf diesem Bild vage bekannt vor, auch wenn er nicht hätte sagen können, wo er ihm jemals persönlich begegnet wäre – und ob das überhaupt der Fall gewesen war.

Margot zeigte das nächste Bild. »Hier hat sie ihm einen Dreitagebart verpasst und eine etwas modernere Frisur.«

Horndeich starrte auf das Bild. Das Glöckchen im Kopf hatte all seine Freunde herbeigerufen und sie klingelten nun unisono. Aber immer noch fiel der Groschen nicht. Horndeich hatte keine Ahnung, weshalb ihm dieses Bild so bekannt vorkam.

»Tja, das waren die Bilder, die sogar in der Tagesschau gezeigt worden sind. Aber wie gesagt, kein Treffer.«

»Haben wir auch die Bilder, bei denen Frau Zilitt noch ein bisschen mit den Merkmalen gespielt hat?«

Margot klickte auf die Maus, und ein weiteres Bild erschien auf dem Monitor. »Klar. Sie hat gesagt, wenn sie schon mal dran ist, kann sie auch mehrere Varianten erstellen. Wir haben ja auch überhaupt keinen Anhaltspunkt, wie sich Werner entwickelt hat. Ob er fett und feist ist oder in New York den Ironman läuft.«

Die folgenden drei Bilder zeigten Werner, der dem Terrorismus abgeschworen hatte und nun so aussah, als habe er sich in den vergangenen zwanzig Jahren nicht aus seinem Fernsehsessel bewegt, während eine gute Fee ihm reichlich Bier und Chips zur Verfügung gestellt hatte. Den dicken Werner erkannte Horndeich definitiv nicht.

»Jetzt kommt die etwas sportlichere Variante.«

Die Bilder ähnelten denen, die auch an die Öffentlichkeit gegeben worden waren. Dann sah Horndeich ein Bild von Werner mit Glatze. Und die hohen Glöckchen im Kopf wurden durch Kirchenglocken ersetzt. Er hatte den Kerl schon mal gesehen. Dessen war sich Horndeich jetzt ganz sicher. Aber wo und wann? Horndeich griff zum Telefonapparat, der in der Mitte des Besprechungstisches stand. Er wählte eine Kurzwahl: »Norbert, kannst du bitte mal eben mit einem Rechner rüberkommen? Ich brauche deine Hilfe. Und ich brauche sie sofort.«

Norbert Heiss war der Name des Polizeizeichners. Wann immer es notwendig war, fertigte er Phantombilder an. Und Horndeich spürte, dass er nur noch das richtige Bild von Werner sehen musste, um sich daran zu erinnern, wo er diesem Gesicht schon einmal begegnet war. Auf jeden Fall war diese Begegnung noch nicht lange her. Aber wo konnte das gewesen sein?

»Was ist denn mit dir los?«, fragte Margot.

Horndeich erklärte seinen beiden Kollegen, was in ihn gefahren war.

Drei Minuten später betrat Norbert Heiss den Besprechungsraum. Er sah auf den Fernseher. »Ah, Werner Doe. Fast schon ein guter Bekannter. Ich habe Anke Zilitt ein bisschen geholfen, die verschiedenen Versionen zu erstellen. Was kann ich für dich tun, Horndeich?«

»Ich kenne diesen Typen. Hundertprozentig hab ich ihn vor Kurzem irgendwo gesehen. Ich erinnere mich aber nicht daran, wo das gewesen ist. Und er hat auch etwas anders ausgesehen. Die Glatze, das stimmt. Da bin ich mir ganz sicher. Aber so – untenrum – das passt irgendwie nicht. Kannst du da noch ein paar Alternativen zaubern?«

Norbert schloss seinen Laptop an den Fernseher an, und eine Minute später war das Programm geladen, mit dem die Phantombilder erstellt werden konnten. Er lud das Bild von Werner mit Glatze vom Server hoch. »Was soll ich machen?«

Das wusste Horndeich leider auch nicht. Wäre dies der Fall gewesen, wäre ihm sicher sofort eingefallen, wo er Werner schon einmal begegnet war.

Norbert zauberte einen Schnauzbart unter Werners Nase.

»Bart ist, glaub ich, nicht verkehrt«, bestätigte Horndeich.

Norbert nahm den Schnauzer weg und ersetzte ihn durch ein kleines Hitlerbärtchen. Horndeichs Blick zeigte ihm, dass der Scherz nicht wirklich gut angekommen war.

»Mehr Bart«, blaffte Horndeich.

Norbert ließ einen Dreitagebart in Werners Gesicht wachsen.

»Das geht in die richtige Richtung, aber noch mehr Bart.«

Nach dem politisch unkorrekten Gag wirkte Norbert etwas verunsichert. Er ließ den Bart von Werner nur um ein paar Millimeter anwachsen.

»Mach den Bart etwas heller, bitte.«

Norbert tat wie ihm geheißen.

»Und noch mehr Bart!«

Diesmal griff Norbert in die Vollen und ließ Werners Gesicht einen Vollbart angedeihen, mit dem dieser problemlos als Weihnachtsmann durch die Stadt hätte ziehen können.

Horndeich schwieg. »Ein bisschen weniger. Normaler Vollbart.« Der Nikolausbart schrumpfte auf Normalmaß.

Horndeich starrte auf das Bild. Dann flüsterte er nur: »Scheiße.«

Alle starrten ihn an.

Glatze und Bart – jetzt wusste er, wo er diesem Mann begegnet war.

»Also?«, entzauberte Margot den Moment.

»In der Pützerstraße. Ich habe diesen Werner gesehen, als wir zu Petra Rittmeister gegangen sind. Du erinnerst dich sicher, dass der Aufzug kaputt war und wir die Treppen hoch mussten. Vielleicht hast du ihn auch gesehen. Zuerst lief eine junge Frau in einem blauen Kleid an mir vorbei und dann Werner.«

»Nein. Ich erinnere mich nicht. Allerdings war ich auch ziemlich in Gedanken, als wir zu Petra Rittmeister gegangen sind.«

Norbert sah in die Runde: »Braucht ihr mich noch?«

Horndeich sagte: »Kannst du dieses Bild speichern? So sieht Werner im Moment aus. Bitte mach noch eine Version mit kürzerem Bart und ohne Bart. Wer weiß, ob wir das nicht noch mal brauchen.«

Es dauerte keine zwei Minuten, dann hatte Norbert die entsprechenden Bilder angefertigt und in einem Ordner auf dem Server abgelegt. Horndeich bedankte sich, und Norbert verließ den Besprechungsraum.

Horndeich sah, dass seine Kollegin intensiv nachdachte. In Comics sah man dann immer kleine Rauchwölkchen, wenn das Gehirn im roten Drehzahlbereich lief. Eine halbe Sekunde später wurden die Wölkchen vom imaginären Birnchen der Erkenntnis verdrängt.

»Petra Rittmeister ist nicht Petra Rittmeister. Petra Rittmeister ist Andrea Rittmeister«, sagte Margot.

Im ersten Moment konnte Horndeich dem Gedankengang seiner Kollegin nicht folgen. »Aber Andrea Rittmeister ist doch in Indien gestorben.«

»Ich habe noch keine Ahnung, wie sie das gedreht hat. Aber betrachte es mal aus der anderen Perspektive: Welchen Grund sollte Werner haben, fünfundzwanzig Jahre nach dem Mord an Kiesgart die Schwester seiner Mitstreiterin zu besuchen? Das macht doch überhaupt keinen Sinn. Zumal unsere Petra Rittmeister ja mehrfach versichert hat, dass sie kein Mitglied von unserem Quintett kannte außer ihrer Schwester. Wenn sie natürlich auch gelogen haben kann.«

Feller meldete sich zu Wort: »Außerdem gibt es noch andere Möglichkeiten, die wir nicht aus den Augen verlieren dürfen.«

Horndeich fragte: »Welche?«

»Ich spiele jetzt mal den Advocatus Diaboli, den Anwalt des Teufels: Erstens wissen wir nicht sicher, dass der Mann, den Horndeich im Treppenhaus gesehen hat, wirklich Werner ist. Zweitens wissen wir nicht, ob der Mann wirklich aus Petra Rittmeisters Wohnung kam.«

Horndeichs erster Impuls war, sich zu wehren. Natürlich habe er Werner zweifelsfrei erkannt. Er folgte diesem Impuls nicht, denn er wusste nur zu gut, dass Augenzeugen sich oftmals täuschten.

»Da hast du natürlich recht, Richard«, musste Horndeich zugeben. »Dann werde ich meine Theorie also beweisen müssen.« Und Horndeich hatte auch schon eine Idee, wie er das bewerkstelligen wollte.

Margot saß wieder im Besprechungsraum. Es war vierzehn Uhr. Noch am Vormittag hatte sie mit Knut Monnert telefoniert, jenem Mitarbeiter der Jahn-Behörde, der ihr helfen konnte, die Stasi-Spur weiterzuverfolgen. Er hatte gesagt, dass er um 14 Uhr Zeit für sie habe, dann könnten sie per Videokonferenz eine halbe Stunde miteinander sprechen – was Margot bedeutend lieber war, als schon wieder in die Bundeshauptstadt zu fliegen, in der die Jahn-Behörde ihren Sitz hatte.

Margot hatte die Technik installiert, und um fünf Minuten nach zwei sah sie Knut Monnert auf dem Flachbildschirm an der Wand. Er war ein hagerer Mann, korrekt gekleidet mit Anzug, Weste und Krawatte. Das graue Haar trug er kurz, die Augen waren hinter einer nicht mehr ganz modischen Brille mit für Margots Geschmack viel zu großen Gläsern versteckt.

Nachdem sie einander begrüßt hatten, sagte Margot:

»Herr Monnert, wir arbeiten gerade an einem Fall mit drei Mordopfern, vielleicht sogar vier. Wie wir seit heute Morgen definitiv wissen, handelt es sich bei den Toten um Menschen, die 1989 an dem Mord an Friederich Kiesgart, dem Vorstandschef der Deutschen Kapital, beteiligt waren. Es gibt auch Indizien, dass die Gruppe von einem inoffiziellen Mitarbeiter der Stasi Informationen erhalten hat. Das ist im Moment nur Spekulation, aber wir würden zu diesem Thema gern mehr erfahren. Ich habe gestern mit Lorenz Rasper vom Bundeskriminalamt gesprochen. Er sagte mir, dass das BKA vor sieben Jahren bereits einen Zusammenhang zwischen dem Mord an Kiesgart und dem Staatssicherheitsdienst der DDR untersucht habe.«

Monnert kratzte sich an der Nase, dann sagte er: »Ja, selbstverständlich haben wir uns damit beschäftigt. Es gab bei der Staatssicherheit Abteilungen, die direkt mit Spionage im Westen beschäftigt waren, und es gab sogar eine Abteilung, die dafür eingerichtet worden ist, auf bundesdeutschem Territorium Anschläge durchzuführen. Darüber gibt es eine Menge Unterlagen, aber eben keine Beweise, die direkt auf den Kiesgart-Mord deuten. Wir haben das alles zigmal durch den Wolf gedreht, aber leider keine Zusammenhänge herstellen können, die über bloße Vermutung hinausgegangen wären. Ein großer Teil der Unterlagen ist kurz vor der Wende vernichtet worden, und aus den bestehenden allein konnten wir keinen direkten Bezug zum Attentat auf Kiesgart herstellen.«

»Nun, vielleicht bringen unsere Hinweise sowohl Sie als auch uns weiter.«

»Was haben Sie?«

»Vier Namen von damals jungen Erwachsenen, die definitiv am Kiesgart-Attentat mitgewirkt haben. Und dann noch nur den Vornamen einer weiteren Person. Vielleicht tauchen die Namen ja bei Ihnen irgendwo auf. Vielleicht gibt es ja Akten über diese Personen – wir sind auf jeden Fall dankbar für jede Information.«

»Und das Ganze brauchen Sie bis wann?«

Da es sich um eine Videokonferenz handelte, konnte Knut Monnert Margots Lächeln sehen, eine schnelle und ehrliche Antwort auf seine Frage. »Okay, ich habe verstanden. Sie haben Glück. Ich habe gerade einen sehr vielversprechenden Doktoranden, ich möchte fast sagen, einen wahren Fuchs, wenn es um das Aufspüren von Zusammenhängen und verschollen geglaubten Papieren geht. Ich werde ihn mal dransetzen.«

»Können Sie mir sagen, wann Sie damit rechnen, mir eine Rückmeldung geben zu können?«

»Frau Hesgart, sosehr ich Ihnen helfen möchte: Nein, dazu kann ich überhaupt keine Aussage treffen. Denn ich weiß noch nicht mal, ob wir überhaupt irgendetwas zu ihren Namen finden. Können Sie mir außer den Namen noch etwas zuschicken?«

»Viel Material haben wir nicht. Es gab da noch einen Kongress Anfang 1986, auf dem die RAF-Unterstützerszene sich neu sortieren wollte. Wir haben hier ein paar Unterlagen des Verfassungsschutzes – auch ein Foto, auf dem alle fünf zu sehen sind. Das kann ich Ihnen ebenfalls zusenden.«

»Sehr schön. Dann packen Sie doch einfach das Päckchen. Ich schicke Ihnen die Adresse eines sicheren Servers, auf den Sie die Dateien hochladen können. Zumindest kann ich Ihnen versprechen, heute schon einen ersten Blick darauf zu werfen.«

»Super. Das wäre wunderbar.«

»Nun, wenn Lorenz Rasper Sie empfohlen hat, dann öffnet das hier schon die eine oder andere Tür.« Auch Knut Monnert konnte verschmitzt lächeln.

Margot verabschiedete sich, dann beendete sie die Konferenz. Das klang doch alles ganz vielversprechend.

Horndeich hatte sich das Protokoll über Margots Gespräch mit Schwester Soltau aus dem ehemaligen Kinderheim Sankt Hubertus zu Gemüte geführt. Vielleicht konnte ihm die Schwester helfen, die These zu belegen, dass Petra Rittmeister eigentlich Andrea Rittmeister war.

Schwester Soltau hatte Margot die Namen der Ärzte genannt, bei denen Andrea und Petra Rittmeister gelernt hatten, und zum Teil auch die Namen jener Ärzte, bei denen sie danach noch gearbeitet hatten. Horndeich hatte in der vergangenen Stunde viel telefoniert und recherchiert, aber die Spur mit den Ärzten war eine Sackgasse. Keiner praktizierte mehr, einige waren längst verstorben.

Schließlich rief er Schwester Maria Soltau in ihrem Heim an. Aber seine Hoffnung, von ihr vielleicht ein Foto der beiden Schwestern zu bekommen, wurde nicht erfüllt.

Er sah auf die Uhr: Es war schon fast vier Uhr nachmittags. Der letzte Strohhalm war die Schule, in der die beiden Schwestern ihren Realschulabschluss gemacht hatten.

Horndeich suchte die Nummer der Bildungseinrichtung heraus, wählte und hörte tatsächlich nach dem dritten Klingeln eine weibliche Stimme. »Wilhelm-Thudichum-Schule, Elena Jacobi, guten Tag.«

»Kriminalhauptkommissar Steffen Horndeich, Kripo Darmstadt.«

»Oops, die Polizei. Suchen Sie einen unserer Schüler?«

»Ja und nein. Es geht um zwei Schülerinnen, die vor langer Zeit an Ihrer Schule gewesen sind.« Horndeich schilderte der Dame am anderen Ende der Leitung in knappen Worten den Grund seines Anrufes. »Was ich benötige, wäre ein Foto, auf dem beide Schwestern zu sehen sind. Möglichst von vorn.«

»Sie haben Glück, Herr Horndeich. Seit 1969 ist es an unserer Schule Tradition, jede Abschlussklasse zu fotografieren. Seit damals gibt es auch von fast allen Jahrgängen ein Jahrgangsbuch. Eine Tradition, die heute nur noch an wenigen

Schulen fortgeführt wird, bei uns aber sehr konsequent. Ich kann gern für Sie nachschauen – aber dann bräuchte ich natürlich eine Legitimation, dass ich Ihnen diese Daten schicken darf.«

Horndeich klärte das Organisatorische: Er würde Frau Jacobi ein Fax zusenden, und gleichzeitig gab er ihr seine E-Mail-Adresse.

Bereits zwanzig Minuten später rief Frau Jacobi wieder bei ihm an. »Herr Horndeich, Sie haben richtig Glück. Wir haben nicht nur das Jahrbuch gefunden, sondern es ist auch bereits digitalisiert. In einem Schülerprojekt haben wir vor vier Jahren begonnen, alle Unterlagen, die für die Geschichte unserer Schule relevant sind, von Schülern einscannen zu lassen. Ich kann Ihnen das Jahrbuch also im PDF-Format zusenden.«

Mit so viel Glück hatte Horndeich in der Tat nicht gerechnet. Er bedankte sich herzlich bei Frau Jacobi, und bereits zehn Minuten später blätterte er durch das virtuelle Buch.

Auf der Innenseite des Einbands waren alle drei Abschlussklassen jeweils mit einem Gruppenfoto abgebildet. Leider gab es dazu keine Legende, die die Namen der einzelnen Schüler preisgegeben hätte. Horndeich schaltete in dem Programm, mit dem er das Jahrbuch betrachtete, in den Vorschaumodus. Alle Seiten waren nun stark verkleinert dargestellt. Auf der letzten Innenseite des Einbands fanden sich wieder die drei Gruppenfotos. Horndeich vergrößerte die Seite. Hier war unterhalb jedes Gesichts der Name des abgebildeten Schülers eingezeichnet. In der Klasse 10c fand Horndeich, wen er suchte: Andrea und Petra Rittmeister, direkt nebeneinander.

Innerhalb des Buches gab es einige allgemeine Artikel, drei verfasst von Lehrern: über den Wert eines Realschulabschlusses, über den Wert von Schulbildung und, natürlich, über die Tatsache, dass man fürs Leben lerne und nicht für die Schule. Zum Glück gab es zum Ausgleich auch einige Beiträge, die von den Schülern selbst verfasst worden waren – und schließlich für jeden Schüler eine halbe Seite mit einem Porträtfoto, ebenfalls vom Fotografen geschossen, sowie ein paar persönlichen Worten über den Schüler. Er blätterte zu der Seite, auf der Andrea und Petra Rittmeister vorgestellt wurden. Beide fanden sich auch hier auf ein und derselben Seite.

Die obere Hälfte der Seite war Andrea Rittmeister zugedacht worden. Sie blickte keck in die Kamera. Dem Bild war anzusehen, dass Andrea sich bemüht hatte zu lächeln, dies aber unter der Anspannung, die wohl durch den Fotografen ausgelöst worden war, nicht so recht gelang. Daneben konnte man über sie lesen: *Was war dein Lieblingsfach? – Sozialkunde. Was magst du am liebsten? – Gerechtigkeit. Dein Berufswunsch? – Tierärztin. Wie war dein Spitzname in der Schule? – Hatte keinen. Wer war deine beste Freundin/dein bester Freund? – Maria Soltau.*

Horndeich fragte sich, ob Schwester Maria Soltau dieses Buch jemals gesehen hatte. Einerseits wäre es wohl sehr schmeichelhaft für sie, von Andrea Rittmeister als beste Freundin genannt worden zu sein, auf der anderen Seite war es natürlich auch ein wenig traurig, dass es offensichtlich niemanden im gleichaltrigen Umfeld gegeben hatte, der Andrea wirklich vertraut gewesen war.

Das Bild von Petra Rittmeister stand in direktem Kontrast dazu. Petra strahlte den Fotografen an. Horndeichs Blick wanderte zwischen den beiden Aufnahmen hin und her. Unglaublich, dachte er, wie solch eine Fotografie, die nur den Bruchteil eines Augenblicks beschrieb, den unterschiedlichen Charakter zweier Menschen so klar zeichnen konnte. Oder war es nur seine Interpretation der Bilder?, überlegte er. Auch Petra Rittmeister hatte die Fragen beantwortet: »*Was war dein Lieblingsfach? – Biologie. Was magst du am liebsten? – Spaghetti mit Tomatensoße. Dein Berufswunsch? – Arzthelferin. Wie war dein Spitzname in der Schule? – Pommi. Wer war deine beste Freundin/dein bester Freund? – Magdalena Frischlein.*«

Neugierig, wie Horndeich war, musste er nun natürlich auch noch nach Magdalena Frischlein suchen. Er fand sie eine Seite weiter. Im Gegensatz zu Petra Rittmeister trug sie die Haare zu einem Pagenkopf geschnitten, aber sie strahlte genauso in die Kamera. Und siehe da, auch sie gab Petra Rittmeister als ihre beste Freundin an.

Horndeich startete eine andere Software auf dem Rechner, und eine Viertelstunde später hatte er drei einzelne Bilddateien vorliegen: einen Ausschnitt aus dem Gruppenfoto, auf dem die beiden Schwestern nebeneinander zu sehen waren, und dann jeweils das Porträtfoto aus dem Jahrbuch. Die Bilder waren fein säuberlich beschriftet, um keine Verwechslungen aufkommen zu lassen. Damit war der erste Teil der Arbeit getan.

Kam nun der zweite Teil. Horndeich wusste, dass Petra Rittmeister gesagt hatte, sie arbeite bei einem Allgemeinmediziner, den sie von ihrer Wohnung aus zu Fuß erreichen konnte. Vielleicht genügte diese Information schon, um an ein aktuelles Foto von ihr heranzukommen. Es dauerte fünf Minuten, dann hatte er die entsprechende Praxis gefunden: Dr. Max Hellerborn im Martinsviertel. Dr. Hellerborn hatte ihm ohne sein Wissen einen großen Gefallen getan: Auf der Website gab es eine Rubrik *Unser Team.* Zwei Klicks später hatte er ein Foto von Petra Rittmeister in einer Auflösung von 800 × 600 Pixeln. Das sollte reichen.

Horndeich sah sich die Fotos aus der Abschlussklasse an. Den Fotografien war nicht anzusehen, wer die ältere oder die jüngere Schwester war. Außerdem sahen die beiden sich ausgesprochen ähnlich. Nicht so sehr wie eineiige Zwillinge, aber dennoch: Horndeich konnte nicht auf Anhieb sagen, ob die Petra Rittmeister, die sich als Petra Rittmeister ausgab, auch wirklich Petra Rittmeister war – oder eben Andrea Rittmeister.

Aber dafür gab es ja Spezialisten.

SAMSTAG, 18. OKTOBER

Margot saß mit ihrem Vater und Chloe beim Abendessen. Es hatte den ganzen Tag über geregnet, und die Temperaturen waren auf fünfzehn Grad gefallen. Der Herbst hatte Einzug gehalten. Deshalb aßen sie im Esszimmer der Wohnung ihres Vaters und nicht mehr im Garten.

Irgendwie hatte kein Gespräch in Gang kommen wollen. Margot kannte das. Und sie wusste auch, dass dies nicht selten ihre Schuld war. Doch diesmal war es nicht sie, die sich einsilbig gab, sondern es lag ganz eindeutig an ihrem Vater und Chloe, die kaum ein Wort über die Lippen brachten. Wobei dieses Verhalten nur als einsilbig zu bezeichnen schon fast dem Vorwurf der Geschwätzigkeit gleichkam.

Margot hatte wahrgenommen, dass Chloe kaum etwas gegessen hatte. Das gefiel ihr ganz und gar nicht. Denn Chloe hatte für gewöhnlich einen gesegneten Appetit. Und das, obwohl sie nach wie vor rank und schlank war.

Am Essen selbst konnte es nicht gelegen haben. Margot war zu ihrem Lieblingsitaliener gefahren und hatte sich dort die verschiedensten Antipasti einpacken lassen, von unterschiedlichen Käsesorten über verschiedene Wurstarten bis hin zu Oliven, Peperoni und anderen Leckereien.

Chloe warf Margots Vater einen Blick zu, der kaum merklich nickte. »Ich verabschiede mich für heute«, meinte sie, und auch ihre Stimme war schwächer als sonst. Sebastian Rossberg erhob sich ebenfalls vom Tisch und begleitete seine Frau. Zu Margot gewandt, sagte er: »Bin gleich wieder da.«

Damit saß Margot allein am Tisch.

Doro war mit Milo unterwegs, Nick war in Lyon. Außerdem war das Radio in der Küche seit ein paar Tagen kaputt und unterstrich so die Stille akustisch.

Margot saß wie angewurzelt an ihrem Platz. Sie hätte den Tisch abräumen können, sie hätte sich einen Kaffee machen können, sie hätte für sich und ihren Vater noch einen Tee zubereiten können, den der am Abend gerne trank. Sie hätte auch die Flasche Rotwein öffnen können, die sie extra für diesen Abend gekauft hatte. Doch sie saß einfach nur auf ihrem Stuhl, fast wie gelähmt. Sie konnte es sich nicht erklären, aber sie fühlte sich, als ob der ganze Raum von dunkler Schwere und Traurigkeit angefüllt sei. Sie meinte fast, das Seufzen der Welt zu hören. Zeit, ein neues Radio zu kaufen, dachte sie.

Als ihr Vater wieder ins Esszimmer trat, hatte er zuvor die Flasche Rotwein aus der Küche mitgebracht. Bevor er sich setzte, entkorkte er sie, dann ging er noch mal zurück in die Küche, um zwei Rotweingläser zu holen. Er schenkte beide voll, dann nahm er Platz.

Das war ein äußerst ungewöhnliches Verhalten. Meist war sie es, die dem Vater ein Glas Wein anbot, in den seltensten Fällen griff er selbst zu einer Flasche. Das Gefühl, dass irgendetwas nicht stimmte, gewann an Intensität.

Sebastian Rossberg hob das Glas und setzte an, etwas zu sagen. Dann hielt er inne, sprach nicht aus, was er gerade dachte, sondern meinte nur: »Auf dich, meine Tochter.«

Margot stieß mit ihm an, dann fragte sie rundheraus: »Okay, sag's einfach. Was ist los?«

»Margot, sie hat Arthritis. Und es wird immer schlimmer, Tag für Tag. Heute war ein richtig arger Tag, aber das muss einen auch nicht wundern. Die Temperaturen sind abgestürzt, dann der Regen – das ist nicht das Wetter, bei dem sie sich erholen kann. Und es wird jetzt für die kommenden sechs, sieben Monate nur noch übler.«

Margot nippte nochmals an ihrem Glas. Es war ihr nicht entgangen, dass Chloe Schmerzen hatte. Sie hatte sie in den vergangenen Jahren gut genug kennengelernt, um zu wissen, dass Chloe alles andere als ein Jammerlappen war. Sie konnte sich vorstellen, wie sehr Chloe litt, auch wenn sie nicht darüber sprach. Auf der anderen Seite wusste Margot keine Lösung für dieses Problem.

»Natürlich gibt es Mittel, die die Schmerzen etwas lindern. Kurkuma, Bromelin und Ingwer. Oder eben Medikamente. Aber das ist alles keine Lösung auf Dauer. Und Chloe will nicht noch mal solch einen Winter erleben wie den vergangenen.«

Jetzt, da ihr Vater es erwähnte, erinnerte sich Margot daran, wie heftig Chloe während der vergangenen kalten Jahreszeit gelitten hatte. Sie konnte verstehen, dass die alte Dame nicht noch einmal so leiden wollte. Aber wo waren die Alternativen? Ein warmes, trockenes Klima vielleicht. Doch Margot wusste, dass Chloe ihrem Vater nicht mehr von der Seite weichen wollte und dass es umgekehrt genauso war.

»Deswegen habe ich einen Entschluss gefasst«, sagte ihr Vater, sah sie dabei aber nicht an. Irgendetwas auf dem Boden des Esszimmers schien seine volle Aufmerksamkeit zu verlangen. Jetzt kommt es, dachte Margot.

Und dann kam es tatsächlich: »Wir ziehen gemeinsam nach Amerika. Genauer gesagt, nach Clearwater in Florida. Dort werden wir auf jeden Fall den Winter verbringen. Wenn es uns gut gefällt, bleiben wir da, wenn es im Sommer zu schwül wird, kann es auch sein, dass wir nach Darmstadt zuruckgehen, also nach Darmstadt in Indiana.« Erst jetzt hob Sebastian Rossberg den Blick und sah seiner Tochter in die Augen.

Margot schaute ihren Vater mit einer Mischung aus völligem Unglauben und Entsetzen an. So, als ob sie gerade eben realisiert hätte, dass er ein eineiiger Zwilling von Alf, dem Außerirdischen, war. »Das meinst du nicht ernst, oder?«

Ihr Vater seufzte. Offensichtlich war ihm klar, dass er mit dieser simplen Beschreibung seines künftigen Lebensplans in drei Sätzen bei seiner Tochter nicht auf Wohlwollen oder auch nur Verständnis stoßen würde. »Margot, es ist ganz einfach. Ich bin fast achtzig. Mit ein bisschen Glück werde ich noch ein paar Jahre haben. Ich mache immer noch Pläne, aber nur noch kleine, kurzfristige. Ich habe ein sehr reiches Leben gehabt, für das ich unendlich dankbar bin. Ich habe dich, und ich danke Gott jeden Tag dafür, dass auch du ein geregeltes und manchmal sogar glückliches Leben hast. Zudem ist mir etwas ganz Besonderes vergönnt worden: Obwohl ich Witwer bin, habe ich das Glück gehabt, nochmals einer Frau zu begegnen, die ich von ganzem Herzen liebe. Und es sind zwei Dinge, die ich auf jeden Fall verhindern möchte: Ich möchte sie nicht verlieren, und ich möchte sie nicht leiden sehen. Und die einfachste Lösung, Chloe das Leiden zu nehmen, ist, mit ihr nach Florida zu ziehen.«

»Florida? Mein Gott, das ist so, als ob man den Langen Ludwig nach Miami umtopfen wollte! Täte es nicht wenigstens Italien? Oder Spanien? Oder meinetwegen auch Griechenland…« Margot wollte nicht, dass ihr Vater aus ihrem Leben verschwand. Sosehr sie seine Beweggründe auch nachvollziehen konnte.

»Keiner von uns spricht Italienisch, Spanisch oder gar Griechisch. Entweder wir suchen uns eine Region, in der man Deutsch spricht – und ich kenne keine, in der das Klima wirklich besser ist –, oder wir ziehen irgendwohin, wo man sich in Englisch verständigen kann. Die britischen Inseln sind zwar näher, aber klimatechnisch eine noch größere Katastrophe.«

Es gelang Margot nicht, über den schalen Witz ihres Vaters zu lachen. Dennoch spürte sie, wie ein Lachen ihre Kehle erklomm, um dann, erst leicht blubbernd und schließlich schallend laut, aus ihr herauszusprudeln.

Ihr Vater sah sie völlig verständnislos an.

Das Lachen verschwand so schnell, wie es gekommen war. »Jetzt geht ihr alle«, flüsterte Margot. »Doro geht mit Milo, du gehst mit Chloe – und auch Nick geht wieder zurück in die USA.«

»Nick? Was will der denn allein in den Staaten?«

»Sein Vertrag wurde nicht verlängert. Er muss für mindestens ein Jahr zurück. Was danach ist, weiß er nicht. Und der Job, den sie ihm dort angeboten haben, der muss wohl fantastisch bezahlt sein.«

Margot nahm einen Schluck Wein und stellte das Glas gleich wieder ab. Sie weinte leise.

Sebastian Rossberg ließ seine Hand über den Tisch gleiten und Margot ergriff sie. Sie war ihm dankbar, dass er ihr jeden weiteren Kommentar ersparte. Dass er nicht sagte: Du kannst uns doch besuchen kommen, oder: Wir kommen immer mal wieder nach Darmstadt, oder: Alles wird gut.

Nichts war gut. Gar nichts.

Bevor dieses Jahr zu Ende sein würde, würde sie ganz allein in diesem viel zu großen Haus wohnen.

Es war wohl an der Zeit, den Weg vieler einsamer Menschen zu gehen und sich zwei Hunde, vier Katzen und vielleicht noch zwei Wellensittiche anzuschaffen.

MONTAG, 20. OKTOBER

Als Horndeich am Freitagnachmittag versucht hatte, Anke Zilitt am Institut für Rechtsmedizin in Frankfurt zu erreichen, hatte diese sich bereits in den Feierabend verabschiedet. Da Horndeich keine Handynummer von ihr hatte und es wohl auch ungebührlich gewesen wäre, Anke Zilitt am verdienten Wochenende mit seinen Sorgen zu belästigen, hatte Horndeich diese Aktion also auf den Montag verschoben. Um acht Uhr war er im Büro erschienen, und gleich versuchte er sein Glück. Er wählte die Kurzwahl.

»Rechtsmedizinisches Institut Frankfurt, Anke Zilitt am Apparat.«

»Frau Dr. Zilitt, hier ist mal wieder die Nervensäge aus Darmstadt.«

»Horndeich! Welche Überraschung. Müssen Sie wieder jemanden nachaltern lassen? Oder haben Sie diesmal eine Brandleiche, der ich ein neues Gesicht verpassen darf?«

Horndeich wunderte sich ein bisschen über die Fröhlichkeit der Dame, dann antwortete er direkt: »Nein, diesmal ist das Problem etwas anders gelagert. Es geht darum, die Identität einer Zeugin herauszufinden. Ich habe ein Foto von ihr aus der Gegenwart. Und dann habe ich zwei Fotos von ihr und ihrer Schwester. Diese Bilder sind allerdings bereits fünfunddreißig Jahre alt. Damals waren die Schwestern fünfzehn und sechzehn. Und ich muss wissen, um welche der beiden Schwestern es sich handelt. Also ob die Dame heute Schwester A oder Schwester B ist.«

»Hui, das klingt schwierig. Und Sie hoffen jetzt, dass ich Ihnen dabei helfen kann?«

»Ja. Wer, wenn nicht Sie? Sind Sie nicht die Koryphäe, wenn es darum geht, Gesichter zu erstellen, zu vergleichen oder zu rekonstruieren?«

»Ja, vielleicht kann ich Ihnen helfen. Vielleicht muss ich aber auch die Hilfe eines Freundes in Anspruch nehmen. Bis wann brauchen Sie denn die Aussagen?«

»Na ja, wie es immer so ist bei uns: am besten vorgestern.«

»Dann setzen Sie sich mal in Ihr Auto und kommen Sie zu mir, am besten vor zwanzig Minuten.«

Noch bevor Horndeich etwas erwidern konnte, hatte Anke Zilitt aufgelegt. Irgendwie war ihr Verhalten ein wenig seltsam, fand Horndeich. Aber wenn sie helfen konnte, sollte ihm das gleich sein.

Margot war noch nicht da, Feller ebenso wenig, also beschloss Horndeich, tatsächlich sofort nach Frankfurt zu fahren. Doch es kam, wie es kommen musste: Allein der Weg aus Darmstadt hinaus kostete ihn fünfundzwanzig Minuten. So dauerte es insgesamt eine Dreiviertelstunde, bis er das Institut für Rechtsmedizin erreichte. Er parkte den Wagen hinter der schmucken Jugendstilvilla.

Anke Zilitt erwartete ihn bereits im Foyer. »Wunderbar, dass Sie da sind. Sie haben die Bilder dabei?«

Welch eine Frage. Heutzutage hatte Horndeich ganze Fotoalben auf seinem Handy. So auch die drei Bilder, die es zu interpretieren galt. »Ist ja nett, dass Sie mich direkt hier empfangen. Können Sie solch eine Identitätsprüfung durchführen? Ich meine, wir können das ausdrucken, dann kann man die Gesichter ausmessen …«

»Herr Horndeich, in welchem Zeitalter leben Sie? Ausdrucken, ausmessen … Kommen Sie mit.«

Anke Zilitt verließ das Institut für Rechtsmedizin durch den Hinterausgang, durch den Horndeich gerade eingetreten war. Sie blieb stehen, sah sich um. »Welcher ist Ihr Wagen?«

Horndeich setzte gerade zu einer Antwort an, da sagte Frau Zilitt: »Halt. Lassen Sie mich raten.«

Horndeich schwieg.

Anke Zilitt wandte sich zu ihm um, sah ihm in die Augen, dann schweifte ihr Blick wieder über die zehn Wagen, die auf dem Parkplatz abgestellt waren. »Nun, ganz einfach ist es nicht, aber ich tippe auf die auberginenfarbene Youngtimer-Limousine.«

Als einen Youngtimer hätte Horndeich sein Auto nie bezeichnet, aber Anke Zilitt hatte natürlich recht. »Wie kommen Sie darauf?«

Anke Zilitt ging zielstrebig auf den Xedos zu, während sie sagte: »Na ja, acht der zehn Wagen hier kenne ich, und der rote Beetle passt nicht wirklich zu Ihnen.«

Wenige Sekunden später fuhr Horndeich auf die Kennedyallee auf. »Wo soll es hingehen? Und warum bleiben wir nicht hier?«

»Herr Horndeich, fahren Sie erst mal Richtung Wiesbaden. Und dann wäre es schön, wenn Sie ein wenig Musik anmachen könnten. Haben Sie zufällig etwas Jazz dabei?«

Nein, Horndeich hatte keinen Jazz dabei. Denn Horndeich mochte Jazz nicht besonders. Er schaltete das Radio an – also das, was man früher als Radio bezeichnet hatte und in dessen rechter Seite ein USB-Stick steckte – und drückte die Starttaste.

Statt Jazz tönte Country Rock aus den Boxen. Hayden Panettiere stimmte gerade mit Connie Britton das Lied *Wrong Song* an. Nachdem er sich während seiner Antibiotikum-Kur die zweite Staffel von *Nashville* angeschaut hatte, hatte er sich auch gleich von Sandra die beiden CDs des Soundtracks aus der Stadt mitbringen lassen.

Die beiden Sängerinnen stimmten voller Inbrunst in den Refrain ein:

You got the wrong song
Coming through your speakers
This one's about the liar and the cheater

Horndeich übersetzte in Gedanken:

Es ist der falsche Song, der da aus deinen Lautsprechern dröhnt. Der hier handelt von einem Lügner und einem Typen, der sein Mädchen betrügt.

Anke Zilitts Stimmlage hatte sich verändert, als sie sagte: »Okay, doch besser keine Musik.«

Country ist eben nicht jedermanns Sache, dachte Horndeich und stellte die Musik ab.

»Wohin fahren wir?«, wollte Horndeich wissen.

»Wir fahren zum Bundeskriminalamt. Ich hab da einen Kollegen, der uns schnell und unbürokratisch helfen kann. Natürlich könnte ich selbst versuchen, Ihre Frage zu beantworten, aber ich würde mindestens fünf Stunden dran sitzen, mit Lineal und Taschenrechner. Aber der Bekannte, der hat die entsprechende Software. Ich denke, er wird uns innerhalb von zehn Minuten sagen können, wer von den beiden Damen die Frau ist, die Sie suchen.«

Horndeich fragte sich, wieso sie das nicht einfach per Telefon und E-Mail hätten erledigen können. Das wäre wohl die schnellste aller Varianten gewesen. Er steuerte den Wagen über die Autobahn, und es entstand ein fast peinliches Schweigen, das umso deutlicher wurde, da die beiden Country-Rock-Ladies ja nun ebenfalls schwiegen.

»Wie funktioniert das mit dem Gesichtsvergleich?«

Anke Zilitt sog hörbar die Luft ein. War sie erleichtert, dass Horndeich diese Frage gestellt hatte? Irgendwie verstand er gar nichts mehr.

»Diese Software orientiert sich vor allem an den Merkmalen des Gesichts, die sich aufgrund der Mimik nicht ständig verändern. Also zum Beispiel an den oberen Kanten der Augenhöhlen, der Bereiche um die Wangenknochen und den Seitenpartien des Mundes. Zuerst identifiziert die Software die Augen. Das ist nicht schwer, denn es sind zwei dunkle Punkte mit zumindest annähernd gleichem Durchmesser in der oberen Hälfte des Bildes. Sind die Sehwerkzeuge identifiziert, sucht die Software nach weiteren charakteristischen Punkten, etwa Nase, Mund- und der Kinnpartie. Genau genommen identifiziert die Software sogenannte Knoten, also nach den Augen die Nasenspitze, die Kinnspitze, den Haaransatz und so weiter, und verbindet diese markanten Punkte zu einem Gittermodell. Tja, und dann geht die Suche los. Meistens in einer Datenbank mit mehreren hundert bis zu mehreren hunderttausend Bildern. Bei uns ist die Sache nun extrem einfach: Wir haben das Gesicht von heute und müssen nur entscheiden, welchem der beiden Gesichter von früher es mehr ähnelt, also wo das Gitternetz ähnlicher ist als beim anderen Bild. Um es salopp zu formulieren: Da fängt die Software fast an zu gähnen.«

Dreißig Minuten später saßen sie am Arbeitsplatz von Aaron Pozilla. Er war der Herrscher über alle Computer des BKA, die irgendetwas mit Bildverarbeitung zu tun hatten.

Pozilla war noch keine dreißig Jahre alt. Er musste wohl früh in seinem Leben einen glänzenden Informatikerabschluss abgelegt haben, um an diesem Tag bereits in dieser Position beim BKA zu sitzen. Nein, Pozilla war Horndeich nicht im Geringsten sympathisch. Als Horndeich sein Problem formulierte und dem Kollegen Pozilla sein Handy reichte, damit der von dort die Bilder herunterladen konnte, nahm er wohl wahr, dass Pozilla sich ein Grinsen verkneifen musste.

Anke Zilitt hingegen schien Pozilla etwas besser zu kennen. Er nahm die Blickpost wahr, die zwischen den beiden immer wieder hin- und hergesandt wurde, ohne dass er auch nur den Hauch einer Ahnung davon hatte, was sie sich gerade mitteilten.

Pozilla hatte die Bilder auf seinen Rechner geladen. Während er mit Tastatur und Maus Horndeichs Bilder hin- und herschob, eine Software aufrief und irgendwelche Befehle gab, unterhielt er sich mit Anke Zilitt. Der Mann war der lebende Beweis dafür, dass Männer durchaus über Multitasking-Fähigkeiten verfügen. Die beiden unterhielten sich über Menschen, die Horndeich nicht kannte, und über Erinnerungen, die er nicht teilte. Dennoch entging ihm nicht, dass Pozilla Anke Zilitt ziemlich ungeniert anbaggerte. Ebenso wenig entging ihm, dass Anke Zilitt sich dadurch geschmeichelt fühlte, was Horndeich überhaupt nicht verstehen konnte. Und drittens, und das nahm er doch mit einer gewissen Genugtuung wahr, erlag Anke Zilitt Pozillas Baggerversuchen in keiner Weise. Pozilla als Bagger, der mit seiner Schaufel röhrend in der Luft scharrte – bei diesem Bild vor Augen musste auch Horndeich grinsen.

Pozilla unterbrach die Unterhaltung mit Anke Zilitt nicht, als auf dem Monitor bereits das Ergebnis der Analyse zu sehen war. Doch Horndeich konnte die Informationen nicht richtig interpretieren.

Schließlich fiel Anke Zilitt Horndeichs fragender Blick Richtung Monitor auf. »Also, die Frau aus der Arztpraxis, wer ist das? Ist das Andrea Rittmeister, oder ist das Petra Rittmeister?«

»Das ist Andrea Rittmeister«, sagte Pozilla betont lässig. »Also, bist du am kommenden Samstag mit dabei?«

Horndeich bekam kaum mit, dass Pozilla Anke Zilitt um ein Date bat. Bevor Frau Zilitt Pozilla antworten konnte, grätschte Horndeich mit einer Frage dazwischen: »Die Frau aus der Arztpraxis ist Andrea Rittmeister? Nicht Petra Rittmeister?«

»Herr Horndeich, genau das habe ich doch gerade gesagt.«

»Kein Zweifel?«

Pozilla seufzte. »Diese Software hier kostet hunderttausend Euro. Sie ist in der Lage, aus Aufnahmen von Überwachungskameras, auf denen Leute gerade mal im Halbprofil erkennbar sind, Vergleiche mit Polizeifotos herzustellen, auf denen die Leute frontal aufgenommen sind. Was Sie mir gerade abgeliefert haben, ist Pillepalle. Ja. Die Tussi aus der Arztpraxis ist Andrea Rittmeister. Nicht Petra Rittmeister.

Mit welcher Wahrscheinlichkeit? Darauf sage ich: Schade, dass es nur hundert Prozent gibt.«

Horndeich wusste, dass er sich mit dem nächsten Satz unbeliebt machte, musste ihn aber dennoch aussprechen: »Können Sie mir das bitte schriftlich geben? Denn wir brauchen Ihre Aussage, um die Person überwachen zu lassen.«

Pozilla seufzte besonders lautstark. Horndeich reichte ihm sein Kärtchen, auf dem auch seine E-Mail-Adresse aufgedruckt war. Dann sagte er: »Aber bitte subito. Sie wollen es sich doch mit Anke nicht verscherzen?«

Aus den Augenwinkeln konnte er Anke Zilitt lächeln sehen.

»Danke«, sagte Horndeich, als sie bereits wieder auf der Rückfahrt waren. »Das hat mir sehr geholfen, das bringt uns wirklich weiter.«

»Gern geschehen.«

Wieder schwiegen beide.

»Pozilla ist ein ganz schön eingebildeter Hornochse, nicht wahr?«, fragte Anke Zilitt völlig unerwartet.

Noch bevor Horndeich irgendwelche diplomatischen Erwägungen in seinem Gehirn vollziehen konnte, hatte er bereits gesagt: »Aber so was von.«

Anke Zilitt lachte laut auf.

»Er versucht wohl schon länger, bei Ihnen zu landen, oder?« Das alles ging Horndeich nichts an, aber im Wagen gab es keine Musik, also war ein wenig verbale Kommunikation sicher nicht verkehrt. Anke Zilitt gluckste vergnügt. »Ja. Seit zwei Jahren. Aber ich habe einen Freund. Also ich hatte einen … Aber ich glaube, selbst mit Pozilla und mir auf einer einsamen Insel würde die menschliche Rasse aussterben.«

Horndeich lachte auch, zumindest ein Teil von ihm. Er hörte die Verbitterung in Anke Zilitts Stimme. Und er spürte, dass sie nicht Pozilla galt. Sondern wohl eher dem anderen Teil ihrer Aussage: »*Also ich hatte einen …*« Allerdings fühlte er sich nicht bemüßigt, dieses doch sehr private Statement von Anke Zilitt zu kommentieren.

Wenige Minuten später fuhr er wieder auf den Schotterparkplatz des Instituts für Rechtsmedizin in Frankfurt. Er stellte den Motor ab, stieg aus, wie immer mit der Orthese ein wenig ungelenk, und ging um den Wagen herum. Einer Dame die Tür aufzuhalten, so viel Gentleman musste sein, Hinkebein oder nicht.

Anke Zilitt stieg aus, und bevor Horndeich sich versah, küsste sie ihn auf den Mund.

Er erwiderte den Kuss nicht.

Anke Zilitt verstand. Sie senkte den Blick. »Schade«, flüsterte sie nur. Dann ging sie in Richtung Eingang der altehrwürdigen Villa.

»Frau Zilitt«, rief Horndeich ihr hinterher, aber sie drehte sich nicht mehr um. »Danke«, sagte er schließlich zum menschenleeren Parkplatz. Er stieg wieder in seinen Wagen. Es war ja nicht so, dass Anke Zilitt eine unattraktive Frau gewesen wäre. Doch mit dem Kuss hatte sie ihn völlig überrumpelt. Er wollte keine Frauen küssen außer seiner Sandra. Und das hatte nichts damit zu tun, dass sie die Mutter seiner Tochter war. Irgendwie hatte Anke Zilitt da an irgendeinem Punkt etwas falsch verstanden. Aber da konnte er ihr auch nicht helfen.

Er ließ den Motor an. Sanft startete sein Xedos.

Die Uhr zeigte elf Uhr. Er hatte den Beweis erbracht, dass Petra Rittmeister in Wirklichkeit Andrea Rittmeister war. Eine der Terroristinnen, die fünfundzwanzig Jahre zuvor Friederich Kiesgart totgebombt hatten. Es war an der Zeit, die Dame in die Zange zu nehmen.

Genau genommen war es nur eine Formsache. Innerhalb von drei Stunden hatten sie alles, was sie brauchten: Andrea Rittmeisters Telefon würde abgehört und sie selbst vierundzwanzig Stunden am Tag beschattet werden. Inzwischen hatten sie noch zwei weitere Handynummern entdeckt, die auf ihren Namen angemeldet waren und die ebenfalls abgehört werden konnten. All das war gesichert.

Sie hatten diskutiert, was der richtige Weg wäre, Andrea Rittmeister festzusetzen und gleichzeitig an den ominösen Werner heranzukommen. Letztlich hatte Margot sich durchgesetzt: Der Plan war, Andrea Rittmeister aus der Reserve zu locken und sie dazu zu bringen, sich mit Werner zu treffen. Jetzt, da sie Andrea Rittmeister zweifelsfrei identifiziert hatten, bestand auch kein Zweifel mehr daran, dass Werner sie an dem Tag besucht hatte, an dem sie Andrea Rittmeister, von der sie da noch glaubten, dass sie Petra Rittmeister wäre, das erste Mal befragt hatten.

Nun standen sie in der Pützerstraße 6 vor dem Klingelschild. Es war nach neunzehn Uhr, Andrea Rittmeister alias Petra war sicher bereits von ihrer Arbeit in der Arztpraxis zurückgekehrt.

Margot drückte den Klingelknopf. »Ja bitte?«, hörten sie die bereits bekannte Stimme aus der Gegensprechanlage.

»Kripo Darmstadt, Hauptkommissare Hesgart und Horndeich. Frau Rittmeister, dürften wir Sie nochmals kurz sprechen?«

Statt einer Antwort ertönte das Geräusch des Türsummers. Margot öffnete die Tür.

Manchmal bedarf es nur kleiner Dinge, um Menschen, in diesem Falle Horndeich, glücklich zu machen. In diesem Fall war es das fehlende Schild vor dem Aufzug. Der funktionierte wieder. Wobei Horndeich sich gleich vergegenwärtigte, dass er ohne den Ausfall des Fahrstuhls Werner wahrscheinlich nicht im Treppenhaus begegnet wäre. Denn der hätte ganz bestimmt die Treppe genommen, auch wenn der Lift funktioniert hätte.

Andrea Rittmeister, die noch nicht wusste, dass die Polizei sie enttarnt hatte, bat sie abermals an den Esstisch. »Auch einen Kaffee?«

Sowohl Margot als auch Horndeich schüttelten den Kopf.

»Frau Rittmeister, ich glaube, wir haben keine guten Nachrichten für Sie.« Margot ließ die unbestimmte Aussage erst einmal wirken.

Andrea Rittmeister werkelte noch einen Moment an ihrer Kaffeepad-Maschine, bevor sie sich umdrehte. »Was ist passiert?«

Margot sog hörbar Luft ein. »Wir sind in unseren Ermittlungen ein großes Stück weitergekommen. Aber das wird für Sie sicher nicht einfach.«

»Sie reden über meine Schwester Andrea?«, fragte Andrea Rittmeister, die sich offenbar immer noch sicher wähnte, als Petra Rittmeister wahrgenommen zu werden.

»Ja, unter anderem.«

Die Kaffeemaschine brodelte nun.

»Was haben Sie herausgefunden?«

»Wir haben inzwischen alle Personen identifiziert, die in den Jahren von 1985 bis 1989 mit Ihrer Schwester zu tun hatten. Sie wissen schon, die, deren Bilder wir Ihnen gezeigt haben. Dabei haben wir herausgefunden, dass Ihre Schwester mit der RAF nicht nur sympathisiert, sondern zu den aktiven Unterstützern gezählt hat.«

Andrea Rittmeister sah die beiden Beamten bestürzt an.

Sie scheint über ein beträchtliches Maß an schauspielerischem Talent zu verfügen, dachte Horndeich.

»Meine Schwester hatte mit der RAF zu tun? Das ist ein Scherz, oder?«

»Nein«, sagte Margot, »leider nicht. Es gibt einige Straftaten, die wir diesem Quintett inzwischen zweifelsfrei nachweisen können.« Margot machte eine Kunstpause.

Andrea Rittmeister hatte sich erstaunlich gut im Griff.

»1983 hat Ihre Schwester mit einigen Komplizen aus dem RAF-Umfeld einen Banküberfall in Stuttgart verübt. Dabei hat sie an einer Waffe eine DNA-Spur hinterlassen.«

Der Banküberfall in Stuttgart – das war eine Realität. Die

DNA-Spur, die vermeintlich hinterlassen worden war, war ein Bluff.

»1983 – mein Gott, das ist einunddreißig Jahre her! Und von damals haben Sie tatsächlich noch intakte DNA-Spuren?«

»Ja, zum Glück«, erwiderte Margot. »Wir haben die Tatwaffe gefunden und daran die DNA-Spuren. Es gibt kaum einen Zweifel daran, dass Ihre Schwester diese Pistole bei dem Überfall benutzt hat. Aber wir würden uns gerne ganz sicher sein. Deswegen möchten wir Sie bitten, uns eine DNA-Probe zur Verfügung zu stellen. Mit einem Wattestäbchen würden wir ein wenig Speichel aus Ihrer Mundhöhle nehmen. Dann können wir innerhalb von drei Tagen feststellen, ob die DNA, die wir an der Waffe gefunden haben, von Ihrer Schwester stammt. Zum Glück kann man das ja bei der DNA heutzutage so genau bestimmen. Und dann hätten wir endlich Gewissheit.«

Andrea Rittmeister nickte.

»Wären Sie bereit, uns eine Speichelprobe zu geben?«

Es war eindeutig, dass Andrea Rittmeister nachdachte und ihre Chancen abwog. Würde sie die DNA-Probe verweigern, würde sie sich verdächtig machen. Würde sie die Probe geben, hätte sie – wenn sie Margots Aussage ernst nahm – maximal drei Tage Zeit, um unterzutauchen. »Selbstverständlich«, sagte sie schließlich und lächelte den Beamten entgegen.

Horndeich zog ein Speichelkit aus der Innentasche seiner Jacke, nahm die Speichelprobe, beschriftete sie und ließ sie wieder in der Tasche verschwinden.

»Herzlichen Dank, Frau Rittmeister. Wir halten Sie auf dem Laufenden. Es tut mir leid, dass wir Sie mit solch unangenehmen Erkenntnissen belästigen mussten. Aber das ist leider unser Job«, sagte Margot, bevor sie sich verabschiedeten.

»Schon in Ordnung«, versicherte Andrea Rittmeister.

Horndeich und Margot stiegen in einen als Firmenfahrzeug einer Wäscherei getarnten Mercedes Sprinter ein. Darin lagerten jedoch keine Wäschekörbe, sondern Hightech vom Feinsten, denn es handelte sich um die mobile Einsatzzentrale der Überwachung von Andrea Rittmeister.

Kaum hatten sie sich in dem Wagen niedergelassen, klingelte Margots Handy. Es war eine Berliner Nummer. Margot nahm ab.

»Hallo, Frau Hesgart, hier ist Knut Monnert.«

Der Spezialist für Stasi-Akten. Margot konnte den Namen sofort einordnen. »Herr Monnert – haben Sie bereits etwas herausgefunden?«

»Tatsächlich, ja. Ich habe Ihnen doch von meinem Doktoranden erzählt, ein wahres Trüffelschwein, wenn man Zusammenhänge zwischen Akten herstellen will. Also, ich mache es kurz. Wir haben tatsächlich zwei Akten gefunden. Eine über Klaus Kleiber, die andere über Andrea Rittmeister. Die beiden wurden als IMs geführt. Aber nicht als auf Linie gebrachte Westler, die der DDR Geheimnisse verrieten. Sie waren eher Quellen, von denen man sich Informationen erhoffte.«

»Was bedeutet das? Ich meine, was wollte man von den beiden wissen? Dass man einen Wirtschaftsboss wie Kiesgart ausspioniert, das kann ich nachvollziehen – aber Kleiber und Rittmeister?«

»Das Interessante ist, von wem die beiden immer wieder beobachtet wurden: Der Führungsoffizier, dessen Klarnamen wir leider nicht herausgefunden haben, bislang zumindest, stammt aus der Abteilung XXII der Stasi.«

»Und das heißt?«

»Die Abteilung XXII war etwas Besonderes. Sie fungierte unter dem Titel ›Terrorabwehr‹. Das trifft die Realität aber nicht ganz genau. Denn es ging dabei nicht nur um Abwehr, sondern durchaus auch um Unterstützung. Diese Abteilung hat sich aktiv beteiligt, wenn es darum ging, dem

NSW, also dem nichtsozialistischen Wirtschaftsgebiet, eins auszuwischen. Freundlich formuliert. Das prominenteste Beispiel ist wohl das aus dem Jahr 1983: der Sprengstoffanschlag auf das Berliner Kulturzentrum ›Maison de France‹. Dabei starb der Radsportler Michael Haritz, dreiundzwanzig weitere Menschen wurden verletzt. Im Jahr 2000 gab es einen Prozess, bei dem unter anderem festgestellt wurde, dass Stasi-Oberleutnant Helmut Voigt, damals Leiter der MfS-Unterabteilung XXII/8, den Sprengstoff für diesen Anschlag geliefert hatte.«

»Warum aber Kleiber und Rittmeister?«

»Die beiden waren ja damals bereits für die RAF tätig. Eher am Rand. So eine Art Laufburschen – das zumindest besagen die hiesigen Akten, die über die beiden angelegt worden sind. Kleiber hatte aber direkten Kontakt zu Erwin Ellinghaus, der damals zur Führungsebene gehörte. Bis man ihn 1983 verhaftet hat.«

»Und wie kam die Stasi auf die beiden?«

»Nun, die DDR hatte die RAF-Szene schon früher genau auf dem Schirm. In einem Kurzbericht aus dem Jahr 1978 kann man nachlesen, dass bei fünfunddreißig zum Teil führenden Mitgliedern anarchistisch-terroristischer Gruppen der Bundesrepublik aktuelle oder frühere Verbindungen in die DDR nachweisbar und von operativer Bedeutsamkeit beziehungsweise Interesse waren.« Monnert hielt kurz inne. »Mein Gott, ich kann den Satz schon auswendig herbeten ... Wie genau die Stasi auf die beiden kam, darüber kann man bislang nur spekulieren. 1980 hat die DDR zehn RAF-Terroristen aufgenommen, die in der BRD gesucht wurden. Verantwortlich dafür war genau die Abteilung XXII. Und in der Zeit, als sie in die DDR übersiedelten und neue Identitäten bekamen – da wurden natürlich auch intensive Gespräche geführt. Ich denke, dass dabei auch der eine oder andere Name gefallen ist, ganz besonders von Leuten, die eher am Rande tätig waren. Ich kann mir gut vorstellen, dass in diesen Gesprächen, die ja nicht unter Druck geführt wurden, auch ein bisschen Vertrauen aufgebaut werden sollte und konnte. Getreu dem Motto: ›Über wen sollen wir denn ein bisschen die schützende Hand halten? Sie wollen doch sicher auch nicht, dass weitere Mitstreiter von Ihnen in die Fänge der westlichen Justiz geraten, oder? Wir verfügen da über gewisse Möglichkeiten.‹ Wer weiß, wer da welche Namen genannt hat. Es ist natürlich auch denkbar, dass die Aussteiger in der Zeit, in der sie ihre neuen Identitäten bekamen, einfach abgehört worden sind. In den Jahren 1980–1982 wurden mehrmals im Jahr Mitglieder der RAF in einem abgelegenen Forsthaus in Riesen bei Frankfurt an der Oder im Umgang mit Waffen trainiert – aber ich schweife ab. Auf jeden Fall hatte allein die Abteilung XXII/8 zahlreiche IMs im feindlichen Ausland positioniert. Und einer von denen hatte den Auftrag, den Kontakt zu Kleiber und Rittmeister herzustellen. Leider kennen wir auch hier nur den Decknamen und nicht die wahre Identität. Die Staatssicherheit war natürlich auch an der RAF interessiert, um die DDR schützen zu können, falls RAF-Attentate auf DDR-Gebiet geplant worden wären. Und da haben sie auf alle Namen zugegriffen, die sie bekommen konnten.«

»Damit wissen wir, dass Kleiber und Rittmeister von der Stasi beobachtet wurden.« Margot war kurz irritiert. »Warum ist dann nicht schon viel früher aufgefallen, dass die beiden mit der RAF sympathisierten beziehungsweise für sie arbeiteten? Es stand doch schon seit Jahrzehnten in ihren Akten.«

»Das ist ganz einfach, Frau Hesgart. Es gab rund zweihunderttausend Inoffizielle Mitarbeiter. Und dazu noch eine Vielzahl operativer Vorgänge, bei denen diese Inoffiziellen Mitarbeiter möglicherweise eine Rolle spielten. All diese Menschen hatten einen Decknamen. Natürlich konnte man von den Decknamen auf die echten Namen zugreifen, doch das funktionierte nur über eine Schlüsselnummer. Dabei reden wir von kilometerlangen Aktenreihen. Hier zufällig irgendwo auf irgendetwas zu stoßen, was für irgendwelche Verbrechen oder gar RAF-Terrorakte relevant sein könnte – das ist mit der Nadel im Heuhaufen noch ziemlich optimistisch beschrieben. Dank der beiden Klarnamen von Ihnen konnten wir in diesem Fall jedoch gleich mit der Nadel und nicht mit dem Heuhaufen anfangen. Ein deutlich besserer Ansatz, um jemanden zu pieken.

Aber das ist noch nicht alles. Denn die beiden sind im wahrsten Sinne des Wortes abgeschaltet worden. Es gibt eine Weisung vom Juli 1985, laut der die beiden Quellen von der Abteilung XXII nicht mehr kontaktiert werden sollten. Das ist das wirklich Außergewöhnliche. Und das ist auch der Punkt, bei dem mein Doktorand gerade nachhakt. Denn offensichtlich gab es andere, höhere Interessen an Kleiber und Rittmeister. Da graben wir derzeit. Ich wollte Ihnen aber auf jeden Fall mitteilen, dass wir wahrscheinlich auf etwas Interessantes gestoßen sind.«

Margot bedankte sich herzlich, legte auf und gab ihrem Kollegen Horndeich ein kurzes Update.

Keine zwei Stunden später griff Andrea Rittmeister zum Handy. Horndeich hatte unter ihrem Esstisch zwar auch eine Wanze installiert, doch die wäre in diesem Fall gar nicht nötig gewesen, da Andrea Rittmeister das Gespräch von einem der bekannten Handys aus führte. Einem Handy mit Prepaidkarte, die eineinhalb Jahre zuvor bei einem der großen Provider gekauft worden war – weshalb es der Polizei nicht schwergefallen war, für diese Nummer eine Telefonüberwachung zu installieren.

Andrea Rittmeister wählte eine Mobilfunknummer. Doch am anderen Ende ging niemand ran. Margot notierte sich die Nummer, die Andrea Rittmeister angerufen hatte. Gleich darauf wählte diese eine weitere Mobilfunknummer – aber wieder nahm niemand ab.

Erst als sie die dritte Nummer eingab, meldete sich am

anderen Ende ein Mann. »Ja«, hörte man den Gesprächspartner deutlich aus dem Lautsprecher.

»Hallo, Werner, ich bin's.«

Offenbar hatte er den Namen beibehalten.

»Warum rufst du mich auf dieser Nummer an? Spinnst du?«

»Ich habe die anderen beiden probiert, aber du bist nicht drangegangen. Die Polizei war bei mir. Sie haben rausgekriegt, dass ich 1983 bei dem Banküberfall in Stuttgart dabei war.«

»Und deswegen rufst du mich auf dieser Nummer an? Bist du noch ganz sauber?«

»Werner, die haben eine DNA-Probe von mir genommen. Weil sie sie mit der DNA meiner Schwester vergleichen wollen. In drei Tagen wissen die, dass ich Andrea bin.«

Am anderen Ende der Leitung herrschte Schweigen.

»Werner, bist du noch da?«

»Ja. Klar.«

»Wir müssen fliehen. Wir müssen untertauchen.«

Die Stimme am anderen Ende schwieg wieder.

»Was sollen wir tun?«

»Gib mir eine Viertelstunde. Dann rufe ich dich zurück.«

Werner legte auf. Und vierzehn Minuten später klingelte Andrea Rittmeisters Telefon. Werner sprach einfach weiter, als ob es keine Gesprächsunterbrechung gegeben hätte. »Ich buche einen Flug. Morgen, 22:15 Uhr nach Beirut. Einen auf deinen Namen, einen auf meinen. Wir treffen uns um 20:15 Uhr im Terminal eins am Infoschalter in Halle B.«

»Ist gut, morgen. 20:15 Uhr. Terminal eins. Infoschalter in Halle B.«

Werners einzige Reaktion war ein Klicken, das das Ende des Gesprächs anzeigte.

DIENSTAG, 21. OKTOBER

Margot und Horndeich hatten den ganzen Tag damit verbracht, die Aktion am Flughafen vorzubereiten. Bereits drei Stunden vorher sollten zivile Polizisten in der Halle Stellung beziehen. Auch die Flughafenpolizei war eingeweiht worden, Sondereinsatzkommandos würden in unmittelbarer Nähe bereitstehen.

Gegen Mittag hatten sie sich bestätigen lassen, dass auf den Namen Petra Rittmeister ein Ticket für besagten Flug gekauft worden war. Sie hatten inzwischen auch die Liste der männlichen Passagiere bekommen, die ebenfalls Einzeltickets gelöst hatten. Es waren fünfundvierzig. Unter ihnen gab es zwar einen Werner, aber als sie dessen Daten überprüften, stellten sie fest, dass er erst vierundzwanzig Jahre alt war. Sie überprüften auch die Daten der anderen vierundvierzig Passagiere, aber auf die Schnelle war dort nichts Auffälliges zu finden. Vielleicht zeigte sich etwas, wenn man in den kommenden Tagen etwas tiefer graben würde.

Polizisten in Zivil verfolgten Andrea Rittmeister den ganzen Tag über. Bis zum Mittag blieb sie in ihrer Wohnung, den frühen Nachmittag verbrachte sie mit einem letzten Shoppingrundgang durch Darmstadt und schaute auch noch mal bei der Volksbank vorbei. Horndeich und Margot waren unterdessen bereits zum Flughafen gefahren. In einem der dortigen Räume der Flughafenpolizei hatten sie die Einsatzzentrale eingerichtet.

Um 18:05 Uhr meldete ein Kollege aus Darmstadt, dass Andrea Rittmeister sich ein Taxi bestellt habe. Fünf Minuten später verließ sie mit einem großen Rollenkoffer und ihrer

Handtasche das Haus. Zwei Minuten danach fuhr ein Taxi auf den Vorplatz. Die Droschke fuhr sie direkt zum Flughafen, und nur dreißig Minuten später stieg Andrea Rittmeister vor dem Terminal eins aus.

Als sie das Taxi verlassen hatte, gab Margot grünes Licht, ihre Wohnung zu durchsuchen. Jetzt konnten sie sicher sein, dass sie genügend Zeit haben würden.

In einer Ecke der Einsatzzentrale war eine ganze Batterie kleinerer Monitore aufgestellt worden. Daneben gab es drei große Flachbildschirme.

Jetzt, da sie Andrea Rittmeister von der Kamera über dem Eingang zur Halle B im Blickfeld hatten, erhielt einer der Sicherheitsbeamten den Auftrag, sie nicht mehr zu verlieren. Zunächst ging sie zum Informationsschalter. Dort sprach sie jedoch niemanden an. Horndeich sah auf die Uhr. Es war 18:45 Uhr. Blieben noch anderthalb Stunden Zeit bis zu ihrer Verabredung mit Werner. Wahrscheinlich war sie so früh losgefahren, damit kein Stau auf der Autobahn ihr einen Strich durch die Rechnung machen konnte. Weise Voraussicht.

Offenbar wusste Andrea Rittmeister nicht, was sie mit der verbleibenden Zeit anfangen sollte. Zuerst flanierte sie ein wenig ziellos durch die Halle, dann schien sie einen Entschluss gefasst zu haben. Zwei Beamte folgten ihr, als sie zur Shuttlebahn in Richtung Terminal zwei lief. Die beiden Beamten stiegen mit ihr in die führerlose Transportbahn, die ständig zwischen den beiden Terminals hin- und herfuhr. Als Andrea Rittmeister die Bahn im Terminal zwei verließ, hielten die beiden sie verfolgenden Beamten zunächst etwas Abstand. Schließlich steuerte sie in der großen Empfangshalle auf die große Rolltreppe zu. Die führte direkt zu – McDonald's. Andrea Rittmeister bestellte sich ein fürstliches Menü, offenbar ein Abschiedsmahl in der alten Heimat. Die beiden Polizisten taten es ihr zwei Schlangen nach links versetzt nach. Zehn Minuten darauf trafen zwei Kolleginnen in dem Fast-Food-Restaurant ein. Sie ließen sich etwas entfernt von dem Tisch nieder, an dem Andrea Rittmeister saß, aß und aus dem großen Panoramafenster in Richtung Start- und Landebahnen starrte.

Eine halbe Stunde später holte sie sich noch einen Kaffee, setzte sich an einen anderen Tisch direkt am Fenster und schien die nachfolgende halbe Stunde zu meditieren. Dann stand sie urplötzlich auf. Es war 19:50 Uhr. Erneut nahm sie die Shuttlebahn und fuhr zurück zu Terminal eins.

Der Einsatzleiter forderte Statusberichte der einzelnen Einsatzgruppen an. Alle waren auf ihren Posten. Sobald Werner Andrea Rittmeister begrüßen würde und zweifelsfrei identifiziert war, würden sowohl er als auch sie in Gewahrsam genommen.

Einer der Kollegen hatte bereits in den vergangenen zwei Stunden ausschließlich den Bereich um den Informationsstand, an dem sich die beiden treffen wollten, im Auge behalten. Doch Werner war dort nie aufgetaucht.

Horndeich sah auf seine Uhr, und er spürte die wachsende Anspannung. Er musste zugeben, dass er sich hier in der Einsatzzentrale ziemlich wohlfühlte. Vor ein paar Jahren hatte er selbst am Flughafen einen Bösewicht dingfest gemacht, allerdings einen, der sich gut auf Nahkampf verstanden hatte. Das war Horndeich nicht gut bekommen. Vor derartigen Eskapaden beschützte ihn an diesem Tag zum Glück seine Orthese. Denn mit diesem Ding am Bein wäre jede Verfolgung nur eine Lachnummer gewesen. Er hatte seiner Frau schon mehrfach versprechen müssen, sich nicht mehr in Gefahr zu begeben. Wegen ihr nicht, aber ganz besonders, weil er eben nun auch Papa war. Nein, die Kapriolen durften nun andere vollführen. Und obwohl er, wenn man mal von der aktuellen Verletzung absah, immer noch recht fit war, spürte er, dass sein Hang zum Heldentum doch merklich abgekühlt war.

Margot sah auf die große Uhr mit Digitalanzeige am Ende des Raumes. 20:14 Uhr.

Andrea Rittmeister stand circa fünf Meter vom Informationsschalter entfernt in der Halle B im Terminal eins des Frankfurter Flughafens. Sie befand sich an der richtigen Stelle, und sie war pünktlich.

»Auf irgendeiner Kamera bereits ein allein reisender Riese zu sehen?«, fragte der Einsatzleiter.

Sekunden später knackte es, und aus dem Lautsprecher ertönte: »Negativ.«

Wenn Werner pünktlich sein wollte, dann hätte er inzwischen irgendwo auf einer Kamera auftauchen müssen, dachte Margot. Doch sicher war er äußerst vorsichtig und würde zuerst aus irgendeiner Nische heraus die Örtlichkeit überprüfen. Deswegen hatten sie auch fast zwanzig Polizisten in Zivil im Einsatz, die immer wieder die Positionen tauschten, dann wieder für fünfzehn Minuten verschwunden waren, die Kleidung wechselten und auch sonst ihr Äußeres veränderten – Profis im Sich-unsichtbar-Machen.

20:17 Uhr.

Andrea Rittmeister hatte bereits mehrmals auf ihre Uhr geblickt. Offensichtlich schien sie Unpünktlichkeit bei Werner nicht gewohnt zu sein. Und ebenso offensichtlich war sie sehr nervös. Ein Chihuahua hatte sich von der Leine gerissen und schoss laut kläffend quer durch die Halle direkt auf Andrea Rittmeister zu. Die wich erschrocken zwei Schritte zurück. Und die kleine Töle umtanzte sie, als ob sie Kleidung aus rohem Fleisch trüge.

»Eingreifen?« Eine Stimme aus dem Lautsprecher.

»Nein.« Der Einsatzleiter.

Andrea Rittmeister sah sich mehrfach in der Halle um. Sekunden später kam das Frauchen dem Hund hinterhergehechelt. Der Kontrast zwischen dem kleinen zierlichen Hund und der korpulenten Besitzerin hätte kaum größer sein können. Die Dame schien sich bei Andrea Rittmeister zu entschuldigen, griff nach der Leine und zog den tanzenden und zappelnden Derwisch hinter sich her.

Margot atmete aus.

20:25 Uhr.

»Auf irgendeiner Kamera bereits ein allein reisender Riese zu sehen?«, wiederholte der Einsatzleiter zum gefühlt zehnten Mal.

Knacken im Lautsprecher. Dann: »Negativ.«

»Warum taucht der Kerl nicht auf?«, sprach Margot laut aus, was wohl jeder im Raum dachte.

Auch Andrea Rittmeister beschäftigten allem Anschein nach solcherlei Gedanken. Hatte sie bis vor fünf Minuten noch stoisch an derselben Stelle gestanden, so wanderte sie nun in einem Radius von fünf Metern umher, stets den dicken Rollkoffer hinter sich herziehend.

In dem Moment klingelte Margots Handy. Sie sah auf das Display – Silvia Rauch, die Leiterin der Spurensicherung.

»Silvia, was gibt's?«

»Wir haben hier einen Volltreffer gelandet! Erstens: In der Tischplatte des Esstischs haben wir unter der Tischdecke zwei Einschusslöcher gefunden. Wenn ich einen Tipp abgeben soll: Ich denke, wir haben den Ort ausfindig gemacht, an dem Klaus Kleiber erschossen worden ist. In einem Versteck in der Küche haben wir die passende Munition entdeckt: Kaliber 7,65 Browning. Das gleiche Kaliber, mit dem auch die beiden Opfer im Mercedes erschossen worden sind. Und wenn ich mich richtig erinnere, passt diese Munition auch zu den Wunden, die Hinrich bei Klaus Kleiber untersucht hat. Dann haben wir alles dunkel gemacht und Luminol versprüht. Fazit: Wer auch immer hier geputzt hat, der hat was von seinem Handwerk verstanden. Dennoch ist klar: Vom Esstisch bis ins Bad lässt sich eine Spur von Blut immer noch nachweisen. Ganz besonders in und um die Badewanne herum. Wir haben keine Unmengen gefunden, aber für einen DNA-Vergleich mit den sterblichen Überresten von Klaus Kleiber sollte es genügen. Wir haben schon mal einen Schnelltest für die Blutgruppe gemacht. Die Blutgruppe ist

AB – die, die auch Klaus Kleiber hatte und die in Deutschland ansonsten nur jeder Zwanzigste hat.«

»Das sind ja gute Nachrichten. Super! Dafür muss Andrea Rittmeister dann erst mal eine gute Erklärung haben.«

»Gern geschehen. Wir wühlen noch weiter.«

Margot steckte das Handy wieder ein und berichtete Horndeich, was Silvia Rauch und ihr Team herausgefunden hatten.

»Klingt ja richtig gut.« Horndeich zögerte kurz, dann fragte er: »Was machen wir, wenn Werner nicht kommt. Wann greifen wir zu?«

Keiner war bislang auf die Idee gekommen, dass Werner seiner eigenen Ankündigung nicht folgen würde. »Zunächst warten wir noch. Es kann ja sein, dass er mit dem Taxi irgendwo im Stau steht. Kann das mal jemand checken? Wie sieht es auf den Autobahnen und Landstraßen im Umkreis von fünfzig Kilometern aus? Wir wissen ja nicht, wo er herkommt.« Als Andrea Rittmeister am Vorabend mit ihm telefoniert hatte, war sein Handy in einer Funkzelle in Frankfurt eingeloggt gewesen. Was natürlich nicht hieß, dass er auch jetzt direkt aus der Innenstadt kam. Wobei er sicher nicht aus dem hohen Norden anreiste. Nach dem Gespräch mit Andrea Rittmeister war das Handy abgeschaltet worden. Der Mann wusste offensichtlich, was er tat.

»Keine Staus im Umkreis von fünfzig Kilometern. Nicht mal auf der A3 oder auf den Brücken über den Rhein. Als ob irgendein Verkehrsgott genau in diesen Minuten Gnade mit uns allen hätte.«

»Ich denke, wir machen das so«, überlegte Margot laut. »In dem Moment, in dem sie an den Abflugschalter von Lufthansa geht, nehmen wir sie mit. Wenn sie den Flughafen einfach verlässt, hängen wir uns dran. Vielleicht führt sie uns ja dann zu Werner hin. Möglicherweise haben die einen unausgesprochenen Plan B.«

Andrea Rittmeister erweiterte den Radius ihres Kleinspaziergangs, und als es 20:30 Uhr wurde, hatte sie den gesamten Bereich um den Informationsschalter herum bereits zweimal umrundet.

Nun blieb sie stehen, griff in ihre Handtasche und nahm ihr Handy heraus. Wieder die Nummer, unter der sie am Vortag Werner erreicht hatte.

Der Einsatzleiter gab nur ein Handzeichen, und wenige Sekunden später hörten sie aus den Lautsprechern: »Der gewünschte Teilnehmer ist zurzeit leider nicht erreichbar.« Hätte Margot ihr sagen können, dass das Handy nicht mehr aktiv war …

Andrea Rittmeister legte auf und steckte das Mobiltelefon zurück in die Handtasche. Dann blieb sie weitere zwei Minuten fast reglos auf der Stelle stehen, bevor sie ihren Spaziergang um den Info-Counter wieder aufnahm, diesmal in die andere Richtung. Exakt um 21:00 Uhr steuerte sie dann auf den Lufthansa-Schalter zu, an dem sie einchecken konnte.

»Würden Sie uns bitte begleiten?«, forderte einer der vier Beamten in Zivil sie auf, die sie wenige Sekunden später vor dem Schalter umringten.

Andrea Rittmeister leistete keinen Widerstand.

»Dann sind wir hier wohl durch«, sagte der Einsatzleiter zu Horndeich und Margot. Margot nickte nur.

Margot und Horndeich verließen die Einsatzzentrale. Margot hatte den Wagen im angrenzenden Parkhaus abgestellt. Doch Horndeich bog auf dem Weg dorthin noch mal ab. »Ich hab da so eine Idee«, sagte er und ging nochmals auf den Lufthansa-Schalter zu. Über Funk sprachen sich Margot und die Kollegen über das weitere Vorgehen ab. Petra Rittmeister sollte nun zuerst einmal auf ihr Revier gebracht werden.

Als Margot mit dem Wagen auf die Autobahn auffuhr, waren alle Details geklärt. »Was hast du gerade an dem Schalter gewollt?«, fragte sie ihren Kollegen.

Der grinste breit. »Überraschung. Ich glaube, ich weiß, wie wir sie nachher aus der Reserve locken können.«

»Es ist Dienstag, der 21. Oktober 2014, 21:45 Uhr. Befragung der Zeugin Andrea Rittmeister zu den Mordfällen Klaus Kleiber, Tomke Rieken, Heiner Göbel und Friederich Kiesgart. Anwesend: Hauptkommissarin Margot Hesgart und Hauptkommissar Steffen Horndeich.«

Margot legte das Diktiergerät eingeschaltet auf den Tisch. Nachdem sie Andrea Rittmeister erkennungsdienstlich erfasst hatten, schon um fremde Fingerabdrücke in ihrer Wohnung von den ihren unterscheiden zu können, saß sie nun im Vernehmungsraum.

»Was wollen Sie eigentlich von mir?«, war Andrea Rittmeisters erster Kommentar.

»Fangen wir mit der einfachsten Frage an: Warum haben Sie sich seit fünfundzwanzig Jahren als Ihre Schwester Petra ausgegeben? Und wo ist Petra Rittmeister jetzt?«

»Ich bin Petra Rittmeister«, sagte Andrea Rittmeister.

Margot seufzte demonstrativ. »Können wir uns das nicht sparen?«

»Was wollen Sie sich sparen?«

Andrea Rittmeister war offensichtlich nicht danach, über die Wahrheit zu plaudern. Gut, damit war das geklärt. Margot griff betont lässig in ihre Aktentasche und entnahm dieser das Jahrbuch aus der Wilhelm-Thudichum-Schule aus Büdingen. »Oh. Gratuliere. Sie haben herausgefunden, wo meine Schwester und ich den Realschulabschluss gemacht haben.«

Margot hatte ihren Laptop aufgeklappt und öffnete nun die Website des Arbeitgebers von Andrea Rittmeister. Wenige Klicks später füllte das Foto von Frau Rittmeister den Monitor aus.

»Hui. Sie wissen auch, wo ich arbeite. Respekt.«

Margot hatte sich natürlich vorbereitet. Als Nächstes zeigte sie eine Vergrößerung des Fotos von Petra Rittmeister aus dem Jahrbuch der Schule. Sekunden später wischte sie weiter zu dem Foto von Andrea Rittmeister.

Darauf folgte ein Screenshot, auf dem die Vermessungspunkte über das jeweilige Gesicht gelegt waren. Schließlich das Foto der Ärzte-Website, ebenfalls in der Version mit den Vermessungspunkten.

Die Dame auf der anderen Seite des Tisches konnte ihre Verblüffung nicht verbergen.

»Frau Rittmeister, die Software, die wir benutzt haben, um die Gesichter miteinander zu vergleichen, ist dafür konzipiert worden, aus Datenbanken mit Hunderttausenden von Fotos das richtige herauszufinden. Was Sie hier sehen, hat vor Gericht den gleichen Beweiswert wie ein Fingerabdruck.«

Andrea Rittmeister schwieg.

»Welche Erklärung haben Sie dafür?«

Die Angesprochene schien sich etwas gesammelt zu haben. »Es war genau andersrum. Petra hatte ja noch die Stelle in Fulda, und sie wollte unbedingt nach Indien, sich in Ayurveda weiterbilden. Danach wollte sie zu mir nach Darmstadt ziehen, sich eine Wohnung suchen, sich vielleicht sogar selbstständig machen. Sie hatte in Fulda gekündigt, und sie kam zu mir in meine Wohnung in die Pützerstraße, von der aus sie nach Indien aufbrach. Nach ihrer Rückkehr wollte sie von hier aus eine neue Wohnung und einen neuen Job suchen. Dann wurde sie in Indien überfahren. Nachdem ich das erfahren hatte, bin ich nach Indien geflogen, um sie nach Deutschland überführen zu lassen. Bei dem ganzen Papierkram haben die in der Botschaft die beiden Namen vertauscht. Mir ist das erst aufgefallen, als sie am Flughafen von mir nicht meinen, sondern den Reisepass meiner Schwester sehen wollten. Ich wollte keinen Stress haben, sondern einfach nur noch nach Hause.«

Eine gewisse Begabung für fantastische Geschichten konnte man der Dame nicht absprechen. Aus dem Stegreif eine solche Mär zu erfinden, dazu gehörte schon eine Menge Chuzpe. »Und in Deutschland haben Sie den Fehler nicht sofort korrigiert?«

»Nein. Ich wollte einfach nur meine Ruhe.«

»Und Sie haben Ihre Schwester unter Ihrem Namen beerdigt?«

»Ich war damals wirklich nicht in guter Verfassung. Alles war mir zu viel. Heute würde man das Depressionen nennen, und ich denke, das kommt den Tatsachen ziemlich nah. Zumal nicht zu erwarten war, dass außer mir jemals jemand anderes zu dem Grab gehen würde.«

Margot sah aus den Augenwinkeln, dass Horndeich den Kopf schüttelte. »Okay, lassen wir das mal beiseite«, sagte sie. Schließlich hatten sie noch mehr Munition. »Wir haben in Ihrer Wohnung interessante Dinge gefunden.«

»Sie waren in meiner Wohnung?«, brauste Andrea Rittmeister auf. Ihre Augen verengten sich.

»Ja, wir haben einen Gerichtsbeschluss erwirkt. Was nicht mehr wirklich schwierig war, nachdem klar war, dass Sie seit fünfundzwanzig Jahren unter einer falschen Identität leben.«

»Und das ist strafbar? Und wenn ja, ist das nicht schon lange verjährt?«

»Ich glaube, das ist im Moment Ihr geringstes Problem. Was wir nämlich in Ihrer Wohnung herausgefunden haben, ist, dass es sich bei dieser um einen Tatort handelt. Dass dort jemand erschossen wurde. Klaus Kleiber.«

»Wer ist Klaus Kleiber?« Die Frage schoss aus Andrea Rittmeisters Mund wie eine Pistolenkugel. Die Dame konnte nicht nur Geschichten erzählen, sie verfügte auch unter Stress über ein hohes Maß an darstellerischem Talent.

»Sie wollen mir sagen, dass Sie keine Ahnung haben, wer Klaus Kleiber ist?«

»Wer ist Klaus Kleiber?«, wiederholte Andrea Rittmeister.

»Frau Rittmeister, können wir uns das nicht sparen?« Margot zeigte das Bild des Quintetts auf dem RAF-Unterstützer-Kongress. »Tomke Rieken, Heiner Göbel, Klaus Kleiber, Sie, daneben Werner.«

»Klaus? Mein Gott, wo haben Sie denn dieses Foto her? Ich habe Klaus seit einem Vierteljahrhundert nicht mehr gesehen. Wie kommt Klaus in meine Wohnung?«

Margot setzte an, etwas zu sagen, doch Horndeich, der bis zu diesem Moment wie eine Statue in der Ecke des Raumes gestanden hatte, trat einen Schritt nach vorn. »Frau Rittmeister, bislang behandeln wir Sie als Zeugin in mehreren ungeklärten Mordfällen. Sie können mauern, das ist Ihr gutes Recht. Sie können aber auch mit uns kooperieren.« Er machte eine kurze Pause, bis zu dem Moment, in dem Andrea Rittmeister etwas erwidern wollte. Da hob er gebieterisch die Hand und sprach weiter: »Vielleicht darf ich Ihnen noch etwas mitteilen, bevor Sie den nächsten Satz sagen. Werner Kostjak wird Sie hier nicht herausboxen. Werner Kostjak ist bereits in Beirut. Er hat die Maschine heute früh um 10:30 Uhr genommen. Das hat ihm genügend Vorsprung gesichert. Ich glaube, er hat Sie einfach – sitzengelassen.«

Nicht nur Andrea Rittmeister sah Horndeich entgeistert an, auch Margot war von dem Knall der Bombe, die er gerade gezündet hatte, völlig überrascht. Im Gegensatz zu Andrea Rittmeister verstand sie jedoch, was gerade vor sich ging: Horndeich war, bevor sie den Flughafen verlassen hatten, noch mal kurz zum Lufthansa-Schalter abgebogen. Dort hatte er offensichtlich gefragt, ob es früher am Tag noch einen Flug nach Beirut gegeben hatte und ob in dieser Maschine ein einzelner Mann mit dem Vornamen Werner gereist war. Horndeich hatte genau ins Schwarze getroffen.

Das war der Moment, in dem Andrea Rittmeisters Fassade die ersten Risse bekam. »Woher wissen Sie …?«

Horndeich lächelte. »Das ist mein Job. Und darin bin ich manchmal gar nicht schlecht.«

»Könnte ich einen Kaffee haben?«, bat Andrea Rittmeister, und ihre Stimme war leiser und weicher geworden.

Horndeich verließ den Besprechungsraum.

Eine Minute später trat er mit einem Becher Kaffee, zwei

Zuckertütchen und zwei Päckchen Kaffeesahne wieder in den Raum.

Andrea Rittmeister schüttete den Inhalt beider Zuckerpäckchen in den Bohnensud. Dann sprach sie: »Drei Tage nachdem Sie das Auto aus der Grube Prinz von Hessen gezogen haben, hat Klaus davon erfahren. In alter Heimatverbundenheit zog er sich immer die Neuigkeiten aus Hessen rein. Und am Abend desselben Tages saß er bei mir vor der Haustür. Ich hatte ihn ein Vierteljahrhundert nicht gesehen, und ich habe ihn auch nicht auf den ersten Blick erkannt. Tja, und dann hab ich ihn mit nach oben genommen.«

»Was wollte Klaus Kleiber von Ihnen?«

»Das Bild, das Sie mir gerade gezeigt haben, wo wir noch alle fünf drauf sind, das ist Anfang 1986 entstanden. Wenn Sie das Bild haben, dann wissen Sie auch, dass wir damals zu dem Kreis gehörten, den man heute die Sympathisanten der RAF nennt.«

Margot wusste, dass das die Untertreibung des Tages war, aber sie reagierte zunächst nicht darauf. »Ich bin 1988 ausgestiegen. Das war die Zeit, als sie plötzlich anfingen, darüber zu sprechen, Friederich Kiesgart umzubringen. Das war mir eindeutig zu hart. Damit wollte ich nichts zu tun haben. Und die vier anderen – die haben es dann durchgezogen. Zu den ganzen Details kann ich Ihnen also überhaupt nichts sagen.

Klaus saß also bei mir am Esstisch, und er wollte unbedingt mit Werner sprechen. Er hatte aber keine Ahnung, wie er ihn erreichen könnte. Wie Sie ja offenbar bereits wissen, hatte ich noch eine Handynummer von Werner. Also rief ich ihn an. Und tatsächlich, eine Stunde später stand er auf der Matte. Die beiden saßen einander in meiner Küche am Tisch gegenüber und haben sich gegenseitig angeschrien. Klaus warf Werner vor, dass er Tomke und Heiner erschossen und sie im See versenkt habe, obwohl Werner immer behauptet hatte, die beiden hätten sich abgesetzt, genauso wie es besprochen gewesen war. Werner hat sich verteidigt. Er hat gesagt, dass Tomke und Heiner auspacken wollten und sie damit alle ins Gefängnis gebracht hätten, ob er, Klaus, denn gerne die letzten zwanzig Jahre im Knast verbracht hätte. Und, ja, Klaus habe recht, daraufhin habe er die schmutzige Arbeit erledigt. Dann zeigte er auf Klaus und brüllte, dass der nie dazu in der Lage gewesen wäre, die Konsequenzen zu ziehen. Dass er immer bloß rumgepienst, rumgeheult und rumgezetert habe. Dann ging Werner auf die Toilette. Klaus griff zum Handy und rief bei Ihnen an. Ich saß wie paralysiert am Tisch, konnte mich überhaupt nicht bewegen. Noch bevor Klaus die Namen von Tomke und Heiner preisgeben konnte, stand Werner wieder im Raum. Er hatte eine Pistole in der Hand, eine Walther PPK mit Schalldämpfer. Damit hat er Klaus dann erschossen. Hingerichtet.«

»Wir haben in Ihrer Wohnung Munition gefunden. Aber wir haben keine Pistole gefunden. Können Sie uns das erklären?«

»Klar. Das war meine Waffe.«

»Ihre?«

»Ja. Ich glaube, es ist das einzige Relikt, das ich aus dieser Zeit aufgehoben habe. Im letzten Jahr, also 1988, da hatten wir immer eine Waffe dabei, und es war bei allen eine PPK. Ich habe meine nie hergegeben. Und Werner, er hatte wohl schon im Flur mitbekommen, mit wem Klaus da telefonierte. Er wusste genau, in welchem Küchenfach die Waffe lag. Er ging an den Küchenschrank, öffnete die Klappe, nahm die Waffe, entsicherte sie – und Klaus Kleiber war tot. Sie können mich jetzt wegen illegalem Waffenbesitz belangen, meinetwegen.«

»Was geschah dann? Warum haben Sie nicht die Polizei geholt?«

»Frau Hesgart, ich habe zu Werner in all den fünfundzwanzig Jahren nie den Kontakt verloren. Er war der Mensch, für den ich am ehesten wohl das empfunden habe, was andere Leute Liebe nennen. Wir haben uns verstanden, wir hatten immer guten Sex, mit Werner war es nie langweilig. Und ich wusste, so lange ich Werner an meiner Seite oder im Hintergrund hatte, würde mir nie etwas passieren. Werner zum Feind haben? Das war wirklich das Allerletzte in meinem Leben, was ich wollte. Nicht aus Sentimentalität, sondern aus purem Überlebenswillen. Also half ich ihm, Klaus in die Badewanne zu schleppen. Am kommenden Tag hatte Werner alles besorgt, was wir brauchen würden, um Klaus verschwinden zu lassen. Plastikfolie, einen Teppich, Paketband. Wir haben die Heizung voll aufgedreht, damit die Totenstarre schneller vorübergehen würde. In der Nacht von Dienstag auf Mittwoch, irgendwann so gegen 3:30 Uhr, habe ich Werner geholfen, das Paket mit dem Aufzug ins Erdgeschoss zu bringen. Er hatte seinen Wagen, irgend so einen Leihwagen, einen SUV, direkt vor der Haustür abgestellt. Dann fuhr er Klaus in den Bunker.«

»Wieso in den Bunker? Und wieso hatte Werner einen Schlüssel für den Bunker?«

»Das war ganz einfach. Damals, als wir fünf noch gemeinsam die Welt verändern wollten, da hat Klaus von diesem Bunker hier in Darmstadt erfahren. Und er hat auch rausgekriegt, dass einer der Schlüssel zu den Versorgungsräumen bei der Feuerwehr lagerte. Also hat er ein dreiwöchiges Praktikum bei der Feuerwehr gemacht und dabei einen Abdruck des Schlüssels angefertigt. Kein Hexenwerk. Und für uns der Jackpot. Ich meine, wir haben damals niemandem etwas getan, wir waren eher so etwas wie Logistiker. Und als Logistiker war es unsere Aufgabe, Orte zu finden, wo man auch mal ein paar Tage lang zehn Maschinenpistolen und andere Waffen lagern konnte, ohne Gefahr zu laufen, dass die jemand entdeckte. In Wohnungen war das schon viel zu gefährlich geworden. Und außerdem war das die beste, abhörsicherste und konspirativste Wohnung, die wir jemals bezogen haben. Natürlich hat die Feuerwehr auch damals ab und an den Bunker kontrolliert, aber nur tagsüber. Wenn wir uns da abends oder nachts getroffen hatten, konnten wir sicher sein, dass das niemand mitbekommt. Wir konnten sogar direkt davor parken. Videoüberwachung gab es da unten nicht – genau wie heute noch übrigens. Es war absolut perfekt.«

Horndeich schaltete sich ein. »Aber die Schlösser wurden vor zwölf Jahren ausgetauscht.«

Andrea Rittmeister grinste. »Ja, das habe ich auch irgendwann mitbekommen. Und ich wollte mir den Zugang zu dieser geheimen Bleibe einfach nicht nehmen lassen. Es war nicht allzu schwer, einen Junkie anzuheuern, der einem der Feuerwehrleute kurz nach der Wachrunde durch den Bunker eins überzog. Der Deal war einfach: Er bekam alles, was der Mann bei sich hatte, und ich bekam die Schlüssel. Ist aber auch schon zwölf Jahre her.«

Margot hatte sich mehr erhofft. Aber offensichtlich hatte Werner Kostjak oder wie auch immer sein richtiger Name war, tatsächlich Klaus Kleiber, Tomke Rieken und auch Heiner Göbel auf dem Gewissen. Sicher, Andrea Rittmeister hatte sich mitschuldig gemacht. Aber Margot glaubte nicht, dass sie mit einem guten Verteidiger wirklich lange im Gefängnis würde sitzen müssen. »Was können Sie uns noch über Werner Kostjak sagen?«, hakte Margot nach.

»Er hat kaum über sich gesprochen. Ich weiß, dass er irgendwo eine militärische Ausbildung erhalten haben muss. Er war schon immer exzellent durchtrainiert, und er wusste einfach Dinge, von denen ein normaler Mensch keine Ahnung hat. Wie gesagt, er hat Klaus erschossen, ohne mit der Wimper zu zucken. Und ich bin mir sicher, dass der Mord an Tomke und Heiner ebenso emotionsfrei abgelaufen ist.«

Nein, die Ausbeute dieser Befragung war Margot einfach zu dürftig. Vielleicht musste sie auch nur einmal darüber schlafen, um noch mehrere Unstimmigkeiten zu erkennen. Und auch die Ergebnisse der Wohnungsdurchsuchung würden möglicherweise noch neue Aspekte ans Tageslicht befördern. Wahrscheinlich war es einfach an der Zeit, für heute Schluss zu machen.

Es klopfte an der Tür. Margot schätzte es gar nicht, wenn jemand während einer Befragung störte. Ihre Kollegen wussten alle, dass sie da fuchsteufelswild werden konnte. Sie öffnete die Tür. Marlock stand im Flur. »Margot, ich glaube wir haben hier etwas, das du dir unbedingt ansehen solltest. Und ja, bevor du fragst: Jetzt. Nicht in zehn Minuten.«

Margot und Horndeich standen im kleinen Besprechungsraum unmittelbar neben den Räumen der Kriminaltechnik. Vor ihnen auf dem Tisch lag ein Päckchen. Es hatte in etwa die Größe eines Schuhkartons.

»Wir haben es noch nicht geöffnet«, sagte Silvia Rauch. Sie war direkt aus der Wohnung von Andrea Rittmeister gekommen, nachdem Marlock sie angerufen hatte.

»Frau Zupatke hatte die Spätschicht am Empfang. Vor fünfzehn Minuten kam ein Fahrradkurier und hat dieses Päckchen für uns abgegeben.«

Margot las die Aufschrift: *Mordkommission Darmstadt. Betrifft: Andrea Rittmeister*. Einen Absender gab es nicht.

»Wenn das mal keine Paketbombe ist«, unkte Horndeich.

»Nein, Kollege Horndeich. Keine Bombe. Da drin ist eine Pistole. Ich hab das Paket natürlich sofort durchleuchtet. Und jetzt, da wir alle hier zusammenstehen, können wir mit dem Glöckchen für die Bescherung bimmeln.«

»Hast du Feller angerufen?«

»Nein. Wieso?«

»Ich denke, er sollte bei der Party dabei sein.«

»Der ist bestimmt schon zu Hause.«

»Das glaube ich nicht«, sagte Horndeich, trat in den Flur und brüllte aus Leibeskräften: »Richard! Hierher! Es gibt was zu gucken!«

Zwei Minuten später stand auch Feller im Raum. Silvia Rauchs Kollegen hatten Andrea Rittmeisters Laptop gleich zu Anfang ins Präsidium gebracht und Feller gebeten, ihn sich anzuschauen. Damit war Horndeich klar gewesen, dass Feller wohl der Letzte sein würde, der das Gebäude an diesem Abend verlassen würde. Wenn überhaupt.

Mit einem Messer durchtrennte Silvia Rauch das Paketklebeband, das den Deckel auf dem Karton hielt. Ihre behandschuhten Hände hoben den Deckel an. Alle Augen richteten sich auf den Inhalt des Kartons. Holzwolle. Silvia Rauch entnahm sie vorsichtig und ließ sie dann in ein Plastiktütchen fallen. Dann sahen sie sie: eine Walther PPK/S mit Schalldämpfer.

Silvia Rauch hob die Pistole aus der Schachtel und stellte fest, dass sie gesichert war. Anschließend löste sie das Magazin aus dem Griff und entfernte die Patrone aus dem Lauf.

»Fingerabdrücke«, sagte Margot nur. Fünfzehn Minuten später hatten sie die Fingerabdrücke an Griff und Abzug identifiziert. Sie stammten ohne jeden Zweifel von Andrea Rittmeister.

Margot und Horndeich wollten wieder zurück in den Vernehmungsraum gehen, als Silvia Rauch Margot im Flur noch am Arm festhielt. »Hier, das habe ich mir gerade noch mal angeschaut. Die wichtige Stelle ist markiert.« Sie gab ihr einen Hefter, der nur ein Blatt Papier enthielt.

Margot öffnete den Hefter, betrachtete die markierte Stelle. Und lächelte.

»Frau Rittmeister, bitte beschreiben Sie uns noch mal genau, was passierte, nachdem Werner Kostjak den Essbereich Ihrer Wohnung erreicht hatte und Klaus dort telefonierte.«

»Aber das habe ich doch schon gesagt.«

»Bitte erzählen Sie es uns noch mal mit allen Details.«

»Werner kam rein, Klaus saß mit dem Rücken zu ihm am Esstisch und telefonierte mit der Polizei. Werner hatte das Gespräch offenbar schon im Flur gehört. Also holte er sich meine Pistole, die in der Küche im vorderen Schrank oben ganz rechts hinter der Kaffeedose versteckt war. Der Schalldämpfer lag in der Zuckerkiste darüber. Er hatte die Waffe in der Hand, trat die drei Schritte auf den Tisch zu und schoss Klaus zweimal von hinten ins Genick.«

»Hatte er die Waffe in der linken oder in der rechten Hand?«

»Werner war Rechtshänder.«

»Trug er Handschuhe?«

»Handschuhe? Nein. Er hatte die Waffe einfach in der Hand.«

Wie bereits eine Dreiviertelstunde zuvor trat Horndeich, wieder ganz britischer Butler, aus der Ecke des Raumes neben Andrea Rittmeister. In der Hand hielt er ein durchsichtiges Plastiktütchen. Darin befand sich die Walther PPK/S mit Schalldämpfer. »Diese hier?«

Andrea Rittmeisters Augen weiteten sich nicht. Überhaupt veränderte sich ihre Mimik nicht – beziehungsweise nicht mehr. Sie erstarrte. Und jegliche Farbe wich aus ihrem Gesicht. Margot, die ihr gegenübersaß, hatte in ihrem Leben schon unzählige Befragungen und Vernehmungen durchgeführt. Selten war der Punkt so deutlich gewesen, an dem zu erkennen war, dass ein Verdächtiger innerlich kapitulierte. Denn genau das passierte bei Andrea Rittmeister in diesem Moment.

»Frau Rittmeister, wir beschuldigen Sie des Mordes an Klaus Kleiber. Sie haben das Recht zu schweigen. Des Weiteren sind Sie berechtigt, einen Verteidiger Ihrer Wahl hinzuzuziehen. Sollten Sie sich keinen leisten können, wird Ihnen ein Pflichtverteidiger beigestellt.«

Eine Träne stahl sich in Andrea Rittmeisters rechtes Auge. Sie starrte auf die Waffe, dann schlug sie die Hände vors Gesicht, als ob sie sich damit vor irgendetwas schützen könnte.

Und Margot spürte genau, weshalb die Frau weinte. Es war in diesem Moment weniger die Tatsache, dass ihre Verteidigungsstrategie nicht aufgegangen war und sie eines Mordes überführt werden würde. Nein, diese Frau weinte, weil Werner Kostjak sie nicht nur versetzt hatte, sondern auch verraten.

»Möchten Sie einen Anwalt?«, wiederholte Margot.

»Nein. Ich möchte keinen Anwalt. Ich möchte reden. Jetzt.«

»Ich war damals mit Klaus zusammen. Er hat in Frankfurt studiert. Ich war 1983 nach Darmstadt gekommen, hatte bei einem Arzt als Arzthelferin angefangen, hatte diese Wohnung gefunden. Und ich war auf der Suche. Wollte mich irgendwo politisch betätigen. Dann traf ich Stefan. Er war Patient in unserer Praxis, und er bat mich um ein Date. Ich fand ihn ganz süß. Er nahm mich damals mit nach Frankfurt. Eine der großen linken Feten an der Frankfurter Uni. Da traf ich dann auf Klaus. Und er hat mich umgehauen. Mit ihm zu reden – das war, als ob jemand das Tor zu einer neuen Welt aufgemacht hätte. Er erklärte mir die Welt, und ich verstand, dass Greenpeace und die DKP einfach nur Luschen waren. Um den imperialistischen Staat in seinen Grundfesten zu erschüttern, da bedurfte es schon ganz anderer Maßnahmen. So klang das bei Klaus, und es klang unglaublich richtig. Am Anfang hatten wir nur kleine Jobs, wir sollten irgendetwas auskundschaften, meistens irgendwelche Banken. Zu der Zeit gab es einfach nur uns zwei. Klaus hatte den Kontakt zum Umfeld der RAF, ich wusste damals nicht, dass er tatsächlich mit der Führungsebene kommuniziert hat. Die Aufgaben wurden anspruchsvoller, und ich hab meinen Job beim Arzt gekündigt. Klaus hat für Geld gesorgt. Ich wollte schon meine Wohnung aufgeben und mit ihm zusammenziehen, aber dagegen hat er sich vehement gewehrt. Also blieb ich in meiner Wohnung, auch wenn ich eigentlich mehr in seiner WG gewohnt habe.

Einige Male hatten wir mit ein paar komischen Typen zu tun. Die passten irgendwie so gar nicht in das studentische

Umfeld. Klaus fand das in Ordnung, er fand jede Situation in Ordnung, in der er über Weltpolitik diskutieren konnte. In der er missionieren konnte. Mir ging das zunehmend auf den Geist.«

Margot überlegte kurz, ob das vielleicht jene Leute gewesen sein konnten, die von Klaus und Andrea Informationen für die Stasi zu sammeln versuchten. Sie würde es wohl nie erfahren.

Andrea Rittmeister sprach weiter: »Kurze Zeit hab ich dann doch wieder damit geliebäugelt, bei den Grünen einzutreten. Bis dann irgendwann Mitte 1985 Werner auftauchte. Ich hatte den Eindruck, dass er uns gezielt ausgesucht hatte. Er war ein regelrechter Aufpeitscher. Im Vergleich zu ihm war Klaus schweigsam. Und tatsächlich wurde Klaus mit der Zeit immer stiller. Das lag sicher auch daran, dass ich irgendwann anfing, mit Werner zu schlafen. Oder aus heutiger Perspektive: Werner mit mir. Natürlich gefiel das Klaus nicht, aber er bewunderte Werner mindestens so wie ich. Werner hatte Ausstrahlung, Werner war jemand, Werner hatte Ahnung, Werner konnte mit Waffen umgehen, Werner hatte keine Angst, Werner schlug einfach jemandem aufs Maul, wenn ihm etwas nicht passte. Für ein paar Wochen führten wir so etwas wie eine Ménage-à-trois. Dann machte Werner allerdings deutlich, dass ich sein Mädchen war.

Im September 1985 starb Günter Sare, und das veränderte alles. Werner war der Wortführer, wenn es darum ging, die Massen im Kommunikationszentrum an der Uni Frankfurt anzustacheln, Dampf zu machen.

Ich fand es bedauerlich, dass dann nach und nach immer weniger Leute ins KOZ kamen, aber Werner schien das nichts auszumachen. Heiner und Tomke, sie waren seit September dabei, und irgendwann in der Mitte des Jahres 1986 lenkte Werner die ganze Geschichte wieder in Richtung RAF. Er wusste, dass Klaus Kontakte hatte. Und er wusste, wie er in den inneren Kern eindringen konnte. Wir raubten Banken aus. Gekonnt. Werner wusste ganz genau, wie man so was aufziehen musste, ohne geschnappt zu werden. Er dachte an Dinge, auf die wir nie gekommen wären. Das Risiko sank, und die Anzahl der Überfälle stieg. Damals habe ich bereits darüber nachgedacht, wo er all das gelernt haben könnte. Er war – perfekt. Ein James Bond für die gerechte Sache.

Das bekam dann irgendwann auch die neue Führungsriege der RAF mit. 1983 hatten sie ja fast alle führenden Köpfe verhaftet. Der Kongress 1986, der hat Werner dort hineinkatapultiert. Was heißt katapultiert? Wir hatten inzwischen 250 000 DM in der Kriegskasse, von uns fünfen erbeutet. Na gut, 80 000 waren bei uns hängen geblieben. Der Rest und seine Rhetorik waren seine Eintrittskarte. Klaus war komplett raus aus dem inneren Zirkel, Werner war drin. Alles lief nun über ihn.

1989 wurde es dann konkret. Und ja, ich habe vorhin gelogen, ich gehörte nach wie vor dazu. Die Führungsriege der RAF leitete die Organisation, aber ich habe immer den Eindruck gehabt, dass auch diese Jungs und Mädels, ohne es selbst zu wissen, nach Werners Pfeife tanzten. Er war derjenige, der das Attentat auf Kiesgart durchdrücken wollte und es durchgedrückt hat. Für uns bedeutete das Abenteuer. Wir flogen nach Jordanien, wir flogen in den Libanon. Wir wurden an Waffen ausgebildet, haben gelernt, wie man Handgranaten wirft, ohne selbst in die Luft zu fliegen. Und Werner, er war kein Schüler. Er war der Lehrer. Er zeigte uns, wie man Sprengsätze fertigt. Wie ein Zauberkünstler präsentierte er uns Tricks, wie man mit der gleichen Menge an Sprengstoff vierzig Leute auf einmal töten konnte oder nur eine Person ganz gezielt. Es war geil. Und es war unheimlich.

Sie wollten Kiesgart eigentlich schon im Sommer 1989 in die Luft jagen, aber es hat nicht geklappt. Einmal konnte die Sprengbombe nicht rechtzeitig geliefert werden – damals wagte ich nicht zu fragen, woher die Bombe denn kam. Und so zog sich das Ganze hin. Wir – und zwei andere Gruppen, die wir persönlich gar nicht kannten – hatten Kiesgarts Gewohnheiten komplett ausspioniert. Wir wussten exakt, wann er kam und wann er wieder weg war. Als Bauarbeiter getarnt, legten wir das Kabel für die Lichtschranke mitten auf der Straße – es funktionierte einfach. Wobei Werner der Einzige war, der den kompletten Überblick hatte. Technisch, meine ich. Nein, das stimmt nicht. Auch ideologisch. Und psychologisch. Tomke zum Beispiel, die hatte immer wieder Zweifel. Ich habe manchmal gedacht, wenn das Attentat nicht so unmittelbar vor uns gelegen hätte, wenn wir noch Zeit gehabt hätten, dann wären Tomke und Heiner nicht dabei gewesen. Werner hat Tomke mehrmals regelrecht einer Gehirnwäsche unterzogen. Er hat auch versucht, sie körperlich zu bedrängen, hat aber sofort gemerkt, dass dieser Schuss nach hinten losgehen würde. Also hat er zurückgerudert, sich entschuldigt, sich bei Heiner entschuldigt – wobei auch diese Entschuldigungen nur Puzzleteile für sein Ziel waren, dieses Attentat durchzuführen. Klaus und ich, wir haben den Mercedes geklaut, damals in Stuttgart. Werner hat uns genau erklärt, wie wir daraus ein sogenanntes Doubletten-Fahrzeug machen. Keine Ahnung, woher – aber er hatte die passenden Papiere dazu. Tomke und Heiner, sie haben kurz vor dem Attentat dann den Lancia besorgt – und ebenfalls entsprechend angepasst.

Dann kam der 9. November. Ein Scheißtag. Die Grenze zwischen der DDR und der BRD fiel. Im Frühjahr 1989 hat Werner uns noch gesagt, wenn uns dieses Attentat gelänge, wenn wir den Grundstein des Kapitalismus zerstört hätten, dann könnten wir in der DDR untertauchen. Nur war nach dem 9. November klar, dass im besten Falle die Beziehungen zwischen der BRD und der DDR so gut würden, dass wir sofort ausgeliefert worden wären. Im schlechtesten Falle, und ich habe das bereits am 9. November befürchtet, würde Kiesgart über seinen Tod hinaus seine Vision verwirklichen – oder das, was ich ihm damals als Vision unterstellt habe: Die

BRD würde sich die DDR einfach kaufen. Oder vielmehr stehlen. Ich sehe das heute etwas differenzierter. Was Kiesgart angeht. Nicht, was den Diebstahl der DDR angeht.

Am 30. November 1989 haben wir Friederich Kiesgart in den Tod gebombt. Aus der Perspektive damals war es ein voller Erfolg. Die Bombe hatte eine solche Wucht, dass der Mann nicht hatte überleben können. Und gleichzeitig war niemand anderes ernsthaft verletzt worden. Wir hatten gelernt. Wir, das war damals die RAF, als deren Teil ich mich fühlte.

Und gleichzeitig hatte ich Schiss ohne Ende. Wir waren tatsächlich entkommen mit dieser Rappelkiste von Lancia. In Bonames haben wir uns aufgeteilt und sind einzeln untergetaucht. Es herrschte Funkstille. Bis zum 4. Dezember, als plötzlich Polizisten in Zivil vor meiner Tür standen und das ganze Haus durchsuchten. Ich habe mir damals gleich gedacht, dass irgendjemandem der Lancia aufgefallen war. Damals gab es ja leider noch kein Parkhaus in der Umgebung, die Karre stand einfach im Freien. Petra war damals in Indien. Und die Polizisten fragten, wer ich sei. Ich habe damals reflexartig gehandelt. Petra hatte ihren Reisepass mit in Indien, aber nicht ihren Personalausweis. Und zum Glück sahen wir einander wirklich ähnlich. Also gab ich mich gleich als Petra aus, konnte die Polizisten davon überzeugen, dass meine Schwester Andrea in Indien wäre. Es hat geklappt.

Es gab ja damals keine Handys. Also haben wir uns jeden Dienstag und jeden Freitag um dreiundzwanzig Uhr im Bunker getroffen. Das hat ganz gut funktioniert. Am Montag hatte die Polizei das Haus durchsucht, am selben Tag, an dem meine Schwester gestorben war. Ich habe es am Dienstagmittag erfahren. Abends trafen wir uns im Bunker, und ich sagte zu Werner: Das ist meine Chance. Das mit der DDR konnten wir vergessen. Spätestens nach Kohls Zehn-Punkte-Plan und der Sucht der Ossis nach Bananen war klar, dass die Wiedervereinigung nur eine Frage der Zeit war. Die Frage einer sehr kurzen Zeit. Werner gab mir die Kohle. Ich sollte nach Indien fliegen, meine Schwester überführen. Und 20 000 DM sollten die dortigen Mühlen der Bürokratie ölen, damit ich Petra Rittmeister werden konnte. Bereits im Krankenhaus, in dem meine Schwester im Kühlfach lag, konnte ich den Tausch perfekt machen. Es war kein wirkliches Problem. Es gab zwei Reisepässe, beide mit gültigen Visa, und die fragenden Blicke zuständiger Menschen konnte man mit ein oder zwei Tausendern in ein Lächeln verwandeln.

Es hat perfekt geklappt, denn meine Schwester wollte ja nach dem Indienurlaub ebenfalls in Darmstadt leben. Und ich, ich hatte hier nie wirklich soziale Kontakte geknüpft. Ich war ja die zwei Jahre zuvor immer in Frankfurt gewesen, 1987 sogar in Berlin.« Andrea Rittmeister hatte die ganze Zeit auf das Diktiergerät gestarrt, nun hob sie den Blick und sah Margot an: »Und hätten Sie diesen Scheiß-Mercedes nicht vor ein paar Wochen aus dem See gezogen, hätte nie mehr ein Hahn danach gekräht.«

Margot spürte Druck auf der Blase, aber sie wagte nicht, Andrea Rittmeister zu unterbrechen. Das Diktiergerät zeichnete alles auf, und alles, was sie jetzt, in diesem Moment, sagen würde, hätten sie archiviert. Margot glaubte nicht, dass Andrea Rittmeister das alles nach acht Stunden Schlaf am kommenden Morgen so noch einmal wiederholen würde. So schwieg Margot und übte sich noch ein bisschen in Schließmuskeltraining.

»Nachdem Tomke und Heiner mitbekommen hatten, dass ich nicht mehr Andrea Rittmeister war, sondern Petra Rittmeister, wurden ihre Fragen, wie es denn weitergehen sollte, immer lauter. Klaus hatte inzwischen eine Entscheidung getroffen. Mitte Dezember sagte er, er werde nach Frankreich gehen. Werner sollte ihm 100 000 DM geben. Werner explodierte, der Schallschutz eines Bunkers konnte durchaus positiv sein, aber Klaus ließ sich nicht beirren. Er sagte, gib mir die Kohle, und du siehst mich nie wieder. Dann bin ich raus

aus deinem Leben, und mich wird niemals jemand wegen Kiesgart suchen. Auch Klaus konnte gut verhandeln. Ich glaube, er ging mit 90 000 DM aus der Sache raus.«

Andrea Rittmeister schwieg kurz, dann fragte sie: »Darf ich hier rauchen?«

Margot überlegte, was sie sagen sollte. Zu gerne hätte sie der Dame die Zigarette gestattet, nur damit diese weitersprach. Es war Horndeich, der einfach reagierte. Er griff in die Innentasche seiner Jacke, zauberte einen Latexhandschuh hervor und gab ihn Margot: »Kurz reinpusten wie in einen Luftballon, dann kannst du ihn über den Rauchmelder ziehen.«

Kurz fragte Margot sich, weshalb Horndeich das nicht selbst erledigte. Dann fiel ihr Blick wieder auf die Orthese, die er noch trug. Sie nahm den Handschuh, stieg auf den Tisch, blies hinein und zog das Latexverhüterli über den besten Freund der Feuerwehr. Dann setzte sie sich wieder. Noch einmal fiel ihr Blick nach oben auf das seltsam anmutende Plastikeuter, das da von der Decke hing.

Andrea Rittmeister zündete sich eine Zigarette an, dann sprach sie weiter: »Heiner und Tomke wussten ja, wo ich wohne. Also kamen sie zu mir. Für Tomke war ich immer so etwas wie eine Freundin gewesen. Wenn sie mit Heiner Schwierigkeiten hatte, sprach sie mit mir, und auch sonst bei jeder Art von Sorgen. Ich war der Kummerkasten. Jetzt kamen sie beide. Ich hatte in den Wochen zuvor schon mitbekommen, dass Tomke das Bild des zerbombten Mercedes nicht mehr aus dem Kopf ging. Sie hatte jeden Fetzen Zeitungspapier gelesen, der über das Attentat veröffentlicht worden war. Und es war ihr nicht mehr möglich, all das, was sie las, nur als imperialistische Schweinepresse abzutun. Kiesgart hatte sich für eine Schuldenerleichterung der Dritten Welt eingesetzt – daran kam sie nicht vorbei.«

Andrea Rittmeister benutzte den leeren Kaffeepott als Aschenbecher.

»Wer hat die beiden umgebracht?«

Andrea Rittmeister inhalierte tief, dann sagte sie: »Werner.«

Margot sah Andrea Rittmeister fest in die Augen. Sie wich ihrem Blick nicht aus.

»Sicher?«

Andrea Rittmeister antwortete nicht. Margot öffnete den Schnellhefter. Sie schob das Blatt, das Silvia Rauch ihr vor wenigen Minuten überreicht hatte, in Rittmeisters Richtung. Es zeigte eine Skizze des Innenraums des versenkten Mercedes. Die Stellungen der beiden Frontsitze waren markiert. Rittmeister warf einen Blick darauf, lächelte, erst ein wenig, dann breiter.

»Darf ich Sie fragen, was Sie amüsiert?«, wollte Margot wissen.

»Ganz einfach. Ich habe kurz überlegt, ob ich wenigstens diesen Mord Werner in die Schuhe schieben kann. Und bereits während ich seinen Namen ausgesprochen habe, ist mir eingefallen, dass ich im Mercedes nacheinander sowohl den Beifahrersitz als auch den Fahrersitz auf meine Größe eingestellt habe. Genau das, was Ihre Kollegin von der Spurensicherung hier auf dem Blatt so schön markiert hat. Werner hätte bei dieser Einstellung der Sitze in diesem Wagen nie vorn sitzen können.« Sie stieß einen tiefen Seufzer aus. »Also erzähle ich Ihnen einfach, wie es wirklich war. Das macht es für mich einfacher. Und ich muss nicht mehr so viel nachdenken.«

An der Glut der letzten Zigarette zündete sich Andrea Rittmeister die nächste Zigarette an. Sie wirkte müde, sehr müde. Margot hoffte, dass sie einfach weitersprechen würde.

»Es war Heiner, der an diesem Abend das Wort führte. Wir werden uns stellen, sagte er. Wir werden keine Namen nennen, aber wir werden uns stellen. Auch damals schon hatte ich die Pistole in meiner Küche. Aber hier waren zwei Menschen. Zum Schein ging ich auf ihr Anliegen ein: Ich würde sie zur Polizei fahren, sie aus dem Wagen steigen lassen, dann abhauen. Und sie würden weder meinen Namen noch den von Werner oder den von Klaus gegenüber der Polizei jemals erwähnen. Sie stiegen zu mir in den Mercedes, ausgerechnet in den geklauten Mercedes. Wie naiv konnte man sein? Ich nahm ihnen vorher sogar noch ihre Pistolen ab, legte sie neben mich. Sie saßen auf der Rückbank, hielten Händchen, während ich fuhr. Und ich fuhr mitnichten zum Polizeipräsidium. Ich fuhr die Dieburger Straße nach Osten. Heiner fragte mich, wohin ich denn wollte, und ich erklärte ihnen, ich wäre auf dem Weg nach Dieburg, das wäre etwas unverdächtiger. Als ich auf der Höhe der Grube Prinz von Hessen war, fuhr ich den Wagen einfach rechts ran auf den Radweg. Es war nachts um eins, da war keine Socke mehr unterwegs, zumal es saukalt war, um die null Grad. Ich griff zu einer der Pistolen. Und ich erschoss sie. Ich glaube, der Umgang mit Werner hatte mich sehr viel mehr geprägt, als ich es mir bis dahin hatte eingestehen wollen. Ich wusste, dass ich das Auto dort in der Grube versenken konnte. Irgendwo hatte ich ein paar Wochen vorher einen Bericht über diesen Badesee gelesen. Und erfahren, wie tief er war, dass dort früher mal Kohleschiefer abgebaut worden war. Es erschien mir eine gute Idee. Auf dem See war Eis, aber ich dachte mir, dass er nicht mehr richtig fest zugefroren war. Ich legte den Gang ein, ließ den Wagen am Land anfahren, rollte mich aus dem Fahrzeug, das dann noch ein paar Meter auf der Eisfläche fuhr und dann einbrach. George Bush hätte gesagt: ›Mission accomplished‹ – Mission erfüllt. Damit gab es nur noch Werner und mich.«

Andrea Rittmeister schwieg.

»Und dann?«, hakte Margot nach. Eigentlich wollte sie gar keine Antwort auf diese Frage mehr hören, denn das Schließmuskeltraining forderte inzwischen olympische Höchstleistungen von ihr.

»Nun ja, die Bunkertreffen haben wir aufgegeben. Tomke

und Heiner waren tot, Klaus war irgendwo in Frankreich verschollen – da konnten wir uns auch auf meinem Bett in der Pützerstraße lieben, denn Andrea Rittmeister war ja ebenfalls gestorben.«

»Und was machte Werner? Wo lebte er?«

»Ehrlich, ich weiß es bis heute nicht. Regelmäßig bekam ich neue Informationen, wie ich ihn erreichen könnte, ständig wechselnde Telefonnummern, Adressen. Im Libanon, in Syrien, dann in Polen und in Russland – hin und wieder auch in Südamerika. Im Grunde war es für mich unmöglich, ihn zu erreichen, aber er meldete sich immer wieder bei mir. Dann war er für ein paar Wochen da, und dann verschwand er auch schon wieder. Manchmal nahmen wir uns drei Wochen Urlaub. Wobei das für ihn nie wirklich Urlaub war. Er war immer im Einsatz. Ich werde nie vergessen, wie ich ihn in einem Trainingslager in Jordanien habe mit einer MG umgehen sehen. Dagegen ist James Bond ein Waisenknabe. Und auch Arnold Schwarzenegger als der Terminator hätte noch was lernen können. Der Mann war eine lebende Waffe – nein, er ist eine lebende Waffe. Ich habe ihn geliebt. Irgendwie war ich ihm wohl auch hörig. Na ja, wenn ich das richtig sehe, kann ich das nach diesem Gespräch in den kommenden zwanzig Jahren im Knast ausgiebig reflektieren.«

»Wie war das jetzt wirklich mit Klaus Kleiber?« Blase hin oder her …

»Fast genauso, wie ich es Ihnen erzählt habe. Nur dass Werner nicht dabei war. Klaus saß vor meiner Tür, kam mit in meine Wohnung, pienste rum, was mit Tomke und Heiner passiert wäre. Wir seien doch alle einer Meinung gewesen, dass sich jeder absetzen könne. Ich müsse mich stellen. Er müsse sich stellen. Er war einfach nicht zu beruhigen. Ich ging tatsächlich aufs Klo, aber schon im Flur hörte ich, dass er die Polizei angerufen hatte. Also ging ich in die Küche, nahm die Waffe, ging zurück und erschoss ihn. Werner war zu diesem Zeitpunkt in der Nähe, er hatte sich für ein paar

Wochen in Frankfurt einquartiert. Glücklicher Zufall. Wir hatten uns fast jeden Tag gesehen. Also rief ich ihn an, völlig verzweifelt, was ich denn nun machen sollte. Ich habe ja schon erwähnt, dass er wusste, was in solchen Fällen zu tun war. Er kam zu mir, wir schleiften Klaus in die Badewanne. Und in der darauffolgenden Nacht fuhren wir ihn gemeinsam zum Bunker.«

»Und sein Wagen, der alte Passat?«

Andrea Rittmeister zuckte mit den Schultern. »Darum hat Werner sich gekümmert. Ich nehme nicht an, dass der noch mal auftaucht.«

»Dann war es auch Werner, der das Haus in Berlin angezündet hat?« Eigentlich eine rhetorische Frage.

Andrea Rittmeister, sichtlich erschöpft, nickt nur. »Ja. Klar. Er wollte auf Nummer sicher gehen, dass da nichts Belastendes mehr herumliegt.«

Was ihm geglückt wäre, hätte die Polizei nicht die drei Schutzaffen gehabt, dachte Margot.

Andrea Rittmeister hatte sich inzwischen die fünfte Zigarette angezündet. »Mehr habe ich Ihnen heute nicht zu sagen«, schloss sie und inhalierte tief.

»Wunderbar«, erwiderte Margot, verließ den Vernehmungsraum und ging schnurstracks in Richtung Toilette.

MITTWOCH, 22. OKTOBER

Den Mittwoch nutzten Horndeich und Margot, um zunächst einmal all die neuen Erkenntnisse in Berichtform abzulegen. Durch Andrea Rittmeisters Geständnis waren die Morde an Tomke Rieken, Heiner Göbel und auch Klaus Kleiber aufgeklärt. Werner Kostjak hieß natürlich nicht Werner Kostjak – aber den richtigen Namen dieses Mannes hatten sie noch nicht in Erfahrung gebracht. Wobei Horndeich mit Genugtuung daran dachte, dass dies auch nicht mehr ihr Problem sein würde. Denn die letztendliche Aufklärung des Mordes an Kiesgart lag dann eher in der Gehaltsstufe von Lorenz Rasper und seinen Kollegen vom BKA.

Es war kurz vor Mittag, als Margots Telefon klingelte.

Knut Monnert von der Jahn-Behörde war am Apparat. »Herr Monnert, was kann ich für Sie tun?«, erkundigte sich Margot.

»Frau Hesgart, durch die Hilfe Ihres Präsidiums sind wir, glaube ich, auf eine Goldader gestoßen. Zumindest Silber. Dank der Hinweise auf Klaus Kleiber und Andrea Rittmeister haben wir weitere Erkenntnisse zum Mörder-Quintett an Friederich Kiesgart gewonnen. Und es ist nur fair der Darmstädter Mordkommission gegenüber, wenn Sie zuerst alles darüber erfahren.«

»Was haben Sie denn herausbekommen?«

»Ich mache Ihnen einen Vorschlag: Wenn ich mich jetzt in den Flieger nach Frankfurt setze, könnte ich gegen sechzehn Uhr bei Ihnen sein. Ihrem Kollegen vom BKA habe ich gesagt, dass ich frühestens um neunzehn Uhr in Wiesbaden sein werde. Ich könnte Ihnen also in aller Ruhe die Neuigkeiten erzählen, bevor ich mit den großen Jungs vom BKA in den Ring steige.«

»Klar. Gern. Würde mich sehr freuen. Wo wollen wir uns treffen? Wollen Sie ins Präsidium kommen?«

»Lassen Sie mal gut sein. Mein Schwager, der kommt aus Ostfriesland. Und meine Schwester, die hat bis vor ein paar Monaten noch in Darmstadt gelebt. Sie hat mir von einem ostfriesischen Café mitten in Ihrer Stadt erzählt. Sechzehn Uhr ist doch die richtige Zeit für einen gepflegten Ostfriesentee, oder?«

Margot kannte das Tee-Kontor Friesische Freiheit neben der Stadtkirche, war jedoch selbst erst zweimal dort gewesen. Das letzte Mal mit ihrem Vater, der unbedingt eine ostfriesische Teezeremonie hatte probieren wollen, ohne dafür sechshundert Kilometer fahren zu müssen. Margot erinnerte sich an die Geduld, die die Besitzerin Bianca an den Tag gelegt hatte, um Sebastian Rossberg in die Geheimnisse von schwarzem Tee, Kluntje und Sahnewölkchen einzuweihen. Ihr selbst war die Detailverliebtheit, die ihren Vater auch noch nach dem Unterschied zwischen weißem und braunem Kandis hatte fragen lassen, irgendwann peinlich geworden. »In Ordnung, dann treffen wir uns dort um sechzehn Uhr.«

»Sehr gern. Bis nachher.«

Margot legte auf und berichtete Horndeich von dem Gespräch.

»Na, da bin ich ja mal gespannt, was der Herr zu sagen hat.«

Dann runzelte Horndeich die Stirn. »Mist. Ich kann nicht mit. Ich hab doch heute den Termin bei dem Orthopäden wegen der Orthese. Vielleicht kann ich morgen dann endlich wieder ohne das Ding rumlaufen.«

»Geh ruhig. Ich krieg das auch allein hin. Und morgen erzähl ich dir dann, was dieser Monnert Aufregendes herausgefunden hat.«

Margot hatte das kleine Café bereits um halb vier erreicht. Die Einrichtung war gemütlich. Besonders das große braune Ledersofa im Hintergrund des Raumes. An den Wänden hingen zahlreiche Fotografien, die wahrlich nordisches Flair im Raum verbreiteten: mehrere Leuchttürme, mal vor dem Meer, mal vor dunklen Wolken. Einer fiel Margot besonders auf, denn er war quer rot-gelb gestreift. Ein weiteres Foto zeigte mehrere kleine Fischerboote, und natürlich gab es auch das obligatorische Bild eines Sonnenuntergangs hinter dem Horizont. Margot setzte sich an einen Zweipersonentisch direkt am Glasfenster neben dem Eingang.

Bianca, eine groß gewachsene, blonde, schlanke Frau, trat an ihren Tisch: »Was darf ich Ihnen bringen?«

Margot erinnerte sich daran, dass der Tee bei ihrem letzten Besuch ausgezeichnet gewesen war. Und sie, die in schwarzen Tee grundsätzlich keinen Zucker nahm, hatte die klassische ostfriesische Variante, bei der ein Kandiszucker in die Teetasse gelegt wurde und dem starken schwarzen Tee in der Tasse trotzte, genießen können. Ganz besonders, als sie, die auch keine Milch in den Tee tat, ein wenig Sahne hinzugab. Die Sahnewölkchen waren nicht nur optisch schön, das Ganze schmeckte tatsächlich stimmig. Noch bevor Margot bestellen konnte, erkannte Bianca sie: »Ach, sind Sie nicht die Polizistin, die vor vier Wochen mit ihrem Vater hier war?«

Die ehrliche Haut, die ihren ganzen Körper umgab, sorgte dafür, dass der Kopf nickte. Sie bestellte sich einen Ostfriesentee. Margots Blick fiel abermals auf den gelb-rot gestreiften Leuchtturm. Sie mochte Leuchttürme. Die technische Variante vom Fels in der Brandung. Richtungsweiser, Schiffelenker.

Als Bianca den Tee in feinstem Porzellanservice vor Margot abstellte, sagte sie: »Pilsum.«

»Wie bitte?«

»Pilsum. Der Leuchtturm, über den Sie da gerade meditiert haben. Leuchtet nicht mehr, aber Sie können da heiraten. Also wenn Sie noch nicht verheiratet sind.«

Margot lächelte, entgegnete jedoch nichts.

Knut Monnert betrat das Café um 15:55 Uhr. »Nett hier«, sagte er, nachdem sie einander begrüßt hatten. Auch er bestellte bei Bianca einen Ostfriesentee, dann zog er das Notebook aus seiner Tasche.

Er kam gleich zur Sache. »Ich habe Ihnen ja schon mitgeteilt, dass Kleiber und Rittmeister als Informationsquellen abgeschaltet worden sind, zumindest von der Abteilung XXII. Und jetzt haben wir den Grund dafür herausgefunden, mein Doktorand und ich. Der Grund heißt: AGM/S.«

»Und das heißt auf Deutsch?«, erkundigte sich Margot.

»AGM steht für ›Arbeitsgruppe des Ministers‹, das S für ›Sonderfragen‹. Ganz offiziell war die Hauptaufgabe die Bekämpfung terroristischer Kräfte mit militärischen, polizeilichen und geheimdienstlichen Methoden. Es war also die Abteilung, bei der besondere Einsatzkräfte trainiert wurden, um hinter den feindlichen Linien aktiv zu werden. Dazu zählten beispielsweise Sabotage, Entführungen, Geiselnahme und sogar Mord, wenn man den internen Handlungsanweisungen Glauben schenken darf. Und ich für meine Person tue das durchaus. Einige der Agenten standen im Dienst der ›Hauptverwaltung Aufklärung‹ – also der Auslandsspionage, kurz HVA – und wurden von der AGM/S geführt und auch ausgebildet. Sie waren zum Beispiel Sprengstoffexperten und auch im Einzelkampf trainiert. Leider sind ja nach dem Ende der DDR die gesamten Akten der HVA vernichtet worden. Alles, was wir über die AGM/S wissen, haben wir den Akten der Abteilung XXII entnommen.«

Margot verstand im Moment nicht wirklich, was Monnert ihr da berichtete. Sie war mit der Organisationsstruktur der Stasi in etwa so vertraut wie Monnert es wohl mit der Lokalposse *Datterich* des Darmstädter Dichters Ernst Elias Niebergall war.

»Ich fange mal so an: Die Abteilung XXII, nein, die gesamte Führungsebene der Stasi war erstaunlich gut über Interna des Bundeskriminalamts und auch des Verfassungsschutzes informiert. Das Bundeskriminalamt etwa wird in einer Stasi-Akte als Quelle einer vertraulichen Information zu einem beendeten RAF-Hungerstreik genannt. Und 1981 findet sich in den Akten ein Hinweis, dass Informationen aus der Leitungsebene des Bundesamts für Verfassungsschutz Köln direkt bei der Stasi landeten. Was ich damit sagen will: Das Ministerium für Staatssicherheit in der DDR war bestens über die Terrorfahndung in der Bundesrepublik unterrichtet. Die Stasi hatte auch im Westen in den wichtigen Positionen ihre Informanten sitzen. Das ist kein Verschwörungszinnober, das ist in Akten belegt.«

Margot goss sich Tee in ihre Tasse und über den inzwischen um die Hälfte geschrumpften Kandisblock. »Okay, das habe ich kapiert. Die Stasi wusste also über den Ermittlungsstand des BKA und des Verfassungsschutzes bezüglich der RAF Bescheid.«

»Genau. Und über die beiden Klarnamen Klaus Kleiber und Andrea Rittmeister, die bei der Stasi in der Abteilung XXII unter den Decknamen ›Motte‹ und ›Lotta‹ geführt wurden, sind wir auf einen Vorgang gestoßen, der diesen RAF-Unterstützer-Kongress in Frankfurt Anfang des Jahres 1986 behandelt. Was heißt behandelt: Wir haben eine Kopie der Akte gefunden, die das Bundesamt für Verfassungsschutz über den Kongress angelegt hat. Also genau die Informationen, die Sie mir auch haben zukommen lassen.«

»Die wussten also exakt, was wir wussten?«

Monnert seufzte tief. Dann nahm er einen Schluck Tee zu sich. »Nein, sie wussten mehr.« Monnert suchte auf seinem Laptop nach einer bestimmten Datei, die er dann auf den Bildschirm zauberte. »Das Foto kennen Sie. Aber die Beschriftung dürfte neu sein.« Er drehte den Laptop in Margots Richtung.

Margot erkannte das Bild sofort. Es zeigte ihr Quintett auf jenem Foto, das ihr inzwischen so vertraut war wie ein frühes Familienfoto vom Ostseeurlaub, als sie noch ein kleines Mädchen gewesen war. Nur dass hier zusätzliche handschriftliche Vermerke angebracht worden waren. Alle fünf Köpfe waren sauber mit Namen beschriftet. Nur über dem Kopf von Werner stand lediglich das Wort *Schneewittchen.*

»Dieses Foto mit den Namen, das war der Schlüssel für uns. Was ich Ihnen jetzt zeige, das sind nur die Ergebnisse unserer Recherchen. Wohl die Spitze des Eisbergs. Mein Doktorand – ich glaube, er hat in den vergangenen sechsundneunzig Stunden kein Auge zugetan – und ich, wir haben den Agenten ›Schneewittchen‹ tatsächlich identifizieren können. Nicht seinen wirklichen Namen. Aber immerhin haben wir herausgefunden, um wen es sich handelt.«

»Das verstehe ich nicht«, sagte Margot.

»Sie werden es besser verstehen, wenn ich Ihnen ein bisschen was zu dieser Abteilung erzähle. Die Abteilung AGM/S wurde Anfang der Sechzigerjahre ins Leben gerufen. Schon in den Dokumenten aus der Anfangszeit lässt sich die Bestimmung klar ablesen: Hier wurde eine staatsinterne Terrortruppe geschaffen, die hinter den feindlichen Linien gegen Organisationen und Menschen vorgehen sollte. Das Ganze war streng geheim. Sie hatten eigene Einrichtungen mit Schießständen, Hinderniskampfbahnen, einer eigenen Sprengausbildung, Munitions- und Waffenkammern und sogar ein eigenes Kampfmittellabor.«

Auch Margot goss sich abermals Tee nach. »Okay, ein Geheimdienst hat eine geheime Truppe mit geheimen Orten, an denen geheime Sachen trainiert werden. So weit kann ich folgen. Was hat das jetzt mit der RAF und unserem Werner zu tun?«

»Nun, schauen wir uns die Aufgaben der AGM/S mal etwas genauer an. Es gab ein Handbuch aus dem Jahr 1974, und das war die Basis für alle Planungen und Ausbildungsunterlagen bis zum Ende der DDR im Jahr 1990. Daran haben übrigens weder die Entspannungspolitik noch die neue Militärdoktrin des Warschauer Paktes ab Mitte der Achtzigerjahre etwas geändert. Diese Truppe war ausgebildet, um Menschen zu töten. Schauen Sie mal, das ist ein Originaldokument.«

Margot betrachtete den Bildschirm. Darauf war ein ganzer Absatz eines Schriftstücks zu sehen, wobei einige Teile des Absatzes mit gelbem Highlighter markiert waren. Margot las die hervorgehobenen Abschnitte: *Das Liquidieren beinhaltet die physische Vernichtung von Einzelpersonen und Personengruppen. Erreichbar durch: das Erschießen, Erstechen, Verbrennen, Zersprengen, Strangulieren, Erschlagen, Vergiften, Ersticken.*

»Dieses Dokument ist von 1974, aber in allen Dokumenten bis hinein in die Achtzigerjahre wird das einfach übernommen«, erklärte ihr Monnert.

Margot spürte, wie der letzte Schluck Tee sich nicht entscheiden konnte, in welche Richtung er wandern wollte. Vom Magen in Richtung Darm? Oder vielleicht doch lieber die Speiseröhre wieder aufwärts?

»Interessant wird es besonders an der Stelle, als diese Ausbildungsanleitung klarmacht, dass die eigene Beteiligung zu verwischen sei. Übrigens nicht nur im Kriegsfall, sondern auch in Friedenszeiten. Schauen Sie hier.«

Wieder zeigte Monnert ein Dokument auf dem Bildschirm. Margot las über die *aktiven Maßnahmen auch in Friedenszeiten*: *Es kommt also immer darauf an, durch wirkungsvolle Tarnung, Täuschung und Verschleierung vom Wirksamwerden tschekistischer Einzelkämpfer und Einsatzgruppen abzulenken, und den Verdacht auf regimefeindliche und extremistische Kräfte des Operationsgebietes zu richten.*

»Was bitte ist *tschekistisch*?«, fragte Margot.

»Das ist DDR- und KGB-Sprache für geheimdienstlich«,

klärte Monnert Margot auf. »Eines möchte ich Ihnen noch zeigen«, fuhr er dann fort, »das ist ein Zitat vom Stasi-Chef Mielke aus einer Rede, die er 1979 in Cottbus gehalten hat.«

Wieder klickte er ein Dokument auf den Bildschirm, und Margot las: *Man muss solche jungen Tschekisten heraussuchen, herausfinden und erziehen, dass man ihnen sagt, du gehst dorthin, den erschießt du dort im Feindesland.*

»Besser hätte man die Aufgaben der Abteilung AGM/S nicht zusammenfassen können. Und das Ziel waren nicht nur Politiker, sondern, ich zitiere, ›auch führende Persönlichkeiten aus der Wirtschaft mit Entscheidungsbefugnissen‹. Ich denke, Kiesgart fiel genau in diese Kategorie.«

Margot hatte es aufgegeben, weiteren Tee zu trinken. Ihr war schlecht. Einfach nur schlecht.

Monnert schien das nicht zu bemerken, oder es war ihm egal. »Unter den Stichworten ›Elektronik/Elektrotechnik‹ beschäftigten sich Experten dort unter anderem mit der Entwicklung, Erprobung und Fertigung von Auslösemechanismen für Zündsysteme. Andere Kollegen widmeten sich der Brandausbreitung und dem Brandverhalten verschiedenster Stoffe.«

»Ich hätte gerne eine Flasche Wasser«, wandte sich Margot an Bianca. Wenige Sekunden später stand das Gewünschte vor ihr auf dem Tisch. »Aber das, was Sie mir hier zeigen, das sind doch nur Papiere. Ich meine, klar, um markige Worte war man doch gerade in der DDR nie verlegen, oder?«

Monnert zuckte mit den Schultern. »Sicher. Aber diese Truppe gab es wirklich. Und sie bestand nicht aus zehn oder zwanzig Leuten. Wir reden von über tausend einsatzbereiten Kräften im Jahr 1985. Das ist die Zahl, die die AGM/S selbst genannt hat. Denn es waren insgesamt 3500 Personen, die seit den Sechzigern eine ›praxisbezogene spezifische Ausbildung‹ erhalten hatten. Oder, um es auf Deutsch zu sagen: Die Alten und Kranken hatten sie schon selbst rausgerechnet. Das sind die Dimensionen, über die wir hier reden.«

»Und Schneewittchen alias Werner Kostjak – er war einer von ihnen?«

»Ja. Er war einer von ihnen. Wir haben keine Personalakte von ihm gefunden, aber die Beurteilung eines Führungsoffiziers. Und ich denke, das erklärt einiges von seinem Vorgehen.«

Margot las wieder nur die hervorgehobenen Stellen: *IM Schneewittchen verfügt über folgende Qualifizierungsmerkmale: Anwendung operativer Legenden, Arbeitsweise feindlicher Geheimdienste, Grundlagen in der Personenermittlung und Beobachtung, Grundlagen zu Objektaufklärung und Verbindungswesen, Schießausbildung (MP-M 61, Pistole PPK, Zielfernrohrgewehr Voere), Topographie- und Fotoausbildung, Tarnen, Beobachten, Melden, Verhaltensweisen im Gelände, Zweikampfausbildung (Stufe I), Grundlagen der Anwendung von Sprengmitteln. Kenntnisse auf dem Gebiet der Nachrichtentechnik und Elektronik. Der IM erklärte seine Bereitschaft zur Realisierung aller gestellten Aufgaben, einschließlich der Anwendung physischer Gewalt gegenüber Personen. Neben dem notwendigen Interesse an dieser Arbeit verfügt der IM auch über die notwendige Härte und das Durchsetzungsvermögen. Aufgrund seiner militärischen Ausbildung ist der IM in der Lage und auch bereit, unter komplizierten bzw. erschwerten Lagebedingungen politisch-operative Aufgaben bedingungslos durchzuführen.*

Margot stand auf, ging in den hinteren Teil des Raumes, wusste zum Glück, wo die Toiletten waren, fand eine freie Kabine – und spuckte die gesamte ostfriesische Teezeremonie in die Kloschüssel.

Es dauerte einige Minuten, bis Margot wieder am Tisch saß.

»Das tut mir jetzt leid«, sagte Monnert, und es klang aufrichtig.

»Schon gut«, entgegnete Margot.

»Nun, für mich ist es nicht das erste Mal, dass ich über so

eine Schweinerei lese. Es ist aber eher selten, dass ich den Geschichten konkrete Gesichter oder sogar Taten zuordnen kann.«

»Darf ich das jetzt mal ganz laienhaft zusammenfassen? Werner Kostjak alias Schneewittchen wurde von der Staatssicherheit der DDR dafür ausgebildet, im Feindesland, also in unserem Land, terroristische Einsätze zu planen, um das Land zu destabilisieren beziehungsweise der DDR einen politischen Vorteil zu verschaffen?«

»Besser hätte ich es auch nicht formulieren können.«

»Und finden wir dieses Arschloch?«

»Weiß ich nicht. Das ist der Grund, warum ich nachher zum BKA fahre. Jetzt haben wir wenigstens einen konkreten Ansatz, mit dem wir weiterarbeiten können. Aber selbst wenn wir ihn nicht erwischen, so haben Sie doch einiges ans Tageslicht befördert.«

»Was denn?«

»Na ja, dank Ihrer Ermittlungen dürfte das Märchen, dass die RAF der dritten Generation ein kleines, unabhängiges Grüppchen war, dass wie durch Zauberhand militärische Kenntnisse hatte, endgültig vom Tisch sein.«

Natürlich freute das Margot. Dennoch war ihr nicht wohl. Klar, sie hatten die Mörderin von drei Menschen gefasst. Doch Werner war ihnen durch die Lappen gegangen. Unterm Strich keine schlechte Bilanz. Trotzdem war Margot nicht zufrieden. So gar nicht zufrieden. War es das, wofür sie ihren Job machte?

Bianca trat an den Tisch. »Kann ich Ihnen noch etwas Gutes tun?«

»Einen Friesengeist bitte. Nein, einen Doppelten. Nein, zwei Doppelte.«

EPILOG

Horndeich hatte einen Tee gemacht, keinen ostfriesischen, sondern einen simplen Früchtetee.

»Und du hast wirklich alles gepackt?«, wollte er wissen.

»Ja. Ich glaube sogar, mehr als ich brauche. Wird mich ein bisschen Zuschlag kosten, denn die beiden Koffer wiegen zusammen fünfunddreißig Kilo.«

Margot sah sich um. Die Wohnung in der Erbacher Straße 8, in der Horndeich, Sandra und Stefanie wohnten, war bis vor zwei Jahren nicht nur die Wohnung ihres Vaters gewesen. Es war auch das Zuhause gewesen, in dem sie selbst groß geworden war. Horndeich und Sandra hatten die Wände gestrichen, jeden Raum in einer anderen Farbe, und das ursprüngliche Weiß war überall poppigeren Tönen gewichen. Voller Stolz hatte Horndeich ihr die neue Küche gezeigt, die sie erst vor Kurzem eingebaut hatten. Der weiße, emaillierte Vier-Platten-Herd war einem chromstrotzenden Induktions-Boliden gewichen. Die Küche war absolut perfekt und damit nicht halb so perfekt, wie die alte Küche ihres Vaters gewesen war. Nicht nur, dass jetzt eine Dunstabzugshaube Fette und Gerüche aufsog, nein, es war sogar ein Rohr durch die Außenwand des Hauses gebrochen worden, das den Mief in die Darmstädter Stadtluft abgab. Obwohl das Wetter einigermaßen freundlich war, hatte Margot das Gefühl, eine dieser rauen, feuchten Herbstnebelwölkchen wäre unter ihre Kleidung geglitten.

»Gefällt sie dir?«, wollte Horndeich wissen.

Es fiel Margot nicht schwer zu lügen: »Perfekt. Habt ihr gut hingekriegt.«

Sandra trat neben Margot. »Wir sind ja so froh, dass wir diese Wohnung bekommen haben. Das Häuschen in der Waldkolonie war zwar hübsch, aber viel zu eng und für eine Familie mit zwei Kindern nicht wirklich zu gebrauchen.«

»Zwei Kinder?«

Horndeich lächelte und nahm Sandra in den Arm. »Heute haben wir es erfahren. Aber behalte es noch für dich.«

Als ob Margot die Gelegenheit haben würde, es in die Welt zu posaunen. »Gratuliere«, sagte sie und reichte beiden die Hand.

»Wollen wir aufbrechen?«, fragte Horndeich.

Margot nickte nur.

Sie war mit Horndeich vom Präsidium zu dessen Wohnung gefahren. Der Abschied im Präsidium zuvor war kurz gewesen. Sie war einmal durch die Abteilung gegangen und hatte sich von jedem mit Händedruck oder auch mit einer angedeuteten Umarmung verabschiedet. Sie war erstaunt gewesen, dass Silvia Rauch sie richtig in den Arm genommen und mehr als zehn Sekunden lang festgehalten hatte. Noch erstaunter war sie allerdings, dass Richard Feller diesen Umarmungsmarathon noch um zwei Sekunden getoppt hatte. »Ich wünsche Ihnen viel Glück«, hatte er gesagt.

Ihren Schreibtisch hatte sie schon einen Tag zuvor geräumt, und an diesem Morgen hatte schon eine neue Kiste darauf gestanden. So schnell war sie ersetzbar. Die Kiste hätte sie traurig stimmen müssen, ihr zeigen müssen, wie wenig ihr Platz an diesem Tisch wert gewesen war. Doch hatte Margot es überhaupt nicht so empfunden. Sie würde weiterziehen. Und die Kiste zeigte nur, dass sie in der Lage war, Entscheidungen zu treffen. Dass sie dazu mit über fünfzig immer noch nicht zu alt war. Die richtigen Entscheidungen, wie sie hoffte. Was aber erst die Zeit zeigen würde.

Dennoch. Sie bereute den Schritt nicht.

Sie gingen zu Horndeichs Wagen. Er hatte schräg gegenüber dem Haus einen Parkplatz gemietet, der für seinen

Xedos 9 allerdings zehn Zentimeter zu kurz war. Der Hintern des Wagens ragte immer ein wenig obszön, nein, ein wenig anarchistisch auf den Bürgersteig hinaus.

Horndeich fuhr den Wagen auf die Straße, dann stieg Margot ein. Gemeinsam fuhren sie in den Richard-Wagner-Weg 56, Margots Haus, das nun bald nicht mehr Margots Haus sein würde.

Horndeich trug ihr die Koffer zum Wagen und verstaute sie im Kofferraum. Margot war erstaunt, wie viel Platz darin war. Trotz zweier Koffer schien der Kofferraum zu sagen: Das soll alles sein?

Margot warf einen Blick zurück. Nun war das Haus ganz leer. Ihr Vater und Chloe waren bereits vor einer Woche nach Florida aufgebrochen. Doro und Milo in der Woche zuvor. Und auch Nick weilte schon in Indianapolis.

Margot ging zur Haustür, steckte den Schlüssel ins Schloss und drehte ihn zweimal. Dann trat sie zu Horndeich und drückte ihm den Schlüssel in die Hand.

»Danke, dass du dich darum kümmerst. Dank Internet, Skype und WhatsApp bin ich ja nicht aus der Welt. Mal sehen, wer das Häuschen kauft.«

Ihr Blick wanderte noch einmal von oben nach unten. Ganz oben, unterm Dach, da hatte Doro gewohnt, zumindest in den vergangenen zwei Jahren. Und dort hatte sie zuletzt sicher auch einige glückliche Momente mit Milo verbracht.

Dann fiel ihr Blick in den ersten Stock, ihr Terrain. Ab und zu das Terrain von ihr und Nick. Auch mit Rainer hatte sie hier einige frohe Stunden verbracht, wenngleich ihr das nun so fern vorkam wie dieser komische Komet, den irgendeine Rosetta-Sonde jetzt nach zehn Jahren erreicht hatte. Und sofort schoben sich auch die weniger schönen Erinnerungen davor wie bei einer Dia-Überblendung.

Unten hatte ihr Vater in den vergangenen zwei Jahren gelebt, gemeinsam mit Chloe. Sie hatte diese Frau richtig lieb gewonnen, die Jugendliebe ihres Vaters, die er Anfang der Sechzigerjahre in den USA verlassen hatte, weil Margots Mutter mit ihr, Margot, schwanger gewesen war. Eben von Sebastian Rossberg, der es damals als seine Pflicht angesehen hatte, zurückzukommen und ihre Mutter zu ehelichen. Sie hatten eine gute Ehe geführt, soweit Margot das beurteilen konnte. Aber sie hatte ihren Vater – obwohl er bereits auf die achtzig zuging, als er Chloe wiedergetroffen hatte – auch nie so unbeschwert, so voller Humor und Leichtigkeit erlebt wie mit dieser Frau. Und so traurig sie gewesen war, dass ihr Vater hier in Darmstadt alles aufgegeben hatte, damit Chloe weniger Schmerzen leiden musste, sosehr nötigte es ihr Respekt ab.

Das war also ihr Haus. Von deren Bewohnern niemand mehr da war, außer ihr selbst. Nein, so wollte sie nicht in diesem Haus leben – allein mit Geistern von Menschen, die sie liebte. Deswegen hatte sie sich entschieden, zu kündigen und zu Nick in die Vereinigten Staaten zu ziehen.

In den vergangenen Monaten waren ab und an Gruppen von Segway-Fahrern an ihrem Haus vorbeigerollt. Sie hatte erst durch eine Freundin erfahren, dass ein Darmstädter Krimiautor hier seine Runden drehte und allen Interessierten ihr Haus zeigte. Vielleicht war es wirklich an der Zeit zu gehen.

Margot setzte sich auf den Beifahrersitz, und Horndeich fuhr in Richtung Frankfurter Flughafen. Natürlich, sie hätte sich ein Taxi nehmen können. Aber sie war froh, dass ihr langjähriger Kollege, mit dem sie durch dick und dünn gegangen war, sie auf dieser Fahrt begleitete. Horndeich sagte nichts. Und er machte auch keine Musik an. Margot musste schmunzeln. Sie wusste, dass er mit seiner Musikauswahl nicht immer den Geschmack seiner Fahrgäste traf.

Es war schon komisch, dass sie nun über den großen Teich fliegen musste, um ihrer Familie nah zu sein. Doro und Milo waren derzeit ebenfalls in Indianapolis. Ihr Vater und Chloe residierten in Florida. Nick hatte versprochen, Margot vom Flughafen abzuholen.

Eigentlich reiste sie hinein ins Glück, und dennoch wog der Abschied schwer in ihrem Herzen.

Nick hatte geschrieben, dass das Wetter fantastisch sei, aber auch das tröstete sie nicht, obwohl es jetzt in Darmstadt regnete wie aus Gießkannen: fein, stetig und unablässig.

Horndeich fuhr den Wagen vor den Flugsteig B, Abflug, an dem sie Andrea Rittmeister festgenommen hatten. Das war erst vier Wochen her, und dennoch erschien es Margot wie eine Ewigkeit. Lorenz Rasper hatte sie mehrmals angerufen. Die Spur, die Knut Monnert aufgetan hatte, war vielversprechend. Sie hofften, die richtige Identität von Werner Kostjak noch aufdecken zu können, wenn nicht über Akten, dann vielleicht über Fingerabdrücke, DNA-Material oder Überwachungsbilder aus vergangenen Jahren, die nun ausgewertet werden würden. Und über Meter von Stasi-Akten, in denen vielleicht doch noch etwas zu finden war. Rasper war da optimistisch, Margot weniger. Nein, das stimmte nicht. Es war nicht der Optimismus, der ihr abhandengekommen war. Es war das Interesse. Natürlich hatte sie in den vergangenen Jahren und Jahrzehnten Erfolge verzeichnet, hatte böse Buben festgenommen, Mörder, Kinderschänder, Schläger und Erpresser. Doch gerade in dem Jahr nach ihrer Auszeit mit Nick hatte sie das Gefühl gehabt, den bösen Buben nur noch hinterherzurennen und dabei immer einen Schritt zurückzuliegen. Das war etwas, was sie Horndeich gegenüber nie auszusprechen gewagt hätte. Sie hatte Angst gehabt, ihn seiner Motivation zu berauben. Und auch Nick gegenüber hätte sie es nie so drastisch formuliert. Auch er ging immer noch in seiner Arbeit und den Erfolgen auf, die sich ja auch ab und an einstellten. Aber was sie selbst anging, hatte sie gemerkt, dass sie aus dem Hamsterrad aussteigen musste. *Im Hamsterrad sieht das Hamsterrad aus wie eine Karriereleiter*, hatte sie vor Kurzem einmal in einer Zeitschrift beim Friseur gelesen, und wenn sie ehrlich war, war das genau der Moment gewesen, in dem sie beschlossen hatte, ihren Job an den Nagel zu hängen.

Horndeich hatte den Wagen geparkt und Margot bereits einen Kofferkuli besorgt. Er wuchtete das Gepäck auf das Metallgestell der Flughafenvariante eines Einkaufswagens. Margot hatte ihn gebeten, sie vor dem Haupteingang abzusetzen und nicht mit ins Terminal zu kommen. Wenn sie etwas hasste, dann waren es lange Abschiede.

Etwas unbeholfen standen sie neben Horndeichs Wagen.

»Ich wünsche dir Glück da drüben«, sagte Horndeich.

»Ich bin ja nicht aus der Welt«, entgegnete Margot, wohl wissend, dass das, wenn schon nicht gelogen, so zumindest eine horrende Untertreibung war.

Und dann passierte etwas, was in den mehr als zehn vergangenen Jahren nicht ein Mal geschehen war: Horndeich umarmte seine Chefin. Und offensichtlich wollte er den Rekord, den Feller aufgestellt hatte, noch übertreffen. Typisch Horndeich.

»Alles Gute«, sagte er und setzte noch einen drauf, indem er Margot einen Kuss auf die Wange gab. »Das klingt platt, aber ich meine es wirklich ehrlich: War schön, mit dir zu arbeiten!«

Margot weinte nicht. Sie wusste, sie würde weinen, aber nicht hier und nicht jetzt.

Horndeich stieg ins Auto, hupte noch mal, und Margot ertappte sich dabei, wie sie dem Wagen nachsah, bis er verschwand.

Jetzt durfte sie weinen. Aber nur ein kleines bisschen. Denn in zwölf Stunden würde sie Nick in die Arme schließen, vielleicht auch Doro – und Nick hatte schon alles arrangiert, damit sie alle gemeinsam Weihnachten in Florida verbringen konnten. Das war doch mal eine Perspektive. Oder?

DANK

Dieser Roman ist meiner Fantasie entsprungen. Die Personen sind frei erfunden. Nicht der Fantasie entsprungen hingegen ist das Attentat an Alfred Herrhausen, dem Vorstandssprecher der Deutschen Bank, der am 30. November 1989 in Bad Homburg durch eine Bombe hingerichtet worden ist. Als Täter hatte man schnell die RAF identifiziert, was grundsätzlich wohl nicht verkehrt gewesen ist. Allerdings wirft dieses Attentat mehr als ein Vierteljahrhundert später immer noch viele Fragen auf. Die Mitglieder der RAF beriefen sich stets auf ihr Schweigegelübde – also auf das Schweigen, das sie der Generation vor ihr bezüglich der Naziverbrechen stets vorgeworfen hatten. Nicht wirklich überzeugend.

Es gibt Spuren, die das Attentat an Herrhausen mit dem Ministerium für Staatssicherheit der ehemaligen DDR in Verbindung bringen – im Jahr 2007 ermittelte das BKA wirklich in diese Richtung. Vieles davon ist Vermutung, vieles Spekulation, aber es gibt zahlreiche, zum Teil starke Indizien, die diese These unterstützen. Allerdings ist die Forschung zu diesem Thema bei Weitem noch nicht abgeschlossen. Schwierig ist auch, dass viele der Akten vernichtet worden sind.

Ich habe mir dennoch die Freiheit genommen, diese Fäden einfach einmal weiterzuspinnen und in einem konkreten Fall zu verarbeiten. Natürlich wäre es schön, wenn es einer Margot Hesgart und einem Steffen Horndeich gelänge, völlig neue Spuren zu finden, die letztendlich eine Aufklärung ermöglichten.

Damit komme ich dann auch zu den Dankesworten. An erster Stelle möchte ich hier Tanja Langer aus Berlin danken, deren Buch zu Alfred Herrhausen und auch persönliche Gespräche mich sehr zu diesem Roman inspiriert haben. Was die konkrete Ermittlungsarbeit angeht, so habe ich mir insbesondere von Silvia Kominek, Manfred Wohlfahrt, Bernd Timmermann und Erik Kadesch vom Polizeipräsidium Südhessen die Lupe ausgeliehen, mit der man Fährten verfolgen kann. Silvia, einen besonderen Dank an dich, die du zeitweise, besonders in der Endphase des Schreibens, die Polizeifragen-Hotline warst! Ebenso möchte ich Dr. Harald Schneider und Siegfried Wilhelm vom Landeskriminalamt Hessen in Wiesbaden danken. Ich staune immer wieder, wie schnell mir auch dort mit Informationen geholfen wird. Danke! Ohne den Polizeitaucher Thorsten Kiss wäre es mir nicht gelungen, das alte Mercedes-Wrack halbwegs authentisch zu bergen. Ich bin also tief in die Geheimnisse des Polizeitauchens eingetaucht. Peter Nees und Norbert Schindler von der Berufsfeuerwehr Darmstadt und Benjamin Wesp von der HEAG haben mir bei Fragen bezüglich des ehemaligen Zivilschutzbunkers in Darmstadt geholfen, ebenso die Studenten von »das Blumen« während der Bunkerführung. Albrecht Becker von der Berufsfeuerwehr Darmstadt hat mir beigebracht, virtuell Brände zu legen – man glaubt kaum, wie schwer es sein kann, ein Buch in Brand zu setzen. Wertvoll waren auch die offenen Anmerkungen von Anja Frensch über Kinder, die in Kinderheimen groß werden. Dank allen dafür!

Johannes »Joe« Reinhartz von der Universität in Frankfurt hat mir sehr bei der Suche nach Tomke, Heiner und Klaus in den Untiefen der Datenverarbeitung der Universität Frankfurt geholfen! Hey, Joe, thanks! Anita Gauß war meine Modeberaterin bezüglich gehobener Damenmode – let's go shopping! Und Marie-Claude Rotzinger sprang immer helfend ein, wenn ich mit meinem Französisch am Ende war – danke!

Bei medizinischen Fragen, etwa den zahlreichen Unbilden, die Horndeich in diesem Buch widerfuhren, unterstützte mich besonders Barbara Pregowska. Richter Joachim Becker vom Landgericht Darmstadt war wieder und wieder Ansprechpartner, wenn es galt, neben den polizeilichen die juristischen Fragestellungen zu klären. Danke für deine Geduld!

Auch meiner Ma gilt wieder ein Dankeschön für Lösungenfinden am Mittagstisch, Hanne für das Korrekturlesen. Aber ohne meine Komplizen Manfred, Jochen, Matthias und auch Tanja und Tanja wäre dieses Buch oft in einer Sackgasse ohne Wendemöglichkeit stecken geblieben. Danke für die zahlreichen Hinweise, wo der Rückwärtsgang ist und die Abzweigung, die man selbst nicht auf Anhieb gesehen hat.

Das Team von Piper, besonders Monika Kempf und Julia Eisele, hat an dieses Buch geglaubt, und Peter Thannisch und Anja Rüdiger haben mir geholfen, die bestmögliche aller »Totensee«-Varianten zu schreiben. Dank auch an meinen Agenten Georg Simader und sein Team, den besten Sparringspartnern und Rückenfreihaltern, die man sich wünschen kann. Ich schreibe das jedes Mal, aber es stimmt.

All diese Menschen haben mir für dieses Projekt ihr Wissen und ihre Zeit geschenkt oder mich inspiriert. Schön, dass ihr da wart!

Michael Kibler, Juli 2015

Wer den Schlaf der Toten stört ...

*Cover- und Preisänderungen vorbehalten

Michael Kibler

Treueschwur

Kriminalroman

Piper Taschenbuch, 384 Seiten
€ 13,00 [D], € 13,40 [A]*
ISBN 978-3-492-31222-6

Während eines Kongresses der Gerichtsmediziner in Darmstadt wird bei Renovierungsarbeiten im Kongresszentrum ein Schädel gefunden. Steffen Horndeich und Leah Gabriely von der Mordkommission finden heraus, dass der Besitzer des Schädels vor sehr langer Zeit verstorben sein muss. Ganz anders sieht es bei den Skelettresten aus, die wenig später in einem Waldgebiet auftauchen: Das Mordopfer kann noch nicht so lange tot sein. Schon die Feststellung der Identität wird zu einem komplexen Puzzlespiel. Und dann mehren sich die Hinweise, dass ausgerechnet der Schädel bei der Lösung des Falls eine wichtige Rolle spielen könnte.

Leseproben, E-Books und mehr unter **www.piper.de**